을 유 세 계 문 학 전 집 · 3 1

라 셀레스티나

을유세계문학전집 · 31

라 셀레스티나

LA CELESTINA

페르난도 데 로하스 지음 · 안영옥 옮김

을유문화사

옮긴이 안영옥

한국외국어대학교 스페인어과를 졸업하고, 스페인 마드리드 국립 대학교에서 오르테가이가세트의 진리 사상 연구로 문학 박사 학위를 받았다. 스페인 외무부와 오르테가이가세트 재단 초빙 교수를 지냈으며, 현재 고려대학교 서어서문학과 교수로 재직하고 있다. 저서로 『스페인 문화의 이해』, 『올라 에스파냐: 스페인의 자연과 사람들』, 『서문법의 이해』, 『작품으로 읽는 스페인 문학사』(공저), 『열정으로 살다 간 스페인 · 중남미 여성들』(공저) 외 다수가 있다. 옮긴 책으로는 『엘시드의 노래』, 『라 셀레스띠나』, 『세비야의 난봉꾼과 석상의 초대: 돈 후안』, 『인생은 꿈입니다』, 『죽음 저 너머의 사랑』, 『페데리꼬 가르시아 로르까: 피의 혼례, 예르마, 베르나르다 알바의 집』, 『죽음의 황소』, 『예술의 비인간화와 그 밖의 미학 수필』, 『러시아 인형』, 『세 개의 해트 모자』 등이 있다.

을유세계문학전집 31

라 셀레스티나

발행일 · 2010년 3월 30일 초판 1쇄 | 2019년 12월 20일 초판 2쇄
지은이 · 페르난도 데 로하스 | 옮긴이 · 안영옥
펴낸이 · 정무영 | 펴낸곳 · (주)을유문화사
창립일 · 1945년 12월 1일 | 주소 · 서울시 마포구 월드컵로16길 52-7
전화 · 02-733-8153 | FAX · 02-732-9154 | 홈페이지 · www.eulyoo.co.kr
ISBN 978-89-324-0361-8 04870 978-89-324-0330-4(세트)

• 값은 뒤표지에 표시되어 있습니다.
• 옮긴이와의 협의하에 인지를 붙이지 않습니다.

차례

저자의 서언 • 9
저자가 자신의 한 친구에게 • 10
작가가 자신이 쓴 이 작품에서의 실수를 변명하면서 자신을 책망하고 다른 것들과 비교하다 • 13
계속 쓰다 • 14
계속 쓰다 • 15
계속 쓰다 • 16
비교 • 17
자신의 목적으로 돌아가다 • 18
이 작품을 끝마치게 된 이유를 계속해서 쓰다 • 19
연인들에게 신을 섬기고 사랑으로 저지르게 되는 잘못과 헛된 생각을 그만둘 것을 조언하다 • 21
결론 • 22
서언 • 23
칼리스토와 멜리베아의 희극 또는 희비극이 시작되다 • 29
줄거리 • 30

제1막 • 31

제2막 • 79
제3막 • 89
제4막 • 101
제5막 • 128
제6막 • 136
제7막 • 157
제8막 • 181
제9막 • 194
제10막 • 212
제11막 • 228
제12막 • 238
제13막 • 265
제14막 • 273
제15막 • 288
제16막 • 298
제17막 • 305
제18막 • 314
제19막 • 322
제20막 • 335
제21막 • 345

작가는 다음과 같이 작품의 의도를 말하고 있다 • 355
인쇄 교정원 알론소 데 프로아사가 독자에게 • 357
계속하며 첨가하다 • 358
계속하다 • 359
이 희비극을 어떻게 읽어야 되는지에 대해 말하다 • 360
작가가 작품 초입에서 감추고자 했던 비밀을 밝히다 • 361
어떤 이유로 작품을 '희극'이 아니라 '희비극'으로 바꿨는지를 밝히다 • 362
이 작품이 처음으로 인쇄된 때와 장소를 밝히다 • 363

주 • 365

해설: 삶의 욕구 속에 잉태된 비극적 종말 • 377

판본 소개 • 389

페르난도 데 로하스 연보 • 391

저자의 서언

『칼리스토와 멜리베아의 희비극』

이 작품은 막의 초입 부분에 그 막의 내용을 요약해 놓았다.

이 작품은 유쾌하고 달콤한 문체로 젊은이들에게 하인이나 뚜쟁이들의 간교함을 일러 주는 경고와 삶의 철학들로 가득하다.

저자가 자신의 한 친구에게*

고향이나 조국을 떠나 살아가고 있는 사람들은 자신의 고향과 조국이 무엇을 필요로 하는지 자주 생각하지 않는가. 그래서 언젠가는 도움이 될 무엇인가를 동족에게 베풀지. 나 역시 그대로부터 받은 한없는 관대함에 대한 보상을 해야 될 것 같아서 내 방에 틀어박혀 손에 머리를 기대고 누워 내 오감과 이성을 사방으로 날리다 보니 우리의 조국이 이 책을 보유해야 한다는 필요성이 떠올랐다네. 우리 조국에 남아 있는 사랑에 빠진 젊은이들과 그렇지 않은 젊은이들을 위해서 말일세. 사실, 자네의 경우만 봐도 그대는 젊은 시절 사랑의 노예이지 않았던가. 그 사랑의 정념을 방어할 무기가 없어서 너무 괴로워하지 않았었나. 그런데 바로 이 종이들에 그 방어책들이 새겨져 있는 게 아닌가 말일세. 밀라노의 큰 무기 공장*에서 만들어지지는 않았으나 스페인의 현명한 사내들의 명석한 기지로 쓰인 이 원고에 말일세. 정교함에 있어서나 모양새며 강하고 맑은 금속성이나 그 세공의 방법이나 우아한 문체로 보아 지금까지 우리나라 문학에서는 결코 보지도 듣지도 못했던 것들인지라 나는 그것을 세 번, 네 번 읽었다네. 읽으면 읽을수록 다시 읽을 필요성을 느꼈고 읽으면 읽을수록 그 재미가 보통이 아니었다네. 그리고 읽어 가면서 새로운 금언들을 가슴에 새겼지. 전체 줄거리나 주제에서만 달콤했던 것이 아니라네. 어떤 이야기들은 재미있는 철학의 샘물 같았고, 또 어떤 이야기들은 유쾌하면서도 우아하기 그지없었으며, 또 어떤 이야기들은 아첨꾼과 나쁜 하인들과 거짓된 마녀들을 조심하라는 경고와 충고들이었다네. 원고에 작가의 서명이 없다 보니 누구는 후안 데 메나의 작품이라 하고, 또 어떤 이들은 로드리고 코타의 것이라고 한다네. 하지만 누구의 것이든 관계없이 기발한 아이디어로 보나, 유머와 재치로 위장해서 푸짐하게 양념으로 들어가 있는 금언들로 보나 길이 기억되어야 할 작품으로 여겨지네. 작가는 정말 위대한 철학자였던 것 같네! 작가가 자신의 이름을 숨긴 이유는 아마 창작하는 일보다 남을 책망하는 일에 재미 들린 험담가나 독설가들이 두려워 그랬던 것 같네. 그래서 나 역시 이 작품에 내 이름을 밝히지 않았는데, 그렇다고 해서 내가 이 작품의 가치를 평가 절하해서 그런 것이라고 책망하지 말게나. 나는 법학자이기는 하지만 그런 신중한 일이 내 성격엔 맞지 않네. 그래서 이런 사실을 아는 사람들은 내가 더 높게 평가하는 법학의 오락거리로서 이 일을 한다고는 생각하지 않을 것이라고 보네. 무엇보다 법전을 잊고 이 새로운 일에 내가 간여하게 되었다고 말하겠지. 사람들이 만일 이런 식으로 나를 이해하지 않는다면 내 무모함의 대가로 받아들이겠네. 그리고 사람들은 그러겠지. 내 학우들은 자기들 고향에 있는데 난 방학을 이용하여 이 작업을 끝내려고 보름 이상 머물렀다고 말이야. 사실 보름보다 훨씬 더 되면 됐지 적지는 않다네. 자네뿐만 아니라 이 작품을 듣게 될 모든 사람들에게 이 모든 것에 대한 변명으로 다음의 시를 적어 보았네. 나의 글이 어떻게 해서 시작되었는지 알도록 말일세. 참, 이전 작가의 작품에는 장의 구분이 없었네. 제2막 '형제들아' 로 시작되는 부분까지 말일세. 잘 있게나.

작가가 자신이 쓴 이 작품에서의 실수를 변명하면서 자신을 책망하고 다른 것들과 비교하다

침묵은 보호해 주고
말의 아둔함과 기지의 부족함을 감추어 준다.
반면 허영은 제대로 느끼지도 못하면서
말만 많은 사람에게 자신의 부족함을 떠벌리게 한다.
식량을 갖고 땅에서 놀다가
가는 길을 포기하고
멈춰 버린 개미처럼
자명의 날갯짓으로 우쭐대어
결국 자신을 가장 높은 곳으로 데려가지만
정작 그는 어디로 갈지를 모른다.

신나서 하늘을 휘젓고 날아다니더니
자기보다 더 강한 새들의 밥이 되어
개미는 먹혀 버렸다.
그 신나 했던 날갯짓에 자신의 화가 있었던 것이다.
이러한 잘못을 나의 글에 적용하는 것은 당연하다.
그래서 나는 나를 책망하는 사람들을 무시하지 않으며
지금 막 나온 나의 암울하고 연약한 날개가
파괴되는 것도 감내할 수 있다.*

계속 쓰다

개미가 날면서 즐길 생각을 했던 것이나
내가 나의 글로 더 많은 명예를 얻고자 한 것이나
저 일이나 이 일, 모두 무례하기 짝이 없는 법.
그래서 개미는 먹이가, 나는 비난의 대상이 되고 있다.
침묵을 지키면 비난과 검열과 흠들과
시기와 소문의 피해들을 막을 것이다.
나는 계속 그럴 것이고, 그러면 내가 쓴 것은 모두
이제 미지의 항구로 뒤에 남게 된다.

여러분들이 내가 왜 이 책을 쓰는지 그 순수한 동기를 알고자 한다면
아폴로인지 디아나인지 아니면 거만한 큐피드* 중
누구에게로 향하는지, 누구와 한편이 되는지
누가 노를 저을지를 보든지,
내가 쓰는 이 책의 목적을 찾아보든지
아니면 서문의 글을 읽어 보시라.
그것을 읽으면, 연인들이여, 비록 달콤한 이야기이긴 하지만
그대들을 사랑의 굴레에서 해방시켜 줄 것을 알게 될 것이다.

비교

쓴 약을 의심하거나
먹기를 원하지 않는 환자에게
그 쓴 약을 달콤한 음식 안에다 넣어서 주면
미각은 속고 건강은 좋아지듯이
이런 식으로 나의 펜은 움직인다.
음담패설이나 웃음을 자아내는 표현들을 사용하여
고통에 찌든 사람들의 귀를 끌어당겨
즐거이 교훈을 얻게 하고 자신의 짐을 던져 버리게 한다.

자신의 목적으로 돌아가다

비록 의심도 하고 변덕을 부리기도 했지만
처음 의도한 대로 그렇게 끝을 마무리했다.
내 두 눈으로 보았던 가장 멋진 순금을
길게 늘어놓았고
장미 위에 수천 가지 독초를 뿌렸다.*
그러니 신중한 자들은 나의 부족함을 메워 주고
무례한 자들은 겁을 내기를 바란다.
이처럼 훌륭한 작품은 보고 입을 다물든가
아니면 화를 내지 말기를 바란다.

이 작품을 끝마치게 된 이유를 계속해서 쓰다

나는 살라망카에서 이 작품을 보았는데
다음과 같은 이유로 마무리 짓고 싶었다.
무엇보다 먼저, 나는 방학 중에 있었고
그다음은 신중한 인간이 그 작품을 창안해 내기를 원했으며
마지막 이유는 사랑의 폐해에 휘말린
사람들을 이미 많이 보았기 때문이다.
이러한 연인들은 뚜쟁이나
거짓 하인들을 믿는 게 두려울 것이다.

따라서 이 작품은 이야기 진행에 있어
아주 섬세하면서도 단순하다.
이 작품에는 2천 개의 금언이 실려 있는데,
즐거운 작업인 재치의 탈을 쓰고 있다.
내가 보기에 분명 다이달로스*도

이보다 더 훌륭한 작품은 만들지 못했다.
만일 이 작품을 코타나 메나가 마무리 짓는다면
자신의 박식한 지식으로 정말 훌륭하게 했을 것이다.

내가 기억하는 한 결코
이렇게 고양된 문체와 지식으로 가득한
로망스 언어로 쓰인 작품은 본 적이 없다.
이탈리아어든, 그리스어든,
스페인어로 된 어느 작품도 못 보았다.
작가를 찬양하지 않고
영원히 기억되지 않을 내용은 없으니
예수 그리스도가 우리 모두를 고치신
성스러운 수난의 영광으로 작가를 영접하기 바란다.

연인들에게 신을 섬기고
사랑으로 저지르게 되는 잘못과 헛된 생각을 그만둘 것을 조언하다

사랑에 빠진 그대들이여, 이 조언을 따르시오.
그대들을 방어해 줄 이 멋진 갑옷을 입고
실족하지 않도록 이제 고삐를 돌려
늘 하느님을 찬양하시오. 그분의 성전을 방문하시고
신중함을 가슴에 새기고 살면서 그대들이
죽은 자와 산 자와 그대들 죄의 본이 되지 마시오.
그대들은 세상에 있으나 세상을 알지 못하고 있으니
그러한 사실을 직시할 때면 난 무척 가슴이 아프다오.

결론

오, 미혼자나 기혼자나 부인네들이여,

이들이 살았던 삶을 잘 보시고

이들이 어떠한 종말을 맞이했는지 반면교사로 삼으시오.

그리고 그대들의 근심을 다른 이에게 사랑으로 주시오!

이제 잘못된 눈먼 삶을 청산하고

순결한 삶으로 덕을 뿌리면서

큐피드의 금칠한 화살에 맞지 않도록*

전속력으로 도망가시오!

서언*

위대한 현자 헤라클레이토스가 말하기를, 세상에 있는 것은 모두 투쟁이나 전투로 만들어진 것이라고 한다. 내가 보기에 너무나 지당하고 영원히 기억될 만한 말이다. 그리고 위대한 인간이 하는 말은 무엇이든 확실히 다양한 의미를 갖고 있는 까닭에 이 말이 영글어 여기서 가지와 잎을 뻗어 내면 신중한 사람들은 아주 실한 열매를 거둘 수도 있다. 하지만 나의 비천한 지식은 기지로 가득한 그 말들이 품고 있는 지식과 지혜를 헤아리지 못하고 그저 말의 메마른 껍데기만 핥아 얻어 낸 짧은 지식으로 이 서문의 목적을 만족시키려 한다.

나는 저 위대한 연설가이자 계관 시인인 프란체스코 페트라르카의 이 금언도 발견했다. "모든 사물의 어머니인 자연은 어떠한 것도 다툼과 투쟁 없이 만들어 놓지 않았다." 더 나아가, "사실이 그렇고 이 모든 것이 그것을 증명하고 있다. 하늘에서는 별들이 자리 쟁탈전을 벌이고 상극을 이루는 요소들은 서로 싸우지 못해 안달이고 대지는 떨고 바다는 넘실대고 공기는 진동하고 불길은 솟고 바람은 서로 끊임없이 으르렁댄다. 시간은 시간끼리 맞붙어 싸움질이다. 이렇게 서로들 싸우는데 모두가 우리에게 대항하여 그러는 것이다." 알다시피 여름은 너무 더워서 우리를 괴롭히고 겨울은 너무 춥고 혹독하여 우리를 괴롭힌다. 계절이 우리에게 혁명을 일으키는 것이다. 이렇게 우리는 견뎌 내고, 이렇게 우리는 자라나고 살아간다. 그런데 그 정도가 우리가 길들어 온 수준을 넘으면 전쟁이다. 그러니 대지진과 폭풍과 난파와 화재, 조류, 천둥의 포효, 가공할 만한 번개 같은 천상과 지상의 이변이 얼마나 두렵겠는가. 그래서 학교에서는 어떻게 먹구름이 몰리고 흩어지며, 바다에 파도 등을 일으키는지 그 비밀스러운 원인에 대해 철학자들이 알고자 하는 것이다. 동물들 사이에서도 전쟁이다. 물고기, 맹수, 새 들과 뱀 등등…… 먹이 사슬이다. 사자는 늑대를, 늑대는 염소를, 개는 토끼를. 이렇게 계속하다가는 이 글을 끝마치지 못할 것이다. 그런데 생존의 법칙은 이렇게만 되는 것이 아니다. 엄청 막강하고 거대한 몸집의 코끼리가 생쥐를 보고 도망치며 단지 찍찍거리는 소리만 듣고도 두려워 벌벌 떤다. 뱀들 중에 바실리스코*라는 놈은 본래 독종이라 다른 뱀들을 장악하는데, 단지 휘파람만으로 다른 뱀들을 놀라게 하여 눈앞에 등장하는 것만으로 그들을 혼비백산 도망가게 하고, 한 번 쏘아보는 것만으로 그들을 죽여 버린다. 살모사는 교미를 할 때 암놈의 입에 수놈이 머리를 집어넣는데, 교미의 커다란 달콤함을 못 이기고 암놈이 이를 악물다 수놈을 죽여 버린다. 임신이 되어 분만할 때면 첫 번째 새끼가 어미의 배를 찢고 나오고 나머지 놈들도 거기로 나와 결국 어미는 죽는다. 죽은 아버지의 복수를 하듯이 말이다. 자신의 오장을 먹을 놈을 자신의 몸에 잉태하는 것보다 더 큰 전쟁이, 더 큰 정복이, 더 큰 싸움이 어디에 있겠는가? 물론 어류의 세상에서도 적지 않은 본능적인 분쟁이 일어나고 있다고 본다. 공중에 서식하는 조류와 땅 위의 동물, 그 밖의 많은 것들만큼이나 바다도 다양한 형태의 어류들을 즐기는 건 분명하다. 아리스토텔레스와 플리니우스는 피를 빨아 먹는 상어에 관하여 진기한 이야기를 들려주고 있는데, 그놈이 살아남기 위해 벌이는 여러 가지 투쟁 방법들이 그의 속성에 너무나 잘 어울린단다. 특히 어떤 놈은 배에 접근하여 배를 멈추게 하는데, 아무리 강한 노질로 배를 나아가게 하려 해도 꼼짝달싹할 수가 없단다. 이 일을 두고 루카누스는 "동풍이 바다 한가운데로 돛대의 줄을 펼칠 때 배를 정지시키는 흡혈상어는 그곳에 꼭 있다"라고 했다. 오, 경탄할 만한 자연의 다툼이여! 작은 물고기 한 마리가 그 강한 바람으로 달리는 큰 범선보다 더 힘이 있다니! 조류의 세계와 그 천적들의 세계를 봐도 우리는 그들이 적자생존의 싸움으로 존재한다는 걸 알 수 있을 것이다. 매나 독수리나 솔개 같은 새들은 모두 약탈로 살아간다. 거친 매들은 우리가 사는 곳까지 들어와 집에서 기르던 닭이나 어미 날개 아래 있는 병아리들까지 채 가려고 공격한다. 동양의 인도양에서 탄생한다는 대괴조(大怪鳥)라는 새는 결코 들어 본 적이 없을 정도로 어마어마하게 커서 자기의 부리에 한 사람, 아니 열 사람뿐만 아니라 선원과 장비가 가득 실린 배를 올리고 구름까지 날아간다고 한다. 배에 있던 가엾은 선원들은 그렇게 공중에 매달려 있다가 새가 비행을 하느라 움직일 때마다 떨어져서 잔인한 죽음을 맞이한다.

그러니 앞선 모든 동물들의 영장인 인간에 대해서는 무엇이라고 말할 것인가? 누가 인간의 전쟁과 적개심과 시기심과 약탈과 광란과 불만에 대하여 설명할 것인가? 옷에 부리는 변덕과, 건물을 부수었다 다시 세우는 등, 이 연약한 우리 인간으로부터 비롯되는 그 밖의 수많은 병폐들과 다양한 사건들을 누가 설명할 수 있을까? 만일 독자들이 이 책에 대해 각자 자신들의 기분에 맞는 결론을 내는 바람에 이 책이 독자들을 갈라놓기 위한 싸움이나 논쟁의 도구로 사용되었다 해도 난 놀라고 싶지 않다. 원래 오래전부터, 긴 세월 동안 그래 왔으니 말이다. 누구는 장황하다 했을 것이고 또 어떤 이는 짧다고, 또 어떤 이들은 재미있다고 했을 것이고 또 어떤 이들은 뭔지 도통 모르겠다고 하니. 따라서 그토록 다양하고 다른 조건들에 맞춰 작품을 재단하는 일은 오직 하느님에게만 속한 일이다. 세상만사가, 물론 인간의 삶도 마찬가지로 잘 살펴보면 태어나서 백발이 되는 그 순간까지 이 유명한 금언 아래 흘러가고 있다. 바로 전투다. 아이들은 자신의 장난감과, 학생들은 공부와, 청년들은 쾌락과, 늙은이들은 수천 가지 병마들과 싸우고 씨름한다. 그리고 이 책은 모든 연령의 사람들 사이에서 논쟁감이다. 아주 어린 나이의 아이들은 책의 내용을 지우고 종이를 찢고, 아이들은 읽어도 무슨 소리인지를 모르고, 즐거운 청년기의 사람들은 각자 다양한 의견을 내놓을 것이다. 어떤 사람들은 이 작품을 험담할 것이다. 그저 이야기 나부랭이라면서 쓸 만한 본이 되는 게 하나도 없다고 헐뜯을 것이다. 이야기 하나하나가 인생의 지침서가 된다는 생각은 하지 못하고서 말이다. 다른 이들은 정신을 온통 금언이나 속담에 집중하여 이것들을 높이 평가하지만 자신의 삶에 적용할 수 있다는 점은 간과하고 말 것이다. 이들의 진정한 기쁨은 줄거리는 외면한 채 자신에게 이익이 될 만한 가장 중요한 부분만을 끌어내고 웃을 대목에서는 재미있어 하고, 금언이나 철학자들의 말씀은 자기가 필요할 때 적소에 써먹기 위해 기억해 둘 것이다. 이런 식으로 열 명이면 열 명 모두 자기 방식대로 이 극을 듣기 위해 모이면 이해하는 방법에서 한바탕 논란이 벌어지지 않을 수가 있겠는가? 인쇄업자들까지 각 막의 요지를 막이 시작되는 첫 부분에 소개해서 전체 내용을 간단히 보여 주고 있는데 이런 일은 고전 작가들이 보여 주고 있듯이 불필요한 일이다.*

또 어떤 이들은 이 작품이 '희극'이라는 게 못마땅해서 제목을 가지고도 다투었다. 슬프게 끝나므로 비극이라 부르는 것이 좋다는 것이다. 앞부분을 쓴 첫 번째 작가는 이 작품은 즐거운 것이라서 희극이라고 불렀다. 나는, 이런 분분한 의견들을 보면서 양극단을 피하고 중도를 택해 희비극이라고 이름했다. 이렇게 여러 면에서 있어 온 다양한 이론들을 보면서 나는 다수가 원하는 것이 무엇인지를 살폈고 그들은 작품의 두 주인공인 연인들의 사랑 놀이가 더 길어지기를 원한다는 것*을 발견했다. 이 일은 나를 정말 난처하게 만들었지만 이런 나의 기분을 잊고 오락을 위해 할애한 시간과 나의 주 학문을 위한 시간에서 몇 시간을 훔쳐 나에게는 무척 생소하고도 전문 분야가 아닌 일에 두 번째로 펜을 댔다. 물론 이렇게 해서 새로운 판으로 내놓아도 험담할 사람들은 다시 또 나타나겠지만 말이다.

칼리스토와 멜리베아의 희극 또는 희비극이 시작되다

이 작품은 무질서한 욕망의 포로가 되어 여인을 자기의 신이라고 부르는, 미친 사랑에 빠진 사내들을 비난하기 위해 작성되었다. 물론 뚜쟁이와 사악한 아첨쟁이 하인들의 속임수를 알리기 위한 목적도 있다.*

줄거리

칼리스토는 귀족 가문에서 태어나 곱게 자란 인물로 중간 키에 용모가 수려하고 우아한 자태와 명석한 두뇌의 사내이다. 이자가 플레베리오와 알리사의 외동딸이자 금지옥엽인, 귀한 가문의 처자 멜리베아를 사랑하게 된다. 그러나 멜리베아의 거부로 사랑에 상처 입은 칼리스토의 간청에 사악하고 교활한 뚜쟁이 셀레스티나와 셀레스티나에게 속아 불충한 인간으로 변하여 탐욕과 쾌락의 덫에 충직을 버린 칼리스토의 두 하인이 개입하게 된다. 결국 연인과 이 연인을 조종했던 이들은 비통하고 처참한 결말을 맞는다. 이러한 결말을 갖고 있는 이 작품은 운명의 장소에서 칼리스토의 눈앞에 그토록 열망하던 멜리베아가 등장하는 것으로 시작한다.

제1막

사냥을 하던 칼리스토가 사냥매를 따라가다 어느 과수원으로 들어가게 되었는데 그곳에서 멜리베아를 보고 첫눈에 사랑의 포로가 되어 그녀에게 말을 붙인다. 그러나 냉정하게 거절당하자 칼리스토는 고뇌에 차 집으로 돌아온다. 자신의 하인 셈프로니오에게 사실을 털어놓자 하인은 여러 가지 이유를 대며 뚜쟁이 셀레스티나를 소개한다. 셀레스티나의 집에는 셈프로니오의 여인인 엘리시아가 있다. 엘리시아는 셈프로니오가 주인의 일 때문에 셀레스티나의 집으로 오고 있을 때 다른 사내인 크리토와 함께 있었다. 엘리시아와 셀레스티나는 크리토를 숨긴다. 한편 셈프로니오가 셀레스티나와 홍정을 벌이는 동안, 칼리스토는 자기 집에서 또 다른 하인 파르메노와 격렬한 논쟁을 벌인다. 칼리스토의 집으로 온 셀레스티나는 파르메노를 알아보고 그의 어머니가 했던 일과 어머니가 어떤 사람이었는지에 대해 말한다. 물론 셀레스티나는 파르메노를 셈프로니오와 한패로 만들어 주인의 사랑 놀음에 끼어들게 할 속셈이 있었다.

파르메노, 칼리스토, 멜리베아, 셈프로니오, 셀레스티나, 엘리시아, 크리토.

제1장

칼리스토 멜리베아, 지금 난 신의 위대함을 느끼오.

멜리베아 무엇에서 그것을 느끼시는데요?

칼리스토 그대에게 이토록 완벽한 아름다움을 줄 수 있는 능력을 자연에 부여한 것과, 보잘것없는 나에게 그대를 만날 수 있는 은혜를 주신 것과, 이렇듯 적당한 곳에서 나의 은밀한 고통을 그대에게 고백할 수 있게 한 것에서 말이오. 이러한 것은 내가 이런 기회를 가질 수 있도록 신에게 간구하고 희생하고 헌신하고 봉사한 것보다 비교도 되지 않을 만큼 크고 훌륭한 보상임에 틀림없소. 어떤 다른 힘도 내 인간적인 의지를 성취시킬 수는 없을 것이오. 세상의 어느 누가 지금의 나와 같은 영광을 살아생전 얻었겠소? 신의 환상을 즐기는 영광스러운 성인들조차 내가 당신을 보며 즐기는 것만큼 즐겁지는 않을 거요. 하지만 그들은 그러한 축복에서 추락할 두려움 없이 말 그대로 영광스러워지는 반면, 나는 그대가 없으면 내게 일어날 지독한 고통의 두려움으로 영혼과 육체가 즐거워하고 있으니 이 얼마나 슬픈 일이며, 나와 그들이 얼마나 다른지요!

멜리베아 이 만남을 몹시도 대단하게 생각하시는군요, 칼리스토.

칼리스토 정말 그렇소. 신이 자기의 성자들 사이에 나의 자리를 준다 해도 이처럼 행복하진 않을 것이오.

멜리베아 참고 견디신다면 제가 좀 더 합당한 선물을 드리지요.*

칼리스토 아! 황송하게도 그런 위대한 말을 들은 내 귀는 얼마나 복 받은 것인가!

멜리베아 아니요. 방금 제 말을 들은 당신의 귀는 불행해요. 그건 당신의 무모함과 당신 말의 의도에 합당할 만큼 잔인하기 때문이죠, 칼리스토. 나 같은 여인의 덕을 짓밟으려 하다니. 가세요! 여기서 나가세요! 멍청하긴. 내 인내심은 불륜의 사랑을 가슴에 담고 자신의 기쁨을 전하려는 것을 더 이상 참을 수가 없어요!

칼리스토 나는 불운을 당해 잔인한 증오만을 고집하는 인간이 되어서 가겠소.

제2장

칼리스토 셈프로니오, 셈프로니오, 셈프로니오! 이놈이 어디에 있는 거야?

셈프로니오 나으리, 저 여기서 말들을 돌보고 있습니다요!

칼리스토 왜, 그 방에서 나오는 게야?

셈프로니오 매*가 지쳐 돌아왔기에 횃대에 놓으려고 왔는뎁죠.

칼리스토 악마가 널 이기든지, 비운으로 사라져 버리든지, 죽을 만큼 지독한 고통이 영원히 널 따라잡든지, 그래서 세상에 뭣과도 비교되지 않을 고통으로 앓다가 죽어 자빠지든가 해라! 염병에 걸려 뒈질 놈, 거기 있지 말고 빨리 내 침실에 들어가 잠자리나 펴라!

셈프로니오 나으리, 다 됐는뎁죠.

칼리스토 창문을 닫아라, 어둠이 슬퍼하는 이 몸을 덮고 죽음과 같은 암흑이 이 불행한 자를 삼키도록 내버려 둬라. 나의 슬픈 상념에 빛은 어울리지 않다. 오! 고뇌에 찌든 자가 원하여 찾아오는 죽음은 복된 것이다. 오! 에라시스트라토스*가 지금 온다면 내 병을 동정할까? 오! 셀레우코스의 자비가 무정한 플레베리오의 가슴에 깃들기를! 그래서 불행하게 요절한 피라모스와 티스베의 액운이 되풀이되지 않기를 바랄 뿐이다.

셈프로니오 도대체 무슨 일이십니까요?

칼리스토 썩 물러가거라! 입도 뻥끗하지 말고. 안 그러면, 분노한 죽음의 시간이 오기 전에 내가 내 손으로 너의 마지막을 장식할지도 모른다.

셈프로니오 네, 그러지요. 혼자서 고통 당하시기를 원하신다면 말입죠.

칼리스토 악마와 함께 가 버려라.

셈프로니오 (글쎄, 네게 붙어 있는 악마가 나와 함께 갈 리 없을 것 같은데.)

제3장

셈프로니오 오! 불행하도다. 이 무슨 변고인고! 주인님의 즐거움을 그다지도 빨리 앗아 가고, 심지어 실성까지 시킨 일이 대체 무슨 일인고? 주인님을 혼자 놔두어야 할까 아니면 함께 있어야 할까? 만일 혼자 둔다면 자살할 것이고, 내가 들어가면 나를 죽이려 들 거야. 에라, 모르겠다. 살기 싫은 사람은 죽는 편이 낫지. 나는 아니야, 나는 삶이 즐겁거든. 나는 나의 엘리시아를 보기 위해서라도 살아야 되니 모든 위험에서 나를 보호해야 돼. 하지만 나으리가 증인도 없이 목숨을 끊기라도 하면 내가 그분의 삶에 대해 말해 줘야 해. 그러니 들어가야지. 하지만 들어가봤자 병 고칠 마음이 전혀 없으면 필시 위로나 충고를 들으려 하지 않을 텐데. 그러니 화가 좀 풀리거나 진정될 때까지 내버려 둬야겠다. 덜 곪은 종기를 건드리면 더 악화되니 그냥 곪게 둬야지. 괴로워하는 사람은 좀 울게 내버려 두는 것도 좋아. 울음과 한숨이 아픈 가슴을 가라앉힐 수도 있으니까. 그리고 내가 그분의 눈앞에 있으면 내게 더 발광할 거야. 태양이 반사할 데가 있는 곳에서 더 타오르듯이 말이야. 눈앞에 아무것도 없으면 그냥 지쳐 버리는데 가까이 있으면 더 날을 세우는 법이지. 그러니 내가 좀 참아야겠다. 그사이 나으리가 자살이라도 한다면 죽으라지 뭐. 그러면 다른 사람이 모르는 것을 내가 좀 건질 수 있을지도 모르지. 그걸로 내 형편이 좀 나아질 수도 있을 거고. 물론 다른 사람의 죽음에서 나의 건강을 바라는 것이 나쁜 일이기는 하지만 말이야. 혹시 악마가 장난을 부려 주인님이 죽으면 사람들은 나를 죽이려 들지도 몰라. 사람들이 밧줄이나 큰솥을 가지러 갈 거야.* 그런데 현명한 사람들은 자기 슬픔을 함께 울어 줄 자가 있다는 것이 고통에 찌든 자에겐 큰 위안이라고 했는데, 속으로 삭이는 상처가 더 해롭다고 말이야. 세상만사가 이처럼 극과 극을 오가니 내가 이러고 있을 수밖에. 가장 바람직한 것은 내가 들어가서 주인님을 견뎌 내고 위로하는 일이야. 특별한 기술이나 도구 없이 주인님을 고칠 수 있다면 그냥 들어가 보는 게 기술이고 처방이니까 말이야.

제4장

칼리스토 셈프로니오!

셈프로니오 부르셨습니까요?

칼리스토 만돌린을 가져오너라.

셈프로니오 나으리, 여기 있는뎁죠.

칼리스토 그 누구의 고통이 내 이 고통과 비교될까?

셈프로니오 나으리, 만돌린 줄이 풀렸습니다요.

칼리스토 줄 풀린 만돌린이 어찌 제대로 선율을 내겠느냐? 자기 자신과도 화합을 이루지 못한 자가 어떻게 악기의 화음을 즐기겠는가? 의지가 이성을 따르지 않고, 오직 한 가지 이유로 인해 가슴속에 가시와 평화와 전쟁과 협정과 사랑과 적과 모욕과 죄와 의심을 갖고 있는 자가 말이다. 그러니 네가 알고 있는 가장 슬픈 노래를 그 악기에 맞추어 부르도록 해라.

셈프로니오 타르페이아의 네로는 로마가
어떻게 불타고 있는지를 바라본다.
어린이와 노인네들이 아우성을 치건만,
그는 전혀 괴롭지 않았네.

칼리스토 내 마음에 이는 불길은 로마의 것보다 더 큰데, 내 여인의 동정심은 네로의 것보다 더 적구나.

셈프로니오 (내 주인은 미친 게 분명해.)

칼리스토 셈프로니오, 뭘 중얼거리고 있는 게냐?

셈프로니오 아무 말도 안 했는뎁죠.

칼리스토 두려워 말고, 방금 중얼거린 걸 말해 보아라.

셈프로니오 한 사람을 태우는 불길이 어찌 도시와 수많은 사람을 태운 불길보다 더 뜨거울 수 있겠느냐고 했습죠.

칼리스토 뭐라고? 왜 그런지 내가 말해 주지. 80년을 타는 불길이 하루 만에 꺼지는 불길보다 더 세고, 하나의 영혼을 사르는 불길이 만 명의 몸뚱이를 태우는 불길보다 더 뜨거운 법이다. 외형과 실존, 현실과 환상, 허상과 실상의 차이만큼이나 네가 생각하는 불과 나를 태우는 불 사이에는 큰 차이가 있다. 연옥의 불길이 이다지 뜨겁다면, 내 영혼은 연옥의 불길을 거쳐 성자들의 영광에 이르는 것보다 맹수들의 영혼들과 함께 가겠다.

셈프로니오 (이것 봐라. 일이 심각해지는데! 미쳤을 뿐 아니라 심지어 이단자가 되어 가는군!)

칼리스토 말할 때 크게 하라고 하지 않았더냐? 뭐라고 중얼거렸느냐?

셈프로니오 방금 하신 말씀은 이교도의 말입니다요. 그래서 '하느님, 그런 일은 결코 없게 하소서' 라고 했죠.

칼리스토 어째서 이단이란 말이냐?

셈프로니오 방금 나으리께서 하신 말씀은 기독교에 위배되니까요.

칼리스토 그것과 무슨 상관이 있지?

셈프로니오 나으리는 기독교 신자가 아니시던가요?

칼리스토 나? 나는 멜리베아교도여서 멜리베아를 공경하고 멜리베아를 믿으며 멜리베아를 사랑한다.

셈프로니오 그러시겠지요. 멜리베아 님이 너무 위대하셔서 주인님의 가슴에 들어가질 않아 입 밖으로 넘쳐 나오고 있네요. 더 들을 필요가 없는뎁죠. 어느 다리로 저시는지 알았으니, 제가 나으리를 고쳐 드립죠.

칼리스토 믿을 수 없는 일을 약속하는구나.

셈프로니오 오히려 쉬운걸요. 치유의 시작은 환자의 아픈 곳을 아는 것이거든요.

칼리스토 본래 약이 없는 병을 어떤 처방으로 다스릴 수 있겠는가?

셈프로니오 (하하하, 이게 바로 칼리스토의 불씨인 게야? 이것들이 바로 이 작자의 고통의 원인인 게지. 마치 사랑이 자기에게만 거부 반응을 보인다고 믿고 있는 거야. 오! 위대하신 창조주시여! 당신의 신비한 세계는 얼마나 오묘하고, 얼마나 큰 힘을 사랑에 넣으셨기에 이다지도 연인들은 광란을 해야 하나이까?

당신은 무한한 힘을 사랑에 불어넣었나이다. 연인에게 사랑은 방관자 같습니다. 연인들은 모두 날렵한 황소처럼 멈출 줄 모르고 울타리를 뛰어넘으며 부수고 상처를 입으면서 줄달음을 치지요. 한 남자가 한 여인 때문에 아버지도 어머니도 버리게 하는 게 사랑이지요. 그런데 지금은 부모뿐만 아니라 당신과 당신의 계명까지도 지금의 칼리스토처럼 깨뜨리고 있습니다. 이런 일에 저는 그리 놀라지 않지요. 현인들이나 성자들이나 예언자들 중에서도 많은 사람이 사랑 때문에 당신을 잊었으니까요.)

칼리스토 셈프로니오!

셈프로니오 왜요?

칼리스토 내 곁을 떠나지 마라.

셈프로니오 (평소에 안 하던 짓을 하는데.)

칼리스토 내가 무엇 때문에 고통 받고 있는 것 같으냐?

셈프로니오 멜리베아 님을 사랑하시기 때문입죠.

칼리스토 다른 게 아니고?

셈프로니오 한곳에만 마음을 두는 일보다 더 나쁜 고통은 없죠.

칼리스토 집념이란 말을 모르는구나.

셈프로니오 나쁜 일에 집착하는 것은 집념이 아닙죠. 제 고향에서는 그것을 옹고집 혹은 미련한 짓으로 봅죠. 큐피드의 철학자들이신 여러분들은* 좋으실 대로 불러 보시지요.

칼리스토 남을 가르치는 자가 거짓말을 하는 것은 아둔한 짓이야. 너는 네 애인 엘리시아를 극구 찬양하면서.

셈프로니오 제가 드리는 바른 말씀은 좇으시되, 제가 하는 나쁜 행동은 본받지 마시와요.

칼리스토 내가 뭘 잘못했다고 책하는 것이냐?

셈프로니오 사나이의 위엄을 하잘것없고 연약한 여자에게 속박시키는 겁죠, 나으리.

칼리스토 여자라고? 오! 무엄하도다. 신이야, 신!

셈프로니오 정말 그렇게 생각하시는 건가요? 아니면 농담하시는 건가요?

칼리스토 뭐? 내가 농담하고 있다고? 그녀를 신으로 믿고, 신이라는 것을 고백한다. 비록 그녀가 우리들 사이에서 살지만, 하늘에 그녀 말고 다른 신이 있다는 것을 믿지 않는다.

셈프로니오 (하하하, 지독한 모독을 들으셨죠? 정말 눈이 멀었다는 걸 아셨죠?*)

칼리스토 왜 웃는 게냐?

셈프로니오 소돔에서 일어났던 죄보다 더 악한 죄가 있으리라고는 생각 못했기에, 웃을 수밖에요.

칼리스토 뭐라고?

셈프로니오 다름이 아니고요, 소돔 사람들이 천사들에게 못할 짓을 하려 했었고 나으리께서는 신이라고 고백한 자와 그 짓을 하려 하기 때문입니다요.

칼리스토 고얀 놈! 그건 내가 미처 생각하지 못했던 일인데, 그 일을 두고 나를 비웃는구나!*

셈프로니오 그래서요? 그럼 한평생 울고 계실 건가요?

칼리스토 그래!

셈프로니오 왜요?

칼리스토 그녀 앞에만 서면 내가 너무 보잘것없이 느껴져. 난 그녀를 사랑하는데 손에 넣을 수는 없으니 말이다.

셈프로니오 (이런 제길, 겁 많고 소심한 인간아! 니므롯과 알렉산드로스 대왕은 얼마나 위대했던가. 이들은 세상의 주인일 뿐만 아니라 하늘에서도 권위가 인정되었지.)

칼리스토 지금 네가 한 말을 잘 못 들었는데 다시 말해 보아라.

셈프로니오 니므롯이나 알렉산드로스 대왕도 갖지 못했던 강심장을 가지신 나으리께서 아녀자 하나를 수중에 넣지 못해 애간장을 태우신다고 했습니다요. 고귀한 신분의 많은 여자들이 짐승을 모는 천한 자들의 가슴에 안겼고 짐승들과 교미를 했습죠. 파시파에가 황소와 관계해서 반인반수의 미노타우로스를 낳았고, 미네르바가 개와 음행한 사실을 읽어 보지 못하셨나요?

칼리스토 그럴 리가. 모두 허튼소리들이다.

셈프로니오 나으리의 조모와 원숭이의 사건은 어떻습니까? 그것도 헛소문인갑죠? 그 증거물은 조부의 칼입지요.*

칼리스토 이런 고약한 놈을 봤나. 별 미친 소릴 다 하고 있구나!

셈프로니오 찔리신가 보죠? 역사가들의 책을 읽어 보시고 철학자들을 연구해 보시고, 시인들을 관찰해 보세요. 그들의 작품은 자기들의 악행과 좋지 못한 예들과 나으리처럼 여자들을 숭앙했던 자들이 망했던 이야기들로 가득 차 있습죠. 여자와 술은 남자를 망친다는 솔로몬 왕의 명언을 들어 보세요. 세네카의 이야기를 조언으로 삼으세요. 아리스토텔레스에게 귀를 기울이시고 베르나르도를 생각해 보세요. 불신자들, 유대인들, 기독교도들과 이슬람교도들까지 모두 같은 이야기를 하고 있습니다요. 그러나 지금까지 말씀드린 것이나 또 말씀드릴 것으로 세상 여자가 모두 그렇다고 믿으시면 안 됩니다요. 성녀와 덕이 높은 여인들도 많이 존재했고 또 존재하고 있으니까요. 이들이야말로 자신들이 갖고 있는 면류관으로 모든 허물을 덮어 주고 있습죠. 그러나 허물 많은 여인들에 관해서는 누가 나으리에게 그녀들의 거짓말과 분쟁과 변덕과 경박함과 값싼 눈물과 변절과 무모함과, 생각하는 것들과 생각 없이 저지르는 일들을 말해 주겠습니까. 그녀들의 시치미 떼기, 수다, 속임, 망각, 사랑을 모르는 마음, 배은망덕, 변덕, 속단하기, 엇나가기, 말 뒤집기, 억측, 허영, 우울증, 광기, 오만, 경솔, 아첨, 달콤한 말, 음탕함, 불결함, 겁내기, 대담한 발악, 점 보러 다니기, 거짓말하기, 삐죽거리기, 헐뜯기, 뻔뻔스러움, 뚜쟁이 짓들을 말입니다요. 커다라면서도 섬세한 머리 장식 밑에는 어떻게 생겨 먹은 뇌가 들어앉아 있는지 아셔얍죠. 그 화려한 장식과 품위를 높여 주는 옷 속에는 무슨 생각들이 들어 있는지를 말입죠. 화장한 얼굴 뒤에는 얼마나 불완전함과 쓰레기로 가득 차 있다고요! 그녀들에 대한 갖가지 말들이 있습죠. "악마의 심부름꾼, 죄의 우두머리, 천국의 파괴자"라고들 말하지요. 성 요한 축제일에 기도하지 않으셨죠? 거기서는 이런 말들을 합디다요. "여자와 술이 남자를 망친다." 이 말도 합죠. "아담을 낙원의 즐거움에서 쫓겨나게 만든 원죄, 그것이 바로 여자이다. 여자야말로 인류를 지옥으로 떨어지게 한 장본인이다. 선지자 엘리야는 여자를 경멸했었다" 등등 말입니다요.*

칼리스토 그런데 아담이니 솔로몬*이니 다윗*이니 아리스토텔레스*니 베르길리우스* 등등 네가 말한 사람들도 여자한테 목을 매고 살지 않았던가. 나라고 그들보다 더 잘난 것이 있는가?

셈프로니오 그녀들을 정복한 사람을 닮도록 하세요, 그녀들에게 정복당한 사람들이 아니고요. 그녀들의 속임수에 말려들지 마세요. 여자들은 이해하기 힘든 짓들을 한다는 것을 아셔야 해요. 방법도 이유도 심지어는 목적의식조차도 없답니다요. 그녀들은 정말 사랑하는 듯 남자로 하여금 기대를 갖게 하지만 접근하는 남자를 대로 상에서 망신 준답니다요. 그녀들은 유혹을 하고는 다가가면 밀어냅죠. 불러 놓고는 아니라고 합죠. 사랑을 호소하고는 곧바로 적이라 하고 갑자기 화를 냈다가 또 갑자기 풀어지기도 합죠. 자기들이 무엇을 원하는지 알아맞혀 보라고 생떼를 부린답니다요. 이런 액운이, 이런 분통 터질 일이 또 어디 있겠습니까요? 적당히 만나서 즐기려는 사람에게 그 피해가 더 큰 거랍니다요.

칼리스토 그런데 네가 그런 말을 하면 할수록, 나를 더 불편하게 하면 할수록 나는 멜리베아를 더욱 사랑하게 된다. 왜 그런지 갈피를 못 잡겠구나.

셈프로니오 이성적으로 자기 자신을 다스릴 줄 모르는 젊은이가 이런 일을 감당하기는 어려워 보입니다요. 더구나 제자가 되어 본 적도 없는 사람이 스승이고자 하니 더 웃기는 일입죠.

칼리스토 그래, 넌 어찌 그리 아는 것이 많으냐? 누가 너에게 그런 것을 가르쳐 줬더냐?

셈프로니오 누구냐고요? 그녀들이지요. 자신의 본성을 드러낸 여자들은 부끄러움을 모르게 되지요. 이 모든 것과 더 많은 것을 남자들에게 드러내 보이죠. 그러니, 자, 나으리 정신 차리시고 나으리 명예에 어울리는 처신을 하도록 하세요. 최악의 경우는 마땅히 있으셔야 할 위치보다 더 높은 곳에 계시는 것이 아닌, 마땅히 있으셔야 할 자리에서 추락하시는 것입니다요.

칼리스토 내가 무엇이기에?

셈프로니오 뭐냐고요? 우선 나으리는 남자이시고 총명하신 분이시고 자연이 가지고 있는 모든 좋은 것들을 갖추고 계신 분이라는 걸 아실 필요가 있습니다요. 아름다움과 우아함과 사지의 건장함과 힘과 민첩함뿐만 아니라 재산도 어느 정도 갖고 계시니 밖으로는 광채가 발하고, 보이지 않는 속마음의 고귀함까지도 갖고 계시지요. 밖으로 드러나 보이는 부유함 없이는, 그중에서 재물이 으뜸인데, 이 세상의 어느 누구도 복된 자가 될 수 없지요. 하늘의 성좌까지도 나으리는 여인의 사랑을 받으시리라는 것을 예언해 주고 있습니다요.

칼리스토 그렇지만 멜리베아의 사랑만큼은 희망이 없어. 네가 그렇게까지 나를 추어올려 주었지만 셈프로니오, 멜리베아는 비교도 안 될 만큼 뛰어나. 그 고상함, 높은 가문, 엄청난 유산, 출중한 지혜, 눈부시게 고귀한 덕, 오만해도 무방할 아름다움, 이 아름다움에 대해 네게 한마디 해야겠다. 그래야 위안이 있지 않겠니? 지금 말하려는 것은 내가 말로 표현할 수 있는 한도 내에서이다. 더 심오한 면은 내 표현력이 미치지 못할 것이라고 믿지만, 하여간 이 문제에 관해 우리가 왈가왈부 논쟁을 벌일 필요는 없다고 생각한다.

셈프로니오 (이 사랑의 포로가 무슨 거짓말과 미친 소리를 떠벌릴 생각인가!)

칼리스토 뭐라고?

셈프로니오 말씀하시라고 했습죠. 기꺼이 들어 드리겠습니다. (신께서 당신 말을 내가 즐겁게 들을 수 있게 해 주시기를.)

칼리스토 뭐라고?

셈프로니오 제가 듣기에 재미있는 말씀이 되게 해 달라고 했습니다요.

칼리스토 네가 재미있는 말을 그렇게도 원한다니, 광범위한 것을 하나하나 형상화하겠다.

셈프로니오 (골치 아프겠군. 하기야 내가 원하던 싸움이니 참고 견디는 수밖에.)

칼리스토 그녀의 머리카락부터 시작하지. 아랍에서 짜는 가느다란 금실 타래를 본 적이 있느냐? 그것보다 더 아름답고 광채가 나. 게다가 어떻게나 긴지 땅까지 끌린단 말이다. 그 머리카락을 가느다란 끈으로 묶은 것을 보면 남자들은 모두 돌로 변하고 말 거다.

셈프로니오 (그전에 당나귀로 변할 거다.)

칼리스토 뭐라고?

셈프로니오 당나귀 털 같지는 않을 거라고 했습니다요.

칼리스토 어디에다 돼먹지 못한 비교를 하고 있는 게냐, 정신 나간 놈 같으니!

셈프로니오 (댁은 제정신이고?)

칼리스토 초록색 눈동자의 큰 눈에 긴 속눈썹, 가느다랗고 올라간 눈썹, 중간 크기의 콧매, 작은 입, 희고 가지런한 이와 빨갛고 탐스러운 입술, 둥글기보다 약간 갸름한 얼굴, 봉긋한 가슴, 둥글고 자그마한 젖꼭지들, 누가 그 황홀한 모습을 그대로 너에게 전할 수 있겠느냐? 이것들을 보는 남자는 모두 정신을 놓고 말 거다. 살결이 어찌나 매끄럽고 빛나는지 흰 눈을 어둡게 만든다니까. 적당히 조화된, 그녀가 선택한 빛깔이지.

셈프로니오 (이 바보의 집착이 보통이 아닌데.)

칼리스토 중간 크기의 포동포동한 손, 기다란 손가락, 진주 속에 박힌 루비처럼 갸름한 손톱. 멜리베아의 균형 잡힌 몸매는 어찌나 완벽한지, 어느 여신과 그녀를 비교한다 해도 틀림없이 그녀를 선택할 수 있을 정도다. 파리스가 비너스와 미네르바와 유노를 놓고 한 선택보다 나는 분명 더 잘할 수가 있어.

셈프로니오 말씀 다 하셨습니까요?

칼리스토 최대한으로 간단하게 말했다.

셈프로니오 말씀하신 것이 모두 사실이라 해도 나으리는 남자이시니까 그녀보다 훨씬 더 훌륭하십니다요.

칼리스토 어째서?

셈프로니오 그녀는 불완전하니까요. 그녀의 불완전한 점들이 나으리에게 그토록 강하게 매력을 느끼게 하고 욕망을 느끼게 해 주는 겁니다요. 이런 철학을 들은 적 없으세요? 내용이 형식을 요구하듯이, 여자는 남자를 갈구한다는 말을요.

칼리스토 오, 슬프도다, 언제쯤 나는 멜리베아가 나를 갈망하는 걸 보게 될까!

셈프로니오 가능합니다요. 지금 그분을 사랑하는 것만큼이나 그분을 증오하는 것도 가능합니다요. 지금 나으리께서 그분을 보고 계시는 눈과는 다른 눈으로 그분을 보시면 나으리 눈에 씐 콩깍지에서 풀려나실 수 있습니다요.

칼리스토 그 다른 눈이란 어떤 눈인가?

셈프로니오 밝은 눈입죠.

칼리스토 그럼 지금은 무슨 눈으로 그녀를 보고 있다는 거지?

셈프로니오 확대경과 같은 눈이지요. 그 눈으로 보시면, 작은 것은 크게 보이고 하찮은 것이 굉장하게 보입니다요. 나으리가 절망하지 않으시게 나으리의 욕망을 채울 이 문제는 제가 해결해 드리겠습니다요.

칼리스토 오, 신이 네 원하는 바를 이루어 주시기를 빈다! 네 말을 들으니 얼마나 기쁜지 모르겠구나! 비록 네가 그 일을 수행할 수 있을지 기대는 하지 않지만 말이다!

셈프로니오 오히려, 확실히 수행할 겁니다요.

칼리스토 신의 위로가 네게 임하기를 빈다, 셈프로니오. 내가 어제 입었던 그 금박 장식이 있는 겉저고리를 네가 입어라.

셈프로니오 이 선물로 신의 축복이 나으리께 임하시기를 바랍니다요. (내게 많이 주면 줄수록 말이다. 이 우롱으로 나는 제일 좋은 것을 가질 거다. 이렇게 나를 충동질하시니 그 여자를 주인님 침대 앞까지 대령해야겠는데. 왠지 시작이 좋아! 주인님이 내게 준 이것이 일을 하게 하네. 어떤 일도 보상 없이는 잘될 일이 없지.)

칼리스토 이제 게으름 피우면 안 된다.

셈프로니오 나으리께서도 게을러지시면 안 됩니다요. 게으른 주인은 하인을 부지런하게 할 수 없으니까요.

칼리스토 이 일을 어떻게 할 생각이냐?

셈프로니오 나으리께 말씀드립죠. 이 마을 끝에 살고 있는 셀레스티나라는 수염 난 마녀 노파를 제가 알고 지낸 지 오래됩니다요. 그 여자는 좋지 못한 일에는 한 번도 빠지지 않고 나서는 자인데 교활한 게, 수완이 보통이 아닙죠. 제가 알기로는 이 마을에서 그 노파의 솜씨로 처녀성을 잃었거나 다시 얻은 여자가 무려 5천 명 이상이 됩니다요. 그 노파가 원하기만 하면, 높은 산도 움직이고, 음탕한 일은 벌어집니다요.

칼리스토 내가 그 노파를 만날 수 있을까?

셈프로니오 여기까지 제가 데리고 옵죠. 그러니 나으리께서도 준비하시고 그녀에게 관대하고 솔직하게 보이셔야 합니다요. 제가 나으리의 고통을 말하러 갈 동안 나으리의 문제를 잘 생각해 두세요. 그 노파가 나으리께 처방을 줄 것입니다요.

칼리스토 언제 갈 거냐?

셈프로니오 지금 갑죠. 주인님은 신과 함께 편하게 계시와요.

칼리스토 아니, 신이 너와 함께하시길 바라네. 오, 전능하시고 영원하신 신이시여! 길 잃은 자를 인도하시며 베들레헴으로 별을 앞세워 동방 박사 세 사람을 인도하시고 또 무사히 돌아오게 하신 신이시여, 당신께 겸손히 간청하오니 우리 셈프로니오를 인도하시사 나의 고통과 슬픔이 즐거움으로 변하도록 해 주시고 변변치 못한 저도 제 소원하는 바를 성취하도록 하소서.

제5장

셀레스티나 즐겁고도 즐겁구나, 엘리시아! 셈프로니오, 셈프로니오가 왔다!

엘리시아 (쉿, 쉿, 쉿!)

셀레스티나 (왜 그러니?)

엘리시아 (여기 지금 크리토가 있잖아요?)

셀레스티나 (빗자루 두는 곳에 빨리 숨겨라. 네 사촌이 온다고 그래.)

엘리시아 (크리토, 여기 숨어, 내 사촌이 왔어. 난 이제 죽었어!)

크리토 (난 좋은데, 그러지 마라.)

제6장

셈프로니오 축복받으신 어머님, 안녕하시와요. 내가 얼마만한 희망을 갖고 오는지 모르실 겁니다요. 당신에게 나를 보게 하신 하느님께 감사합니다요. 다시 뵐 수 있으니 더한 기쁨이 없네요.

셀레스티나 이게 누구야? 내 아들, 나의 군주! 너무 반가워서 말문이 막히는구나. 어디 보자, 한 번 더 안아 보자, 그래 사흘 동안 꿈짝 않고 있을 수 있었단 말이냐? 엘리시아, 엘리시아! 이리 좀 와 봐. 여기 와서 그를 봐. 빨리 좀 오지 않고.

엘리시아 누구를요?

셀레스티나 셈프로니오.

엘리시아 아이구머니나! 가슴이 터질 듯 두근거리네. 그래, 무슨 일이래요?

셀레스티나 만나 보면 알지, 이리 오너라. 내가 그를 끌어안아 줄 테야. 너 말고.

엘리시아 아이고, 저런 배신자를 봤나! 빌어먹을 놈, 네 원수의 손에 죽어 버려라! 큰 죄를 짓고 잔인하게 처형을 당하든지! 이럴 수가, 이럴 수가!

셈프로니오 히히히! 뭘 그래, 왜 그렇게 화가 났어, 엘리시아?

엘리시아 사흘씩이나 나를 안 보다니. 결코 신이 다시는 너를 보호하거나 함께하시지 않기를 빌겠어. 신이 네게 바라는 희망과 모든 선한 목적에 슬픔이 깃들 거야.

셈프로니오 그만, 내 안주인. 거리가 멀다고 내 가슴속에 불타는 정열을, 네게 향한 내 정열을 식힐 수 있다고 봐? 어딜 가든 너는 나와 함께 있고 나와 함께 가는 거야. 자, 그걸로 충분하니 더 이상 괴로워하지 말고. 그런데 위에서 무슨 소리가 나는데?

엘리시아 누구시냐고요? 내 애인이지.

셈프로니오 그렇다면 믿지.

엘리시아 정말이야. 올라가 봐.

셈프로니오 그러지.

셀레스티나 이리 와. 네가 없어서 머리가 어떻게 되고 경솔해진 모양이니까 그 미친 애는 내버려 둬. 쓸데없는 소리를 자꾸 할 거니까 신경 끊어. 그러지 말고 이리 와서 이야기나 하자. 시간 낭비 하지 말고.

셈프로니오 그런데, 위에 있는 사람은 누구예요?

셀레스티나 정말 알고 싶냐?

셈프로니오 네.

셀레스티나 신부님이 맡겨 둔 처자야.

셈프로니오 어떤 신부 말입니까?

셀레스티나 알려고 하지 마.

셈프로니오 제발, 어머니, 어떤 신부예요?

셀레스티나 그렇게 알고 싶다면 말해 주지. 이곳 사제, 뚱뚱한 분 말이다.

셈프로니오 오, 어쩌시려고 이런 끔찍한 짐을 지셨습니까요?

셀레스티나 누구나 그만한 짐은 지고 있지. 너, 배에 난 상처 봤잖아.

셈프로니오 상처는 아니고 못이 박인 건 봤지요.*

셀레스티나 저런 익살꾼을 봤나!

셈프로니오 익살꾼이건 아니건 그 문제는 그만 놔두시고 위에 있는 처자나 보여 주세요.

엘리시아 아이고, 고집쟁이! 그렇게 그 애를 보고 싶어? 눈이나 툭 튀어나와 버려라! 아니 그래, 나 하나로 만족이 안 되셔? 가 봐. 그리고 다시는 날 만날 생각 하지 마!

셈프로니오 제발, 입 좀 다물어! 화났어? 그 애도 보고 싶지 않고 새로 태어난 계집도 관심 없어. 나는 어머니와 의논할 일이 있으니 좀 물러나 있어 줘.

엘리시아 그래요? 그럼, 마음대로 하시지! 어서 가 버려. 몰인정한 사람 같으니! 3일은 고사하고 3년 후에도 나를 보러 올 생각일랑 하지 마!

셈프로니오 자, 어머니. 제가 농담하는 게 아니란 걸 믿으세요. 어서 망토를 걸치고 가십시다요. 가는 길에 말씀드리지요. 여기서 말씀드리려고 시간을 끌다 보면 어머니 재물이나 저의 재물이 다 사라질지도 모르니까요.

셀레스티나 그럼, 어서 가자. 엘리시아! 문단속 잘해! 잘 있어라, 나의 집아!

제7장

셈프로니오 어머니! 자, 하던 일은 그대로 두시고, 지금 제가 말씀드리는 것만 생각하세요. 다른 일은 신경 쓰지 마시고요. 여러 곳에 마음을 두면 한 가지 일도 못 건지니 확실한 일에만 신경 쓰세요. 지금껏 저에 대해 듣지 못한 바를 이번 기회에 아셨으면 합니다요. 그리고 사실 제가 어머니를 전적으로 믿게 된 이후로 어머니 마음에 못 들까 봐 전전긍긍했거든요.

셀레스티나 하느님이 당신의 것을 너와 함께 나누시기를. 신은 이유 없이 그런 일을 하지 않으시지만 네가 이 죄 많은 늙은이를 그렇게 생각해 주니 말이다. 자, 너와 나 사이에 쌓인 깊은 정은 구차스러운 설명이나 서론이나 변명을 필요로 하지 않으니 머뭇거리지 말고 무슨 일인지 말해 봐. 괜히 몇 마디로 알아들을 것을 여러 말로 흐려 놓지 말고 어서 본론으로 들어가자.

셈프로니오 그렇죠. 칼리스토가 멜리베아에 대한 사랑 때문에 불타고 있습니다요. 그래서 저와 어머니의 도움을 필요로 하고 있어요. 그러니 우리 함께 이 기회를 이용합시다요. 때를 알고 기회를 놓치지 않는 사람은 번창하게 마련입죠.

셀레스티나 말 한번 잘하는구나. 어쨌든 내가 여기에 있지 않느냐. 내가 눈길 한 번 던지는 것으로 모든 게 해결돼. 외과 의사가 머리 터진 사람들을 좋아하듯 나는 네가 들고 온 소식으로 즐겁구나. 처음에는 상처를 더 곪게 하고 건강을 책임 못 지겠다고 하는 사람들처럼 나도 칼리스토를 다룰 줄 알지. 나도 확실한 처방은 주지 않고 질질 끌 거야. 시간이 걸릴수록 오랜 기다림으로 마음이 괴롭고, 희망을 잃어 갈수록 그만큼 더 매달리게 마련이라고들 하잖는가. 내 말 알아듣겠느냐?

셈프로니오 조용히 하세요. 벌써 다 왔어요. 벽에도 귀가 있다고들 하잖아요.

셀레스티나 문을 두드려라!

셈프로니오 탁 탁 탁.

제8장

칼리스토 파르메노야.

파르메노 예, 나으리.

칼리스토 안 들리느냐? 이 빌어먹을 귀머거리야!

셈프로니오 무슨 말씀이신가요? 나으리.

칼리스토 누가 문을 두드리잖니. 빨리 나가 보아라.

파르메노 누구세요?

셈프로니오 나야. 그리고 부인이 계셔.

파르메노 나으리, 셈프로니오와 화장한 늙은 뚜쟁이가 저 소란이랍니다요.

칼리스토 입 닥치지 못하겠느냐? 못된 놈 같으니! 내 이모님이시다. 빨리 가라, 빨리. 그리고 어서 열어 주어라. 작은 재난을 피하려다 더 큰 재난을 만나는 사람을 난 늘 보아 왔다. 사랑이나 충성이나 두려움이 짐스럽게만 느껴질 파르메노, 너에게 이 일을 숨기려다 하느님 못지않게 내 일생을 좌우할 노파의 기분을 상하게 했구나.

파르메노 나으리께서는 어째서 자신을 괴롭히십니까요? 왜 속을 푹푹 썩이고 계시느냐 말이에요? 제가 이 노파를 뚜쟁이라고 부른 것에 이 노파가 자존심이라도 상할 것으로 생각하시나요? 그렇게 생각지 마시와요. 나으리를 똑똑한 신사라고 부르면 나으리의 기분이 좋아지듯이 그 노파는 뚜쟁이라고 불릴 때 오히려 영광으로 생각할 겁니다요. 그녀는 뚜쟁이란 호칭 외에도 여러 별명으로 불리고 있습죠. 그녀는 여자들 틈에 끼여 가다가 누군가가 '늙은 뚜쟁이' 라고 부르면, 아무런 부끄러움도 없이 돌아다보며 즐거운 얼굴로 대답합지요. 초대연, 축제, 결혼식, 동지회, 장례식을 비롯해 사람이 모이는 곳에서는 모두가 그녀와 시간을 보냅죠. 개 사이로 그녀가 지나가면 개들의 짖는 소리가 '늙은 뚜쟁이' 입죠. 새들에게 가까이 가면 새들은 다른 소리를 안 내죠. 목축 떼에 가까이 다가가면 목축들도 '늙은 뚜쟁이' 라고 큰 소리로 알린답니다요. 당나귀들에게 다가가면 이들도 '늙은 뚜쟁이' 하고 울부짖는뎁죠. 냇가의 개구리도 제 소리를 안 내고 그녀를 부릅니다요. 대장장이들 사이로 걸어가면 그들의 망치가 '늙은 뚜쟁이' 라 부르고, 목수들이나 칼 만드는 사람들이나 말편자 붙이는 사람들이나 놋그릇 만드는 사람들이나 모직물 짜는 사람들 등 모든 직종의 사람들이 이구동성으로 그녀의 이름을 공중에 불러 댑죠. 목수들은 '늙은 뚜쟁이' 라고 홍얼대고, 이발사들은 그녀의 이름을 빗질하고 방직 공장 직공들은 베틀을 놀리면서 그 노파의 이름을 짜고, 농부들은 과수원이나 밭이나 포도원에서나 추수할 때나 그녀 이야기로 힘든 하루를 보내지요. 도박판에서 한 판 질 때마다 터져 나오는 게 '늙은 뚜쟁이' 랍니다. 그 여자가 있는 곳이라면 어느 곳에서든 그 이름으로 불립죠. 오, 그 노파의 남편은 오쟁이 진 게 틀림없어요! 뭘 더 말씀드려요? 돌끼리 부딪쳐도 '늙은 뚜쟁이' 라고 소리를 내니 말입죠.

칼리스토 파르메노, 너는 그런 사실을 어찌 그리 잘 알고, 그 노파를 또 어떻게 아느냐?

파르메노 말씀드립죠. 오래전에 제 어머니가 그 노파의 집 근처에서 아주 가난하게 사셨는데, 노파의 부탁으로 어머니께서 저를 그 집 하인으로 주셨지요. 노파는 제가 자기 밑에서 지냈던 게 얼마 안 되는 데다, 또 제가 많이 변해서 저를 기억하지 못할 겁니다요.

칼리스토 무슨 일을 도왔느냐?

파르메노 시장에 가서 먹을 걸 사 오든가, 그녀를 따라다니곤 했습죠. 제 어린 힘으로 감당할 수 있는 일들을 말입니다. 그런데 그 짧은 시간 경험한 일 중에는 노파가 제게서 앗아 갈 수 없는 기억들이 있습니다요. 이 노파는 동구 밖 강가에 있는 구린내가 심하게 나는 가죽 공장 가까이에 다 쓰러져 가는, 집 같지도 않은 외딴집에 살았습죠. 노파는 여섯 가지 직업을 갖고 있었는데, 알아 두시는 게 좋을 것입니다요. 재봉사,* 향수 제조사, 화장품 제조사, 처녀막 재생술사, 뚜쟁이, 그리고 마법도 약간 했습니다요. 재봉 일은 다른 직업들을 덮기 위한 위장이었습죠. 그 일을 핑계로 젊은 하녀들이 수를 놓는다거나 셔츠를 만든다거나 깃 장식을 만든다거나 하는 잡다한 일로 노파의 집을 들락거렸습죠. 그런데 이 처자들은 그냥 빈손으로 오는 적이 없었습죠. 주인 마나님 몰래 햄이나 보리, 밀가루 또는 포도주 항아리와 그 밖의 많은 식료품을 훔쳐 오기도 하고, 어떤 때는 값진 물건들도 숨겨 들고 왔습지요. 이 노파는 학생들이나 집에서 식량품 창고를 책임지고 있던 하인들과 성직자들의 심부름꾼들의 여자 친구가 되어 주기도 했습죠. 자기를 찾아온 이들에게 힘없는 이 여자들의 죄 없는 피를 팔았습죠. 처자들은 몸 파는 일을 아주 가볍게 생각했답니다요. 이 노파가 약속한 처녀막 재생 수술을 믿었던 것입죠. 이 노파의 행태는 여기서 끝나지 않았습죠. 이런 처자들을 이용하여 꼭꼭 갇혀 있던 규수들까지 자기 목적에 끌어들였답니다요. 경건한 시간, 다시 말해 밤 순례나 자정 미사, 새벽 미사, 낮 미사, 그 밖에 비밀리에 이루어지던 경배 시간을 이용해 얼굴을 가린 채 이 규수들이 그 노파의 집으로 들락거리는 것을 보았습죠. 그 규수들 뒤를 따라 저명한 양반들이 맨발로나 얼굴을 가린 채 죄를 저지르기 위해 들어갔습니다요. 무슨 장사를 하는 건가 하고 생각하시겠죠, 나으리? 그 노파는 산파 일도 하고 모든 집에 들어갈 구실로 이 집의 실을 집어다가 일부러 다른 집에 주곤 했습죠. 이 집에서 "어머니, 이리 좀 오세요!" 하는가 하면, 또 다른 집들에서는 "여기로 오세요!", "조심해요, 늙은이!", "자, 영혼이 가신다!"라고 했습죠. 그 노파를 모르는 집은 하나도 없답니다요. 이처럼 바쁜 와중에도 결코 미사 참례나 수도원이나 수녀원 방문을 빠뜨리는 일은 없었습지요. 그곳에서 그녀는 할렐루야를 외치면서 만남을 주선했고 자기 집에서는 갖가지 향수를 만들었습죠. 소합향, 안식향, 송진, 용연향, 사향 등을요. 증류기와 실험관과 탕관 등이 진흙, 유리, 구리, 주석으로 만들어져 천태만상을 이룬 방이 있었는데, 거기서 여러 가지 화장품들을 만들었습지요. 레몬즙과 기러기나 산짐승의 쓸개로 주름살을 감추는 화장품을 만들었습죠. 장미나 밀감이나 재스민, 클로버, 인동덩굴에서 향료를 뽑아냈습죠. 카네이션과 사향장미와 사향에서 알코올과 분가루도 추출했습죠. 포도 덩굴, 떡갈나무, 보리, 박하나무에서 뽑은 즙에 질산칼륨, 명반, 톱풀을 섞어 머리카락을 노랗게 물들이는 염색약을 만들고, 또 온갖 연고와 기름을 갖고 있었는데 말하자니 구역질이 날 정도입니다요. 암소, 곰, 말, 낙타, 뱀, 토끼, 고래, 기러기, 알락해오라기, 꽃사슴, 산고양이, 너구리, 다람쥐, 고슴도치, 수달의 것들입죠. 목욕 용품들도 다양했습지요. 천장에 매달아 놓은 뿌리와 약초들로 만들었는데 굉장했습니다요. 캐모마일, 로즈메리, 왕아욱, 공작고사리, 말오줌나무 꽃, 야생화, 붉은 잎 등이었습죠. 또 얼굴에 바르는 기름도 짜냈는데 믿기 어려운 것입니다요. 소합향, 재스민, 레몬, 안식향 등 온갖 식물에서 기름을 뽑아 썼습지요. 그녀는 특히 코에 난 상처에 바르려고 방향유를 작은 유리병에 따로 담아 두고 있었습니다요.* 처녀막 복구 시술도 했습지요.* 어떤 때는 부레로 했고 또 어떤 때는 레이스 뜨개로 했습니다요. 색칠한 상자로 만든 수술대 위에는 가느다란 바늘과 명주실이 있었고, 지혈을 위한 약초 뿌리들과 백합과 식물과 지혈대가 매달려 있었습지요. 이런 것들을 갖고 그녀는 놀라운 일들을 했습니다. 프랑스 대사가 왔을 때는 자기가 데리고 있던 하녀를 세 번이나 처녀로 팔았습죠.

칼리스토 백 명이라도 할 수 있겠네!*

파르메노 그렇고말고요! 그녀에게 맡긴 많은 고아와 뜨내기 여자들을 동정한답시며 고쳐 주곤 했습지요. 또 한편으로는 사랑이 식은 남녀들을 사랑하도록 해 주기도 했습니다요. 그 여자는 순산에 좋다는 사슴 심장 부위에 있는 뼈, 독사의 혀, 사랑의 묘약에 쓰이는 메추리 머리, 당나귀 골, 말의 눈꺼풀, 갓난아기의 첫 배설물, 강낭콩, 바다 돌멩이, 행운을 가져다준다는 교수형에 쓰인 밧줄, 적설초의 꽃, 고슴도치의 바늘, 너구리의 발, 유산을 막아 준다는 고사리 씨, 독수리 집의 조약돌 등등, 수천 가지 물건들을 가지고 있습니다요. 많은 남녀들이 그 노파를 찾아오는데, 대가로 빵을 달라고 하든가, 옷을 달라고 하든가, 금발 머리를 잘라 놓고 가라든가 합죠. 어떤 사람들한테는 손바닥에 사프란으로 글자를 써 주기도 하고 주홍빛 모래로 써 주기도 합니다요. 또는 밀초나 진흙이나 납으로 빚은 인형 가슴에 부러진 바늘을 박은 것들을 만들어 주는데 보기에도 끔찍한 것들입니다요. 형상을 그려 놓고 땅에 대고 말을 하곤 했습죠. 그 노파가 하는 짓을 누가 다 알겠습니까요? 모두가 우롱이고 거짓입지요.

칼리스토 됐다, 파르메노, 다음 기회에 또 듣기로 하자. 네 덕에 충분히 알았다. 그래서 고맙다. 이젠 더 머뭇거리지 말고 하던 일을 하자. 그 노파는 우리가 청해서 오는 것인데 많이 기다리게 했구나. 자, 그분의 마음이 상하지 않게 해라. 나는 지금 두려워하고 있고 두려움은 기억을 쇠하게 하며 운명에 모든 것을 맡겨 버리게 만들지. 자, 가서 준비하자꾸나. 네게 한 가지 부탁이 있는데 파르메노, 지금 나를 기꺼이 돕고 있는 셈프로니오를 질투해서 이번 일을 망치지 않았으면 좋겠다. 내가 셈프로니오에게 조끼를 준다면 네게는 겉옷을 줄 테니 그리 알고 있어라. 셈프로니오의 수고보다 네 충고와 경고를 내가 가볍게 여긴다고 생각지 마라. 내가 아는 바로, 정신적인 것이 육체적인 것을 우선한다. 그리고 짐승들은 인간보다 더 육체적 노동을 하게 마련이고 그 대가로 주인의 배려와 보살핌을 받는 법이다. 그렇다고 짐승이 인간의 친구는 아니잖는가. 셈프로니오와 나, 그리고 너와 나의 관계에 있어 차이가 바로 이렇다. 너와 나는 하인과 주인의 관계가 아니라 친구 사이란 말이다.

파르메노 나으리, 제게 겉옷을 주신다느니 하시며 훈계와 약속을 하시는 것을 보니 제 충성심과 봉사를 의심하시는 게 저는 불만입니다요. 제가 언제 시기하는 것을 보셨습니까? 아니면 제 이익이나 불만 때문에 나으리에게 이익이 되는 일을 방해한 적이 있었습니까요?

칼리스토 그만 호들갑 떨어라. 그동안의 네 행실과 바른 성품으로 다른 하인들보다 네가 내 눈에 들었느니라. 하지만 내 생명과 안녕이 걸려 있는 이 같은 힘든 일에서는 각별히 조심하는 것이 필요해서 그런 게다. 나는 이번 일의 모든 사태에 대비하고 있다. 어쨌든 네 선량한 성품으로 인한 행실은 꽃을 피울 것이다. 자, 이제 그만하고 그 여자를 보러 가자꾸나.

제9장

셀레스티나 (발소리가 들려. 이리로 내려오고 있다. 셈프로니오, 모르는 척해. 너와 나에게 어떤 것이 이익이 되는지 잘 들어 보란 말이야.)

셈프로니오 (말해 보세요.)

셀레스티나 나를 들들 볶아 괴롭히지 말란 말이다. 근심을 짐 지우는 일은 시름에 빠진 짐승에게 채찍질하는 거나 마찬가지야. 너는 네 주인의 괴로움을 자기 것인 양하고 있어. 네가 네 주인이고 네 주인이 너인 것 같고 모든 고통이 한 사람 속에 있어 보여. 그래서 내가 이 문제를 해결하지 않고 그냥 내버려 두려고 온 것이 아님을 알아라.

칼리스토 파르메노, 잠깐, 쉿! 이들이 말하는 소리를 들어 봐라. 우리가 어떤 세상에 사는지 알아보자. 오! 훌륭한 노파여! 그토록 고상한 양심을 지닌 자들에겐 어울리지 않는 세속의 물질들이여! 오, 성실하고 진실한 셈프로니오여! 파르메노야, 봤지? 들었지? 내가 옳았지? 이제 나의 비밀과 충성심과, 내 영혼의 친구가 무슨 말을 할까?

파르메노 저에게 진실한 우정을 약속하셨기에, 우선 제 진실을 의심하신 데 항의하면서도, 한편 성실하게 하인으로서의 임무를 다하는 의미에서 말씀드리겠습니다요. 제 말씀을 들으시고, 애정이 나으리를 귀머거리가 되지 않고, 쾌락에 대한 열망이 나으리를 장님으로 만들지 않게 하세요. 조심하시고 서두르지 마세요. 충실하다는 이유로 사람을 너무 믿는 이들이 많은 실수를 합죠. 제가 비록 어리기는 하지만 많이 보아 왔고 보고 생각한 것들이 경험으로 남아 있습니다요. 저들은 나으리께서 층계를 내려오시는 것을 보거나 소리를 듣고 일부러 꾸며서 말을 한 것입니다요. 그 가증스러운 말을 나으리는 덮어놓고 신뢰하시는 겁니다요.

셈프로니오 (셀레스티나, 파르메노 자식이 하는 말이 좋지 않게 들리는데요.)

셀레스티나 (입 다물어. 내 믿음을 두고 장담하건대, 당나귀가 올 때 안장도 따라서 올 테니 염려 마라. 파르메노는 나에게 맡겨. 우리와 한패로 만들어 놓을 테니까. 그리고 우리가 얻는 데에서 얼마를 떼어 주면 돼. 재물은 나누어 갖지 않으면 재물이 아니야. 다 긁어 들여서 모두 나누어 갖고 함께 즐기자고. 파르메노를 데려다가 네 손바닥의 빵가루를 핥아 먹을 정도로 순하게 길들여 놓을 테니. 너와 나 둘, 파르메노와 칼리스토 둘이 편을 먹다가 나중에 너, 나 그리고 파르메노가 한편이 되어 칼리스토의 것을 다 긁어 오는 거지.)

제10장

칼리스토 셈프로니오!

셈프로니오 부르셨습니까요?

칼리스토 내 생명의 열쇠여, 뭘 하고 있느냐? 문 열어라. 오, 파르메노야, 이제야 내 생명을 보게 되는구나. 내 병이 다 나은 것 같다. 살았다고! 얼마나 공경할 만한 인물인가! 고개가 절로 숙여지는군! 대체로 외모로 내적 덕성을 알 수가 있지. 오, 덕스러운 노파여! 노후의 덕이여! 오, 내 열망의 영광스러운 희망이여! 오, 내 감미로운 소망의 종착지여! 내 열정의 치료제여! 내 고통의 치유여! 나의 재생이여! 내 생명의 재생이여! 내 죽음의 부활이여! 당신에게 다가가 그 전능한 손에 입을 맞추고 싶구려. 그러나 내 보잘것없는 주제가 나를 주춤거리게 만드는구려. 이만큼 서서 당신이 서 있는 그 땅을 경배하고 그 경배로 땅에 입을 맞추오.

셀레스티나 (셈프로니오, 내가 기껏 저런 말로 먹고산단 말인가! 멍청한 네 주인이 갉아 먹다 만 뼈다귀나 내게 줄 모양인데 난 다른 걸 원한단 말이다. 네 주인의 몸이 달아 있을 때 어떻게 할는지 보게 될 거야. 그에게 입은 닫고 주머니를 열라고 해! 행동으로 보여 줘도 의심할 판인데 어떻게 말을 믿겠나. 워, 워 절름발이 당나귀, 그만 거기서 멈추지!* 네가 더 부지런해야겠다!)

파르메노 (아아, 이 말을 듣는 내 귀여! 망한 자를 좇는 사람은 망하게 마련이야. 오, 불행하고 불쌍한 눈먼 칼리스토여! 사창가란 사창가는 다 굴러다닌 늙어 빠진 뚜쟁이에게 경배하고 있다니! 완전히 망가졌고 굴복하고 타락했어! 구제도 충고도 노력도 필요 없게 됐어.)

칼리스토 어머니, 무슨 말씀이신지요? 제가 보상을 하지 않으려고 말만 하고 있다 생각하셨나 봅니다.

셈프로니오 저도 그렇게 느꼈습죠.

칼리스토 너, 그 열쇠들 갖고 날 따라오너라. 그녀의 의심을 풀어 줘야겠다.

셈프로니오 잘하시는 겁니다요. 빵에 곰팡이가 생기기 전에, 친구의 마음에 의심이 생기기 전에 훌륭한 행실의 호미로 잡초를 제거하셔야 합니다요.

칼리스토 말 한번 잘한다. 자, 빨리 가자, 지체하지 말자.

제11장

셀레스티나 파르메노, 네가 보잘것없는 나의 일부분이라는 것과, 내가 너를 얼마나 사랑하는지 네가 알 기회가 주어진 것이 기쁘구나. 나 자신을 보잘것없다고 말한 것은 네가 주인에게 나를 소개한 말을 엿들었기 때문이야. 물론 난 상관 안 해. 덕을 갖고자 한다면 모든 유혹을 참아야 하고 악을 악으로 갚지 말아야 하거든. 특히 우리가 처세술을 모르는 젊은이들에게 유혹을 당하고 있을 때에는 말이다. 그들은 맹목적인 충성심으로 자신과 주인 모두를 망하게 하지. 지금 네가 네 주인 칼리스토에게 하고 있는 바로 그런 것이야. 내가 네 말을 잘 들었고 이해했다고 해서 내가 노망이 들어서 그랬다고 생각지 마라. 나는 보고 듣고 알 뿐만 아니라 더 나아가 본질적인 것들을 지적 안목으로 꿰뚫어 볼 줄 안다. 파르메노, 네 주인이 여자 문제로 노심초사하고 있다는 사실을 말이야. 그렇다고 그가 연약해서 그런 거라고 여겨선 안 돼. 닿을 수 없는 사랑은 모든 것을 이기는 법이니까. 그리고 너는 모르지만 네 주인은 두 가지만은 확실하다고 믿고 있어. 하나는 남자가 여자를, 여자가 남자를 사랑하는 일은 어쩔 수 없는 일이라는 것이고, 둘은 진실로 사랑하는 자가 극한적인 희열의 감미로움에 도취되어 고통을 당해야 한다는 사실인데, 이것은 창조주가 그렇게 해 놓으신 일이니 어쩔 수 없고 그렇게 해서 인류가 지속되는 것이다. 그렇지 않다면 인류는 오래전에 그 맥이 끊겼을 거야. 이런 일은 인간에게서만 볼 수 있는 현상이 아니야. 물고기, 짐승, 새, 파충류, 식물에서도 암수의 관계는 격렬해. 어떤 식물들은 짧은 거리를 두고 그 사이에 농부나 약초 채집가가 아무것도 심지 않으면 암수가 서로 바라보며 서 있게 된다니까. 파르메노, 넌 이것에 대해 어떻게 생각하지? 바보 천치에 정신 나간 놈에, 천사 같고, 작은 진주 같고 단순하기 짝이 없는 놈아! 얼굴 표정이 왜 그래? 이리 좀 와 봐, 뚜쟁이 새끼야. 너는 세상에 대해 아무것도 모르고 세상 재미에 대해서도 영 꽝이야. 내가 비록 늙었지만 너를 흥분시키면 나를 삼킬 듯이 덤벼들 거야! 지금 목소리가 거칠어지고 수염이 곤두서는 걸 보니 그러네. 배 끝에 독이 올랐어!

파르메노 전갈의 꼬리처럼!

셀레스티나 더 고약하지. 전갈의 꼬리야 찔려도 붓지 않지만, 네 것에 찔리면 아홉 달은 부어 있지.

파르메노 히히히!

셀레스티나 웃어? 이 고깃덩어리가?

파르메노 말조심해요, 내 비록 어리지만, 나를 숙맥으로 여기지 말라고요. 나는 내 주인님을 사랑합니다. 내가 이 집에서 자랐고 은혜를 입었고 대우를 잘 받았으니 나는 그분께 충실해야 합니다. 하인과 주인의 고리는 하인이 주인을 충실히 섬기는 데 있는데, 그렇지 않으면 끊어지는 거죠. 주인님이 정신을 못 차리고 있는 것을 보면 속이 탑니다. 결과가 좋을 거라는 희망도 없이 욕망을 좇는 일보다 더 나쁜 것도 없는데 말입니다. 자기의 힘들고 어려운 문제를 저 야만인 같은 셈프로니오의 헛된 충고와 엉터리 논리로 해결하려는 주인님을 보니 말입니다. 그건 곡괭이 날로 옴벌레를 끄집어내고자 하는 것이죠. 이 일을 보고만 있을 수밖에 없으니, 말을 하면서도 별도리가 없어 눈물만 나올 뿐입니다!

셀레스티나 파르메노, 울어서 해결될 수도 없는 일을 가지고 운다면 얼마나 멍청한 바보짓이냐?

파르메노 그러니 우는 게 아닙니까? 울어서라도 주인님께 처방을 가져다 드릴 수 있다면 그 기쁨이 얼마나 크겠어요. 좋으면 울 수도 없을 겁니다. 일이 이렇게 되어 가니 희망은 이미 모두 사라졌고, 희망이 없으니 즐거울 리 없고 눈물만 나옵니다.

셀레스티나 쓸데없이 우는구나. 운다고 네 주인의 병이 낫기를 하냐, 일을 막기라도 하냐. 파르메노, 다른 사람에게는 이런 일이 없었겠냐?

파르메노 다 있었겠지만 주인님이 고통 당하는 것은 싫습니다.

셀레스티나 그런 게 아니야. 비록 고통스럽다 해도 고칠 수 있는 병이야.

파르메노 듣고 싶지 않아요. 좋은 일은 가능성보다는 실현이 더 좋고, 나쁜 일은 실현보다는 가능성만으로 끝나는 것이 좋죠. 그러니 건강해질 가능성보다는 건강한 것이 더 좋고, 실제 병이 든 것보다는 고통스러울 수도 있다는 가능성으로 끝나는 것이 좋죠. 그런즉 좋지 않은 일은 실현보다는 가능성으로만 끝나는 게 더 좋습니다.

셀레스티나 오, 고약한 것! 아직 못 알아듣다니! 너는 네 주인의 병에 동정심도 없단 말이냐? 지금까지 말한 게 다 뭐냐? 지금 너는 뭘 불평하고 있는 거냐? 우롱을 하든지 아니면 거짓을 진실이라 말하고 네가 원하는 것을 믿어. 네 주인은 진짜 환자이고 그 병을 고칠 가능성은 여기 이 연약한 노파의 손에 달려 있다.

파르메노 늙고 말라비틀어진 창녀라고 말하는 편이 낫겠지!

셀레스티나 창녀의 나날들이여, 만세! 이 능구렁이 같은 놈! 감히 어떻게?

파르메노 나는 당신을 알기 때문에…….

셀레스티나 너는 도대체 누구냐?

파르메노 당신 대부인 알베르토의 아들 파르메노. 어머니가 나를 당신에게 보내 한 달간 당신 집에서 산 적이 있죠. 가죽 공장 가까이 강 언덕에서 살 때였어요.

셀레스티나 세상에, 이런 일이! 네가 바로 클라우디나의 아들 파르메노라고?

파르메노 바로 나죠!

셀레스티나 유황불에 타 죽을 놈! 네 어미는 나 못지않은 뚜쟁이였는데! 넌 왜 나를 이렇게 쫓아다니며 괴롭히느냐? 아이구, 저 놈이 바로 그놈일세그려! 이리 좀 가까이 와 봐라. 네게 채찍질과 주먹질을 심심찮게 했고 뽀뽀도 많이 해 줬지. 내 발치에서 자던 기억이 나느냐? 이 미친놈아!

파르메노 아주 생생하게. 내가 어렸는데도 내 머리맡까지 올라와서 나를 끌어안곤 했었죠. 나는 당신한테서 풍기는 늙은이 냄새가 싫어 도망가곤 했었어요.

셀레스티나 악성 가래톳으로 죽어 버려라! 어떻게 그런 말을! 지나간 얘기는 이제 그만두고, 이놈아 내 말 좀 들어 봐라. 목적이 있어 내가 불려 왔는데, 너로 인해 내가 이야기할 거리가 생겼으니 다른 목적을 이루는구나. 이놈아, 네 아비가 멀쩡히 살아 있는데도 네 어미가 나한테 너를 보낸 사실을 잘 알고 있지? 네 아비는 네가 나를 떠난 후, 네 신변과 목숨을 걱정하다 돌아가셨다. 말년에는 고통을 많이 겪었지. 그 후 여러 해가 지나서 나를 불러다가 은밀하게 너를 부탁했단다. 모든 행위와 사고와 양심과 속마음의 증인이신 하느님 이외에 다른 증인은 우리 사이에 두지 않고 속사정을 털어놓았지. 너를 찾아 키우다가 나이가 차면 세상살이도 알게 될 테니, 그때 가서 자신이 감추어 둔 금은보화의 장소를 알려 주라고 하더라. 이 금은보화의 양은 네 주인이 주는 급료보다 더 많을 게야. 내가 네 아비에게 약속을 했더니 그제야 눈을 감더라. 그리고 죽은 사람에게 한 약속은 산 사람에게 한 약속보다 더 충실히 이행해야 하는 법이어서, 죽은 사람은 할 수가 없으니 내가 너에 대해 알아보고 찾아다니는 데 지금까지 많은 시간과 돈을 썼다. 이 모든 나의 선량한 봉사가 세상의 모든 근심을 가지시고 정당한 요구를 들어주시는 분의 마음에 들었는지 여기서 너를 만나게 해 주셨나 보다. 3일 전에야 네가 여기에 있는 줄 알았다. 네가 세상을 떠돌아다니느라 고생하고 진실한 친구도 만날 수 없었다고 생각하니 마음이 아팠지. 세네카가 순례자들은 숙소는 많이 알지만 친구는 별로 없다고 했듯이, 짧은 시간에는 누구와도 진실한 우정을 맺을 수가 없기 때문에 말이다. 떠돌이 생활을 하는 사람은 어느 곳에도 마음을 둘 수 없고 제대로 먹지도 못하고 음식을 바꾸다 보면 건강까지 버려. 아무 약이나 함부로 쓰면 상처는 아물지 않는 법이야. 자주 자리를 옮기는 화초도 잘 자라지 않는 법이다. 자리를 잡는 것만큼 이익이 되는 일은 없다. 그러니 이놈아, 젊은이의 객기는 버리고 네 선배의 교리를 따라 정신을 차려. 한 곳에만 마음을 둬. 네 아버지가 너를 맡긴 사람인 내 의지, 내 격려, 내 충고 말고 더 좋은 것이 어디 있겠느냐? 네가 나한테 무례하게 대하는 것을 보면 네 어미 아비의 저주가 네게 가득한 것 같다만, 나는 이에 개의치 않고 진정한 네 어미로서 너에게 충고를 하려는 거다. 네가 계속 내 말을 거역하고 네 지금 주인 칼리스토를 싸고돈다면 결코 불행에서 헤어나지 못할 거다. 지금 세상의 양반들처럼 변하기 쉽고 불안정한 사람들에게 미련스러울 정도로 충성을 바치는 네가 얼마나 바보 같은 줄 아느냐? 그보다는 친구를 사귀어라. 영원할 거야. 무상한 것에 마음 두지 말고 친구들과의 우정을 돈독하게 쌓아. 주인네들의 헛된 약속에 속아 넘어가지 마. 그들은 하인들의 충성을 빈껍데기와 헛된 약속으로 버리고 말지. 피를 빨아 먹는 거머리처럼 고마워할 줄 모르고 모욕하고 봉사를 잊고 대가는 지불하지도 않지. 아이고, 그런 사람의 궁전에서 늙어 가다니! 예루살렘의 실로암 연못 이야기처럼, 백 명의 환자가 들어가지만 겨우 한 사람 병을 고치는 격이지. 요즘 세상의 주인들은 자기 식솔보다 자기 자신을 더 사랑한단다. 이런 일에서는 실수하는 법이 없어. 그러니 하인들도 그대로 해야 해. 은혜니 보은이니 숭고한 행동들은 사라지고 없어. 주인네들은 하나같이 야비하게 하인들을 이용하여 자기 것을 늘리는 데에만 급급하단 말이야. 그러니 하인들도 그들보다 못하면 안 되지. 비록 능력이 조금 부족해도 그 법칙에 따라 살아가야 하는 게야. 파르메노야, 내가 이런 말을 하는 이유는 네 주인 칼리스토가 아무런 대가도 지불하지 않고 하인들을 부려 먹기만 한다지 뭐냐. 잘 생각해 보고 내 말 명심해. 네 주인집에서 친구를 구해. 세상에서 가장 값진 일이야. 하지만 주인과 우정을 맺을 생각은 하지 마. 물론 신분이나 조건의 차이 때문에 일어날 수 있는 일도 아니지만 말이다. 너도 알다시피 일은 터졌어. 우리 모두가 함께해서 너는 네 몫을 찾아 먹도록 해라. 내가 말한 대로 안 하면 기회는 다시없다. 셈프로니오와 손잡으면 너는 큰 이익을 얻을 거야.

파르메노 셀레스티나, 이야기를 듣자 하니 몸이 덜덜 떨리는데, 어떻게 해야 할지 혼란스럽네요. 한편으로는 당신을 어머니로 생각하지만, 다른 한편으로 칼리스토는 엄연히 내 주인님이신데. 나도 부자가 되고 싶긴 하지만, 어설피 높이 올라간 놈은 높이 올라간 만큼이나 쉽게 떨어져 다쳐요. 나는 정직하게 얻지 않은 재산은 싫은데…….

셀레스티나 나는 굽든 곧든 어떻게 해서든지, 집 천장까지 재물을 쌓아 놓기를 원한다.

파르메노 난 그렇게 해서 만족하며 살 수 없을 거예요. 가난하지만 즐겁게 사는 것을 명예로운 삶으로 생각하니까 말입니다. 한마디 더하자면, 재물이 적어서 가난한 것이 아니라, 만족할 줄 모르고 더 소유하고자 전전긍긍하는 사람이 가난한 사람이에요. 그러니 당신이 하는 말을 더 이상 믿고 싶지 않아요. 나는 시기 질투가 없는 삶을 살고 싶었고 험하고 거친 세상을 두려움 없이 헤쳐 나가며 놀랄 일 없는 꿈을 살고 싶었어요. 모욕에는 정의로운 답으로, 폭력에는 적당한 대응으로, 역경에는 인내심으로 살고 싶었던 겁니다.

셀레스티나 아이구, 얘야, 지혜란 늙은이에게만 주어진다더니, 넌 정말 어리구나.

파르메노 무리 없는 가난뱅이 생활이 제일 안전한 거예요.

셀레스티나 베르길리우스처럼 말해 봐라. 재물이란 모험을 하는 사람에게 찾아오는 법이다. 뿐만 아니라, 재산 있는 사람치고 친구 없이 살기를 택할 사람이 세상에 어디 있겠느냐? 네가 재산이 있으면, 주여 찬양받으소서, 그것을 지키기 위해 친구를 사귀어 둘 필요가 있다는 것을 모르겠니? 네 주인이 너를 총애한다고 해서, 너에게 한 약속이 모두 이행되고 네 재산이 보장된다고 생각지 마라. 약속한 보상의 양이 크면 클수록, 그만큼 보장하기 힘든 거란다. 그러니 의지할 것 없는 사람일수록 친구를 찾고 우정을 두텁게 하는 법이야. 네가 어디를 가면 이처럼 좋은 친척을 구할 수 있겠냐? 친척이 될 세 가지 조건이 있는데 알아 둘 필요가 있지. 뜻이 통하고 서로 도와서 이익이 있어야 하고, 만나면 함께 즐길 수 있어야 되는 거야. 뜻이 통해야 하는 데 있어서는, 네 뜻과 셈프로니오의 목적과 의지가 일맥상통하고 있지 않느냐. 상호 이익에 있어서는 셈프로니오와 서로 손을 맞잡으면 손에 넣은 것과 다름없어. 즐기는 문제에서는 말이다, 너희들 또래는 모든 향락을 만끽할 수 있는 연령이니, 놀음을 하는 데서나 옷을 입는 데서나, 농담을 걸고, 먹고 마시는 일에서나 사랑을 홍정하는 일에서나 서로 단짝이 되어 일을 치른다면 늙은이보다는 너희 같은 젊은이들이 끝내줄 수 있어. 아, 파르메노, 네가 원한다면, 우리는 참 멋진 생활을 할 수 있을 텐데! 셈프로니오는 아레우사의 사촌 엘리시아를 사랑한단다.

파르메노 아레우사의……?

셀레스티나 그래, 아레우사의…….

파르메노 엘리소의 딸, 아레우사?

셀레스티나 엘리소의 딸, 아레우사.

파르메노 정말요?

셀레스티나 정말.

파르메노 그것 참 놀라운 일이군요!

셀레스티나 좋지 않냐?

파르메노 좋고말고요.

셀레스티나 네 행운을 원하고 줄 수 있는 자가 바로 여기 있다.

파르메노 맹세코 나는 아무도 믿지 않아요.

셀레스티나 모든 사람을 믿는 것도 안 되지만, 아무도 안 믿는 것도 잘못이지.

파르메노 당신을 믿고 싶지만, 마음이 내키지 않는군요. 나 좀 그냥 내버려 둬요.

셀레스티나 야비한 녀석! 마음이 병들어 있으니 좋은 일을 즐길 수가 없지. 하느님은 턱뼈가 없는 사람을 위해 콩을 창조하신 거야. 아이고, 단순하긴! 아는 것이 너무 많거나 너무 신중한 곳에는 재물이 적게 따른다는 말이 있지.

파르메노 오, 셀레스티나! 음란과 탐욕은 악영향을 끼치니 젊은

이들은 어른들과 대화를 나누어 좋은 일을 해야 하며 어른들은 젊은이들에게 좋은 일을 하도록 권해야 한다고 많이 들어 왔는데, 당신의 본을 좇는다면 셈프로니오는 나에게 큰 도움이 될 것 같지 않고 또 내가 셈프로니오의 악행을 바로잡아 줄 것 같지도 않네요. 내가 당신 말에 솔깃해서 단지 알게 되는 것은 적어도 당신은 죄악을 숨기는 본보기라는 것입니다. 인간이 쾌락에 빠져 덕을 상실한다면, 정직성과는 멀어지게 마련이죠.

셀레스티나 어떤 것도 같이하지 않으면 즐거운 게 될 수 없는 법인데, 너는 참 생각 없이 말하는구나. 인간은 본래 슬픈 것을 피하고 쾌락과 함께하려는 본능이 있으니 움츠러들거나 낙심하지 마라. 향락은 친구들과 몰려다니며 여자를 즐기는 것을 뜻하는데, 특히 사랑 놀음에 대해 서로 이야기하는 게 즐겁지. "나는 언제 어디서 이런 짓을 했다"느니, "누가 내게 이런 말을 했어", "우리 너무 멋졌어", "그런 식으로 그녀를 취했어", "이렇게 입맞추었어", "이렇게 내 혀를 잘근잘근 씹어 댔어", "이렇게 안았지. 그랬더니 그만 헉 하고 기성을 발하더군"이라든가. "그 여자가 얼마나 말을 잘하고 기막힌지!", "아, 그 입맞춤이라니!", "우리 이 집으로 가 보자", "저리로 돌아서 가자", "풍악을 울려라", "사투리로 욕을 퍼부어 대자", "고성방가로 동네를 들었다 놓자", "그 집 여자들이 놀라게 거짓말로 해 보자", "미사를 가니, 내일이면 집을 나서겠지", "그 집 주위를 배회하자", "편지를 봐라", "밤에 가자", "사다리를 놓고 문에서 기다려", "어떻게 됐니?", "바람피운 여자의 남편 봐라", "여편네를 혼자 놔두

네", "다시 들러 봐", "저기로 다시 가자". 자 이래도 파르메노, 동반자 없이 쾌락이 있을 것 같으냐? 없지, 없고말고. 여자를 아는 자가 여자를 연주하는 법. 이게 바로 쾌락이라는 거야. 그건 들판의 당나귀들이 더 잘하고 있지.

파르메노 어머니, 난 당신이 세상에서 몰이성적인 자들이 하고 다니는 망나니짓을 마치 향락의 교훈인 양 내게 충고하는 것을 원치 않아요. 그것은 연약한 사람의 의지력을 마비시키는 달콤한 독약으로 덮어쓴 무어인들이 하는 짓이고, 그들은 달콤한 효과를 주는 가루로 이성적인 사람의 눈을 멀게 했어요.

셀레스티나 이성이란 게 뭐냐? 미친놈아! 애정이 뭐 어쩌고 어째? 이 당나귀 새끼 같은 놈아! 네가 가지고 있지 못한 분별력이 그 일을 하는 거야. 그리고 최대의 신중함은 경험 없이는 불가능하며 경험은 연륜과 함께 얻어지는 법이야. 그리고 우리같이 나이 든 사람들은 부모고, 좋은 부모는 자식에게 좋은 충고를 하게 마련이다. 특별히 내가 너에게 충고하는 이유는 네가 명예롭고 행복한 삶을 살기를 누구보다 더 원하기 때문이야. 그래, 너는 언제 이 빚을 갚을 거냐? 결코 다 갚지 못할걸. 부모와 스승에게 받은 은혜는 평생이 걸려도 갚을 수 없지.

파르메노 어머니, 의심이 가시지 않는 충고를 받아들이자니 걱정이 됩니다.

셀레스티나 내 충고를 받아들이고 싶지 않단 말이지? 그럼, 현자가 한 말을 들려주마. "목덜미를 꼿꼿이 세운 사내에게 충고를 하면 욕바가지나 얻어먹게 마련이고 좋은 것은 하나도 얻지 못한다." 그러니 파르메노야, 난 이 일에서 너와 손을 놓으련다.

파르메노 (셀레스티나가 단단히 화났구나. 내가 자기 충고를 의심하고 받아들이지 않으니까. 믿지 않는 것도 잘못이지만 모든 것을 믿는 것도 죄가 될 테니. 그런데 사랑 말고도 물질적인 이익이 따른다고 약속하니 이 여자를 믿는 것이 인간적인 도리겠지. 더구나 사람은 어른의 말을 들어야 한다고 배웠거든. 셀레스티나가 충고하는 게 뭐지? 셈프로니오와의 평화 아닌가. 평화를 거절해서는 안 되지. "화평케 하는 자는 복이 있나니, 저희가 하느님의 아들이라 불리리라"라고 하지 않았는가. 사랑을 회피해서도 안 되겠지. "형제를 사랑하라." 나쁠 것도 없네. 그러니 셀레스티나가 즐거워하게 말을 들어야겠다.) 어머니, 스승은 제자가 무식하다고 화를 내시면 안 됩니다. 당연히 알아야 할 것을 모른다거나, 귀한 장소에서 영향을 미칠 만한 가르침일 경우에는 화를 내실 수 있지만 그것도 안 내시는 게 더 낫지요. 그러니 저를 용서하시고, 말씀해 주세요. 듣고 믿고 싶을 뿐만 아니라 하나뿐인 은사로 충고를 받아들이고 싶습니다. 그렇다고 저에게 감사하실 필요는 없어요, 어떤 행위에 대한 칭송과 감사는 행위를 한 사람에게 돌아가야지, 그 행위의 혜택을 받은 사람에게 가서는 안 되지요. 그러니 명령만 하세요. 겸허히 받아들이겠습니다.

셀레스티나 실수를 하는 것은 인간의 일이고 고집을 피우는 것은 짐승의 일이다. 여하튼 모든 회의와 의심을 떨쳐 버리고 네 부친의 영민한 지혜와 분별력을 되찾은 것 같아 나는 기쁘구나,

파르메노. 네 부친의 모습이 생각나 이렇게 눈물이 쏟아지는구나. 때때로 네 아버지도 너처럼 쓸데없는 고집을 부리곤 했지만, 결국에 가서는 내 말이 옳다며 따르곤 했단다. 네가 고집을 부리다가 이제 진실로 돌아선 것을 보니, 하느님과 나의 영혼 덕분에 그가 살아 돌아와 내 앞에 있는 것 같구나. 오! 대단한 사람이었지! 자랑스러운 내 아들아! 이렇게 만족스럽다니! 오, 존경할 만한 얼굴이여! 하지만 조용히 해야겠다. 칼리스토와 너의 새 친구 셈프로니오가 오고 있다. 너는 셈프로니오와 손을 잡고 큰일을 해야 한다. 두 사람이 한마음이 되면 일을 해나가는 데 더 막강한 힘을 발휘할 수 있지.

제12장

칼리스토 어머니, 제 비운에 비추어 볼 때 당신이 살아 계시다는 사실이 믿기지 않습니다. 그러나 제 욕망으로 보아서 제가 아직 살아 있다는 것이 더 놀랍습니다. 제 생명과 함께 정성껏 드리는 것이니 이 작은 선물을 받아 주시기 바랍니다.

셀레스티나 숙련된 세공인의 손으로 아주 정교하게 다듬은 금처럼, 작품은 재료를 앞지르게 마련인데, 마찬가지로, 당신의 달콤하고 관대한 감사의 모습과 씀씀이가 이 선물을 충분히 앞서는군요. 더구나 제때 주는 선물이 그 효과를 배가시키는 건 분명하죠. 사례금이 늦어지면 그건 약속한 바를 후회하거나 거부

한다는 뜻이죠.

파르메노 (셈프로니오, 나으리가 셀레스티나에게 무얼 주었지?)

셈프로니오 (황금 백 냥.)

파르메노 (히히히!)

셈프로니오 (어머니가 너랑 말했어?)

파르메노 (말했어. 조용히 해.)

셈프로니오 (그럼 우리 어떻게 하는 거야?)

파르메노 (너 좋을 대로. 나는 지금 놀라 있기는 하지만.)

셈프로니오 (그만 능청 떨고. 내가 너를 두 번 놀라게 해 줄 거야.)

파르메노 (아이고, 하느님. 나쁜 일을 공모하는 데 있어 같은 집에 사는 적보다 더 효과적인 역병은 없네요.)

칼리스토 자, 이제는 집으로 돌아가셔서, 이 돈으로 식솔들을 위로하시고 그다음엔 제게 오셔서 저를 위로해 주십시오. 그러고 나서…….

셀레스티나 그럼, 하느님의 가호가…….

칼리스토 신의 가호가!

제2막

셀레스티나는 칼리스토와 작별한 뒤 자기 집으로 가고, 칼리스토는 하인 셈프로니오와 대화를 나눈다. 칼리스토는 자신의 모든 희망을 걸고 있는 셈프로니오를 재촉한다. 부탁한 일을 재촉하기 위해 셈프로니오를 셀레스티나에게 보낸다. 그러고 나서 칼리스토와 파르메노가 이야기를 나눈다.

칼리스토, 파르메노, 셈프로니오.

제1장

칼리스토 형제들아, 내가 셀레스티나에게 황금 백 냥을 주었는데 잘했다고 생각들 하느냐?

셈프로니오 아이고, 그렇고말고요! 잘하시다마다요! 문제 해결뿐만 아니라 아주 큰 명예를 얻으셨습니다요. 재물이란 게 다 무엇을 위한 것입니까요? 세상에 있는 부 중에서 가장 큰 명예를 위한 것이 아닙니까요? 명예를 드높이는 것은 곧 덕망의 선물이자 상입죠. 그래서 저희는 창조주에게 명예를 돌리는 것입니다요. 그분에게 드릴 더 가치 있는 것이 없기 때문입죠. 명예는 대부분 관대함과 정직함으로 이루어집죠. 재물은 명예를 흐리게 하고 상실케 하지만, 위대함과 관대함은 명예를 얻게 해 주고 승화시켜 줍니다요. 사용하지 않을 거라면 재물이 왜 있는 거겠습니까요? 재물을 끼고 사는 것보다 쓰는 데 그 용도가 있다고 분명하게 말씀드립지요. 필요한 사람에게 재물을 준다는 것이 얼마나 영광스러운 일인가요! 받는다는 것은 오, 얼마나 비참한 일인가요? 재물을 소유하는 것보다 활용하는 것이 더 훌륭하듯이, 주는 사람이 받는 사람보다 더 복된 것입니다요. 세상의 모든 원소 중에서 불이 가장 활동적이기 때문에 제일 숭고한 것으로 간주되며 천체에서 가장 높은 곳에 위치하고 있는 겁죠. 사람들은 말하기를, 귀족 칭호는 선조들의 업적으로 물려받은 하나의 찬양이라는군요. 제가 말씀드리고자 하는 것은 자기 자신의 빛이 없으면, 남의 빛이 주인님을 결코 밝힐 수 없다는 겁니다요. 그러니 찬란했던 선친의 후광 덕을 볼 생각은 마시고, 나으리 자신의 업적으로 빛을 발하세요. 그렇게 해야 스스로 명예를 획득하는 것이며 이것이 인간이 얻을 수 있는 제일 가치 있는 일일 겁니다요. 그런즉 나으리 같은 분은 악하시지 않으시고 선한 분이시니 완벽한 덕을 쌓으실 수 있습니다요. 더 나아가 명예도 얻게 되시는 겁니다요. 그러니 이렇게 관대하시고 대범해지신 것을 즐기십시오. 그리고 제 충고를 좇아 나으리께서는 방으로 돌아가셔서 푹 쉬시와요. 나으리께서 부탁하신 일은 믿을 만한 손에 맡겨져 있으니까요. 시작이 좋으니 결과는 더욱 좋으리라 믿으세요. 이번 일에 대해 나으리와 좀 더 말씀을 나누고 싶지만 다음에 하기로 하겠습니다요.

칼리스토 셈프로니오, 내 병을 고치러 가는 사람은 혼자 가고 나는 이곳에 너와 함께 남아 있다는 것이 좋아 보이질 않는구나. 네가 셀레스티나를 쫓아가서 독촉하는 것이 더 좋을 듯싶다. 셀레스티나가 서둘러야 내가 빨리 회복되고, 그녀가 늦장을 부리면 내 고통은 연장되며, 그녀가 내 일을 잊으면 그것은 곧 나의 절망임을 누구보다도 네가 더 잘 알고 있으니 말이다. 네가 내게 참으로 충실하여 내가 너를 훌륭한 하인으로 데리고 있음을 너는 잘 알고 있다. 그러니 그녀가 단지 너를 보는 것만으로 내게 있는 고통과 나를 고문하는 불길을 보듯 네가 처신하도록 해라. 이 불길의 강도가 너무나 커서 내 혀와 감각을 점령하고 태워 버렸기 때문에 그녀에게 이 비밀스러운 내 병에 대해 3분의 1도 전달하지 못했다. 너는 내가 당하는 열정에서 해방된 사람이니 내 뜻을 그녀에게 청산유수처럼 전할 수 있을 게다.

셈프로니오 나으리, 나으리의 명령을 수행하러 가고 싶기도 하고, 나으리의 고통을 덜어 드리기 위해 남고 싶기도 합니다요. 나으리의 염려가 저를 비통하게 하고 나으리의 고독이 저의 발목을 잡습니다요. 그러나 순종하는 마음으로 나으리의 명령을 받들어 셀레스티나를 독촉하러 가겠습니다요. 하지만 정신없이 한숨을 쉬며 신음하시고 슬픈 연가를 부르시면서 어둠 속을 방황하시며, 고독에 빠져든 채 끝없는 상념의 고통에서 헤어날 줄 모르고 계속 헛소리만 하고 계시는 나으리를 혼자 놔두고 어떻게 제가 떠나겠습니까요? 계속 이런 상태로 계신다면, 미치거나 죽게 될 겁니다요. 만일 나으리 곁에서 나으리를 즐겁게 해줄 자가 있다면 즐거운 노래를 들려주고 시를 읊어 주고 얘기를 들려주고 카드놀이를 하거나 재미있는 속임수를 장기판에서 보여 주든지 등등을 하면서 즐겁게 시간을 보낼 수 있는 모든 방법을 강구하거나, 첫눈에 나으리의 마음을 사로잡은 그 여자에 대한 생각에서 나으리를 조금이라도 해방시킬 수 있는 방도를 찾지 않는 한, 제가 어떻게 갈 수 있겠습니까요?

칼리스토 무슨 말이냐? 간단하지. 실컷 울면 한결 마음이 가벼워진다는 걸 모르느냐? 사랑으로 슬픔에 빠진 자가 자기의 열정을 불평하는 게 얼마나 달콤한 줄 모르는구나! 땅이 꺼질 듯한 사랑의 한숨이 얼마나 큰 안식이 되는지 모르는구나! 흐느끼는 눈물이 얼마나 고통을 덜어 주는지! 사랑의 위안을 써 놓은 글들을 보면 모두 이러한 이야기들뿐이지.

셈프로니오 좀 더 읽어 보세요, 페이지를 뒤적여 보세요. 그러면 순간적인 것에 집착하거나 슬픔을 즐기는 습성은 광기와 같은 짓이라고 적힌 내용을 발견하게 될 겁니다요. 모든 연인들의 우상인 시인 마시아스는 망각되는 것을 싫어했지요. 사랑의 슬픔과 고통은 쉬지 않고 상대만 생각하는 데서 오고, 안식은 망각에서 오지요. 발버둥 치지 마시고 즐거운 듯, 편안한 듯 해 보십시오. 그럼 그렇게 될 것입니다요. 원하시는 대로 일들이 되어 가기도 하지요. 사실을 왜곡하지 않고 우리의 감정을 조절하고 우리의 분별력을 다스리기 위해서입니다요. 그렇다고 근본적인 것이 바뀌지는 않습죠. 목적하는 바를 슬기롭게 달성하는 길도 있다고 드리는 말씀입니다요. 즉 우리의 감정을 잘 다스리고 날카롭게 해서 말입니다요.

칼리스토 셈프로니오, 친구여, 나 혼자 있는 게 그렇게도 마음 아프다면, 파르메노를 불러 주려무나. 그와 함께 있을 것이다. 이전에도 그랬듯이 앞으로도 너희들의 충성심을 알아 주리라.

제2장

파르메노 나으리, 여기 있는뎁죠.

칼리스토 어찌 내가 여기 있는 너를 못 보았단 말이냐. 셈프로니오, 너는 셀레스티나에게서 떨어지지 말고, 한시도 나를 잊지 마라. 그럼 잘 다녀오너라. 파르메노야, 오늘 일에 대한 네 의견은 어떠냐? 내 고통은 너무나 크고, 멜리베아는 너무나 높은 가문이고 셀레스티나는 이런 일에 훌륭하고 현명한 스승이다. 그러니 우리는 실수를 할 수가 없다. 너는 셀레스티나의 위험성을 내게 알려 줬는데, 나는 네 말을 믿는다. 진실의 힘은 강하여 적의 혀에게도 진실을 강요하니 말이다. 그 여자가 그러한데도 나는 그 여자에게 황금 백 냥을 더 주고 싶다. 지난번의 백 냥 말고 말이다.

파르메노 (이제 우시려고? 초상났네. 이렇게 관대하시다간 우리 굶어 죽겠네!)

칼리스토 파르메노야, 네 의견을 듣고 싶구나. 내게 좀 나긋나긋해져 봐라. 대답할 때 머리를 떨구지 마라. 질투는 슬픈데 그 슬픔을 표현하지 않으니 네 슬픔이 나의 두려움보다 더 강하기는 하겠지만 말이다. 너, 화가 나서 뭐라고 했지?

파르메노 다른 말씀이 아니라, 나으리의 관대한 선물은 제가 잘 알고 있는 저 노파보다 멜리베아 아가씨에게 하시는 편이 더 나을 듯합니다요. 더 나쁜 일은 나으리를 그 노파의 노예로 하시는 것입니다요.

칼리스토 뭐라고? 내가 셀레스티나의 노예가 된다고? 미친놈.

파르메노 나으리의 비밀을 이야기한 자에게 나으리의 자유를 준 것과 마찬가지거든요.

칼리스토 (이 바보가 뭐라고 지껄이는 거지.) 하지만 나는 네가 이 점을 알아주었으면 좋겠다. 멜리베아와 나 사이에 신분의 위엄으로 봐도 그렇고, 그녀의 냉랭한 태도를 봐도 그렇고, 순종의 가능성으로 봐도 도저히 좁혀질 수 없는 거리가 있는데, 이럴 때는 중매인의 손을 통해 두 번 다시 말을 걸 수 없었던 자의 귀에 내 사연이 전해질 필요가 있는 게야. 그래서 오늘 내가 일을 이렇게 했으니 괜찮은지 말해 보렴.

파르메노 (악마나 괜찮다고 하라지!)

칼리스토 뭐라고?

파르메노 주인님, 한 번 잘못은 한 번으로 끝나는 게 아니라, 그게 이유가 되어 계속 잘못을 저지르게 마련이라고 했습죠.

칼리스토 네 말은 내가 받아들이겠다만 네 의도는 이해가 안 된다.

파르메노 나으리, 얼마 전 사냥매를 잃어버린 것이, 그것을 찾고자 멜리베아의 과수원에 들어가신 이유가 되었습죠. 또 그렇게 들어간 것이 그녀를 보고 말하게 된 이유가 되었고, 말을 하다 보니 사랑이 싹텄고, 사랑은 나으리의 고통을 낳았으며 고통은 나으리의 육체와 영혼과 재물을 잃게 만드는 원인이 됐습죠. 제가 더 유감스럽게 생각하는 것은, 나으리께서 세 번씩이나 깃털을 뒤집어썼던* 셀레스티나 같은 뚜쟁이 노파에게 걸려들었다는 사실입니다요.

칼리스토 그래, 그것에 대해 계속 말해 보렴. 재미있구나! 네가 셀레스티나를 헐뜯으면 헐뜯을수록 내 기분이 좋다. 내 일을 해결하고 네 번째로 형에 처해지면 되겠구나. 너는 참 매정하구나. 매정하게 말도 잘한다. 내가 이렇게 괴로워하는데 너는 조금도 아프지 않구나, 파르메노야.

파르메노 나으리, 제가 나으리 화를 돋우었으니 진노하시어 저를 책하시기를 원합니다요. 제가 나으리에게 충고를 드리지 않아 나으리께서 후회하시며 저를 문책하시는 것보다 나으니 말입니다요. 주인님은 주인님의 의지를 포로로 잡혔을 때 이미 자유를 상실하신 것입죠.

칼리스토 이 망나니가 매를 벌고 있구나. 나쁜 종 같으니. 너는 어찌 내가 사랑하고 있는 것을 그토록 나쁘게 생각하는지 말해 보아라. 너 같은 놈이 명예에 대해 무얼 안단 말이냐? 사랑이 무엇인지 말해 보아라. 네가 신중하다고 하는데 어떤 교육을 받아야 그렇게 자라지? 미친 사람의 첫 증상이 자신은 정상이라고 믿는 것임을 모르느냐? 잔인한 큐피드의 화살이 내게 낸 상처의 고통을 네가 조금이라도 이해한다면, 어떤 물로든 이 불처럼 타오르는 상처를 끌려고 들 것이다. 네가 입만 살아 충직한 놈인 양 실속 없는 말로 나를 괴롭히는 동안, 셈프로니오는 발품을 팔아 가며 내 병 고칠 일에 여념이 없다. 너는 아첨 덩어리에 악으로 가득 찬 깡통에다 시기의 온상이다. 너는 셀레스티나를 어떻게든 헐뜯으려고 내 애정사에 불신을 불어넣고 있어. 이 내 슬픔과 고통은 이성으로는 다스리지 못한다는 사실을 알면서도 말이다. 경고를 원치 않을 뿐 아니라 만 가지 충고도 모자라다. 혹시 누군가 충고를 한다 해도, 진심으로 하지 않으면 그 무엇도 먹히지 않는다. 셈프로니오는 자기가 떠나고 네가 남게 되는 것을 두려워했지. 난 어떻든 괜찮았는데, 그 결과 그 녀석이 없고 너랑 같이 있어서 이렇게 내가 힘들어 하고 있구나. 나쁜 동반자보다 혼자 있는 편이 더 나을 성싶다.

파르메노 나으리, 충성심이란 연약한 겁니다요. 고통에 대한 두려움이 그것을 아첨으로 변하게 하고, 특히 고통과 욕망에 사로잡혀 정상적인 분별력이 마비된 주인과의 관계에서 그러합죠. 눈을 가리고 있는 막을 거두면 이 순간적인 불길은 곧 사그라질 것이고, 저의 이 듣기 싫은 소리가 셈프로니오의 나긋나긋한 말보다 이 독한 암 덩어리를 죽이는 데 더 좋은 약이 될 것입니다요. 셈프로니오의 사탕발림은 나으리의 암을 더 키우고, 나으리의 화염을 더 태우고, 그 불길을 더 높게 만들고, 연정을 부채질하고 불길에 기름을 더 부어 걷잡을 수 없게 만들어, 결국은 나으리를 무덤으로 인도할 것입니다요.

칼리스토 입 닥쳐라, 입 닥쳐! 망할 놈 같으니! 나는 앓고 있는데, 너는 개똥철학을 하고 있구나. 너한테서는 더 얻을 게 없다. 말을 꺼내서 깨끗이 하고 안장을 잘 조여 놓아라. 내 주인이자 내 여신의 집으로 가 봐야겠다.

제3장

파르메노 애들아! 집에 아무도 없네. 내가 말안장을 놔야 할 판이군. 이러다가는 말을 돌보는 애들보다 내가 더 곤욕을 치르겠군. 제기랄, 될 대로 되라지! 바른말 한다고 나를 미워하다니.* 말 님, 우세요? 우는 건 집 안에 한 사람으로 족하지 않을까요? 아니면 멜리베아 집으로 가는 걸 미리 아는 거예요?

칼리스토 말이 준비되었느냐? 뭘 하고 있느냐, 파르메노?

파르메노 여기 데려왔습죠. 집에 소시아가 없네요.

칼리스토 발걸이를 좀 붙들어라. 문을 좀 더 열어라. 셈프로니오가 셀레스티나와 함께 오거든 기다리라 일러라. 곧 돌아올 테니.

제4장

파르메노 다시는 돌아오지 마라! 악마와 함께 가 버려! 이 미친 자들에게 여러분들이 나으리를 다시는 못 보게 되리라고 일러 주세요. 이 미친 자들이 지금 나으리의 발꿈치에 창으로 상처를 낸다면 머리에서보다도 더 많은 골수가 쏟아져 나올 거야! 셀레스티나와 셈프로니오가 네 돈을 뜯어낸다고 해도 내 알 바 아니지! 아, 불행한 내 처지여! 충직하고자 하다 욕을 보다니! 다른 놈들은 악행으로 먹고사는데, 나는 선행으로 인해 많은 것을 잃는구나! 세상은 다 그런 것! 배신자들을 신중하다 하고 충직한 자들을 바보라고 하니 중생이 하는 대로 나도 따라갈 수밖에 달리 도리가 없다. 일흔두 살이나 된 셀레스티나를 믿는 걸 보면, 칼리스토가 나를 푸대접할 것 같지는 않아. 하지만 이번 일로 인해 내가 교훈을 얻게 된 거지. 그가 먹어 치우자 하면, 나도 그러자 하고, 집을 허문다고 하면 그러시라고 해야지. 자기 전답을 불사르겠다고 하면 얼른 가서 불씨를 얻어다 주고 말이야. 부수고, 깨뜨리고, 짓밟고, 뚜쟁이에게 다 갖다 바치라지 뭐. 난 내 몫만 챙기면 되는 거지. "강이 뒤집히면 낚시꾼이 봉 잡는다"라고들 하잖아. 마이동풍하는 그에게 더 이상 짖지 않을 거야.

제3막

셈프로니오는 셀레스티나의 집으로 가서 일의 지연을 탓한다. 그리고 두 사람은 칼리스토와 멜리베아 건을 성공적으로 마무리 지을 방도를 의논한다. 엘리시아가 오고 셀레스티나는 플레베리오 집으로 간다. 셈프로니오는 엘리시아와 집에 남는다.

셈프로니오, 셀레스티나, 엘리시아.

제1장

셈프로니오 (콧수염 달린 노파가 왜 이다지도 꾸물거릴까! 이렇게 느려서야 다 된 일도 망쳐 놓기 십상이겠네! 돈은 이미 받았으니 급할 게 없다 이거지.*) 셀레스티나 마님, 아주 한가하시군요?

셀레스티나 무슨 일이야?

셈프로니오 우리 집 환자가 안절부절못하고 있어요. 가만히 앉아 있질 못해요. 빵이 익을 때까지 기다리질 못하고 당신이 혹시 게으름을 피울까 염려하고 있습니다요. 당신에게 너무 적은 돈을 드렸다며 자신의 너그럽지 못함과 인색함을 저주하고 있어요.

셀레스티나 사랑하는 자의 속성이 바로 조급함이야. 일이 지연될수록 안달하기 마련이지. 어느 누구도 늦어지는 건 좋아하지 않아. 생각했던 일이 한순간에 실현되기를 바라고, 일을 시작하기도 전에 끝을 보려고 하지. 대체로 이런 신참들은 자신의 열망의 미끼가, 자기 사람들이나 하인들과 얽혀 불러일으킬 수 있는 문제나 피해들은 생각지도 않고 주저 없이 날고자 해.

셈프로니오 하인들이라뇨? 당신의 말을 듣자니 칼리스토의 불장난으로 우리들까지 피해를 입을 것 같은데요. 그렇다면 이 일이 그의 돈을 더 긁어내는 일이 아닌, 다른 이유로 잘 안 되어 가는 징조가 보이면, 그놈의 사랑 놀음은 악마에게나 주어야겠네요! 일자리를 얻으려다 목숨을 잃는 것보다 일자리를 잃는 게 더 낫겠어요. 내가 어떻게 처신해야 할지는 시간이 말해 주겠지요. 기우는 집처럼 완전히 무너지는 순간 곧바로 표시가 나니 말입니다요. 어머니, 무슨 징조가 보이면 어떻게 되든 우리 몸부터 위험에서 지킵시다요. 금년 중으로 멜리베아를 얻을 수 있다면 좋고, 못한다면 내년에, 내년에도 못 얻는다면 영원히 틀린 일이지요. 무슨 일이든 시간이 가면 해결되지 않는 일이 없고 견뎌 내지 못할 일도 없죠. 처음엔 그렇게 고통이 심하던 상처도 시간이 가면 덜 고통스러워지고, 그렇게 즐겁던 일도 시간이 가면 줄어들기 마련입죠. 악과 선, 번영과 역경, 영광과 고통, 이 모두가 시간과 함께 처음의 그 막강했던 힘을 잃습니다요. 감탄과 큰 욕망으로 갖게 된 일들도 지난 일들처럼 그렇게 빨리 망각되지요. 우리는 매일 새로운 소식을 보고 듣고는 잊어버립니다요. 시간이 그것들을 하찮은 것으로 만들어, 있을 수도 있는 일로 해 버립니다요. "지진이 났다"라든가 또는 그 비슷한 이야기를 듣는다면 얼마나 놀라겠습니까요? 하지만 얼마 안 가서 잊어버리지 않겠어요? 마찬가지로 "강이 얼어붙었다"느니, "눈먼 소경이 보게 되었다"느니, "네 아버지가 돌아가셨다"느니, "벼락이 떨어졌다"느니, "그라나다가 탈환되었다"느니, "왕이 오늘 입성한다"느니, "터키 군대가 항복을 했다"느니, "내일 일식이 있다"느니, "다리가 홍수에 떠내려갔다"느니, "저 사내가 벌써 대주교가 되었다"느니, "베드로를 털었다"느니, "이네스가 목매달아 죽었다"느니 하는 소문들도 며칠 안 가 놀라운 사건들이 못 되고 옛 얘기가 되지 않나요? 3일 지났는데, 아니 두 번째 보는 것으로 놀라는 사람이 어디 있겠어요? 모든 게 이래요. 모든 것이 이처럼 지나가고 잊혀, 뒤에 남게 마련입죠. 마찬가지로, 내 주인님의 사랑도 그럴 겁니다요. 시간이 갈수록 고통은 기세가 꺾입죠. 몸에 익으면 고통이 줄고 느슨해져 기쁨이 없어지니 놀라움도 시시해지죠. 그러니 투쟁이 벌어졌을 때, 우리는 우리의 이익을 취해야 해요. 만일 우리가 아무 일도 안 하고 고쳐 줄 수 있다면 더 좋은 일이죠. 고쳐 줄 수 없다면, 주인님께 멜리베아가 이렇게 비난했고 저렇게 경멸했다고 조금씩 조금씩 전해 주면 됩죠. 상황이 좋지 않게 돌아갈 때는 하인이 위기에 처하는 것보다 주인이 아픈 게 더 낫지요.

셀레스티나 말 잘했다. 나도 동감이야. 내 기분을 좋게 해 줬으니 우리는 일을 그르칠 수가 없어. 어쨌든 훌륭한 대리인은 무엇인가 일하고 있다는 사실을 보여 줘야 되니까 핑계나 그럴싸한 행동들을 벌여 놔야 해. 판사나 우리를 보는 사람들의 욕을 먹는 한이 있더라도, 자주 재판소를 들락거려야 하지. 놀면서 월급을 받는다는 소리는 듣지 말아야 하지 않겠어? 그래야 사람들은 대리인에게 소송을 들려 가게 하고 셀레스티나에게는 자신들의 사랑을 갖고 오는 거야.

셈프로니오 이번 일이 처음은 아닐 테니 알아서 하시구려.

셀레스티나 처음이라니, 이 녀석아! 내가 처녀막 재생 수술을 하지 않은 처자들이 이 마을에는 별로 없다. 감사할 일이지. 여자로 세상에 태어나면 내 명단에 이름을 올리는데, 이렇게 하면 내 그물망을 거쳐 나간 애들이 얼마나 되는지 알 수 있지. 셈프로니오, 무슨 생각을 하고 있었느냐? 내가 바람만으로 살아야 됐겠냐? 내가 상속을 받은 것이 있느냐? 다른 집이 있더냐? 포도밭이 있냐? 내가 먹고 마시고 옷이라도 입고 신발이라도 신는 게, 이 뚜쟁이 짓 말고 뭐가 더 있더냐? 이 도시에서 태어나 자라고 위신이라도 세우며 지금까지 살았는데, 사람들이 나를 모를 리 있겠는가? 내 이름과 내 집을 모른다면 외지인임에 틀림없어.

셈프로니오 그런데 말입니다, 어머니. 내가 주인님과 돈을 가지러 올라간 사이에 파르메노와 무슨 일이 있었는지 말해 주세요.

셀레스티나 그 녀석에게 무엇이 필요한지를 알려 주었고, 어떻게 하면 자기 주인에게 아첨해서 얻는 것보다 우리와 한편이 되어 더 큰 이득을 얻을 것인지를 일러 줬다. 내 충고를 듣지 않으면 어떻게 한평생 가난하고 욕되게 살 것인지도 말이다. 또 나 같은 늙은 암캐 앞에서 성자인 척하지 말라고도 했지. 내 뚜쟁이 직업을 무시하지 못하게 그 녀석 어미가 누구인지도 알려 줬다. 나에 대해 나쁘게 말하고자 한다면 먼저 지 어미부터 경멸해야 한다고 말이다.

셈프로니오 그러면 파르메노를 아신 지가 꽤 오래되셨군요?

셀레스티나 여기 이 셀레스티나는 그 녀석이 태어나는 것을 보았고, 그의 양육을 거들었지. 걔 어미하고 나는 손과 손톱의 관계였어. 내 직업에 필요한 지식은 모두 걔 어미에게서 배웠다. 우리는 함께 먹고, 함께 자고, 함께 쉬었고, 함께 즐겼고, 충고와 노래도 함께했지. 집에서나 밖에서나 자매처럼 지냈단다. 돈이 생기면 똑같이 나누어 가졌어. 그녀는 살아생전 나를 속이는 법이 없었다. 아, 죽음아, 죽음아! 너는 어찌 그렇게도 좋은 친구를 앗아 가니! 네가 화나서 찾아올 때면 얼마나 많은 사람들을 절망하게 하는지! 너로 인해 상처를 입으면 슬픔은 좀체 가시지 않는 법. 그 여자가 살았을 때는 내 발걸음이 외롭지 않았는데, 그렇게도 충실하고 착한 친구가 되어 주었던 그때가 내게는 황금기였는데! 그 여자는 절대로 나 혼자 일하게 내버려 둔 적이 없었다. 내가 빵을 들고 들어오면 그 여자는 고기를 들고 왔고, 내가 상을 차리면 그 여자는 테이블보를 깔았어. 지금 여자들처럼 미친 짓도 환장할 일도 안 했고 허영심도 없었단다. 신분을 드러낸 채 항아리를 들고 동네 밖까지 가는 동안 '클라우디나 여사'란 말만 들었다. 어디서나 그녀를 존경하며 알아 모셨단다. 가끔 집에 아직 도착 안 했다 싶으면 늦게 돌아오곤 했는데, 가는 곳마다 그 여자를 존경하는 사람들이 붙들고 놔주질 않아서 앉아 얘기하다 오곤 했기 때문이었어. 권하는 술을 뿌리칠 수가 없어 받아 마시기도 하고 항아리에 담아 오기도 하곤 했었다. 마치 은잔에 가득 채우듯이 항아리를 채워 들고 왔지. 그녀의 말 한마디는 모든 주점에 쌓아 놓은 금덩이였어. 우리가 길을 가다 목이 말라 첫 번째 주점에 들어가면, 입을 적시라고 술을 한 말이나 주곤 했지. 물론 내 이름으로 긋고 먹는 건데, 주인이 불평이나 거절하는 법이 없었다. 지금 그 여자의 아들놈인 파르메노가 주점 주인처럼 착하게만 군다면, 네 주인 칼리스토가 가진 것 다 내놓고, 우리는 아무런 불만도 없이 살 텐데. 하지만 난 내가 살아 있는 한, 내 방식대로 그렇게 할 거야. 내가 네 식솔의 수대로 요구할 것이다.

셈프로니오 어떻게 구워삶을 생각이신데요? 배신자인데.

셀레스티나 우리 둘이 한편이 되어 그 녀석을 잡는 게지.* 아레우사를 붙여 주면 될 것이다. 그럼 우리 편이 안 되고는 못 배길 게다. 칼리스토가 준 돈으로 그물을 쳐 놓으면 어렵지 않게 걸려들 게다.

셈프로니오 그런데 멜리베아 건은 길이 있다고 보세요? 좋은 방법이라도 있으세요?

셀레스티나 단번에 상처를 낫게 하는 의사는 없는 법이다. 내가 이번 일을 어떻게 생각하는지 말해 주마. 멜리베아는 아름답고 칼리스토는 미쳐 있고, 씀씀이가 크다. 네 주인은 돈 쓰는 게 괴롭지 않고 나는 일을 성사시키러 다니는 것이 괴롭지 않아. 돈은 굴러야 하고 송사는 가능한 한 시간이 걸릴 대로 걸려야 되는 법. 돈은 모든 것을 할 수 있지. 바위를 부수고, 강물을 말리고. 금을 실은 당나귀가 넘어가지 못할 곳은 없어. 네 주인의 열정과 광기는 자기 자신을 잃고 우리를 필요로 할 만큼 충분하다. 난 그것을 알아챘고, 계산에 넣었으며, 칼리스토와 멜리베아에 대해서도 파악했지. 우리는 이것을 이용해야 되는 거야. 플레베리오 집에 갔다 오겠다. 그럼 잘 있어라. 멜리베아가 펄쩍 뛰겠지만, 내가 자존심을 잃게 한 여자가 이 여자 하나만은 아니니 염려할 것 없다. 모든 여자들이 까다롭게 굴었지만, 일단 등에 안장을 놓고 나면 그때는 결코 쉬는 걸 원하지 않을걸.* 여자들이 들판의 주인이 되는 게지. 성적 욕망의 전쟁터에서 엄청난 저항력을 발휘해야 할 새 상황의 여주인들이 되는 거야. 밤이면 날이 밝기를 원치 않을 것이며, 아침을 알리는 수탉과 너무 빨리 지나는 시간을 원망할 것이다. 점성술사가 되어 별만 쳐다보다가 새벽 별이 뜨면 죽고 싶도록 싫어질 거다. 밝은 빛은 그런 여자들의 마음을 어둡게 하지. 이봐, 나는 그런 일을 성사시키러 다니면서 조금도 피곤하지 않았다. 그리고 나는 늙었지만, 하느님은 내 선의의 바람을 아시기까지 하거든. 불도 없는데 끓어오르는 여자들이 얼마나 많은지! 한번 남자 품에 안겨 보면 간청했던 자에게 간청을 하고, 고통 받았던 사랑 때문에 고통을 겪고 여주인이었는데 노예가 되어, 명령만 내리다가 그만 하라는 대로 하는 신세가 된단다. 견디다 못해 벽을 부수고 창문을 열고 병을 앓지. 이런 삐걱거리는 문은 경첩에 기름을 쳐 줘야 조용해지는 법이지. 사랑하는 사내의 첫 키스가 얼마나 달콤하고 효과적인 약으로 작용하는지 네가 이해할지나 모르겠다. 그렇지만 처방이 전혀 듣지 않는 여자들도 있어. 계속해서 극에 머물러 있는 여자도 있단다.

셈프로니오 무슨 말인지 이해가 안 되는데요, 어머니.

셀레스티나 여자란 자기가 좋아하는 사내를 무척 사랑하거나 아니면 아주 증오한다는 말이다. 그래서 좋아할 때 헤어지면 미워할 수가 없어. 이런 사실을 내가 알고 있기에 훨씬 편안한 마음으로 멜리베아를 손바닥에 놓고 보듯 그 여자의 집에 가는 거다. 지금은 내가 멜리베아에게 간청하러 가지만, 얼마 안 가서 그 여자가 나에게 애걸하리라는 것을 잘 알고 있기 때문이지. 처음에야 나를 위협하겠지만 곧 내 기분을 맞추려고 알랑방귀를 뀔걸. 나를 단번에 알아보지 못하는 곳에 들어갈 핑계로 늘 갖고 다니던 도구들과 내 주머니에 실을 좀 갖고 간다. 그 도구라는 게 보통 여자들이 원하는 깃 장식, 머리에 쓰는 장식용 그물이나 수 장식과 속옷 끈, 족집게, 알코올, 분, 승감, 바늘, 옷핀 같은 것들이다. 여자들이 내 목소리를 듣고 그것들이 미끼이거나 단번에 내가 원하는 게 있다는 것을 알아채도록 하기 위해서야.

셈프로니오 어머니, 조심해서 하세요. 처음부터 일이 잘못되면 결과가 좋지 않을 테니까요. 멜리베아의 아버지는 귀족에 힘 있는 사람이란 걸 잊지 마세요. 멜리베아의 어머니는 의심이 많고 용감하잖아요. 그래서 어머니도 그 점을 걱정하잖아요. 멜리베아는 그 집의 무남독녀이니 그녀에게 무슨 일이라도 생긴다면, 그들에게 남는 것은 아무것도 없죠. 그러니 털을 깎으러 갔다가 깎이고 오는 일은 하지 마세요.

셀레스티나 털이 깎인다고 그랬냐?

셈프로니오 아니면 털을 뒤집어쓰고 오는 일은 마세요.* 더 고약한 일입죠, 어머니.

셀레스티나 내가 너 따위를 동업자로 삼다니, 어이구! 나 셀레스티나가 하는 일에 네가 경고를 다 하니 말이다. 네가 태어났을 때 나는 이미 딱딱한 빵 껍질까지 먹고 있었어. 그렇게 걱정과 불길한 예감이 많아 가지고서야 수장 노릇을 제대로 하겠느냐!

셈프로니오 많은 것을 원하지만, 원하는 것을 다 얻을 수 없는 것이 인간사이니 내가 걱정이 많다고 너무 그러지 마세요. 사실 말이지, 이번 일로 어머니와 내가 화를 당하지나 않을까 걱정이에요. 나도 이번 일로 이익을 좀 얻고, 일의 결과도 좋기를 바라야지요. 주인님이 고통에서 벗어날 수 있기 때문이 아니라, 내가 가난에서 벗어나기 위해서지요. 그러니 숙달된 스승인 당신과 달리, 경험이 적은 내가 더 많은 신경을 쓰는 겁니다요.

제2장

엘리시아 성호를 긋고 싶군, 셈프로니오! 물에 줄을 그을 일이네!* 여기에 하루 두 번씩이나 오고! 무슨 일이 있는감!

셀레스티나 입 다물어, 바보야. 우리가 생각이 있어 그런 거니까 걔 좀 내버려 둬라. 집에 아무도 없냐? 장관 양반을 기다리고 있던 그 처녀는 갔냐?

엘리시아 뒤에 온 다른 처자도 가 버렸어요.

셀레스티나 그래, 안 돌아올 것 같더냐?

엘리시아 물론 아니죠. 하느님이 그걸 원하지 않으실걸요. 미리 와서 기다리기보다는 늦더라도 신이 돕는 자가 더 낫지요.

셀레스티나 너 빨리 다락방에 올라가서 내가 얼마 전에 비 오는 날 밤에 들에서 구해 와 밧줄에 매달아 둔 뱀 기름을 가져오너라. 그리고 천을 담아 두는 고리짝을 열면 오른쪽에 어제 우리가 발톱을 뺀 박쥐 날개 아래에 박쥐 피로 쓴 종이가 있다. 그리고 묘약을 만들 때 쓰라고 내게 가져다준 오월수(五月水)를 쏟지 않도록 조심해라.

엘리시아 어머니, 말씀하신 곳에 없는데요. 어디에 놔두었는지를 도통 기억하지 못하세요.

셀레스티나 내가 늙었다고 제발 구박 마라. 너무 그러지 마라, 엘리시아. 여기 셈프로니오가 와 있잖느냐. 네가 얘를 아주 좋아해도 얘는 친구로서의 너보다도 충고자인 나를 더 좋아하고 있으니, 너무 시건방 떨지 마라. 연고들이 있는 방에 가서 암늑대의 눈알을 넣어 두라고 시킨 검은 고양이 주머니도 가져오너라. 그리고 숫염소 피와 네가 잘라 놓은 숫염소의 수염도 좀.

엘리시아 여기 있어요, 어머니. 저는 올라가요. 셈프로니오, 너도 올라와.

제3장

셀레스티나 저주받은 옥좌의 황제이고 추방당한 천사들의 오만한 천사장이자 유황불의 사자며 에트나 화산에서 흘러내리는 용암의 신이며 중죄자들을 고문하는 자이자 티시포네, 메가이라, 알렉토를 다스리는 자이자 지옥이 종착점인 아르카디아 샘을 장악하는 에스티기아의 왕국과 타락한 천사들의 도시 디테의 온갖 추저분한 일들을 주관하는 자이며 여인 얼굴의 독수리 날개를 가진 아르피아 괴물들을 다스리는 신이며, 모든 경악할 만한 일곱 개 머리를 가진 용의 신이자 지옥의 신이신 슬픈 플루톤* 이여, 당신에게 맹세합니다. 당신의 가장 미천한 종인 나 셀레스티나가 이 붉은 박쥐의 피로 쓴 힘과 덕을 빌려 맹세하오니, 암늑대의 눈알과 숫염소의 수염과 피와, 이 모든 부적과 독사의 기름을 제물로 달갑게 받으시고 지체 없이 내 청을 들어주소서. 이것들에 휩싸여 멜리베아가 이 실을 사게 하시고 나의 포로가 되어, 이 실을 보면 볼수록 그녀의 마음이 부드러워져 내 청을 듣게 하소서. 그녀의 마음이 열려 칼리스토의 불같은 사랑을 동정하게 하시어 그녀의 모든 정절을 던져 버리게 하소서. 이 일을 이루고 나를 당신의 뜻대로 하소서. 만일 이 간청을 들어주지 않으시면 그때는 내가 당신의 불구대천의 원수가 될 것입니다. 당신의 슬프고 어두운 감옥을 밝은 빛으로 괴롭힐 것이며 당신의 끊임없는 거짓을 잔인하게 폭로할 것이며, 당신의 으스스한 이름을 내 가장 험한 말로 보상할 것입니다. 거듭거듭 맹세합니다. 자, 그럼 이제 나의 막강한 힘을 믿고 당신이 함께하고 있는 이 실을 가지고 멜리베아에게로 출발합니다.*

제4막

셀레스티나는 플레베리오의 집에 당도할 때까지 혼잣말을 하며 가고 있다. 문에서 플레베리오의 하녀 루크레시아를 만난다. 두 여자가 주고받는 말을 들은 멜리베아의 어머니 알리사가 셀레스티나인 것을 알고 집으로 들인다. 때마침 알리사를 부르는 사람이 있어 알리사는 나간다. 셀레스티나는 멜리베아와 집에 남게 되고 셀레스티나는 자신이 찾아온 이유를 멜리베아에게 말한다.

루크레시아, 셀레스티나, 알리사, 멜리베아.

제1장

셀레스티나 내가 혼자 가고 있는 지금, 이 방문을 두고 셈프로니오가 걱정했던 바를 잘 살펴봐야겠다. 깊이 생각해 보지 못한 일들이 어쩌다 좋은 결과를 가져오는 적도 있지만, 대체로 엉뚱한 일을 만들기도 하니까. 그러니 생각을 많이 해서 나쁠 일은 없어. 내가 걔 앞에서는 잰 체했지만 말이야. 멜리베아 쪽 사람들이 이 일을 알았다면 나를 죽이려 들거나, 죽이지는 않더라도 나를 못살게 하거나 잔인하게 매질을 해서 내 꼴을 형편없게 만들 거야. 내가 받은 백 냥이 화근이 될지도 모르지. 아이고, 서글픈 나여! 내 신세가 한심하구나. 나를 못하는 일이 없는 용감한 사람으로 보이게 하려다 죽을 목숨이 될지도 모르는 신세가 되고 보니. 이렇게 가긴 가지만 하자니 그렇고, 그렇다고 가지 않으려니 그것도 또 그렇고. 아, 어떻게 해야 할지 너무 혼란스럽구나! 이놈의 신세를 어쩌란 말인가? 돌아가 버려? 어떻게 하는 게 좋은 것인지 모르겠구나! 감히 모험을 하자니 내 목숨이 풍전등화 같고, 비겁하게 몸을 사리자니 모욕이 내 귓전을 맴도는 것 같구나. 밭을 갈지 않는 소는 어디로 간다지? 당연히 푸줏간이지.* 모든 길이 위험하고 까마득한 벼랑이야. 내가 돈을 사취한 것으로 안다면 나를 그냥 살려 둘 리 없고 끝이 뾰족한 모자*를 쓰게 되겠지. 내가 안 가면 셈프로니오는 뭐라고 할까? 내 능력, 내 지식과 노력과 계략과 봉사, 간지와 간청이 다 뭐가 되겠는가? 그리고 그 녀석의 주인 칼리스토는 또 뭐라 할 것이며, 무슨 짓을 하고 무슨 생각을 할까? 내가 다른 구실을 찾아내 돈을 더 긁어내려고 속임수를 쓰느라 늦장을 부린다고 할 것 아닌가? 나를 죽일 생각까지는 안 하더라도, 미친 듯이 고함을 질러 댈 것이 아닌가. 내 면전에 대고 엄청난 욕설을 퍼

부을 거고, 수천 가지 무례한 언사를 마구 내뱉을 텐데. "너, 이 늙은 뚜쟁이야! 넌 왜 너의 약속으로 나의 열정에 부채질을 했니? 이 거짓부렁이 뚜쟁이야. 모든 사람의 일을 돌봐 주면서 나에겐 고통뿐이라니! 모든 사람에게는 심려를 기울이면서 나만은 아니라니! 모든 이들에겐 빛을 주면서 나에게는 어둠을 주는구나. 그러니 이 배은망덕한 뚜쟁이야, 왜 하겠다고 나선 거냐? 네가 해결해 주겠다고 해서 나는 희망을 가졌고, 그 희망이 나의 죽음을 연기시켜 내가 살고 즐거운 인간이라는 타이틀을 가졌는데. 그런데 이제 아무 결과도 없다면, 넌들 무사하지 못할 것이며 난 슬픈 절망에 찌들고 말 것이다." 이러니 이래도 탈, 저래도 탈, 뭘 해도 탈이구나! 이런 상황에서 취할 수 있는 일이란 신중함이지. 그래, 칼리스토를 화나게 하는 것보다 플레베리오를 모욕하는 게 더 낫겠다. 가자, 인간의 최대 치욕은 내가 감히 약속한 바를 수행하느라 겪는 고통보다 겁쟁이로 남는 거야. 운명도 노력하는 자를 결코 나 몰라라 하진 않아. 벌써 그의 집이 보이네. 이보다 더 심각한 경우도 있었는데. 자, 셀레스티나, 용기를 내라고, 용기를 내! 지레 겁먹어서 그러지 마! 고통을 달래기 위해 기도하는 사람은 늘 있어. 모든 게 잘될 것 같은 징조가 보인단 말이야. 그게 아니라면 내가 이 방면에 일자무식인 게지. 내가 집에서 나와 지금 걸어오면서 만난 사람들 중에 세 명이 행운을 가져다준다는 후안이란 이름을 가졌었어. 더군다나 그중 두 명은 오쟁이 진 남편들이었거든. 내가 거리를 나서서 제일 먼저 들은 말도 사랑에 관한 거였고. 예전에는 이런 일이 없었지. 돌들도 내가 가게끔 길을 비켜 주는 것 같단 말이야. 내 치맛자락도 거추장스럽지 않고, 걷는데 피곤하지도 않아. 모두가 내게 인사를 한단 말이야. 개도 내게 짖지 않았고 검은 새들도 못 보았고 개똥지빠귀나 까마귀, 그 밖의 야행성 새들도 못 보았어. 마침 루크레시아가 멜리베아 집 문 앞에 서 있구나. 엘리시아의 사촌이기도 하니 나를 훼방하지는 않겠지.

제2장

루크레시아 치마를 휘날리며 오는 이 노파가 누구신지?

셀레스티나 이 집에 평화가 있기를…….

루크레시아 셀레스티나 아주머니, 어서 오세요. 무슨 바람이 불어서 잘 다니시지도 않는 이 동네까지 오셨는지요?

셀레스티나 얘야, 내 사랑아, 네 사촌 엘리시아와 네 친구들의 희망인 네게 엘리시아의 부탁을 전하러 왔다. 그리고 네 두 명의 주인인 마님과 멜리베아도 만나 볼 일이 있어서. 내가 다른 동네로 이사를 가고 나서는 나의 알현을 받지 못하셨잖니?

루크레시아 그 일 때문에 이렇게 오셨어요? 그런 일로 행차하실 셀레스티나가 아니고 이익이 되는 일이 없으면 움직이시지 않는데, 놀라운 일입니다요.

셀레스티나 인간이 자기 하고 싶은 일을 하는 것보다 더한 이익이 되는 일이 어디 있겠느냐, 이 바보야. 우리 같은 늙은이에게는 필요한 것이 늘 있게 마련이고, 부양해야 할 딸들이 있는 내게는 특히 더 그래서 이렇게 실 꾸러미를 팔러 다니고 있다.

루크레시아 내가 말하는 게 바로 그것이지요. 전 바보가 아니거든요. 당신은 천장을 뜯어낼 생각 없이 결코 바늘을 넣지 않아요.* 어쨌든 마님께서 옷감을 뜨셔서 실이 필요하실 터이니, 파시려면 여기서 기다리세요. 잘될 거예요.

제3장

알리사 루크레시아야, 누구와 말하고 있는 게냐?

루크레시아 마님, 저 강 언덕 가죽 공장 근처에서 살던, 얼굴에 상처 있는 그 노파와 말하고 있어요.

알리사 누군지 기억이 잘 안 나는구나. 내가 전혀 모르는 일을, 네가 우기려 든다면 바구니에 물을 담으려는 것처럼 헛된 일이다.

루크레시아 저런, 마님! 세상이 다 아는 노파인데요. 처녀들을 수도승에게 팔고 수천 명의 유부남을 갈라서게 했던 마녀로 대중 앞에서 창피를 당했던* 그 노파를 기억 못하시다니요?

알리사 무슨 일을 하는데? 그걸 알면 그 여자를 알 수 있을 것 같구나.

루크레시아 향수나 화장품을 팔기도 하고 승감도 만드는 등 여러 가지 일들을 하죠. 약초에 대해서도 많이 알아요. 어린애들을 고치기도 하고, 어떤 사람들은 그녀를 가리켜 돌의 신비를 아는 여자라고도 하지요.

알리사 그래도 모르겠는데. 이름이 뭐지? 알면 말해 보렴.

루크레시아 제가 아냐고요? 원 세상에. 이 마을에 있는 아이, 어른 할 것 없이 다 아는데, 제가 모를 리 있겠어요?

알리사 그런데 왜, 말을 않지?

루크레시아 창피해서요!

알리사 저런, 저런, 주저하느라 내 기분 상하게 하지 말고 어서 말해 보아라!

루크레시아 정중하게 말씀드리면 셀레스티나가 그 여자 이름입니다.

알리사 하하하! 내가 이렇게 웃으면 악성 가래톳이 너를 죽이겠구나! 이름을 부르기조차 창피해하는 것을 보면 그 노파가 무척 싫은 모양이라서 말이다. 이제야 기억난다. 걸물이야, 더 이상 네 소개가 필요 없다. 무슨 부탁이 있어서 온 모양이니 올라오라고 일러라.

루크레시아 아주머니, 올라오시랍니다.

제4장

셀레스티나 아이고, 하느님의 은총이 마님과 마님의 귀하신 따님에게 함께하시길 빕니다요. 제 몸이 성치 못해 그동안 인사드리고 싶은 마음은 굴뚝같았지만 올 수가 없었습니다요. 서로 멀리 살아도 항상 당신들을 생각하고 있는 저의 깨끗한 마음을 하느님은 아십니다요. 이렇게 살림이 쪼들리다 보니 할 수 없이 두건이나 만들려고 모아 놓은 실을 팔면서 생계를 유지하고 있는데,* 마침 마님께서 실이 필요하시다는 소리를 마님의 하녀로부터 들었습니다. 비록 초라하고 하느님의 선물은 아니나 필요하시면 그 실과 저를 사용하십시오.

알리사 정직한 이웃이여, 당신의 말과 뜻이 나를 감동시키는군요. 당신의 천을 사려는 것보다 당신이 어려울 때 도와 드리고 싶으니 필요할 때 찾아와요. 말만으로도 고맙군요. 실이 쓸 만한 것이면 값을 후하게 쳐서 드리지요.

셀레스티나 쓸 만한 거냐고요, 마님? 제 삶과 저의 노년과 제 맹세의 일부이기를 원하는 자의 삶이 이 실과 같기를 바라지요. 이 실은 머리카락처럼 가늘고 기타 줄처럼 고르고 곧으며 눈발처럼 희죠. 제가 직접 이 손가락으로 실을 꽁꽁 말았습죠. 여기 이 실패를 좀 보시와요, 마님. 어제 온스당 세 냥에 팔았는데, 이 죄 많은 영혼의 기쁨이었습니다요.

알리사 멜리베아야, 이 정직한 여인과 함께 있도록 해라. 난 크레메스의 아내인 내 동생을 보러 가야 해서요. 어제부터 못 보았는데 걔 하인이 나를 부르러 왔더군요, 얼마 전부터 병이 심해졌다지요.

셀레스티나 (여기 기회를 엿보면서 악을 배가시키는 악마가 있어, 헤이 좋은 친구, 기다려.* 지금이 절호의 기회야. 아니면 두 번 다시 없지. 악마야, 이 여자를 데려가. 내가 말하고 있는 이 사람을 여기서 데리고 가 버려.)

알리사 지금 뭐라고 중얼거렸나요?

셀레스티나 마님, 악마와 제 죄에 저주가 내리라고 했습죠. 제가 물건을 좀 팔게 되었을 때 마님 동생 분의 병이 악화되다니 우리가 거래할 기회가 없어지게 생겼거든요. 어디가 아프대요?

알리사 허리가 아프답니다. 하인이 일러 주는 바에 따르면 누워서 지낸다고 하는데, 죽을 정도의 병은 아니기를 바라야지요. 셀레스티나, 당신도 나에 대한 사랑으로 내 동생을 위해서 기도해 주세요.

셀레스티나 그러죠, 마님. 여기서 나가는 길로 제가 잘 알고 지내는 신실한 수도사들이 있는 수도원으로 가서 마님께서 제게 맡기신 부탁을 그들에게 하겠습니다. 뿐만 아니라, 저도 아침 식사 전에 네 번 기도하겠습니다.

알리사 자, 그럼. 멜리베아야, 어떤 이유에서라도 실 값을 잘해 드려 이분을 만족시켜 드려라. 그리고 아주머니, 오늘은 미안하게 되었으니 다음에 좀 더 시간을 갖고 보기로 합시다.

셀레스티나 마님, 실수가 없는 곳에서 구하는 용서는 지나친 것입니다. 제가 좋은 동반자와 남게 되었으니 하느님이 당신을 용서하시기를 바랍니다. 신이시여! 멜리베아 아가씨가 최고의 즐거움을 누릴 때에 꽃다운 청춘과 고상한 젊음을 즐기게 하소서. 제가 보건대, 늙음은 그저 병의 숙소이고 온갖 망상의 여관이며, 싸움질에, 잔걱정에, 아물지 않는 상처이며 오점투성이의 과거이며 고뇌의 현재이고 앞으로 올 미래에 대한 슬픈 근심이

자 죽음의 이웃이며 사방팔방 비가 들이치는 지붕 없는 초가집이고 가벼운 무게에도 구부러지는 버들가지 지팡입죠.

제5장

멜리베아 아주머니, 모든 사람들이 아주 유효하게 즐기고 또 그러기를 희망하는 것을 왜 그리 나쁘게 말씀하세요?

셀레스티나 사람들은 자기 자신에게 나쁜 것만을 죽도록 바란답니다. 보세요. 지겹도록 일하죠. 지금보다 더 나이 들기를 바라는데, 나이가 들어가면서 살아가기 때문이죠. 산다는 것은 달콤한데 살다 보면 늙어요. 어린아이는 젊은이가 되기를 원하듯이 젊은이는 어른이 되고자 하고 어른은 비록 고통과 함께할지라도 늙어도 더 오래 살기를 원하죠. 모두가 살고자 하는데, 그건 개똥밭에 굴러도 이승이 낫기 때문에 그렇습니다.* 하지만 늙음에 동반되는 그 수많은 불편을 아가씨께 누가 다 말할 수 있겠어요? 고통, 불편함, 피곤, 근심, 질병, 오한과 열, 불만, 실랑이, 고뇌, 얼굴의 주름, 처음의 색과 신선함을 잃은 머리카락, 청력 감퇴, 눈 밑 그림자에 시력 약화, 움푹 파인 입에 이는 몽땅 빠지고, 기력이 떨어지고, 쇠약한 걸음걸이에 먹을 때는 어찌나 시간이 많이 걸리는지. 이 비참함이라니, 아가씨! 그런데 지금 열거한 고통들이 가난과 함께 온다면 이와 견줄 노고는 세상에 다시없죠. 먹고는 싶은데 먹을 게 없을 때 말입니다. 배고픔보다 더 힘들게 느낀 고생은 없습니다요.

멜리베아 세상 사람들이 하는 말을 하시는데 나도 잘 알아요. 부자들은 이처럼 또 다른 말을 하겠지요.

셀레스티나 그렇습니다, 아가씨, 누구나 불평이 구만리죠. 부자들은 계략과 아첨 위에 벽돌을 쌓느라 영광과 안식을 모르게 되죠. 진정한 부자는 하느님과 잘 지내는 사람입니다. 무엇보다 확실한 것은 부자가 두려움의 대상이라기보다 경멸의 대상이라는 겁니다. 가난한 자가 단잠을 더 잔답니다. 고생으로 얻고 가슴 아프게 버려야 할 것을 지켜야 할 필요가 없는 자들이죠. 제 친구는 저를 속이지 않지만, 돈 많은 사람의 친구는 속인답니다. 저는 제 인간성 때문에 사람들에게 사랑을 받지만, 부자는 재산 때문에 사랑을 받죠. 결코 진실된 말을 듣지 못하고 모두 부자에게 다디단 소리만 한답니다. 사실은 모두가 시기하는데 말입죠. 그런데도 보통 수준의 삶이나 빈곤하지만 청렴하게 사는 것이 더 낫다고 할 부자는 거의 없을 겁니다. 물질적 풍요는 부자를 만드는 것이 아니라 오히려 속박할 뿐이고, 주인이 아닌 관리인을 만들 뿐이랍니다. 재물을 소유한 자가 아니라 재물의 노예가 되는 것이죠. 재물로 인해 많은 사람이 죽었고, 즐거움을 빼앗겼지요. 훌륭한 습관이 가장 좋은 것입니다. 잠에 취했던 한 부자가 꿈에서 깨어나 보니 손에 아무것도 남아 있지 않았더라는 말을 들어 보지 못했나요? 부자들은 밤낮으로 자기들이 죽기만을 하느님께 간구하는 많은 자식과 손자들을 거느리고 있죠. 그들은 부자가 땅에 묻히는 것을 볼 시간도 없이 재산을 가져가고는 부자의 영원한 안식처에는 아주 적은 비용만 지불한답니다.

멜리베아 아주머니, 아주머니가 잃어버린 세월이 많이 안타까웠겠어요. 옛날로 돌아가고 싶으시죠?

셀레스티나 아가씨, 하루 종일 걸어서 화가 난 나그네가 여정을 시작한 그 자리로 다시 돌아가려 하는 것은 미친 짓이죠. 달갑지 않은 일이라도 무슨 일이든 끝을 보는 것이 차라리 미루고 다른 좋은 것이 올 거라고 기다리는 것보다 낫습니다. 출발점에서 많이 걸으면 걸을수록 종착지에 가까이 와 있기 때문이죠. 먼 길을 걸어온 사람에게는 객줏집보다 더 달콤하고 좋은 곳이 없지요. 그런즉 젊음이 아무리 즐겁다 할지라도, 진정한 늙은이는 그 젊음을 원하지 않아요. 분별력과 이성이 모자라는 사람이나 자기가 놓친 것을 원하기 때문이라오.

멜리베아 좀 더 살고자 한다면 제가 말씀드린 바를 바라는 일은 괜찮죠.

셀레스티나 아가씨, 새끼 양이건 어미 양이건 빨리 가는 건 마찬가지예요. 1년 더 살지 못할 정도의 늙음도 없고요, 오늘은 죽지 않을 그런 젊음도 없답니다. 늙었다고 한 살 더 살지 못한다는 법 없고 젊었다고 오늘 죽지 말라는 법 없다는 말씀입죠. 그러니 이런 문제에서는 어느 누구도 장담 못한답니다.

멜리베아 아주머니 말씀이 놀랍군요. 그런 말씀을 듣다 보니 언젠가 한 번 뵌 기억이 나는 것 같은데요, 아주머니. 바로 저 강 언덕 가죽 공장 근처에서 사는 셀레스티나 맞죠?

셀레스티나 바로 맞혔습니다. 그렇습니다.

멜리베아 늙으셨네요. 시간은 헛되이 가지 않는다고들 하지요. 얼굴에 있는 그 표식이 없었다면 몰라볼 뻔했어요. 아름다웠다고 기억되는데, 많이 변해서 다른 사람 같아요.

루크레시아 (히히히, 악마가 변해 있는 거지! 얼굴의 반을 가로지르는 상처가 있는데, 아이구 아름다웠다니!)

멜리베아 뭘 중얼거려? 뭘 지껄이느냐? 뭘 가지고 웃는 게냐?

루크레시아 셀레스티나 아주머니의 얼굴을 못 알아보셨다고 하시니까…….

셀레스티나 아가씨, 아가씨는 흐르는 세월을 막는 방법을 찾으세요. 저는 시간을 멈추게 하는 제 방법을 찾을 겁니다. "거울 속에서 너를 알아보지 못할 날이 오리라" 하는 말을 읽으신 적이 없으세요? 하기야, 저도 젊었을 때부터 머리가 희더니, 지금은 나이가 두 배는 들어 보이죠. 그래서 저는 죄 많은 영혼으로 살고, 아가씨는 그 출중한 몸매를 즐기며 사시기를 바라는 겁니다. 저의 어머니는 딸 넷을 낳으셨는데, 제가 막내였어요. 그러니 사람들이 판단하듯 제가 어떻게 안 늙어 보이겠어요.

멜리베아 셀레스티나 아주머니, 저는 당신을 만나고 알게 된 게 무척 즐거웠어요. 말씀으로도 저를 즐겁게 해 주셨습니다. 자, 식사를 제대로 못하신 것 같으니 돈을 받으시고 안녕히 가십시오.

셀레스티나 오, 천사와 같은 모습을 하시고 오, 고귀한 진주 같으신 분이 어떻게 그런 말씀을! 아가씨를 만나 대화를 나누는 게 저에겐 즐거움입니다. 그리고 우리는 떡으로만 사는 것이 아니라고 예수님이 그 지옥의 유혹자를 꾸짖은 일을 모르시나요? 단지 먹자고 사는 게 아닙죠. 특히 저는 그렇습니다. 저는 남의 일을 돌보느라 2, 3일을 먹지도 않고 보낸답니다. 다른 사람들을 도우려다 그들 때문에 제가 죽을 꼴이랍니다. 저는 저 자신을 만족시키면서 한가하게 시간을 보내지 않고 늘 다른 사람에게 봉사하면서 좀 더 일하고자 노력해 왔습니다. 아가씨께서 허락하신다면 제 방문의 이유를 말씀드리겠습니다. 지금까지 들으신 것과는 다른 내용인데, 아가씨께서 그 이유를 모르신 채 제가 헛걸음을 하고 돌아가게 되면 우리 모두 시간 낭비를 한 것이 됩니다.

멜리베아 아주머니, 필요하신 것은 모두 말씀해 보세요. 제가 도울 수 있는 일이라면 옛날부터 알아 온 이웃이자 정을 생각해서 기꺼이 해 드리겠습니다. 이런 일은 선한 자들에게 주어진 의무이죠.

셀레스티나 제 일이랍쇼, 아가씨? 말씀드렸던 것처럼 남의 일이 먼저입죠. 제 문제는 저의 집 대문 안에서 땅도 모르게 혼자 해결해 버립니다. 먹을 수 있을 때 먹고 마실 게 있으면 마시면서 말입니다. 비록 제가 가난하지만 감사하게도 빵 사고 술 살 돈이 부족했던 적은 없습니다. 과부가 되기 전에는 돈 걱정은 생각지도 못했죠. 과부가 된 이후에도 제 집 가죽 포대는 늘 술로 가득했습니다. 아니, 둘인데 하나는 가득 차 있고 다른 하나는 비어 있었습죠. 술에 적신 빵이나, 자궁이 아플 때면 수프를 먹은 후 스물네 잔의 술을 마시지 않고 잠자리에 든 적이 없어요.

그런데 요즘은 모든 문제를 제가 해결해야 해서 항아리에 술을 넉넉히 담아 갖고 오지를 않아요. 4리터도 안 되죠. 그래서 제가 죄 많은 년이라 하루 여섯 번이나 흰머리를 날리며 술집으로 그 항아리를 채우러 가야 합니다요. 하지만 저는 제 집 대문 안에서 술 항아리나 술 포대를 끼고 있는 한 죽지 않을 겁니다. 제 영혼에 술보다 더 좋은 것은 없어요. "곱고 젊은 사내 때문이 아니라 술과 빵 때문에 돌아다닌다"고 사람들은 말하지요. 물론 이처럼 사내가 없는 데는 좋은 것이 모두 사멸하기도 하지요. "남자를 위에 올려놓고 있지 않으면 여자가 아프다"*라고도 합지요. 아가씨, 이 일 때문에 제가 왔습니다. 제가 제 일이 아니라 남의 일 때문이라고 말씀드린 것 때문에 말입니다.

멜리베아 누굴 위한 일이든 원하시는 바를 말씀해 보세요.

셀레스티나 지체 높으시고 아리따운 아가씨, 당신의 부드러운 말씨와 밝은 얼굴에다 관대한 마음으로 이 불쌍한 노파를 대해 주시니 감히 제가 말씀드리고자 합니다. 저는 지금 죽음에 처한 환자 하나를 두고 있는데, 제 가슴에 담아 가지고 갈 아가씨의 고귀한 입에서 나온 단 한마디 말로 그 환자는 자신의 병이 나을 수 있다고 장담하고 있답니다. 그분은 아가씨의 친절함을 무한 경배하고 있기 때문입니다.

멜리베아 정직한 노파여, 구체적으로 무얼 요구하시는지 말씀하지 않으시면 무슨 일인지 모르겠습니다. 한편으로는 저를 황당하게 하여 제 화를 돋우고 다른 한편으로는 동정심을 불러일으키시니, 말씀하신 몇 마디 내용으로는 어떤 답을 드려야 할지 모르겠습니다. 한 기독교인의 병을 낫게 하는 데 제 말 한마디가 필요하다니 저는 복된 자이지요. 은혜를 베푸는 일은 하느님을 닮는 일이고 베푸는 자는 자신이 베푼 것보다 더 많은 것을 받습니다. 병을 앓고 있는 사람을 고칠 수 있는 자가 그 일을 하지 않아 죽이는 일이 없도록, 부끄럽거나 두려워서 제게 간청 못하는 일이 없도록 하세요.

셀레스티나 아가씨, 아가씨의 아름다움을 바라보며 제 두려움을 잃었습니다. 신이 가장 완벽한 아름다움을 단순히 아름다움만을 위해 창조하시지 않고 덕과 자비와 동정심과 신의 은혜와 선물을 다스리게 하신 것을 보면 그저 놀라울 뿐입니다. 우리 인간은 모두 죽기 위해서 태어났지만 단지 자기만을 위해 태어난 것은 태어났다고 말할 수가 없지요. 그렇게 생각하는 사람은 짐승 같은 존재입지요. 하기야 짐승 중에서도 동정심이 있는 것들이 있긴 합니다. 일각수(一角獸) 같은 짐승은 처녀에게는 꼼짝없이 순종하죠. 물려고 용감하게 오다가도 상대가 납작 엎드리면 해치지를 않아요. 바로 동정심이 일어났기 때문입니다. 새들 중에 수탉은 먹을 것이 있으면 암탉을 불러다 같이 먹습니다. 펠리컨은 자기 내장을 자식들에게 먹이려고 가슴을 찢지요. 황새는 자기가 새끼였을 때 부모로부터 먹이를 받아먹었던 그 둥지에 자신의 늙은 부모를 오랫동안 모십니다. 자연과 짐승과 새들에게도 이러한 지식을 주었는데 어찌 인간들은 이들보다 더 잔인해야 할까요? 왜, 우리는 우리의 은혜와 인성의 일부를 이웃에게 주지 않을까요? 특히 그 이웃이 알지 못할 병에 앓아누워 있다면 도와주지 않을 수가 없지 않겠어요? 그 병의 원인이 된 곳에 바로 치료 약이 있는데도 말입니다.

멜리베아 제발 빙빙 돌려 말씀하지 마시고, 그 환자가 누군지 말씀해 주세요. 병과 치료가 같은 곳에서 발생한, 그토록 어려움을 겪고 있는 자를 말입니다.

셀레스티나 아가씨, 이 마을에 사는 귀족이며 순수 기독교 집안의 젊은 신사인 칼리스토입니다, 아씨.

멜리베아 그만, 그만, 그만! 더 말씀 마세요. 더 이상 나가지 마세요. 아프다는 사람이 그인가요? 그래서 그토록 긴 서론이 필요했나요? 그 작자를 위해서 당신의 죽음을 재촉하러 왔나요? 그 작자를 위해서 그토록 위험한 걸음을 하셨나요? 수염 난 뻔뻔한 할망구 같으니! 그래, 이처럼 열정적으로 왔는데 대체 그 작자가 어떻단 말이에요? 당신이 하는 이 나쁜 일은 미친 짓이에요. 무슨 생각을 하시는 거예요? 그 미친 자를 믿고 내게 무슨 말을 하려고 했던 거죠? 사악한 남자나 여자에게 가장 나쁜 부분은 혀라고 하더니, 결코 헛된 말이 아니군요. 거짓부렁이 뚜쟁이, 마녀, 정절의 적에 은밀한 모든 죄악의 원인 제공자여, 화형을 당해 버려라! 이럴 수가, 이럴 수가, 루크레시아, 이 여자를 내 앞에서 끌어내라! 내 몸에 피 한 방울 남겨 놓지 않았다! 이런 자에게, 아니 이런 여자의 말에 귀 기울이는 자에게는 이런 대접이 마땅하다. 나의 정절을 생각지 않고, 그 무모한 자의 맹랑한 행동을 동네방네 알리지 않는다면 이 극악한 네 머리와 목숨을 당장에 끊어 놓겠다.

셀레스티나 (내 주술이 잘 안 먹혔나? 내가 누구에게 말하고 있는지 잘 알고 있으니 용기를 내! 칼리스토, 일이 수포로 돌아가나 봐!)

멜리베아 아직도 내 앞에서 화를 돋워 네 고통을 배가시키려고 중얼대고 있는 게냐? 한 미친 녀석을 살리려 제 목숨까지 바쳐 내 명예를 더럽히려 들다니! 그 녀석을 즐겁게 해 주려고 나를 슬픔에 빠뜨리고 나를 망친 대가로 이익은 네가 챙기고, 나의 실수로 너는 선물을 갖겠다고? 당신 같은 저주스러운 노파의 명예를 위해 우리 집과 아버지의 명예를 파괴하겠다고? 내가 너의 그 음흉한 의도를 모르고 너의 그 치명적인 말을 이해하지 못할 것으로 알았더냐? 네가 이 짓거리로 거둬들일 사례금은 신을 모욕하는 일이며 네 종말을 알리는 일임을 분명히 말해 두마. 배신자여, 말해 봐라, 어떻게 이런 일을 꾸밀 엄두를 냈지?

셀레스티나 아가씨, 무서워서 용서도 못 구하겠습니다. 제가 너무 몰라 이런 무례함을 저질렀는데 이렇게 화내시는 것을 보니 제가 몸 둘 바를 모르겠습니다. 특히 제가 더 유감스럽고 고통스러운 것은 아무 이유도 모른 채 이런 분노를 당하고 있다는 겁니다. 제발, 아가씨, 제 말을 마치도록 해 주세요. 칼리스토가 죄를 뒤집어쓸 일도 제가 벌을 받을 일도 없으니까요. 제 말씀을 들어 보시면 저의 발걸음이 의사의 명성에 누를 끼치는 것보다 환자에게 건강을 회복하도록 하기 위한 것으로 하느님의 더할 수 없는 봉사라는 것을 알게 되실 것입니다. 아가씨, 아가씨께서 그렇게 지금까지의 말로 짐짓 나쁜 일일 거라 경솔하게 판단하신다면 칼리스토 문제가 아닌 다른 어떤 사람의 일로도 감히 말씀드릴 수가 없겠군요.

멜리베아 저런! 엉망으로 색칠된 축제용 커다란 인형이나, 황새처럼 길고 한밤의 유령같이 생겨 남의 집 담을 넘는 그 미친놈의 이야기를 하지 말라는데도! 더 이상 계속하면 나는 이 자리서 죽어 넘어질 게다! 그자는 얼마 전에 나를 보고 엄청 치근대면서 정신 나간 소리들을 해 댔지. 그런데 내가 그자의 실수를 벌하기보다 그 바보짓에 장단 맞추며 즐겼기 때문에, 그자가 이미 모든 게 자기 것이라 생각하고 자기가 이겼다고 생각했나 본데, 그건 내가 그의 허무맹랑한 행동을 폭로하기보다 그를 미친놈으로 내버려 두기로 작정했기 때문이었다고 그자에게 말하시오. 그러니 그자에게 이런 일을 도모치 않으면 병도 곧 나을 거라고, 만일 그렇게 하지 않는다면 선불리 내뱉은 말에 대한 대가를 톡톡히 치를지도 모른다고 말해 주시오. 스스로 졌다고 생각하는 자는 진 게 아니라서 나는 아주 안전하게 남았고 그는 허풍쟁이로 남았다는 것을 알 거요. 미친놈은 모두 자기처럼 미쳐 있는 줄 알거든요. 당신은 이 길로 돌아가 나에게서 아무런 응답도 받지 못할 것이며 기다리지도 말라고 전하시오. 자비를 가질 수 없는 자에게 드리는 간청은 헛된 일이죠. 그리고 당신은 이번 일에서 살아 돌아가는 것만으로도 하느님께 감사하시오. 내가 오늘 당신을 만났을 때는 알아보지 못했으나 당신이 어떤 사람이고 어떤 생활을 해 왔는지에 대해서는 잘 알고 있었소.

셀레스티나 (트로이는 이보다 더 강했지. 하지만 제아무리 강한 성도 내가 함락 못한 것이 없었어. 오래가는 폭풍은 없어.)

멜리베아 뭘 중얼거리고 있죠? 요망한 것. 알아듣도록 크게 말해 봐요! 내 분노를 가라앉히고, 당신의 실수와 무모한 행위를 변명할 거리가 없는 거요?

셀레스티나 아가씨의 분노가 살아 있는 동안 제 변명은 피해만 볼 것입니다요. 아가씨께서 엄청 화가 나 계신데 저는 하나도 놀랍지 않습니다요. 젊은 피는 약간의 열로도 쉽게 끓어오르기 마련입죠.

멜리베아 약간의 열이라고? 약간의 열이라고 할 수 있지. 아직 당신의 목숨이 붙어 있고 나는 그 엄청난 망발에 불평이나 하고 있으니. 그래 그럼, 당신은 그 작자에게 내가 무슨 말을 하기를 바라오? 대답해 보시오. 당신 말이 아직 안 끝났다고 하니, 아마도 지나간 망언의 대가를 치를 작정인가 보오.

셀레스티나 아가씨, 기도문입니다. 아가씨께서 치통에 잘 듣는다는 성녀 아폴로니아*의 기도문을 아신다고 그에게 사람들이 말했거든요. 그리고 아가씨가 두르고 다니시는 허리끈*입니다. 그 허리끈이 로마와 예루살렘의 성물들에 닿았다는 소문이 있지요. 제가 말씀드린 그 신사는 치통 때문에 말이 아닙니다. 그래서 제가 온 것입니다. 그런데 제 말씀에 아가씨께서는 화로 대답하시니, 그 작자는 심부름꾼을 잘못 고른 대가로 고통이나 겪고 있을밖에요. 아가씨께서는 높은 덕을 가지신 분이신데 제게는 박절하셨습니다. 그러니 저를 바다로 보낸다 해도 제겐 물이 부족할 것입니다요. 그러나 복수의 기쁨은 잠깐이고 자비의 기뻠은 영원하다는 것을 아가씨는 이미 알고 계십죠.

멜리베아 원하는 게 그것이었다면 왜 진작부터 그 얘기를 하지 않으셨소? 왜 제게 그런 허무맹랑한 말만 늘어놨더란 말이오?

셀레스티나 아가씨, 그것은 제 의도가 처음부터 순수해서 어떤 말로 부탁을 드려도 오해하시지 않을 거라 믿었기 때문입죠. 처음부터 서설을 달지 않은 것은 진리는 많은 색깔을 입을 필요가 없기 때문이었습니다. 그의 고통에 대한 동정과 아가씨의 훌륭함에 대한 저의 믿음이 처음부터 그런 이야기를 꺼내 놓지 못하게 제 입을 막았습니다. 아가씨도 고통이 정신을 오락가락하게 만들고 늘 조리 있어야 할 말이 제멋대로 나간다는 것을 아시니, 저를 너무 허물하시지 마세요. 그리고 만일 그 젊은 환자가 전에 잘못을 저질렀다면 저는 모르는 일이니 그것까지 저에게 책임 지우지 마세요. 저는 다만 그 사람의 심부름을 할 뿐입니다요. 가장 가는 부분으로 밧줄을 끊지 말라는 말이 있습니다. 이렇듯 약한 짐승들에게만 힘을 과시하는 거미줄을 닮지 말아요. 죄지은 자라고 해서 벌로써만 다스리지 마세요. 신의 심판에 따르면 "죄는 벌하되 죄인은 미워하지 말라"고 했습니다. 그리고 결코 자식의 죄로 아비를 벌하거나 아비의 죄로 자식을 벌하진 않습니다. 더군다나 아가씨, 그 환자의 무례함이 저까지 망하게 할 이유가 없습니다. 비록 그 환자가 행한 짓을 봐도 그를 범죄자로 취급해야 할, 그리고 제가 벌을 받아야 할 요인들은 많아 보이지 않습니다. 제 일은 오직 그런 환자들을 위해 봉사하는 것이거든요. 저는 이 일로 먹고살죠. 제가 없는 자리에서 사람들이 아가씨에게 무슨 말을 했는지 몰라도, 저는 누군가를 즐겁게 해 주기 위하여 다른 사람들을 화나게 하는 일은 결코 하지 않았습니다. 어쨌든 아가씨, 확고한 진실은 어떤 세인의 험담으로도 상처를 입지 않는답니다. 이러한 거래에선 제가 유일하게 깨끗합죠. 이 마을 전체를 뒤져도 제게 불만 있는 사람은 별로 없습니다. 저는 마치 스무 개의 다리와 그 정도의 손을 가진 것처럼 제게 뭔가를 요구하는 사람들의 소원을 다 들어줍죠.

멜리베아 한 명의 악인이 마을 전체를 타락시킬 수 있다는 말이 놀랄 일은 아니오. 당신의 거짓 술수들에 대해 그렇고 그런 말들이 많은데, 당신이 기도나 요구한다는 말을 믿어야 할지 모르겠소.

셀레스티나 저는 결코 기도를 하지 않아요. 한다 해도 남이 듣지 못하게 하지요. 수천 가지 고통이 제게 주어져도 기도로 구하지는 않습니다.

멜리베아 제가 앞서 하도 오두방정을 떨어서 당신의 변명에 웃음도 나오지 않네요. 맹세든 고통이든 당신 수중에 없는 진실을 말하게 할 수는 없죠.

셀레스티나 아가씨는 저의 주인이시니 아가씨 앞에서는 제가 입을 다물어야죠. 저는 아가씨를 섬기고 아가씨는 제게 명령하셔야 합니다만, 아가씨의 그 저주의 말씀은 저를 매장해 버리고 말겠습니다.

멜리베아 매장돼도 당연하죠.

셀레스티나 혀로 얻지는 못했지만, 마음으로는 잃지 않았습죠.

멜리베아 그토록 당신의 순수한 의도를 강조하니 그럴 수도 있다는 생각이 듭니다. 하지만 당신의 변명에도 믿음이 가지 않아 당신의 말을 신중히 고려하여 성급한 답은 주지 않을 생각이오. 지난 저의 감정은 유념치 마시고 놀라지도 마세요. 전 당신이 한 말로 두 가지 면에서 마음이 상했었거든요. 그런데 그 두 가지 중 하나만으로도 제 정신을 돌게 만드는 데 충분했어요. 그것은 당신의 그 신사 이름을 제 앞에서 말했다는 것입니다. 그 자는 제게 환심을 사려고 아무 이유 없이 제게 말을 걸었거든요. 그 일은 제 명예를 훼손하는 일일 뿐이죠. 하지만 모든 것이 좋은 의도에서 일어난 일이니 지난 일에는 용서가 있기를 바랍니다. 고통에 찌든 환자를 고치기 위한 성스럽고 경건한 일이라니 여하튼 제 마음이 가벼워지는군요.

셀레스티나 아가씨, 그런 환자가 또 있을까요! 그를 제대로 아시고 나면 지금까지 말씀하시고 분노로 보여 주신 그런 자로 판단하시지는 않을 겁니다. 하느님과 저의 영혼에는 쓸개가 없답니다. 그분은 우아하기 그지없고 솔직하기는 알렉산드로스 대왕 같고, 끈기에서는 헥토르* 같으며 거동은 왕 같고, 유머 감각이 뛰어나고 쾌활한 분입니다. 슬픔을 전혀 모르죠. 아가씨도 아시다시피 귀족 가문의 자제이고요. 위대한 투사로 갑옷 입은 모습을 보시면, 성 게오르기우스*입니다. 헤라클레스도 그만한 힘과 끈기를 가지지 못했죠. 용모와 자태와 쾌활함, 이 모든 것을 이야기하려면 혀가 하나 더 있어야 할 겁니다. 모든 것을 종합해 보면 하늘의 천사를 닮았어요. 샘물에 비친 자기 모습에 반했다는 그 잘생긴 나르키소스도 칼리스토만 못했다는 것을 확실히 말씀드릴 수 있어요. 지금은 아가씨, 단 하나의 어금니가 아파서 불평이 끊이지를 않고 있습니다요.

멜리베아 얼마나 됐나요?

셀레스티나 아마 스물셋쯤 됐을 것입니다, 아가씨.* 제가 그 사람이 태어나는 것을 보았고, 그의 어머니 다리에서 받아 냈습죠.

멜리베아 그걸 물은 게 아니에요. 그 사람의 나이는 알 필요도 없어요. 언제부터 치통을 앓았느냐고 물은 겁니다.

셀레스티나 아가씨, 여드레가 되었답니다. 그런데 얼굴이 핼쑥해진 걸 보면 1년은 앓은 것 같습니다. 지금 할 수 있는 일이란 그저 기타를 끼고 곡조들을 치는 일인데, 가락이 슬프기 그지없습니다. 마치 로마의 위대한 음악가이기도 했던 하드리아누스 황제가 영혼을 떠나보낼 때 작곡했던 곡들 같습디다. 이미 가까이 다가온 죽음을 혼절하지 않고 견디기 위해서 말입니다. 비록 제가 음악에 대해 아는 바는 없지만 그 기타가 말을 하게 하는 것 같습디다. 혹시나 노래라도 하면 지나가던 새가 그의 노래를 들으려고 기꺼이 멈춘답니다. 노래로 나무와 돌을 감동시켰다던 그 사람은 아무것도 아니죠. 이자가 그때 태어났더라면 오르페우스를 찬양하지 않을 겁니다. 아가씨, 저 같은 이 불쌍한 늙은이가 그렇게 좋은 점이 많은 자에게 생명을 줄 수 있다면 얼마나 복될지 생각해 보세요. 뭇 여성들은 그자를 보면 모두 그를 그토록 멋지게 만든 하느님을 찬양한답니다. 여자들이 그자와 말을 하고 나면 금세 노예가 되어 그 사람이 명령하는 자가 되지요. 그러니 아가씨, 이러한 이유들로 보아 저의 의도와 저의 방문을 좋게 생각하시고 의심을 버리세요.

멜리베아 오, 제 인내심이 얼마나 부족한지 부끄럽습니다! 그자는 아무것도 모르고, 당신의 뜻은 순수한데 제 분노에 찬 혀가 내뱉은 망발을 견뎌 내셔야 했으니 말입니다. 그러나 제게만 잘못이 있는 것이 아니고 당신의 의뭉스러운 말에도 잘못이 있지요. 당신이 당한 것에 대한 대가로 당장 허리끈을 드리겠습니다. 기도문은 어머니가 오시기 전에 쓰기에는 시간이 충분하지 않으니 내일 몰래 받으러 오시고요.

루크레시아 (아이고, 아이고, 우리 아가씨 볼장 다 보게 생겼네. 셀레스티나더러 몰래 오라고 하는 걸 보면 뭔가 있어. 말씀하신 것보다 더한 것을 주려는 모양이야.)

멜리베아 루크레시아, 뭘 중얼거리느냐?

루크레시아 아씨, 이제 그만 말씀하시지요, 늦었습니다.

멜리베아 아주머니, 제가 그를 두고 한 말들은 전하지 마세요. 저를 잔인하다거나 어수선하다거나 몰상식한 인간으로 볼까 봐 그렇습니다.

루크레시아 (내 생각이 틀림없어. 일이 잘못되어 가고 있어.)

셀레스티나 멜리베아 아가씨, 비밀을 지키는 일은 걱정 마세요. 저는 모든 것을 감내하고 덮을 줄을 알고 있으니 두려워 마세요. 아직도 아가씨께서 저를 많이 의심하시는 것 같아 무척 슬픕니다. 전 아가씨의 허리끈을 들고 아주 즐거이 돌아갑니다.

제 심장이 아가씨께서 저희에게 베푸신 은혜를 그자에게 말하고 있는 것 같고 그자가 병에서 완치된 것 같습니다.

멜리베아 그동안 당신이 겪은 고통의 대가로 당신의 환자를 위해 할 수 있는 일이 있다면 하겠어요.

셀레스티나 (필요한 일이 더 생길 것이고, 비록 네게 고마워하지 않아도 넌 하게 될 거야.)

멜리베아 아주머니, 고마워하다니, 무슨 소리세요?

셀레스티나 아, 그건요, 아가씨, 우리 모두가 고마워하며 봉사할 것이고 그것이 우리 모두의 의무라고 한 겁니다요. 사람들은 보상이 확실할 때 더 일을 잘하죠.

루크레시아 (그 말은 전부 뒤집어 들어야 해!)

셀레스티나 (루크레시아! 우리 집에 가자, 네 머리카락을 금보다 더 금발로 만들어 줄 염색약을 줄 테니. 네 아가씨께는 이 말 마라! 그리고 네 입에서 냄새가 좀 나는데, 그 냄새 없애는 가루약도 줄게. 나 말고는 그 약을 만들 줄 아는 사람이 이 나라엔 없지. 여자가 입 냄새를 풍기면 안 되는 거야.)

루크레시아 (오! 하느님께서 당신에게 좋은 노후를 주시기를, 먹는 것보다 더 필요한 것들이었어요!)

셀레스티나 (그런데 왜 사사건건 반대를 놓는 게냐, 이 요망한 것아? 입 다물어. 더 중요한 일에서 나를 더 필요로 할지도 모르잖아. 네 아가씨가 이미 발작했던 것으로 충분하니까 다시 화나게 충동질하지 마. 내가 마음 편히 집으로 돌아가게 하란 말이다.)

멜리베아 걔한테 무슨 얘기를 하고 있는 건가요?

셀레스티나 우리끼리 하는 이야기예요.

멜리베아 말씀해 보세요. 제가 있는 자리에서 저와 상관없는 일을 말씀하시면 저 화나요.

셀레스티나 아가씨, 루크레시아에게 기도문을 잊지 않게 해 드리라고 당부했답니다. 그리고 아가씨께서 화를 내실 때, 어떻게 처신하는지 제게 배우라고 했습죠. "화난 사람에게서는 잠깐 물러나 있고, 원수에게서는 오랫동안 물러나 있어야 한다"는 말을 인용하면서 말입니다. 아가씨께서 생각하셨던 대로였다 해도 그 자체가 나쁜 말은 아니니까요. 그건 매일 여자 때문에 고통받는 남자가 있고 남자 때문에 고통 받는 여자들이 있기 마련인데, 그것은 자연의 법칙이며 자연은 하느님께서 만드신 것이니까 말입니다. 그런데 하느님은 절대로 나쁜 것은 만드시지 않으셨지요. 제가 무엇을 요구하든 이치가 이러할지니 찬양받을 일이고 결과가 나오면 저는 고난에서 해방되는 겁니다. 이런 일에 대해 아가씨께 더 할 말이 많지만, 장황하면 듣는 사람의 화를 돋우고 말하는 사람에게는 해가 미치니, 이쯤에서 입을 다물죠.

멜리베아 말씀을 적게 해서 제 화를 샀고, 그 결과 당신이 큰 고통을 당하셨으니 당신이 옳습니다.

셀레스티나 아가씨, 당연히 화내실 만했고, 화를 내시고 나면 분노가 가라앉으니 저는 무서웠지만 기다렸습니다. 그래서 아가씨의 엄한 말씀이 그칠 때까지 꾹 참고 견딘 겁니다.

멜리베아 그 신사 분은 당신에게 큰 짐이군요.

셀레스티나 하지만 그럴 만한 가치가 충분하신 분이랍니다, 아가씨. 자, 그분을 위한 제 청이 받아들여졌으니 제가 늦을수록 그 분에게 피해가 가죠. 허락하신다면 그자에게 가 봐야겠습니다.

멜리베아 청을 좀 더 쉽게 했더라면 기분 좋게 받아 가셨을 텐데. 당신이 전해 준 소식이 제게 이익을 가져온 것도 없고 당신이 떠나도 제게 피해가 올 리 없으니 안녕히 가세요.

제5막

셀레스티나는 멜리베아의 집에서 나와 길을 가며 입속말로 자신에게 중얼거린다. 집에 도착해 자기를 기다리고 있던 셈프로니오를 발견한다. 두 사람은 칼리스토의 집으로 가면서 대화를 나눈다. 파르메노가 이들을 보고 주인 칼리스토에게 알리고, 칼리스토는 그에게 문을 열어 주라고 한다.

칼리스토, 파르메노, 셈프로니오, 셀레스티나.

제1장

셀레스티나 아이구, 험한 일이었어, 무모하기도 했고 얼마나 힘들었는지! 나의 간지가 제때 활약을 못했으면 죽음 문턱에 있을 뻔했지! 와, 그 사나운 처자가 하는 협박이라니! 그 분노에 이

글거리던 모습이라니! 악마야, 내가 그토록 간청했건만 이게 도와준 것이란 말이지! 그래, 결국은 네가 도왔기에 네 힘으로 잔인한 여인의 마음을 누그러뜨렸고 넌 개 어머니가 안 계신 틈을 타 그 여자에게 내가 할 말을 모두 전할 기회를 주었다. 내가 네게 빚을 졌구나. 아이구, 늙은 셀레스티나야! 이제 좋으냐? 시작이 좋으면 이미 반을 완성한 셈이나 마찬가지인 것을 알아. 아! 독사의 기름이여, 오, 하얀 실이여! 너희들이 내 편을 들어줄 생각을 다 했다니! 그렇지 않았다면, 내가 걸었던 그리고 걸 주문을 깨고, 약초나 돌이나 말들을 믿지 않을 텐데 말이다! 즐거워하라고, 노파여. 너는 이번 일로 열다섯 명의 처자들을 다시 처녀로 돌려놓아 버는 돈보다 더 큰 돈을 만질 수 있어. 아! 이 길고 거추장스러운 저주받을 스커트야, 너는 어찌 새 스커트가 나를 기다리고 있는 곳으로 가는데 이다지도 방해하고 있는가! 오, 행운아, 너는 용감한 자는 돕고 겁 많은 자는 내치지! 비겁한 자는 아무리 달아나도 죽음에서 도망갈 수 없어. 아, 내가 해낸 이런 일에서 다른 여자들은 얼마나 많은 실패를 보는가? 나와 같은 직업에 종사하는 다른 여인들은 그토록 절박한 곤경에서 어떻게 처신할까? 멜리베아에게 대답을 잘못해서 내가 제때 입을 다물어 얻어 낸 것을 그 여자들은 잃을지도 모르잖아? 이래서 사람들은 말을 하지. 여자를 아는 사람이 여자를 다룰 줄 알고 책에서 얻은 지식보다 경험이 많은 의사가 더 확실하며, 벌이 빈틈없는 인간을 만들어 준다고 말이야. 그래서 나 같은 늙은것이 시내를 건널 때 여선생처럼 치마를 들고 갈 수 있는 거야. 자, 허리끈아, 허리끈아, 내가 살아 있는 한 어떤 수를 써서라도 내게 좋은 말을 해 주지 않았던 그 여자를 네게 데려오도록 하고 말 거다!

제2장

셈프로니오 내가 잘못 본 게 아니라면 저기 오는 게 셀레스티나야. 아이구, 악마가 치마를 펄럭이며 열심히 중얼거리면서 오고 있군!

셀레스티나 셈프로니오, 왜 가슴에 성호를 긋고 있지? 나를 보고 그러는 것 같은데.

셈프로니오 말씀드립죠. 어머니의 모습은 흔치 않은 경탄감입니다요. 눈에서 태어난 경탄이 눈을 거쳐 마음으로 내려왔고 마음은 이러한 경탄을 성호를 긋는 동작으로 나타나게 한 것입니다요. 어머니께서 머리를 숙이고 땅만 내려다보며 지금처럼 아무도 쳐다보지 않고 걷는 것을 거리에서 본 사람이 누가 있겠어요? 마치 돈줄이라도 놓칠세라 서둘러 걸으면서 혼잣말로 중얼거리는 어머니를 누가 봤겠습니까요? 이런 새로운 일은 어머니를 아는 사람에게는 놀라운 일입죠. 자, 이제 이 말은 그만두고 말씀해 보세요. 일은 어떻게 되었어요? 잘됐어요, 잘못됐어요? 1시 이후로 줄곧 여기서 어머니를 기다렸어요. 어머니께서 늦게 돌아오시는 것보다 더 좋은 징조는 없다고 생각했습죠.

셀레스티나 이놈아, 바보들의 철칙은 늘 맞는 게 아니야. 더 늦어졌더라면 내 일이 완전 들통 날 뿐만 아니라 다른 두 개, 코와 혀를 그곳에 두고 올 뻔했어. 그러니 늦을수록 내게 그 대가는 비싸게 친다는 소리지.

셈프로니오 제발 어머니, 말해 주지 않으면 여기서 한 발짝도 못 나가요.

셀레스티나 셈프로니오, 나는 여기 멈춰 서 있을 수도 없고 장소도 마땅치 않아. 같이 칼리스토한테 가서 자초지종을 들으라고. 내 임무를 여러 사람들에게 알려 김을 뺄 필요는 없잖아. 그 사람은 직접 내 입으로 일의 경과를 듣기 원한다고. 이번 일에 너도 조금 거들었지만 감사는 나 혼자 듣고 싶다.

셈프로니오 조금이라뇨? 말씀하시는 게 귀에 거슬립니다요.

셀레스티나 입 다물어, 미친놈. 큰 몫이건 작은 몫이건 원하는 대로 줄 테니. 내 것은 모두 네 것이야. 우리 함께 즐기고 함께 이용해 보자꾸나. 그러면 분배에 관해 서로 싸울 일이 없지. 너는 늙은것이 젊은이들보다 필요한 게 더 많다는 것을 알잖아. 그리고 너는 대개 차려진 밥상이나 받고 있잖은가.

셈프로니오 먹는 거 말고도 필요한 게 많다고요.

셀레스티나 뭐라고? 열두 개나 되는 양말 끈이나 팬티 끈에 모자끈 등을 들고 이 집 저 집 기웃거리며 다니는 게 쉬운 줄 아느냐? 이 바보야, 날 줄도 모르는 여자애들에게 나만큼 유능한 뚜쟁이는 없지. 방랑자처럼 여러 집들을 드나들 수 있어. 무엇인가를 요구하는 척하면서 부르지도 않은 곳으로 잘 들어간다는*

말씀이지. 그런데 셈프로니오, 명예를 지키려는 자도 나처럼 늙으니 안됐더라!

셈프로니오 (이런, 아첨쟁이 할망구! 악으로 가득 찬 늙은이! 욕심과 탐욕의 목구멍이라니! 부자가 되려고 주인님을 속이더니 이젠 나까지 속이려 들어. 일이 잘못될 것 같은데. 이번 일로 이 여자가 얻을 재물을 내가 탐하고 싶지는 않아. 섣불리 높은 곳까지 올라간 자는 올라간 것보다 더 빨리 떨어지게 마련이지. 인간을 안다는 게 얼마나 저주받은 일인가! 동물을 다루고 물건을 흥정하는 일이 인간을 아는 것보다 쉽다는 말이 맞아! 이처럼 사악한 거짓부렁이 노파가 또 있을까! 악마가 나를 이 늙은이와 얽어 놨어. 이 독사를 붙드느니 도망치는 것이 더 안전하지. 내 잘못이었어. 지겹지만, 어쨌든 약속한 몫을 부정하지는 않겠지.)

셀레스티나 뭘 중얼거리나, 셈프로니오? 누구와 말하는 거야? 왜 내 치마는 붙들고 늘어져? 좀 서둘러 걷지 못하겠나?

셈프로니오 제가 말하고 싶은 건 말입니다요, 어머니, 당신이 다른 많은 여자들이 가는 길을 좇아 당신도 진로를 바꾼다고 해도 제가 놀라지 않는다는 겁니다요. 이번 일을 좀 다르게 하실 거라고 말씀한 적이 있잖아요. 그런데 지금 아무 생각 없이 칼리스토에게 가서 모든 일을 말하려 하고 계십니다요. 이런 일은 시간을 끌면 끌수록 주인님의 고통은 나날이 늘어나고 그에 따라 우리의 이익은 배가 된다는 걸 모르세요?

셀레스티나 현자는 목적을 바꾸지만 바보는 끝끝내 고집만 피우지. 새로운 일거리에는 새로운 조언이 필요한 법. 셈프로니오, 난 내 행운이 이런 방식으로 내게 응답하리라고는 생각지 않았다. 신중한 뚜쟁이는 때에 맞게 일을 하는 것이야. 그래서 한 일의 질은 고의로 늘린 시간을 감출 수가 없다. 그리고 내가 네 주인한테 느낀 건데 그 양반은 시원시원하고 기분파라서 내가 백 날을 오가며 고통 받는 것보다 하루 만에라도 좋은 소식을 가져다주면 더 많은 돈을 줄 사람이라는 걸 알아. 갑작스럽고 서둘러 얻은 기쁨은 마음을 흥분시키지만, 그 흥분이 계속되면 제대로 된 생각을 못하지. 그러면 사람은 자기 재산과 자기 가문밖에 생각하지 못하게 되고 그러면 보상은 세월아 네월아가 되는 것 아니겠어? 그러니 바보야, 이 늙은이가 하는 대로 내버려 둬.

셈프로니오 그럼, 그 아가씨와 일어난 일을 말해 봐요! 그 여자가 뭐라고 했는지 제발 말해 줘요! 나도 내 주인만큼이나 안달이 납니다요!

셀레스티나 미쳤구나, 이놈! 입 다물어! 안색이나 바꾸고 말해. 네 놈이 이 일에서 냄새만 맡으려는 것이 아니라 맛까지 보려고 드는구나. 빨리 가자. 내가 너무 늦어서 네 주인이 미쳐 있을지도 모르겠다.

셈프로니오 늦지 않아도 벌써 미쳐 있는걸요.

제3장

파르메노 주인님, 주인님!

칼리스토 왜 그러느냐, 정신 나간 놈처럼!

파르메노 셈프로니오와 셀레스티나가 오고 있어요. 잠깐잠깐 멈춰 서기도 하고 좀 길게 서 있을 때는 무엇인지 모르겠으나 칼로 길바닥에 줄을 그으면서 말입니다요.

칼리스토 이 정신 나간 게으른 놈 같으니! 그들이 오는 것을 봤으면 얼른 문을 열어 주러 뛰어 내려갈 것이지 무엇을 하느냐? 오, 지고하신 신이시여! 무슨 소식을 가져오는 것일까? 어떤 소식을 가져오는 걸까? 너무 늦어져서 나는 내 병 생각보다 그녀가 얼른 오기만 학수고대했는데. 오, 불쌍한 귀들아, 너희들에게 줄 소식을 들을 준비를 하여라. 셀레스티나의 입에 내 마음의 고통, 아니면 해방이 놓여 있단다! 오, 그녀의 말의 시작과 끝을 듣기까지의 시간이 꿈처럼 지나가기를! 죄수가 사형 집행을 당하는 순간보다 사형 선고가 내려지기까지 기다리는 시간이 더 고통스럽다는 것을 이제야 알겠구나! 오, 이 느림보 파르메노, 죽은 사람의 손이구나! 어서 빗장을 열어라! 그 정직한 아주머니가 들어오실 것이다. 그분의 혀에 나의 목숨이 달려 있단 말이다!

셀레스티나 (밖에서) 저 말이 들려? 셈프로니오, 우리 주인의 기분이 달라져 있는데. 우리가 처음 왔을 때 파르메노와 그 양반한테 들은 말하고는 많이 다른데. 일이 잘되어 가는 것 같아. 이 셀레스티나를 무시하는 말은 하나도 없단 말이야.

셈프로니오 (밖에서) 그러니까 대문 안으로 들어서면 칼리스토를 못 본 척하고 좋은 말만 해요.

셀레스티나 (밖에서) 입 다물어, 셈프로니오. 비록 내 목숨을 모험에 걸었다 할지라도, 칼리스토는 그보다 더한 가치가 있는 사람이고, 그분의 간청과 너의 간청도 그만해. 그래서 나는 그 양반에게서 더 많은 은혜를 바라지.

제6막

셀레스티나가 칼리스토의 집에 들어서자마자 칼리스토가 멜리베아와의 일을 열정적으로 캐묻는다. 그들이 이야기하고 있는 동안 파르메노는 셀레스티나가 말하는 것을 들으면서 셈프로니오와 그녀의 악의를 조목조목 지적하고 셈프로니오는 그러는 그를 질책한다. 결국 셀레스티나는 멜리베아와의 일을 이야기하고 허리끈을 칼리스토에게 내놓는다. 그리고 칼리스토와 헤어져 파르메노와 함께 집으로 간다.

칼리스토, 셀레스티나. 파르메노, 셈프로니오.

제1장

칼리스토 아이고, 어머니, 좋은 소식이라도?

셀레스티나 오, 나의 칼리스토 님! 여기에 계셨어요? 오, 너무나 아름다운 멜리베아의 새 연인이여! 왜 당신이 그녀에게 그토록 마음을 빼앗겼는지 알겠더군요. 그래, 당신을 위해 목숨까지 잃을 뻔한 이 늙은이에게 무엇으로 보상하시렵니까? 그토록 곤경에 처했던 여자가 나 말고 또 있을까요? 그 일을 다시 생각하니 제 몸의 피가 줄어들고 모두 빠져나가는 듯합니다요. 제가 지금 걸치고 있는 이 낡고 오래된 망토보다도 못한 값으로 내 목숨을 잃을 뻔했으니 말입니다요.

파르메노 (너는 네 말만 하지. 네가 멜리베아에 대한 일을 말하면서 보상받을 기회를 놓칠 리 없지.* 단계 단계 밟아 나가서 다음에 요구할 것은 스커트가 되겠군. 이익은 모두 네 몫이고 남에게는 아무것도 줄 생각을 안 해. 늙은이가 재산을 불리고 싶은 거야. 셀레스티나, 너는 나를 진실된 인간으로 만들고 내 주인님은 미치게 만들 작정이야. 셈프로니오, 그 여자 말 잘 기억해 둬. 돈은 나누어 가질 수 있는 것이기 때문에 어떻게든 돈은 요구하지 않을걸.)

셈프로니오 (입 닥쳐, 미친놈아. 칼리스토가 네 말을 듣는다면 널 죽여 버릴 거야.)

칼리스토 어머니, 빨리 말씀 좀 해 주세요, 아니면 이 칼을 들어 저를 죽이시든가 하세요.

파르메노 (주인님이 수은에 중독된 사람처럼 떨고 있군. 서 있을 힘도 없어. 주인님 혀가 말을 빨리 하도록 주인님께 빌려 주고 싶은가 봐. 이러다가 주인님 오래 못 사시겠어. 이 사랑 놀음으로 우리가 장사를 치르겠는걸.)

셀레스티나 칼이라고요, 나으리? 왜요? 칼이야 당신의 적들이나 당신을 증오하는 사람을 죽이는 데 필요하지요. 저야 당신이 사랑하는 그분으로부터 희망을 가져와 당신에게 생명을 주고자 하는데요.

칼리스토 희망이라고요, 어머니?

셀레스티나 좋은 것이라고 할 수 있죠. 제가 다시 찾아갈 수 있도록 문이 열려 있으니까 말입니다. 그런데 비단 천에 금술 장식이 된 스커트가 아니라 이 누더기 스커트의 저를 영접하게 될 거예요.

파르메노 (셈프로니오, 내 입 좀 꿰매 줘, 더 이상 참을 수가 없네. 주인님한테서 스커트를 건져 냈어.)

셈프로니오 (제발 입 좀 다물어라, 아니면 악마한테 던져 버릴 거다! 자기 옷에 대해 운운하는 건 잘하는 거야. 그게 필요하니까. 수도원장이 지껄이는 데에서 옷을 건지듯이* 말이야.)

파르메노 (그리고 수도원장은 노래한 만큼 옷을 얻어 입어. 그런데 이 늙은 뚜쟁이는 50년이 되도록 하지 못한 모든 것을 단 세 걸음만으로 이루려고 한단 말이야.)

셈프로니오 (셀레스티나가 너를 가르치고 너를 키우고, 그리고 너희들이 함께했다는 지식에 대한 대가가 이거냐?)

파르메노 (요구하고 돈을 갈취해 가는 것까지는 참을 수 있지만, 그 여자 혼자 다 먹어 치우는 것은 그냥 둘 수 없어.)

셈프로니오 (욕심이 너무 지나친 것만 빼면 흠이 없는데. 하지만 우선 자기 바람벽을 막게 내버려 둬. 그러고 난 후 우리 벽도 막아 주겠지. 그렇지 않으면 우리를 잘못 본 거지.)

칼리스토 제발 어머니, 말씀 좀 해 주세요. 그동안 뭘 하셨죠? 어떻게 그 집으로 들어가셨죠? 멜리베아는 어떤 옷을 입고 있었나요? 그 집 어디에 있던가요? 처음 당신을 본 표정은 어땠죠?

셀레스티나 나으리, 그 얼굴이오? 처음에는 투우장에서 날카로운 화살을 날리는 자들에게 덤벼드는 용감한 황소 얼굴 같았고, 자길 괴롭히는 사냥개들에게 덤벼드는 멧돼지 같았죠.

칼리스토 그런 얼굴을 두고 희망이 있다는 겁니까? 그럼 어떤 얼굴이 죽을 만한 표식인가요? 내 고통을 덜어 준다는 게 이렇게 더 고통스럽고 아프니 죽는 게 덜 고통스럽겠군요.

셈프로니오 (내 주인의 사랑의 열정이 이 정도란 말이야? 이게 뭐람? 이 인간은 그렇게 갈망해 왔던 것을 들을 인내조차 없단 말인가?)

파르메노 (나더러 입 닥치라고, 셈프로니오? 주인님이 네 말을 듣는다면 너나 나나 무사하겠냐?)

셈프로니오 (오, 불에 타 죽을 놈. 네 말은 많은 사람에게 피해가 되지만 난 아무도 해치지 않아! 오, 싸움꾼에 질투심 많은 악질, 염병에나 걸려 뒈져라! 네가 나와 셀레스티나와 맺은 우정이 고작 이것이란 말이냐? 여기서 꺼져 버려!)

칼리스토 오, 어머니, 제가 그런 말을 듣고 절망하여 제 영혼이 영원한 고통에 처하기를 원하지 않으신다면 당신의 영광스러운 요구가 좋은 결실을 맺었는지만이라도 간단하게 확인시켜 주세요. 그 천사 같으면서도 투우사 같은 얼굴이 잔인하고 가혹하게 보였으니 그건 사랑의 표시라기보다는 증오의 표시임에 틀림없어 보이기 때문입니다.

셀레스티나 꿀벌들이 행하는 은밀한 일에 주어지는 최대의 영광은 그 꿀벌들이 건드린 것들은 모두 원래보다 더 좋게 변한다는 겁니다. 신중한 인간들은 이것을 본받아야 해요. 저는 멜리베아의 경멸에 차고 야박한 말들을 갖고 이런 식으로 해냈다오. 그러니까 그녀의 가혹함은 꿀로, 그녀의 분노는 온순함으로, 그녀의 맹렬함은 평화로 바꾸어 갖고 왔지요. 이 늙은 셀레스티나가 뭘 하러 그곳에 갔겠수? 나으리께서 많은 선물을 주셨으니, 그녀의 분노를 누그러뜨리고 그녀를 견뎌 내고 나으리의 방패가 되어 제 옷으로 매와 경멸과 멸시를 막아 내려고 간 게 아니겠습니까? 사랑 놀음에서 처음에는 다 이런 반응을 보이지요. 자신들이 주는 선물을 더 값지게 하기 위해서 말입니다. 사람들은 자기가 사랑하는 사람에겐 더 못된 말들을 하죠. 그렇지 않다면 몰래 사랑하는 아가씨들과 창녀 간에 아무런 차이가 없지요. 모든 여자가 자기가 사랑받고 있다는 것을 알고 첫 번째 요구에 "네"라고 한다면, 이도 그런 여자와 아닌 여자 간의 차이가 없는 게지요. 여자들이 비록 사랑으로 들떠 있고 사랑의 정염으로 지펴져 있다 할지라도 자신의 정절 때문에 겉으로는 아주 냉담한 척한답니다. 비웃는 표정이나 딴청 부리기나 매섭고 야무진 오만한 자태, 가혹한 말들을 내뱉은 그녀의 혀가 마음에도 없는 말을 한 자신에 대해 놀랄 정도입니다. 그러니 마음 편히 놓으시고, 이제부터 제가 그 집에 들어가기 위해 꾸며 낸 구실과 제가 어떻게 진행시켰는지를 자세히 말씀드릴 테니 들어 보세요. 일이 아주 잘되었답니다.

칼리스토 어머니, 이제야 안타까이 기다린 보람이 있게 안심되는 말을 하시는군요. 그러니 얼마든지 원하시는 대로 사례금을 말하세요. 드릴 테니까. 이제야 제 가슴이 진정되고 머리가 안정되며 말랐던 핏줄이 피로 충만해지고, 두려움도 사라지고 기쁩니다. 원하신다면 우리 위로 올라갑시다. 이 자리에서 제가 간략히 들은 것을 제 방에서 자세히 듣겠습니다.

셀레스티나 그럽시다.

제2장

파르메노 (오, 성모 마리아여! 맙소사. 이 미친 주인님이 우리를 떼어 놓으려고 무슨 짓을 하려는 것일까! 셀레스티나와 좋아 죽으려고 그리고 자신의 경박하고 정신 나간 욕망에 대한 수천 가지 비밀들을 그녀에게 털어놓으려고 할 거야. 옆에서 너무 장황한 애기라고 말해 줄 사람도 없이 한 가지 일을 가지고 여섯 번 이상을 묻고 대답하려고 말이야! 그래서 내가 지각 없는 네 뒤를 쫓아간다!)

칼리스토 저것 보세요, 어머니. 파르메노가 무어라고 중얼거리며 오는군요. 어머니께서 그토록 부지런히 성사시킨 위대한 일을 듣고는 성호를 그으면서 오는데요. 놀랍네요. 또다시 가슴에 성호를 긋는군요. 올라오세요, 어서. 그리고 앉으세요, 어머니. 저는 무릎을 꿇고 당신의 부드러운 답을 듣겠습니다. 우선 어떤 구실로 들어가셨는지 말씀해 주세요.

셀레스티나 실 좀 팔러 왔다고 했습죠. 그런 방식으로 30명 이상 되는 처자들을 사냥했습죠. 하느님 마음에 드셨는지, 나이깨나 있는 여자들도 몇 명 낚았죠.

칼리스토 어머니, 그런 육욕적인 방법은 점잖치 못하고, 고상하지도 못하며, 우아하지도 신중하지도, 가문에, 신분에 맞지도 않는, 말에서나 덕으로 보나 적당하지 않은 방법 같습니다.

파르메노 (미친 주인님이 이제 정신이 좀 드는 모양인가 보다. 이제야 의견이 엇갈리는군. 항상 12시의 두 바늘처럼, 정각 정오에 있던 시계처럼 있더니 말이야. 셈프로니오, 주인님의 미친 소리와 셀레스티나의 거짓말을 들으며 침을 흘리더니만 말해 봐, 말해 봐.)

셈프로니오 (오, 악담가야! 마술사의 소리를 듣지 않는 뱀처럼, 세상 사람 모두가 귀를 세우고 듣는 일에 너는 어째 귀를 막으려고 안달이냐? 이런 일들은 사랑에 관계되는 일이니 비록 거짓말이라 할지라도 열심히 들어 두는 게 좋아.)

셀레스티나 칼리스토 나으리, 들어 보세요. 그러면 당신의 행복과 저의 간청이 어떻게 조화를 이루어 냈는지 알게 될 겁니다. 제가 멜리베아 모친께 실을 팔려고 값을 흥정하려는데 멜리베아 모친의 동생이 아프다고 병문안 가자고 누가 부르러 와서 그분이 집을 비우게 되자 대신 멜리베아에게 실 값을 흥정하도록 했지요.

칼리스토 세상에, 비할 데 없는 기쁨이여, 오, 다시없을 절호의 기회여, 오 절묘한 때여, 오, 그때 당신의 망토 밑에 숨어서 창조주의 모든 특별한 은사를 입은 멜리베아의 말을 들을 수만 있었더라면!

셀레스티나 내 망토 밑에 숨어서라고요? 아이고, 큰일 날 뻔했네! 서른 개나 난 구멍으로 당신이 보이기라도 했다면 말입니다요! 하느님이 그 옷 사정을 좋게 하지 않으신다면 말이죠!

파르메노 (난 나갈래, 셈프로니오. 더 이상 아무 말 하지 않겠어. 너 혼자 다 들어. 정신 나간 내 주인이 여기서 멜리베아 집까지 몇 걸음이 되는지 감안하지 않으신다면, 그리고 그녀에게 온통 빠진 자신의 모습을 좀 살펴보고 실 값 흥정이 어떻게 되었는지를 살펴보신다면 내 충고가 셀레스티나의 이 속임수보다 훨씬 건전했다는 것을 알게 되실 텐데.)

칼리스토 너희들, 무슨 소리냐? 내 생사가 달려 있는 일을 경청하는데, 너희들은 늘 하던 버릇대로 내 화를 돋우어 성질나게 하려고 수군거리고 있느냐? 제발 입 다물고들 있어. 이 어머니의 멋진 임무 수행으로 너희들도 좋아 죽을 지경이 될 거야. 셀레스티나 어머니, 멜리베아와 단둘이 남았을 때 무슨 일을 했는지 말해 주세요.

셀레스티나 나으리, 별꼴을 다 당해서, 누가 보더라도 내 얼굴에서 그 변죽을 알아냈을 겁니다.

칼리스토 이제는 제가 알아봐야 할 차례군요. 그런 모습을 바라보는 당사자는 더 정확하게 알아채겠지요. 어머니도 몰랐던 것을 제가 찾아내면 놀랄 겁니다.

셀레스티나 내가 그녀와 단둘이만 있고 싶었다는 것을 말하는 데는 용기가 더 필요했습죠. 저는 제 속을 다 열어 보였습니다. 저의 임무가 무엇인지를 말했습니다. 당신의 너무나 큰 아픔을 고치기 위하여 그녀의 입에서 나올 당신을 위한 단 한마디를 얼마나 학수고대하고 있는가를 털어놨습니다. 멜리베아는 처음엔 놀라서 입을 벌린 채 저를 바라보다가, 도대체 누가 자기의 말이 필요해서 고통 받고 있는지를 묻게 되었고, 다시 말해 자신의 말이 누구를 치료할 수 있는지를 물었던 거죠. 제가 당신의 이름을 말하자 제 말을 끊어 버렸습니다. 엄청 놀랄 일을 들은 사람처럼 자기 이마를 크게 치면서, 더 이상 입을 열면 자기 하인들을 시켜 저를 죽여 버리겠다고 했습니다. 그러고는 저더러 마녀에, 뚜쟁이에, 거짓부렁이 노파에, 수염 난 할망구에, 배은망덕한 인간에, 그 밖에 요람에 누운 아기들도 놀랄 만한 입에 담지도 못할 이름으로 저의 무모함을 욕했지요. 그 뒤를 이어 당신의 이름을 듣고 황금 화살에 맞아 상처를 입었는지 기고만장함이 하늘을 치더니 기절을 하지 않겠습니까. 정신이 혼미해졌는지 수천 번 경악하고 얼마나 신기한 모습을 보이던지요. 사지를 이리저리 비틀고 부르르 떨더니 몸을 꼬고 기지개를 펴듯 온 손가락을 깍지 끼고는 부숴 버릴 듯했습니다. 눈으로는 사방을 두리번댔고 발로는 바닥을 차 댔지요. 저는 이 일이 일어나고 있는 동안 구석에 움츠린 채 아무 말 없이 그 발광하는 모습을 재미있게 바라보았지요. 그녀가 발광을 하면 할수록 저는 더욱더 즐거웠습니다. 그건 발광이 심할수록 항복이 가까워지기 때문이죠. 다혈질의 그녀가 그렇게 분노를 발산하고 있는 동안 제 머리는 쉬지 않고 그녀가 내뱉은 말을 어떻게 유도해 갈까 고심하고 있었습니다.

칼리스토 그 이야기를 해 주세요, 어머니. 당신 말을 들으니 제정신이 들고, 당신이 요구한 바를 의심한 것에 대해서는 어떠한 변명도 성립되지 않는다는 걸 알았습니다. 당신의 그 많은 지식으로 당신은 여자라기보다는 여장부이십니다. 당신은 그 여자분의 대답을 예견하시어 시간을 갖고 당신의 대답을 준비했습니다. 그래, 그 토스카의 아델레타가 또 뭐라고 하던가요? 물론 그 아델레타의 명성은 당신이 살아 계신 한, 사라지고 말 겁니다. 아델레타는 자기의 늙은 남편과 두 자식의 죽음을 자기가 죽기 3일 전에 예언하지 않았습니까. 이제야 사람들이 하는 말을 믿을 것 같습니다. 즉 여자의 연약함이 남자보다 신중한 일에 더 잘 어울린다, 라는 걸 말입니다.

셀레스티나 나으리, 뭔가 잘못 이해하신 것 같은데요. 저는 멜리베아 아가씨에게 당신의 고통은 치통 때문이고, 그래서 그녀가 알고 있는 치통에 잘 듣는 기도문을 주십사 하는 말을 전했습니다.

칼리스토 아, 이 놀라운 기지! 자기 분야에서 독보적인 존재여! 오, 빈틈없는 여성이여! 효험이 빠른 약과 같은 분이여! 오, 신중한 전령자여! 어느 인간의 두뇌가 그처럼 민첩하게 돌아갈까? 우리가 만일 지금 아이네이아스와 디도의 시대로 거슬러 올라간다면 엘리사의 사랑을 자신의 아들에게 돌려놓기 위해 큐피드를 아스카니우스의 모습으로 만들어 엘리사를 속이려 했던 비너스도 당신에게는 분명 못 미치겠습니다. 그래서 제가 번거로움을 피하기 위해 당신을 중매쟁이로 한 겁니다. 이제 제 목숨을 당신 손에 맡겼으니, 제 소원과 목숨은 당신에게 달려 있습니다. 얘들아, 너희들은 어떻게 생각하느냐? 그 이상 달리 생각할 수가 있겠느냐? 세상에 이 같은 분이 또 있겠는가?

셀레스티나 나으리, 제 말을 끊지 마세요. 날이 어두워지고 있으니, 제 말을 끝맺게 해 주세요. 이미 아시다시피, 나쁜 일을 도모하는 자는 어둠을 좋아하지요. 그러니 제가 집으로 가는 길에 변을 당할 수도 있을 것입니다.

칼리스토 당치도 않은 소리! 여기 횃불과 하인들이 있으니 바래다 드리도록 하겠습니다.

파르메노 (그래, 그래, 아가를 해치지 않도록 그렇게 해야지! 셈프로니오, 네가 모셔다 드려라. 밤중에 울어 대는 풀벌레 소리가 무서우시단다.)

칼리스토 뭐라고 했니, 파르메노?

파르메노 나으리, 제가 셈프로니오와 함께 그분의 집까지 가겠습니다. 아주 어둡습니다요.

칼리스토 그래. 좀 있다가 그렇게 하여라. 자, 당신은 계속하세요. 또 무슨 일이 있었습니까? 치통에 잘 듣는 기도문을 달라니까 뭐라고 합디까?

셀레스티나 기꺼이 주겠다고 하더군요.

칼리스토 기꺼이요? 오, 하느님, 이 지고한 선물이라니!

셀레스티나 뿐만 아니라, 요구한 것이 더 있지요.

칼리스토 뭔데요, 명예로운 나의 노파여?

셀레스티나 그 여자 분이 늘 묶고 다니는 허리끈입니다. 그분이 순례를 다닐 때 많은 성물을 접촉한 것이라 당신의 고통에 특효라고 하면서요!

칼리스토 그러니까 뭐랍디까?

셀레스티나 사례금을 주셔야 말씀드리겠습니다.

칼리스토 오, 제발, 이 집을 통째로 갖든지, 이 집에 있는 것을 몽땅 가지세요! 또 더 원하는 게 있으시면 말해 봐요!

셀레스티나 망토를 하나 주시면, 이 늙은이가 멜리베아의 허리끈을 드리지요.

칼리스토 망토라고요? 망토건 스커트건 제가 갖고 있는 것은 모두 다 가져가세요.

셀레스티나 나는 망토가 필요해요. 그것이면 충분합니다. 이것을 주는 데 더 끌지 마세요. 제 요구를 의심하지 마세요. 조금 요구하는 자에게 많은 것을 약속하는 것은 일종의 거부나 마찬가지라고들 합니다.

칼리스토 파르메노, 당장 달려가서 내 재봉사를 불러 보풀을 일으키려고 꺼내 놓은 그 프랑스 콩트레*로 망토와 스커트를 재단해 오라고 일러라.

파르메노 (저런, 저런! 벌처럼 거짓말을 한 보따리 지고 오라고 저 노파에게 다 준단다! 자기를 들들 볶아 먹으라고 말이야! 이걸 얻으려고 이 할망구 오늘 하루 온종일 말을 빙빙 돌려댔군.)

칼리스토 왜 이리도 느리냐? 내가 잘되기를 싫어하는 하인들을 먹여 살리면서 애는 애대로 먹는 나처럼 불행한 인간도 없을 거다. 이놈아, 기도하면서 가냐? 시기심만 많아서. 뭘 중얼거리며 가느냐? 무슨 말인지 못 알아듣겠다. 가라는 데로나 가, 빨리. 나를 화나게 하지 마라. 나를 끝장낼 만큼 고통이 차고도 넘치니 말이다. 너한테도 같은 천으로 망토를 하나 만들어 주마.

파르메노 다른 말씀이 아니오라, 주인님, 지금 재봉사가 오기에는 너무 늦었습니다요.

칼리스토 짐작해서 미리 말하지 말라고 하지 않았더냐? 그럼 내일로 미루자. 그리고 자, 어머니, 저를 봐서라도 좀 참아 주세요. 그리고 늦어진다고 잃는 것은 아니니까요. 그럼, 그 존귀한 허리만이 맬 수 있었던 그 성스러운 허리끈을 제게 보여 주세요. 제 눈이 다른 감각들과 함께 그것을 즐길 겁니다. 모두 보고자 열망하고 있었으니까요. 무엇보다 그녀를 알고 나서부터 즐거움을 모르고 살아온 제 슬픈 마음이 즐거워할 것입니다. 모든 감각이 마음에 닿게 되어 있고, 또 이들이 제 마음을 너무나 괴롭혔지요. 각자 할 수 있는 한 최대로 마음을 아프게 했습니다. 그 여인을 보고 싶은 눈은 눈대로, 그녀의 목소리를 듣고 싶은 귀는 귀대로, 그녀를 만지고 싶은 손은 손대로 제 마음을 괴롭혀 왔습니다.

셀레스티나 그녀를 만져 보셨다고 그랬나요? 놀랍군요.

칼리스토 꿈속에서 말입니다.

셀레스티나 꿈속에서라고요?

칼리스토 하도 여러 날 꿈속에서 그녀를 보게 되니까 알키비아데스*에게 생겼던 일이 저에게 일어날까 두렵습니다. 알키비아데스는 자기 여인의 망토에 휩싸인 꿈을 꾸었지요. 그리고 다음 날 거리에서 암살되었는데, 아무도 그를 치우지 않아 그의 여인이 망토로 덮어 장사를 치렀지요. 저야 죽건 살건 그녀가 걸쳤던 것을 걸쳐 본다면 여한이 없겠습니다.

셀레스티나 남들은 침실에서 곤히 잠을 잘 시간에 당신은 다음 날을 괴롭게 지낼 준비를 하고 있으니 그것으로도 고통은 충분합니다. 하느님은 단념하는 인간은 창조하지 않으셨으니 기운을 내세요. 여유를 가지세요. 자, 이 허리끈을 받으세요. 제가 죽지 않는다면, 당신의 여인을 당신께 드릴 겁니다.

칼리스토 오, 새로운 손님, 오, 내가 감당 못할 그 몸을 감쌌던 막강한 축복받은 허리끈이여! 오, 내 열정의 매듭들이여! 너희들이 내 희망을 이어 주었구나! 내게 말해 주려무나, 너희들이 섬겼고, 내가 사모하는 그분의 냉담한 대답을 목격했는지 말이다. 그리고 내가 밤낮으로 애를 써도 아무런 소용이 없는지 말이다.

셀레스티나 옛 속담에 덜 애태우는 사람이 더 성취할 수 있다는 말이 있습니다요. 하지만 저는 부지런해서 게으름 때문에 못 얻는 것을 얻도록 해 드리겠습니다. 그러니 자, 기운을 차리세요. 사모라 성이 한 시간에 정복되지 않는다고 군인들이 공격을 포기하진 않았습죠.

칼리스토 오, 불행이여! 도시는 돌로 축성되어 있고, 돌은 돌을 이깁니다! 그런데 나의 여인은 쇠 심장을 갖고 있어 그 쇠 심장을 부술 만한 다른 금속이 없답니다. 그 쇠 심장을 뚫을 총알도 없어요. 그러니 그녀의 담에 사다리를 놓으세요. 하지만 그녀의 눈은 화살을 쏴 대고, 입에서는 질책과 냉담한 말이 나오죠. 멀리서는 함락할 수 없는 곳에 있습니다.

셀레스티나 그만하세요, 나으리! 한 용사의 용감한 모험으로 트로이 성은 함락되었습죠. 미리 체념하지 마세요. 한 여자가 다른 여자를 이길 수 있습니다. 제 집을 얕보시고, 저의 능력을 잘 모르시는 것 같습니다.

칼리스토 어머니, 어머니가 하시는 말씀은 무엇이든 믿고 싶습니다. 이렇게 허리끈과 같은 보물을 가져오셨으니. 오, 그 천사와 같은 허리에 감겼던 허리끈이여, 나의 영광이여! 이렇게 너를 보면서도 믿기지가 않는구나! 아, 허리끈, 허리끈! 너는 나의 적은 아니었겠지? 사실을 말해 봐. 만일 그랬다면, 잘못을 용서하는 일이 선한 자들의 속성이니 너를 용서하마. 적이라고 생각하지 않아. 적이라면 이렇게 내 손에 빨리 들어올 수가 없어. 네 주인을 대신해 나에게 사과하러 온 것이 아니라면 말이다. 네게 청원컨대, 네 주인이 내게 행사하고 있는 막강한 힘의 덕을 빌려 대답해 봐.

셀레스티나 나으리, 헛소리 좀 그만하세요. 그 말을 듣자니 지치고, 그렇게 만지니 허리끈도 끊어지겠어요.

칼리스토 아, 불행한 내 신세여! 네가 비단으로 된 것이 아니라 내 두 팔로 엮어 만들어진 것이라면 하늘이 내게 내려 준 더할 수 없는 선물일 텐데! 그러면 내 두 팔은 매일 존경심과 황홀감을 만끽하며 그 천사의 허리를 감아 안고 즐기겠지만 너는 영광을 느끼지도 즐기지도 못한 채 네 주인을 매일 껴안고 있잖은가! 오, 너는 네 주인의 황홀한 자태에서 어떤 비밀을 보았을까!

셀레스티나 당신은 더 많은 비밀을 느끼고 보게 되실 것입니다. 그렇게 헤프게 떠벌리지 않으신다면 말입니다.

칼리스토 어머니, 입 좀 다무시지요. 허리띠와 저는 서로를 이해한답니다. 오, 나의 눈아, 마음의 창인 너희들을 통해 내 마음이 어떻게 변했고 어떻게 너희들이 그 원인이 되었는지 잘들 기억해 둬라! 원인이 제공한 피해도 봤으니 기억해 둬라! 너희들이 내 망가진 건강의 빚쟁이들임을 기억하고 집에 온 약도 잘 봐 둬라.

셈프로니오 허리끈과 시간을 보내시느라 정작 멜리베아 아가씨는 잊으시겠습니다요.

칼리스토 무슨 그런 분위기 깨는 소리를, 정신 나간 미친놈아! 그게 어떻다고 그러느냐?

셈프로니오 아니, 말씀을 너무 많이 하시다가 주인님도 죽으시고 주인님의 말씀을 듣는 사람들도 죽이시잖아요. 그렇게 하시다가 주인님이 목숨을 잃으시거나 정신을 놓을 수 있거든요. 할 말이 많으시더라도 그 정도면 충분한 것 같습니다. 이제 그만하시고 셀레스티나에게 말을 양보하시죠.

칼리스토 어머니, 제 말이 길어 화나셨습니까? 아니면 이놈이 술주정을 하는 겁니까?

셀레스티나 그렇지 않다 하더라도, 이제 그만 투덜대시고, 허리끈은 허리끈으로 취급하셔야죠. 멜리베아를 만날 때 허리끈에 대해 하실 말이 남아 있어야 하지 않겠습니까. 옷을 칭찬하는 말과 그 옷을 입은 사람을 칭찬하는 말에 차이가 있어야지요.

칼리스토 오, 나의 어머니, 나의 위안자시여, 제 영광의 전령을 즐기게 내버려 두세요! 오, 나의 혀여! 왜 너는 네 힘으로는 결코 알 수 없을 분의 고귀함을 칭송하는 대신 딴소리만 떠드느라 정신이 없느냐? 오, 내 두 손이 왜 이리도 소견 없이, 무모하게 내 상처를 아물게 할 약을 다루고 있단 말인가! 그 잔인한 화살촉이 자신의 날카로운 촉끝에 묻혀 온 독초들은 이제 피해를 줄 수 없을 것이다. 난 확신해. 그건 상처를 준 사람이 그 상처를 낫게 하기 때문이지. 오, 어머니, 노파들의 즐거움이시고, 처자들의 기쁨과, 저 같은 지친 자들의 안식이시여, 당신의 두려움으로 저를 더 고통스럽게 하지 마십시오. 저를 부끄럽게 합니다. 제 생각의 고삐를 늦추어 주십시오. 제가 이 보물을 갖고 길로 나갈 수 있도록 해 주십시오. 저를 보는 사람들 중에 저보다 더 행복한 자가 없음을 알도록 말입니다.

셈프로니오 더 많은 바람으로 나으리의 상처를 악화시키지 마시와요. 나으리의 병은 그 허리끈 하나로 나을 게 아닙니다요.

칼리스토 나도 잘 알아. 하지만 이토록 고귀한 작품을 자랑하지 않고 참는다는 게 너무 힘들구나.

셀레스티나 작품? 그것은 기꺼이 주어진 것이지만 당신은 그분이 하느님에 대한 사랑 때문에 하셨다는 것을 아십니다. 당신의 이빨을 구하려고 말입니다. 당신의 진짜 병을 고치기 위한 것이 아닙죠. 하지만 제가 살아 있는 한, 그 여자 분은 생각을 바꿀 겁니다요.

칼리스토 그리고 치통에 좋다는 그 기도문은?

셀레스티나 아직 받지 못했습니다.

칼리스토 무슨 이유로?

셀레스티나 시간이 없었어요. 하지만 당신의 치통이 가라앉지 않는다면 내일 그것을 받으러 가는 걸로 되어 있습니다요.

칼리스토 가라앉는다고요? 나의 고통은 그녀의 잔인함이 누그러질 때 가라앉을 거요.

셀레스티나 자, 나으리, 말과 행동은 이것으로 충분합니다. 이 병을 위해 제가 요구하고자 하는 것은 그녀의 의무로, 그녀의 권한에 달렸습니다. 나으리, 첫 방문에서 이 정도면 충분하다고 봅니다. 그럼 저는 가니 약속하신 것을 지키십시오. 만일 나으리께서 내일 바깥 외출을 하실 거라면 천으로 얼굴을 가리고 나가십시오. 혹여라도 그 여자 분의 눈에 띄면 제 부탁이 거짓이라는 게 들통 날 겁니다요.

칼리스토 당신의 봉사에 대한 대가로 네 벌도 해 드리지요. 그러니 제발 말 좀 해 주세요. 어떤 일이 더 있었습니까? 그녀가 무슨 말을 했는지 듣고 싶어 죽겠습니다. 어떻게 당신은 멜리베아를 알지도 못하시면서 그토록 과감하게 그녀 집에 들어가 친하게 말을 붙이고 부탁을 할 수 있었습니까?

셀레스티나 그 여자 분을 잘 모른다고요? 그 집 여자들과는 이웃으로 4년을 살았답니다. 밤낮으로 웃고 이야기하면서 잘 지냈답니다. 그녀의 어머니는 자신의 손보다 저를 더 잘 알죠. 멜리베아야 더 컸고 품위 있고 신중해졌지만 말입니다.

파르메노 (야, 셈프로니오, 내가 귀에 대고 말할 게 있어.)

셈프로니오 (뭔데? 말해 봐.)

파르메노 (셀레스티나의 말을 더 듣다가는 우리 주인님 서론이 더 길어질 핑계가 되겠어. 그러니 네가 셀레스티나한테 가서 발을 꾹 밟아 더 지체하지 말고 가라는 신호를 하란 말야. 혼자 그렇게 말을 많이 하는 사람치고 미치지 않은 사람 없다고.)

칼리스토 어머니, 멜리베아가 품위 있다고 하셨죠? 저를 놀리시려고 그러시는 것 같습니다! 이 세상에 그 여자만 한 분이 있겠어요? 하느님이 그녀보다 더 멋진 육체를 창조하셨을까요? 아름다움의 표본인 그녀의 모습을 그림으로 그려 낼 수 있을까요? 그리스 사람들과 트로이 사람들을 그토록 많이 죽음으로 몰아갔던 헬레나가, 아니면 아름다운 폴리세나가 오늘날 살아 있다 해도 지금 제가 애를 태우고 있는 이 여인 앞에서는 얼굴조차 못 들 겁니다. 만일 멜리베아가 사과를 놓고 경쟁을 벌인 세 명의 여신인 비너스, 미네르바, 유노의 모임에 있더라도 결코 불화는 없을 것입니다. 그것을 마땅히 가져야 할 자는 멜리베아로 모두가 정하고 어떤 불화도 없이 살았을 것이기 때문입니다. 그래서 그 사과를 화합의 사과라 부를 것입니다. 그런데 지금은 멜리베아에 대해 알고 있는 그 많은 여인들이 멜리베아를 저주하고 하느님께 불평을 토로합니다. 그건 창조주께서 저의 여인을 만드실 때 그 여자들을 기억하지 않으셨기 때문이죠. 그 여자들은 자연이 아무 힘도 들이지 않고 부여한 그 완벽함과 견주려고 인위적으로 조작할 생각을 하면서 고행을 몸에 해대느라 자신들의 목숨을 소진하고 시기심으로 자신들의 몸뚱이를 태웁니다. 여자들 중에는 온갖 종류의 족집게로 눈썹과 몸의 털을 벗겨 내는 여자들도 있습니다. 또 어떤 여자들은 황금 약초나 뿌리, 나뭇가지와 꽃들로 잿물을 만들어 자신의 머리카락을 그녀의 것과 비슷하게 하려 하고, 크림과 연고, 화장수와 화장품들로 자신들의 얼굴을 못살게 굴고 다양한 모습으로 바꾸는데, 너무 길어지니 이만 줄이죠. 하여간 이 모든 것을 지니고 태어난 그분이 저 같은 슬픈 남자에게 어울리기나 하겠습니까.

셀레스티나 (셈프로니오, 네 말을 잘 알겠지만, 내버려 둬. 자기가 실수하고 있다는 걸 알 거야. 그러면 끝내겠지.)

칼리스토 자연은 모두 그녀를 완벽하게 만들기 위해 노심초사했으며 다른 여인들에게 나뉘어 있던 우아함을 그녀에게 모두 한꺼번에 갖다 놓았습니다. 있을 수 있는 가장 완벽한 것들이 그녀에게 모여 그녀를 찬양했습니다. 그래서 그녀를 보는 사람들은 그 화가의 위대함에 감복하게 됩니다. 이 여인은 모든 것이 완벽하므로 상아 머리빗에 맹물을 조금 발라서 머리만 조금 빗어 내려도 우아함에 있어서는 보통 여인들을 능가합니다. 이러한 점들이 그녀의 무기인데, 이것으로 죽이고 승리하고, 이것들로 저를 포로로 했으며 이것들로 저를 쇠사슬처럼 묶어 놓은 겁니다.

셀레스티나 그만 입 다물고 쉬세요. 당신을 괴롭히는 쇠사슬이 제아무리 강하다 해도 제가 갖고 있는 줄은 더 예리합니다. 제가 그것으로 쇠사슬을 끊어 드릴 테니, 당신은 풀려나실 겁니다. 자, 날도 많이 저물었으니 가야겠는데, 그 허리끈을 주세요. 아시다시피 제가 필요해서요.

칼리스토 아, 불쌍한 내 신세! 불행이 내게서 멈출 줄을 모르는구나! 나는 오늘 밤 불행과 함께, 아니면 허리끈과 함께, 그것도 아니면 그 둘과 함께 오래도록 어둠 속에 같이 있고 싶었는데. 하지만 이런 고통스러운 인생에는 좋은 일이란 게 일어날 리가 없지. 고독아, 통째로 오너라. 얘들아! 얘들아!

파르메노 부르셨습니까?

칼리스토 슬픔과 고독은 나와 함께 남고, 이 어머니는 아주 즐겁고 흥겹게 가시도록 집까지 모셔다 드려라.

셀레스티나 그럼, 안녕히 계십시오. 내일 다시 올 때 제 스커트와 답도 함께 올 것입니다. 오늘은 그럴 시간이 없었지요. 다른 일을 생각하시면서 견뎌 내세요.

칼리스토 그건 안 되죠. 제 목숨이 달려 있는 그 여자를 잊는다는 것은 이교도적 행위입니다.

제7막

셀레스티나는 파르메노에게 셈프로니오와 한편이 되어 우정을 돈독히 하라고 말한다. 파르메노는 자기가 사랑하는 아레우사와 만나게 해 주겠다는 셀레스티나의 약속을 상기시킨다. 그 둘은 아레우사의 집으로 간다. 파르메노는 아레우사와 밤을 보낸다. 셀레스티나가 자기 집으로 가 문을 두드리니 엘리시아가 나와 문을 열어 주며 늦게 온 것을 탓한다.

셀레스티나, 파르메노, 아레우사, 엘리시아.

제1장

셀레스티나 파르메노, 지난번 대화 이후로 내가 너를 사랑하는 마음을 보여 주고 말할 시간이 없었어. 하지만 지금까지 네가 없는 데서 너에 대해 내가 얼마나 좋게 말하고 다녔는지 세상 사람들이 들어 알고 있어. 그 이유를 반복해서 말할 필요가 없는 것이, 너는 내 양자 같은 놈이니까. 그리고 너는 그렇게 행동하면 되고. 그런데 너는 칼리스토 있는 데서 내게 대항하여 내가 말한 것은 모두 나쁘게 보인다고 중얼대거나 귓속말로 뭐라 지껄이면서 은혜를 그따위 식으로 갚더라. 네가 나의 충고를 받아들였고 다시 꽁무니를 빼지 않을 거라고 생각했는데 말이야. 사리 분별을 못하고 기분대로 지껄이니 아직도 나를 믿지 못하는 것 같아. 혀를 만족시키려고 이익을 버리겠다는 심산이지. 내 말 들어, 지금까지 내 말을 듣지 않았다면 말이야. 네가 보듯이 난 늙었어. 그런데 훌륭한 조언은 늙은 사람에게 있고 젊은이들은 즐길 권리가 있지. 난 네 잘못은 모두 나이 때문이라고 믿어. 그러나 이제부터 너는 나를 위해 좋은 일만 할 것이고 네가 아직 어려서 잘못한 생각은 버릴 거라고 신의 이름으로 믿는다. 머리카락이 변하면서 관습도 변한다고 사람들이 그러지 않더냐. 아이는 매일 새로운 것들을 보면서 자란다고 말이야. 젊었을 때는 현재만을 생각하지만, 성숙한 사람은 과거, 현재, 미래를 다 보게 마련이지. 내가 옛날에 너를 얼마나 사랑했는지, 네가 이 마을로 와서 내 집을 처음으로 선택했던 것을 기억한다면 말이다. 그런데 요즘 젊은이들은 늙은 사람들을 탐탁하게 여기지 않아. 자기들 마음대로 한단 말이야. 늙은이들이 필요하다고는 결코 생각하지 않아. 병에 대해서 조금도 걱정하지 않고, 젊음이라는 꽃이 곧 사라질 거라는 것도 안중에 없어. 네가 알다시피 이 같은 때 훌륭한 안식처는 잘 알고 지내던, 친구 같고 엄마 같고, 아니 엄마 그 이상의 노파야. 건강하게 몸을 쉴 수 있는 훌륭한 여관에 병을 고칠 수 있는 훌륭한 병원이자 필요할 때 입을 벌리는 훌륭한 지갑이고 앞날을 위해 돈을 저축하기 좋은 멋진 금고이며 겨울에는 석쇠에 둘러앉아 고기를 구워 먹을 수 있는 멋진 불이고, 여름에는 멋진 그림자에 먹고 마실 수 있는 주막과도 같은 곳이다. 요 미친놈아, 내 말에 할 말이 있느냐? 오늘 네가 한 말 때문에 네가 좀 혼란스럽다는 건 잘 알아. 그래서 네게 더는 부탁하지 않겠어. 하느님도 회개하고 고치는 죄인에게는 더 이상 바라지 않으시지. 셈프로니오를 좀 보라고. 그놈을 하느님 다음으로 내가 사내로 만들어 놨잖은가.* 나는 너희들이 형제처럼 지냈으면 한다. 그놈과 잘 지내야 네 주인이나 다른 모든 사람들과도 잘 지낼 게 아니냐. 그놈은 아주 사랑받고 부지런하고 정중하며 충실한 종에 훌륭한 성품을 가진 놈이야. 너랑 우정을 원해. 너희들이 서로 손을 잡으면 앞으로 수입이 늘 거야. 그리고 네가 사랑받기를 원한다면 네가 먼저 사랑해야 해. 뭔가 얻기를 바란다면 노력해야지 별수 있겠느냐. 셈프로니오가 네게 사랑을 주어야 할 법은 없는 게야. 사랑받기를 기다리면서 사랑하기를 원하지 않는 것은 바보짓이고, 우정을 증오로 갚는 일은 미친 짓이다.

파르메노 어머니, 제가 두 번째로 실수를 저질렀군요. 지난 일은 용서하시고 앞으로 올 일을 명령하시기 바랍니다. 하지만 셈프로니오와 우정을 유지한다는 일은 아무리 생각해도 불가능할 것 같습니다. 셈프로니오는 정신 나간 놈이고 저는 인내심이 부족해요. 그러니 저희들이 서로 친구가 되게끔 해 주세요.

셀레스티나 네 문제는 그게 아니었어.

파르메노 진실로 철이 들어 가면서 전에 가졌던 제 인내심이 약해지는 것을 느꼈어요. 저는 그때의 제가 아녜요. 셈프로니오 역시 제가 알아서 이익을 볼 건더기가 없는 놈이에요.

셀레스티나 확실한 친구는 불확실한 일을 만났을 때 알게 되는 법이다. 역경 속에서 확인되는 것이지. 한통속이 되고 나면 더 많은 희망을 갖고 융성한 재산을 포기하는 집을 방문하게 되지. 훌륭한 친구가 갖는 덕에 대해 네게 무엇을 말할 수 있을까? 그 이상 더 사랑받고 그 이상 더 희귀한 것은 없지. 어떤 짐도 거절하지 않아. 너희들은 똑같아. 습관과 마음이 같으니 우정을 유지하기에 더할 나위 없어. 그런데 네가 갖고 있는 것이 있다면 조심해서 잘 지켜야지. 네 몫이 생겼으니 그것으로 수입을 더 늘리는 법을 알아야 해. 그렇게 일한 아버지는 좋은 시절을 보낼 거야. 네 아비도 그렇게 일을 해서 너에게 주라고 나에게 맡긴 돈이 있는데 네가 나이 들어 안정을 찾으면 주겠다.

파르메노 안정을 찾으면이라니 무슨 말씀이시죠, 이모?

셀레스티나 이 집 저 집 떠돌며 남의 종살이가 아니라 네 스스로 살 때를 말하는 것이다. 네가 종살이하면서 네 이익을 챙기지 못하면 넌 평생 그 짓을 하면서 살아야 할 게다. 네가 찢어진 망토를 입고 있는 게 너무 안되어 보여, 너도 보았듯이 오늘 내가 칼리스토에게 망토를 요구한 것이다. 그 망토는 나를 위한 것이 아니었어. 재봉사가 집에 있었고 겉옷 하나 걸치지 못한 네가 내 앞에 있었더라면 네게 망토를 주었을 텐데. 네가 한 말이 유감스러웠지만 내 이익을 위한 것이 아니라 너를 위해 요구한 것이었다. 네가 네 주인 양반들의 처분만 기다리고 있으면 10년이 걸릴 게고 그나마 옷소매나 얻겠지. 네 청춘을 즐겨라. 화창한 낮과 황홀한 밤과 좋은 음식과 술을 즐기란 말이다. 그런 것을 즐길 수 있을 때 어떤 보상을 치르더라도 놓치지 말라고. 네 주인이 물려준 재산 때문에 울지 마라. 죽을 때 못 가져간다고 말이다. 그건 우리가 살아 있을 때나 필요한 거야. 오, 내 아들, 파르메노야! 너를 아들이라 부를 수 있는 건 내가 너를 오랫동안 키웠기 때문이니 내 충고를 들어라. 너를 위한 순수한 마음에서 나온 충고이니라. 너와 셈프로니오가 죽이 맞아 의좋은 친구가 되고, 모든 일에서 형제가 되어 내 초라한 집에 놀러 오거나 나를 보러 오거나 각자 여자들 하나씩 데리고 편히 쉬러 오든가 한다면 내가 얼마나 행복할까!

파르메노 여자들이라고요, 어머니?

셀레스티나 그래, 여자들이라고 그랬다. 노파들은 내가 지겹다! 셈프로니오는 마땅한 이유도 없고 너만큼 취미도 없는데 애인이 있거든. 내가 말하는 것은 모두 진심에서 하는 말이다.

파르메노 어머니, 진심이시군요.

셀레스티나 진심이 아니라고 생각한다 해도 나는 그렇게 괴롭지 않아. 난 그 일을 하느님에 대한 사랑과 네가 타지에서 혼자 있는 게 안돼서, 아니, 그보다는 너를 나에게 맡기고 간 네 부모님의 뼈를 생각해서 하는 거니까. 네가 사내가 되어 진실한 게 무엇인지 알게 되면 이 늙은 셀레스티나가 너에게 좋은 충고를 해 주었다고 여길 게다.

파르메노 비록 제가 어리기는 하지만 아직도 저는 오늘 일이 유감예요. 그건 당신이 한 일이 제게 나빠 보여서 그런 게 아니고요, 제가 주인님께 확실한 것을 조언했는데도 감사할 줄 모른다는 것 때문이었어요. 하지만 지금부터는 그를 이용합시다. 당신 뜻대로 하세요. 저는 입 다물고 있을게요. 저는 이미 주인님과의 이 일에서 당신을 믿지 못한 잘못을 저질렀으니까요.

셀레스티나 이번 일이건 다른 일이건 네 진정한 친구인 나의 충고를 마다하면 실패하게 되고 몰락할 거다.

파르메노 제가 어린 시절 아주머니를 섬기며 살아온 것이 지금에야 도움이 되는군요. 나이가 들어서야 결실을 보니 저는 당신을 저의 보호자로 삼으신 아버지와 저를 당신에게 맡기신 어머니의 영혼을 위해 하느님께 기도할 겁니다.

셀레스티나 얘야, 제발 네 어미 말은 꺼내지도 마라. 눈시울이 뜨거워지는구나. 이 세상에서 그렇게 좋은 친구, 그런 동반자, 그런 내 일과 노고를 덜어 준 자는 네 어미뿐이었다. 누가 나의 부족한 것을 보충해 주었던가? 누가 내 비밀을 알았던가? 내 마음을 열어 놓을 자 누가 있었던가? 누가 나의 모든 선이자 안식이었던가? 너의 어미는 나의 자매나 대모보다 더한 존재였다. 얼마나 재미있고 얼마나 솔직하고 깨끗하고 활발했던지! 우린 주문에 사용할 물건들을 찾느라 한밤중에도 낮처럼 무서운 게 뭔지도 모르고 묘지들을 돌아다녔지. 기독교인이건 무어인이건 유대인이건 가리지 않고 그들의 무덤을 찾아다녔단다. 낮에는 숨어서 매장하는 것을 몰래 봐 두었다가 밤에는 가서 파헤쳤지. 그렇게 우리는 어두운 밤을 즐겼단다. 네가 훤한 대낮을 즐기듯이 말이다. 네 어미가 죄인들을 감추어 주었다고들 했지. 그리고 주접떨지 않고 체면을 세웠다고 해. 네가 어떤 어미를 잃었는지 알 수 있도록 한 가지를 알려 주마. 사실 입 밖으로 내서는 안 되는 일이지만 너니깐 괜찮아. 네 어미가 눈썹 뽑는 집게로 교수형 당한 사람의 이빨을 일곱 개나 뽑았지 뭐니. 그러는 동안 나는 그 사람 신발을 벗겼지. 원 안에 들어가는 일*은 나보다 훨씬 잘했었어. 그때 내 명성은 지금보다 더 높았지만 말이다. 네 어미가 죽자 내 죄 때문에 모든 것이 망각으로 사라져 버렸단다. 악마들도 네 어미를 무서워했으니 더 말해서 뭣 하겠니? 네 어미가 소리를 지르면 그 생소리에 악마들은 두려움에 떨면서 혼비백산했단다. 네 집에서 너를 잘 알듯이 악마들은 네 어미를 그렇게 잘 알았단다. 그녀가 부르면 모두가 허겁지겁 엎어지고 자빠지고 하면서 모여들었지. 악마들은 네 어미에게 감히 거짓말도 못했단다. 그들을 장악하는 힘이 워낙 세서 말이다. 네 어미가 죽고 난 이후부터 난 한 번도 악마들에게서 진실을 들은 적이 없어.

파르메노 (하느님, 제 어머니에 대해 듣는 게 즐거우니 셀레스티나를 부추기세요.)*

셀레스티나 나의 정직한 파르메노, 내 아들아, 아니 아들 이상의 아들아, 지금 뭐라고 중얼거린 거니?

파르메노 어머니나 당신이 하는 말은 모두 똑같은데, 어떻게 어머니가 당신보다 더했다고 하시는 겁니까?

셀레스티나 뭐라고? 그게 궁금해? 비슷한 사람들 사이에서도 큰 차이가 있을 수 있다는 속담을 모르느냐?* 우리는 네 어미의 수완에 미치지 못했어. 같은 일을 하면서도 어떤 사람은 그저 그렇고 또 어떤 사람은 훨씬 더 잘하는 것을 못 봤니? 네 어미가 그랬단다. 그건 신이 아시지. 네 어미가 우리 일에서 첫째가는 인물이었어. 그래서 신사들이나 사제, 기혼자나 늙은이나 젊은이, 어린아이 할 것 없이 모두에게 사랑을 받았고 유명했지. 젊은 처자들과 규수들은 하느님께 네 어미가 오래 살게 해 달라고 자신의 부모인 양 빌었단다. 누구와도 할 일이 있었고, 누구와도 할 말이 많았어. 우리가 길에 나서면 만나는 사람마다 네 어미의 양자들이지. 주 업무인 산파 일을 16년 동안 했으니 말이다. 그러니 네가 나이가 어려 네 어미에 관한 비밀들을 몰랐으나 이제는 알아야 하는 게 당연하지. 네 어미는 죽었고 너도 사내가 되었으니 말이야.

파르메노 어머니, 제가 어머니 집에 있었을 때 경찰이 어머니를 잡으러 온 적이 있잖아요. 그때 제 어머니와 잘 아시던 사이였나요?

셀레스티나 내가 잘 알고 지냈다고 한 말이 장난 같아 보이냐? 우리는 함께 일을 했고, 함께 판단했고, 함께 체포되어 함께 송치되었고 함께 벌을 받았지. 그게 아마 처음이었지. 그런데 네가 몹시 어렸을 때 일어난 일인데 그걸 다 기억하다니 놀랍구나. 이 마을에서는 잊힌 일인데. 세상일이 다 그렇잖아. 너도 시장 바닥에 나가 보면 죄짓고 벌 받는 사람은 매일 보잖니.

파르메노 사실입니다만, 죄 중에 가장 나쁜 것은 지속적으로 죄를 짓는다는 거죠. 첫 동작이 인간의 손에 있지 않듯이, 첫 실수도 사람의 손에 달려 있는 것이 아니기에 죄를 범하고 회개하면 하느님께서 용서를 해 주신다고들 합니다.

셀레스티나 (이 미친놈이 나를 두고 하는 말이네. 그래, 그렇다면 서로 아픈 곳을 건드리기로 해 볼까? 네가 아파하는 데를 내가 건드려 보마.)

파르메노 어머니, 무슨 말씀을?

셀레스티나 얘야, 네 어미는 혼자 네 번이나 붙잡혀 갔었단다, 하느님이 증인이시지. 한번은 네 어미가 밤에 촛불을 켜 놓고 십자로*의 흙을 손으로 모으고 있는 것을 잡아서 마녀로 몰아 머리에 끝이 뾰족하고 색칠한 복면 같은 것을 씌워 대낮에 광장 계단에 세워 놓았단다. 하지만 아무것도 아니었어. 이 서글픈 세상에서 인간들은 자기 목숨과 명예를 부지하기 위해선 고생하게 되어 있어. 네 어미는 현명해서 그런 일에 전혀 마음 쓰지 않았지. 그 일로 자기의 생업을 버리지 않았단 말이다. 아니, 오히려 더 잘 써먹었지. 이게 바로 네가 방금 전에 말한, 한 번 실수한 일을 지속적으로 한다는 거야. 하느님에게나 내 양심으로나, 그 계단에서조차도 은사가 있어서 광장에 지나가는 사람들을 상관하지 않았던 것 같아. 네 어미와 비슷한 사람들은 더 빨리 실수를 범하는 자들이지. 그들은 그것을 알고 가치 있게 생각한다. 넌 베르길리우스가 어떤 사람이었고 얼마나 많은 것을 알았던 사람인지를 알 거다. 하지만 그 사람이 어떻게 바구니에 담겨 탑에 매달리게 되었는지도 이미 들어 알 게다. 모든 로마 사람들이 그를 바라보고 있었지만 그의 명성이 손상되거나 이름이 망각되거나 하지는 않았어.

파르메노 그 말씀은 사실입니다만, 그 사람은 정의에 의한 벌이 아니었잖아요.

셀레스티나 입 닥쳐, 바보야! 너는 그것에 대해서 잘 모르고 있어. 어떤 다른 방식으로보다 정의로 인해 당하는 벌이 얼마나 훌륭한 것인지를 말이다. 네 어미를 위로하러 왔던 신부가 그 내용을 아주 잘 알고 있었어. 성서에 "의를 위해서 고통을 받는 자는 복이 있나니 천국이 저희 것이오"라고 되어 있다고 했지. 저 세상의 영광을 즐기기 위해 이 세상에서 고통을 겪는 건 그렇게 큰 일이 아닌 것 같아. 더군다나 사람들이 했던 말에 따르면 네 어미에게 막무가내로 위증을 세우고 가혹한 고문을 가해서 하지도 않은 일을 자백하게 했다는데. 하지만 네 어미는 고통을 당하는 데 익숙해진 심장과 훌륭한 노력으로 사건들을 가볍게 만들어 버림으로써 아무 일도 없었던 것처럼 했어. 네 어미가 늘 하던 "내 발이 부러진 것은 다 나를 위해서야, 전보다 내가 더 알려지잖아"라는 말이 생각나는구나. 이게 모두 네 착한 어미가 이 세상에서 겪은 일이다. 만일 그 신부가 우리한테 말한 내용이 사실이라면 하느님께서 저세상에서 네 어미에게 보상을 해 주실 거라고 우리는 믿어야 돼. 이래서 나는 위로가 된단다. 그러니 너도 네 어미처럼 내게 진정한 친구가 되고 훌륭해지려고 노력하렴. 너는 네 어미를 빼닮았으니 말이다. 네 아비가 너에게 주라고 맡겨 놓은 것도 잘 있다.

파르메노 이제는 죽은 사람들 이야기나 유산 얘기는 그만두고 이번 거래에 대해 말씀을 나눕시다요. 과거지사가 기억에 선사하는 것보다 현재 사업이 가져다주는 실리가 더 크니까 말입니다요. 얼마 전에 제가 제 집에서 아레우사를 사랑해 죽을 지경이라고 말씀드렸을 때, 제게 아레우사를 갖게 해 주시겠다고 약속하신 것, 잘 기억하실 겁니다.

셀레스티나 네게 약속을 했다면 난 잊지 않고 있으니 내가 세월과 함께 기억력도 잃었다고 생각하지 마라. 네가 없을 때 그 문제로 나 자신으로부터 세 번 이상이나 공격을 받았다. 그 애도 이제는 제법 여물어 있을 게다. 곧장 걔 집으로 가 보자. 궁의 공격*으로부터 도망가지 못할걸. 이건 내가 너를 위해 할 일 중에서 제일 작은 거야.

파르메노 제 수중에 넣을 수 있으리라고는 생각도 못했어요. 한 번도 제 말을 들으려 하지 않았거든요. 사람들이 그러잖아요, 도망가거나 얼굴을 돌리는 것은 사랑을 거부하는 태도라고요. 전 이 일을 전혀 믿지 않았습니다.

셀레스티나 네가 믿지 않은 건 내게 그리 중요하지 않다. 그 애는 네가 이런 일에 있어서 도사인 나를 네 수중에 두고 있다는 것을 지금처럼 몰랐고 나를 알지 못했으니 당연하지. 이제 나 때문에 네가 얼마나 가치 있는지, 내가 그런 여자들을 얼마나 잘 다루는지, 그리고 사랑 놀음에 있어 내가 얼마나 많은 것을 아는지 너는 알게 될 것이다. 여기 그 애 집 대문이 보이지? 이웃들이 눈치채지 않게 조용히 들어가자. 넌, 이 층계 밑에서 조심하면서 기다리고 있어. 내가 올라가서 우리가 말한 것에 대해 무엇을 할 수 있을지, 그리고 혹시 너나 나나 생각지도 못한 일을 더 할 수 있을지 살펴보마.

제2장

아레우사 거기 누구죠? 이 시간에 누가 내 침실로 올라오는 거예요?

셀레스티나 너의 행복을 원하는 사람이고말고. 네 이익을 생각하지 않고서는 결코 걸음을 하지 않는 사람이지. 너를 자기 자신보다 더 기억하는 사람으로, 비록 늙은 몸이지만 너를 사랑하는 사람이다.

아레우사 (악마가 이 노파를 살펴 주시기를. 이 시간에 유령처럼 찾아온 이유가 뭐지?) 아주머니, 이 늦은 시간에 무슨 일로? 저는 잠자리에 들려고 이미 옷을 벗었는데.

셀레스티나 이렇게 일찍 잠자리에 들어? 농장에서나 그렇게 하지. 너까지 그러면 너 때문에 울 남자가 생긴다. 게으른 삶을 사는 자는 오직 풀만 먹는 법. 누구나 상응하는 삶을 원하지.

아레우사 아이고 추워라! 다시 옷을 입어야겠어요.

셀레스티나 그러지 말고 침대 속으로 들어가. 거기서 우리 이야기를 나누자꾸나.

아레우사 그래야겠어요. 게을러서가 아니라 오늘 하루 종일 몸이 좋지 않았어요. 그래서 스커트 대신 침대 시트를 내내 뒤집어쓰고 있었던 거예요.

셀레스티나 자, 앉아 있지 말고, 누워. 시트 밑으로 몸을 넣어. 꼭 인어 같구나.* 네가 움직일 때마다 웬 향기냐? 모든 게 완벽해! 너는 늘 네 물건들이나 네 행동들이나 청결함과 치장들로 나를 즐겁게 했지. 얼마나 싱싱한지! 하느님이 너를 축복하시기를! 이 깨끗한 시트와 이불이라니! 멋진 베개에 참 희기도 하지! 마치 내 흰머리 같아. 황금 진주알 같아서, 이 시간에 방문하는 자는 너를 너무 사랑할 거 같다. 네 모습을 내가 마음껏 볼 수 있게 좀 내버려 둬, 내가 기분이 좋아진단 말이야.

아레우사 아주머니, 이러지 마세요. 제게 가까이 오지 마세요. 간지러워서 웃음이 나려 한단 말예요. 웃으면 더 아프단 말이에요!

셀레스티나 아니, 어디가 아프다고? 지금 나를 놀리는 거지?

아레우사 놀리면 제가 벌 받죠. 네 시간 전부터 자궁이 아파 죽겠어요. 가슴으로 올라와 있어서 저를 죽일 작정예요.* 저, 그렇게 생각하시는 것만큼 늙지 않았잖아요.

셀레스티나 어디야? 내가 만져 볼게. 직업상 이 병에 대해선 내가 좀 알고 있지. 여자라면 누구나 다 자궁이 있고 아프기도 해.

아레우사 좀 더 위쪽이에요. 배 위에요.

셀레스티나 신이시여, 그녀를 축복하소서. 성 미카엘이여, 세상에 이처럼 싱싱하고 포동포동할 수가! 젖가슴이 어쩌면 이렇게도 예쁠 수가! 지금까지 누구나 볼 수 있는 부분을 보면서도 네가 예쁘다고 생각해 왔는데, 지금 보니 이 도시에 내가 아는 한 이런 아름다운 몸매는 셋도 안 된다. 열다섯 살로밖에는 보이지 않아. 오, 지금 이런 부분까지 손이 미칠 수 있는 남자는 누구일까! 너를 엄청 사랑하는 사람들에게 이런 아름다움의 일부를 주지 않는 것은 죄야. 하느님은 네게 이 싱싱한 젊음을 여섯 겹 옷 속에 헛되이 숨겨 놓으라고 준 것이 아니란다. 네가 힘들이지 않고 얻은 것에 너무 욕심내지 마라. 너의 아름다움을 너무 깊숙한 곳에 감추어 두지 말란 말이야. 아름다움이란 마치 돈처럼 나누어 즐길 수 있는 성질의 것이야. 마치 채소밭을 지키는 개처럼 자기도 채소를 안 먹으면서 남도 못 먹게 하는 그런 짓은 하지 말란 말이다. 그리고 네가 너를 즐길 수 없으니 그것을 즐길 줄 아는 사람이 즐기게 하라고. 네가 세상에 태어난 것은 다 쓸모가 있어서야. 여자가 태어나면 남자가 태어나게 되어 있고, 남자가 태어나면 여자가 태어나게 되어 있어. 세상만사 하나도 쓸데없이 생겨난 것이 없다. 남자들을 구제할 수 있는데도 그들에게 고통을 주고 지치게 하는 것은 죄야.

아레우사 아이고, 아주머니, 아무도 저를 사랑하지 않는데요. 제 병 처방이나 주세요. 놀리지 마시고요.

셀레스티나 여자라면 누구나 앓는 이 통증에 대해서 우리는 선수지. 여자로 태어난 죗값이야. 다른 여자들이 하는 것을 봐서 아는 것과 내가 써 봐서 늘 효능을 본 방법을 알려 주마. 사람마다 다르기 때문에 약의 작용도 다양하고 다르단다. 무슨 약이든지 냄새가 독한 것이면 좋아. 박하, 루다,* 감초, 메추리, 깃털 태운 연기, 로즈메리 향기, 화약 냄새, 향내 같은 것들인데, 열심히 냄새를 쐬다 보면 통증이 차츰 가라앉고 자궁이 조금씩 제자리로 돌아가. 그러나 이 모든 방법보다 효과가 좋은 것을 내가 알고 있는데 네겐 말해 주고 싶지 않구나. 네가 하도 성녀처럼 굴고 있으니 말이다.*

아레우사 제발, 어머니, 뭐예요? 이렇게 아픈 저를 보시면서 모른 척하시네요.

셀레스티나 저런, 내 말이 무슨 소리인지 잘 알면서, 바보인 것처럼 능청 떨지 마!

아레우사 세상에, 제가 알아들었다면 악성 가래톳보고 저를 죽이라고 하세요! 그런데, 제가 뭘 하기를 원하시죠? 어제 제 남자친구가 자기 상관 따라 전쟁터로 나간 것 아시잖아요. 제가 그 남자에게 야비한 짓을 하란 말인가요?

셀레스티나 아이구, 저런! 그거 큰일이군! 엄청나게 야비한 일이겠어!

아레우사 그렇고말고요! 제가 필요한 것이면 죄다 제게 갖다주었고 저를 정숙한 여인으로 믿고 있으며, 마치 자기 아내인 듯 제게 호의를 베풀며 잘해 준다고요.

셀레스티나 비록 그렇다 하더라도, 네가 임신을 하지 않는 한 이 고통은 계속될 것이고, 이건 모두 그 사람 탓이야. 고통이 싫으면 재미를 생각해 봐라. 그러면 고통은 외로움에서 오는 것이라는 걸 알게 될 거야.

아레우사 고통이 사라지긴커녕, 불행과 저주만 있죠. 제 부모님이 저에게 퍼붓던 그 저주와 불행 말이에요. 이제는 부모님이 그 모든 것을 확인할 방법이 없네요. 어쨌든 늦었으니 이 일은 그만두고 어쩐 일로 오셨는지 말씀해 보세요.

셀레스티나 내가 파르메노에 대해 말한 걸 너는 이미 알고 있어. 걔는 네가 자기를 거들떠보지도 않는다고 나에게 불만이 이만저만 아니더라. 왜 그런지 난 모르겠다만, 내가 자기를 엄청 사랑해서 아들로 삼고 있다는 것을 네가 알고 있다고 생각하기 때문인 것 같아. 그러고 보니 정말 네가 달리 보이고 네 이웃까지도 좋아 보여 그들을 볼 때마다 내 마음이 기뻐. 난 그들이 너와 이야기를 나눈다는 것을 알거든.

아레우사 속으시는 거 아니에요, 아주머니?

셀레스티나 난 모르지만 행동을 보고 믿어. 헛된 말은 어디서든 팔거든. 사랑은 사랑으로 갚고 행동은 행동으로 갚게 되어 있지. 나는 너와 엘리시아가 친척인 것을 알고 있다. 엘리시아는 셈프로니오와 연인 사이이다. 파르메노와 셈프로니오는 동료이고 너도 알고 있는 칼리스토 양반 집에서 둘이 하인으로 일하고 있어. 너도 이 주인 양반 덕을 보게 될 거다. 별로 힘든 일은 아니니 거절하지 마라. 너와 엘리시아는 친척이고 파르메노와 셈프로니오는 동료이니, 얼마나 좋은 관계니? 여기 파르메노가 아래에 와 있거든. 네가 올라오기를 원한다면…….

아레우사 이런, 우리 말을 다 들었으면 어쩌죠?

셀레스티나 아니야, 밑에 있어서 못 들었을 거야. 올라오게 하마. 네가 좋은 얼굴로 그를 맞아 이야기를 나눈다면 파르메노가 좋아할 게다. 너도 마음에 들면 서로 즐기는 거지 뭐. 파르메노가 얻는 게 많더라도 너는 잃는 게 하나도 없잖아.

아레우사 지금 말씀도 그렇고 지난 말씀도 그렇고, 다 저를 이롭게 하고자 하신 걸 잘 알고 있습니다, 아주머니. 그런데 제가 말씀드렸듯이 제겐 남자가 있는데 어찌 그런 일을 하라고 그러세요? 만일 그 사람이 알면 저를 죽일 거예요. 이웃 여편네들의 시기도 보통이 아니죠. 즉시 그 사람한테 일러바칠 거예요. 그러면 그 사람을 잃기밖에 더하겠느냐만은, 그래도 아주머니께서 제게 요구하시는 그분을 즐겁게 해준 대가로 제가 얻는 것보다 제 남자를 잃는 게 더 손해일 것 같아요.

셀레스티나 네가 지금 두려워하는 것을 나는 이미 알고 아주 조심하며 이 집에 들어왔단다.

아레우사 오늘 밤만이 아니잖아요. 다른 밤은 어떻고요.

셀레스티나 뭐라고? 네가 그런 여자야? 이런 식으로 할 거야? 그러다간 다락방 있는 네 집을 못 갖지. 멀리 가고 없는 남자가 두렵다니 마을에 있으면 어쩔 건데? 그래서 내가 필요한 거잖아. 하기야 계속 충고를 해도 실수하는 바보들은 아직도 있으니 별로 놀랍지 않아. 세상은 넓은데 경험자는 많지 않으니 말이야. 아이구, 얘야! 네 사촌 엘리시아가 나한테 교육을 잘 받고 충고도 잘 받아들여서 이 일에 도사가 된 것을 네가 안다면? 내가 벌을 줘도 걔는 끄떡없어. 한 놈은 침대에, 또 다른 한 놈은 문 밖에, 또 다른 한 놈은 자기 집에서 걔를 생각하며 한숨짓고 걔를 가진 것을 으스대고 있지. 그리고 모든 남자들과 약속을 지키고, 모두에게 좋은 얼굴을 보이니까 엘리시아가 자기들을 무척 사랑하고 있으며 하나같이 모두 자기 외에는 다른 사람이 없고 자기만 그녀를 갖고 있고 자기만 필요한 것을 걔에게 주는 것으로 알고 있단다. 그런데 너는 겨우 남자가 두 명인 주제에 네 침대가 그 사실을 알릴까 봐 두려워하고 있는 게냐? 단 하나의 샘*으로 지내시겠다고? 먹을 게 넉넉하지 않을 거다! 이익을 임대하고 싶진 않은데! 난 한 번도 한 사람으로 만족하지 않았어. 한 사람에게만 내 모든 정열을 쏟은 적이 없었어. 둘이면 더 좋고 넷이면 더 많이 주고 선택할 여지도 더 많아. 얘야, 한 구멍밖에 모르는 쥐는 잃을 게 더 없단다. 그 구멍을 막아 버리면 고양이한테 쫓길 때 숨을 구멍이 없어지잖아. 눈 하나밖에 없는 사람은 둘 가진 사람보다 얼마나 위험할까. 영혼도 혼자서는 웃지도 울지도 않아. 한 번으로는 버릇이 될 수 없고, 길에서 혼자 다니는 신부도 보기 어려워. 메추리는 혼자서는 잘 안 날아. 한 가지 음식만 계속 먹으면 금방 싫증이 나지. 제비 한 마리가 여름을 만드는 것은 아니야. 증인 한 사람으로는 믿음을 못 주고, 옷 한 벌만 갖고 있는 사람은 금방 그 옷을 낡게 만들어. 그러니까 얘야, 이 숫자 '하나'로 뭘 하겠다는 게냐? 세월을 등지고 있는 나는 그 하나가 갖는 불편함에 대해서 잘 알고 있단다. 적어도 둘은 있어야 적적하지 않아. 네 귀와 발과 손이 둘이듯이, 침대 시트도 둘, 셔츠도 갈아입으려면 둘이 있어야 해. 더 많이 원한다면, 더 좋지. 무어인들이 많으면 많을수록 생기는 것도 늘어나듯이 말이다. 이익 없는 명예는 손가락에 있는 반지일 뿐이야. 두 사람이 한 자루에 들어가지는 않지만,* 이익은 챙겨. 파르메노야, 올라와라.

아레우사 올라오지 말아요! 부끄러워 죽겠어요! 나는 그 사람을 잘 모르는데, 늘 부끄러웠어요.

셀레스티나 너의 부끄러움을 없애 주고 덮어 주고 둘 사이에서 중계 역할을 할 내가 있잖니. 이 사람이 영 숨씨가 없거든.

제3장

파르메노 하느님이 당신의 우아한 자태를 보전하시기를.

아레우사 어서 오세요,

셀레스티나 이리 가까이 와, 당나귀야. 구석에 앉으려고? 숙맥처럼 굴지 마라. 부끄러워하는 남자는 악마가 자기의 궁전으로 데려간다. 자, 두 사람 다 내 말 잘 들어. 너, 파르메노는 내가 너에게 약속한 것을 잘 알고 있고, 너 아레우사는 내가 너에게 간청한 것을 잘 알고 있다. 어렵게 들어준 것도 잘 알고 있다. 말은 더 필요 없다. 시간만 아깝지. 저놈은 늘 너 때문에 고통스럽게 지냈으니 그 고통을 보면 그를 죽이고 싶지는 않을 거라고 봐. 그러니 이 밤을 여기서 지내도 나쁠 것 같지 않아.

아레우사 제발, 아주머니, 그러지 마세요! 제발 제게 강요하지 마세요!

파르메노 (어머니, 제발 제가 이 방에서 그냥 나가지 않게 해 보세요. 저 여자를 보니 사랑에 빠져 죽을 지경입니다. 제 아버지가 저를 위해 당신에게 맡겨 놓은 돈을 저 여자에게 주세요. 저를 쳐다보려고도 하지 않으니 빨리 그 말을 하세요!)

아레우사 저분이 귀에 대고 뭐라는 거예요? 아주머니가 제게 부탁한 일을 하지 않을 거라고 생각하나요?

셀레스티나 얘야, 그게 아니라, 네 친절에 감동해서 어쩔 줄 몰라 하는 거란다. 네 인품이 발라서 어떤 보상도 합당하다고 말이야. 이리 와 봐, 이 부끄럼쟁이야! 내가 가기 전에 네가 얼마만한 값어치가 되는지 보고 싶구나. 이 침대에서 즐겨 봐!

아레우사 그분은 금지된 곳으로 허락 없이 들어올 만큼 예의 없는 분은 아니시겠죠?

셀레스티나 지금 예의와 허락을 따지고 있냐? 난 여기서 더 기다리지 않는다. 아레우사, 너는 통증 없이 아침을 맞을 것이고, 파르메노는 부끄러움 없이 아침을 맞을 것이야. 하지만 저 녀석이 호색가에 숫총각으로 사춘기에 있으니 사흘 밤을 지내도 달라지지 않을 거 같은데. 이런 경우에 내 고향 의사들은 먹을 것을 많이 보내 주었지. 내 이빨이 성했을 한창때에 말이다.

아레우사 아이, 아저씨, 그런 식으로 저를 다루지 마세요! 예의를 지켜 신중하게 하세요! 이 자리에 있는 저 정직한 노파의 백발을 보세요! 저리 비키세요. 전 당신이 생각하는 그런 여자가 아니란 말이에요. 돈 받고 몸을 파는 그런 매춘녀가 아니란 말이에요! 셀레스티나 아주머니가 집에서 나가시기 전에는 제 옷에 손도 대지 마세요!

셀레스티나 아니, 이게 무슨 소리니, 아레우사? 이 이상한 짓이며, 이 냉정함이며, 이 낯선 행동과 움츠리는 자세가 도대체 뭐냐? 얘야, 이게 대체 무슨 짓인지 모르겠구나. 남자와 여자가 함께 있는 것을 내가 한 번도 본 적이 없는 것처럼 느껴지는구나. 네가 즐기는 것을 나는 한 번도 즐기지 못했던 것 같고 남녀 간에 일어나는 일이나 나누는 말이나 행동들을 내가 전혀 모르는 것 같이 느껴지는구나. 아, 나처럼 그런 말을 듣는 사람은 어떨까! 나도 너처럼 잘못도 했고 남자 친구들도 가졌지만 내게서 늙은이라고 내친 적은 없다. 그들이 다른 사람 앞에서 내게 해 준 조언이나 내 비밀에 대한 이야기도 몰라라 한 적 없다. 하느님께 빚진 죽음이 오기 전에 내가 뺨이나 한 대 호되게 맞는 게 더 낫겠구나. 네가 내 앞에서 그렇게 감추려 드니 마치 내가 어제 태어난 것 같아. 너 자신을 그토록 정숙하게 하려고 나를 바보에 수치스럽고 입이 헤픈 풋내기로 만드는구나. 너를 고양시키려다 내 일에서 나를 형편없게 만들어 버리는구나. 같은 일을 하고 있는 사람은 서로 잘 알거든. 나는 네가 없는 데서 너를 더 칭찬하는데, 너는 있는 자리에서 너 자신을 높게 평가하는구나.

아레우사 아주머니, 제가 잘못했으니 용서해 주세요. 이리 가까이 오세요. 그리고 저분도 원하시는 대로 뭐든 하세요. 저보다는 아주머니를 더 만족시켜 드리는 게 더 좋아요. 그보다 먼저 아주머니를 화나게 한 제 눈 하나를 멀게 하겠어요.

셀레스티나 이미 화는 풀렸지만 앞으로의 일을 두고 그 말을 하는 거다. 잘들 있어라. 잘들 지내라고. 너희들이 입 맞추고 시시덕거리는 것을 보면 이가 새로 솟는 느낌이 나니 나 혼자 간다. 아직도 입 맞출 때의 그 느낌이 내 잇몸에 남아 있단 말이야. 어금니가 빠져도 그 느낌은 잃지 않았다.

아레우사 안녕히 가세요.

파르메노 모셔다 드릴까요?

셀레스티나 다른 성자를 모시려다 한 성자를 없애는 격이 되겠네. 자, 잘들 있어라. 나는 늙은 몸이라 길에서 무슨 일을 당할까 무섭지가 않다.

제4장

엘리시아 개가 짖네. 이 악마 할망구가 오는 건가?

셀레스티나 탁탁탁.

엘리시아 누구세요?

셀레스티나 얘야, 내려와 문 열어 줘.

엘리시아 이제 오셨군요. 밤에 돌아다니시는 게 취미시네요. 무슨 일 있으세요? 오늘은 아주 오래 걸렸네요, 어머니. 집에 돌아오시는 게 싫으신 게 버릇이 됐어요. 한 사람을 만족시키려다 백 사람을 불만케 하시다니. 부활절에 어머니가 수도승에게 데려갔던* 그 처자의 아버지가 오늘 찾아왔었어요. 사흘 뒤에 결혼시켜야 되어서, 치료가 필요하답니다. 어머니가 그렇게 해 준다고 약속하셨잖아요. 그 여자 남편이 그 여자의 처녀성을 믿도록 처녀막 재생 수술을 해 준다고요.

셀레스티나 누굴 말하는지 기억이 안 나는구나, 얘야.

엘리시아 기억을 못하시다니요? 정말 기억이 없으신 거네요. 어떻게 기억을 못하실 수가 있죠! 그 애를 데려 가셨을 때 저한테 일곱 번이나 처녀막 재생 수술을 해 주었다고 했잖아요.

셀레스티나 놀라지 마라. 기억할 게 많은 사람은 어느 것 하나도 기억을 못하는 법이다. 그런데 다시 온다던?

엘리시아 오겠죠. 대가로 금팔찌를 줬잖아요. 그런데 안 오겠어요?

셀레스티나 금팔찌라고? 이제야 누군지 기억나는구나.* 그런데 어째서 너는 도구를 준비해서 뭐든 좀 해 보려고 하지 않았냐? 내가 하는 것을 여러 번 봤으니 내가 없을 땐 경험도 쌓을 겸 네가 배운 것을 해 봐야 되는 거잖니. 아니면 네 인생은 그냥 그 모양 그대로 일도 없고 수입도 없는 짐승처럼 되는 거야. 네가 내 나이가 될 때쯤이면 지금의 게으름을 통곡하겠지. 게으른 젊음은 후회와 고통의 노년만 가져올 뿐이다. 네 할머니가 이 직업을 나에게 가르쳤을 때 난 1년 만에 네 할머니보다 더 많이 알고 더 잘했다.

엘리시아 "훌륭한 제자는 선생을 앞선다"라는 말을 여러 번 들어와서 새삼 놀랍지 않아요. 이런 직업은 의욕이 있어야 발전이 있는 건데, 어떤 학문이든 흥미 없는 자에게는 잘 먹히질 않죠. 저는 이 일을 증오해요. 당신이야 죽을 때까지 이 일을 하실 거잖아요.

셀레스티나 무슨 말인들 못하겠냐만, 그러다 넌 불쌍한 노후를 맞게 될 게다. 내 곁에서 떠날 생각이 전혀 없는 거냐?

엘리시아 제발, 화내지 마시고 동시에 충고도 그만합시다. 즐겨야죠. 오늘 먹을 것이 있으면 내일 걱정은 하지 맙시다. 가난하게 사는 사람이나 많이 모으고 사는 사람이나 똑같이 죽어요. 의사나 목동이나 교황이나 말단 사제나 주인이나 하인이나 귀족이나 중인이나 다 죽어요. 일이 있는 당신이나 아무것도 없는 저나 죽기는 매한가지입니다. 우리가 영원히 사는 게 아니니 즐깁시다. 늙음을 아는 사람 많지 않고 늙음을 아는 사람들 중에서도 배곯아 죽은 사람 없으니 재미있게 삽시다. 이 세상에서 제가 바라는 것은 하루하루 일용할 양식과 낙원의 일부분밖에 없답니다. 제아무리 부자들이 덜 가진 사람들보다 영광을 얻을 만반의 준비가 되어 있다 하더라도 어느 누구 하나 만족하지 않고, 가지고 싶은 만큼 가졌다고 말하는 사람도 없으며 돈으로 제 즐거움을 바꿀 사람도 없어요. 다른 사람들의 근심 걱정일랑 버려두고 시간이 늦었으니 잠자리에 들지요. 베네치아에 있는 많은 보물보다 두려움 없는 멋진 꿈이 저를 살찌울 거예요.

제8막

아침이 되자 파르메노는 잠에서 깨어 아레우사와 작별을 하고 주인 칼리스토의 집으로 간다. 문간에서 셈프로니오를 만나 서로 우정을 약속하고 함께 칼리스토의 방으로 간다. 혼자 중얼거리고 있는 그를 본다. 칼리스토는 일어나 교회로 간다.

셈프로니오, 파르메노, 아레우사, 칼리스토.

제1장

파르메노 날이 밝는 건가, 아니면 왜 이렇게 이 방이 밝지?

아레우사 날이 밝긴요, 더 주무세요. 더 잡시다. 전 눈도 못 붙였는데 벌써 날이 밝았단 말예요? 당신 머리맡에 있는 창문을 열어 확인 좀 해 보세요.

파르메노 저는 지금 정신이 말짱해서 문틈으로 들어오는 햇살을 보니 대낮이네요, 아가씨. 아이구, 이 배은망덕한 놈 같으니, 나으리에게 아주 큰 잘못을 했네! 벌을 받아 마땅해! 아이구, 이렇게 늦어서 어떡한담!

아레우사 늦었어요?

파르메노 네, 아주 많이 늦었어요!

아레우사 아직 제 통증이 가시지 않았으니, 좀 더 즐겨요. 어떻게 될지는 모르겠지만.

파르메노 내 사랑, 뭘 원하오?

아레우사 제 통증에 대해 말해 봐요, 우리.

파르메노 내 사람, 우리가 말한 것으로 충분하지 않다면, 아직 더 필요하다는 말인데, 날 용서해 줘요. 이미 대낮이라서 그래요. 더 늦으면 주인이 나를 가만두지 않을 거예요. 대신 내일 또 오리다. 이후 분부하시는 대로 오지요. 그래서 하느님은 매일매일을 만드셨습니다. 하루로 부족하면 다음 날 마치라고 말입니다. 우리가 보면 볼수록 당신으로부터 이러한 은혜를 제가 받게 말입니다. 오늘 정오에는 셀레스티나 집에서 다 함께 점심이나 합시다.

아레우사 좋아요. 그럼 안녕히 가세요. 문은 잘 닫아 주세요.

파르메노 잘 있어요.

제2장

파르메노 오, 이런 즐거움이, 이런 기쁨이 있단 말인가! 나보다 더 행복한 자가 어디에 있을까? 나보다 더 운 좋은 남자는 누구일까? 요구하자마자 곧바로 이루어진, 이렇듯 훌륭한 선물이 또 어디 있을까! 이 노파의 배신을 내가 진심으로 감당하려면 그녀를 즐겁게 하기 위해서 무릎을 꿇고 다녀야 할 게야. 내가 이 일을 무엇으로 갚는다지? 그녀는 지고한 신이야! 이 기쁨을 누구에게 이야기할거나? 이 큰 비밀을 누구에게 말할 수 있을까? 누굴 내 영광의 자리에 동참시킬 수 있을까? 아무리 좋은 것도 동반자가 없으면 아무것도 아니라고 한 셀레스티나 말이 맞아. 함께 나누지 못하는 즐거움은 즐거움이 아니야. 내가 느끼는 이 행복을 누가 같이 느낄 수 있을까? 문 앞에 셈프로니오가 있네. 아주 일찍 일어났는데. 주인님이 나오시면 나는 그분과 할 일이 있지. 하지만 나오시지 않을 거야, 이 시간에 나오시는 게 버릇이 아니니. 하지만 제정신이 아닌 요즈음에는 버릇이 바뀐다 해도 놀랄 일은 아니지.

제3장

셈프로니오 파르메노, 동생아, 자면서도 월급을 타는 곳이라면 아무에게도 알리지 않고 그곳에 가려고 난 무슨 짓이라도 하겠어.

누구처럼 많이 벌겠네. 그런데 이 게으름뱅이야, 어쩌자고 어젯밤에는 집에 오지 않은 거야? 이렇게 늦게야 집에 돌아오는 이유가 무엇인지 모르겠다만, 네가 어렸을 때 했던 것처럼 셀레스티나의 몸을 데워 주거나 아니면 그녀의 발을 긁어 주느라 그런 것은 아니겠지.

파르메노 아, 셈프로니오, 친구이자 형제보다 더한 이여! 제발 내 이 즐거운 마음을 엉망으로 만들지 마. 화났다고 나를 괴롭히지 마. 네 불만으로 내 안식을 들쑤셔 놓지 마. 맑은 물 같은 내 생각을 그 탁한 물과 섞지 마. 너의 시기 어린 구박과 증오스러운 질책으로 나의 기쁨을 망가뜨리지 말아 줘. 나를 기분 좋게 맞아 주면 지난밤에 있었던 멋진 일들을 네게 말해 줄게.

셈프로니오 뭔데? 뭔데? 멜리베아에 대한 거야? 그 여자를 봤어?

파르메노 멜리베아는 무슨 멜리베아! 내가 아주 좋아하는 여자에 대한 건데, 내가 속은 게 아니라면 아주 우아하고 아름다운 그녀와 함께 살 수 있을 것 같은 그런 여자야. 역시 세상은 닫혀 있지 않고, 세상의 모든 기쁨은 그녀에게 있어.

셈프로니오 이건 또 무슨 헛소리야? 웃으려 해도 웃을 수가 없네. 이제 우리 모두가 사랑한다고? 세상이 망하겠네. 칼리스토는 멜리베아를, 나는 엘리시아를, 너는 시기심에 그 얼마 안 되는 머리마저 잃을 누군가를 찾은 모양이구나.

파르메노 그러니까 사랑하는 것은 미친 짓이고, 나는 미친놈이고 바보란 말이지? 그럼, 미친다는 것이 고통스럽다면 집집마다 신음 소리가 나겠군.

셈프로니오 네 말에 따르면, 그래 네가 그래. 셀레스티나를 거역해서 주인님에게 쓸데없이 충고를 하고 셀레스티나가 하는 말마다 브레이크를 걸고 내 이익과 그녀의 이익을 방해하면서 자기 몫은 챙길 생각을 하지 않더니. 이제 너, 내 손에 들어왔으니 혼 좀 나 봐라.

파르메노 셈프로니오, 진정한 힘과 권력은 피해를 주고 방해하는 것이 아니라 이익을 주고 감싸는 데 쓰는 것이며 그런 일을 더 크게 하기를 원하는 것이야. 난 늘 너를 형제로 생각해 왔어. 제발, 사소한 이유로 친구 간의 화합이 깨지는 일이 우리 사이에서 일어나면 안 돼. 날 구박하는데 어디서 이런 원한이 생기는지 모르겠네. 셈프로니오, 그런 유감스러운 말들로 나를 괴롭히지 마. 그런 모욕을 참아 낼 만한 인내심이 내겐 별로 없다는 거 몰라?

셈프로니오 나 나쁘게 말하는 거 아닌데. 네가 애인이 생겼다기에 조금 놀린 것뿐이야.*

파르메노 너는 화가 났어. 더 심하게 나를 구박해도 내가 다 받아줄게. 어떤 인간의 감정도 영원하거나 오래가는 것이 없다고 하잖아.

셈프로니오 너는 칼리스토 주인님을 더 구박하잖아. 너는 피할 일을 주인님께 충고하고 멜리베아를 사랑하지 말라고 해서 사랑도* 못하게 하면서 말이야. 자기는 입을 외투도 없는 사람이 다른 사람에게는 다 주는 꼴이지. 파르메노, 이제야 남의 생활을 책망하기는 얼마나 쉽고 자기 행동을 지키기는 얼마나 힘든지 알았을 게다. 난 더는 말 않겠어, 네가 증인이니까. 이제 너도 다른 세상 사람들과 마찬가지니까 앞으로 네가 어떻게 하는지 두고 볼 거야. 만일 네가 내 친구라면 내가 너를 필요로 하는 일에 동참해서 나의 이익을 위해 셀레스티나를 도와야 해. 하는 말마다 저주의 못을 박는 짓은 마라. 술집의 술 찌꺼기가 손님을 내몰듯이, 역경에 처할 때나 멍청한 짓을 하면 거짓 친구는 쫓겨나는 거야. 가짜 금은 겉에 씌운 금도금이 벗겨지면 금방 탄로 나는 법이지.

파르메노 알아들었고 경험으로도 알고 있어. 이 슬픈 세상에서는 결코 불안 없이 기쁨은 없어. 환하면서도 차분하고 맑은 태양 뒤로 어두운 구름과 비가 따르는 격이야. 안식과 기쁨을 고통과 죽음이 차지하고 웃음과 희락에 통곡과 오열과 치명적인 열정이 뒤따르는 격이지. 결국 안식과 평안이 있은 뒤에는 고통과 슬픔이 오는 법이야. 누가 나처럼 이렇게 즐거울 수 있을까? 누가 푸대접을 견딜 수 있을까? 사랑하는 아레우사와 함께 얻은 나의 이 영광을 누가 또 맛볼 수 있을까? 이렇게 금방 너의 푸대접을 받으며 그 영광으로부터 떨어질 자가 나 말고 누가 있을까? 너는 내가 얼마나 네 사람이 됐는지 말할 시간도 주지 않았어. 네 일에 얼마나 협조할 건지와 지난 일에 대해 내가 얼마나 후회하고 있는지도 말이야. 그리고 모두의 이익을 위해 너를 도우라고 셀레스티나로부터 얼마나 많은 조언과 선의의 질책을 들었는지 이야기할 겨를도 주지 않았어. 주인과 멜리베아의 사랑 놀음이 우리 수중에 달려 있기 때문에 우리가 어떻게 하면 잘살 수 있는지도 말이야. 실패하면 좋은 기회는 두 번 다시 없어.

셈프로니오 듣던 중 반가운 소리군그래. 그런 일들이 있었다니, 너를 믿겠어. 그건 그렇고, 아레우사 이야기는 도대체 뭐야? 엘리시아의 사촌 아레우사인 것 같은데.

파르메노 아레우사를 손에 넣지 않았다면 이 내 기쁨은 도대체 뭐겠어?

셈프로니오 저 말하는 폼 좀 봐, 바보 같아! 웃느라 말을 못하네. 아레우사를 손에 넣었다니 무슨 소리야? 창문에 서 있는 모습을 보았다는 거야, 아니면 뭐야?

파르메노 임신했냐 아니냐를 의심한다면.

셈프로니오 정말 놀라운데. 열 번 찍어 안 넘어가는 나무가 없고, 떨어지는 물방울이 돌을 뚫는다더니…….

파르메노 그 떨어진다는 게 말이야, 어제 마음을 먹었는데 벌써 그녀를 내 것으로 했다는 거야.

셈프로니오 셀레스티나가 수를 쓴 거지?

파르메노 왜 그렇게 생각해?

셈프로니오 언젠가 셀레스티나가 너를 무척 사랑하고 있어서 네게 아레우사를 갖게 해 주겠다고 했거든. 너 참 행운아다. 가서 거둔 것밖에 없잖아. 그래서 부지런한 사람보다 하느님이 돕는 자가 더 낫다는 말이 있지. 그런 대부가 있으니…….

파르메노 대모라는 게 더 정확하지. 좋은 나무에 기대는 자와 마찬가지인 셈이야. 다른 사람보다 늦게 시작한 게 수금은 빨리 했네. 오, 형제여, 아레우사의 우아함과, 말과 몸매의 아름다움에 대해 무엇부터 말해 줄까! 하지만 말할 기회는 많지.

셈프로니오 엘리시아의 사촌이지? 그 여자라면 더 이야기할 필요가 없어. 네 말 다 믿을게. 그건 그렇고, 얼마나 들었어? 뭔가를 줬어?

파르메노 아니. 진짜야. 하지만 그 여자는 무엇을 요구하든 그만한 가치가 있어. 좋은 거면 뭐든 가치 있는 여자야. 그만한 얼굴에는 그만한 가치가 있는 법이거든. 돈 든 만큼 가치가 있다는 얘기지. 적게 들인 건 가치가 크지 않은 법인데, 이 아가씨의 경우는 아니란 말이야. 난 들인 게 없어. 셀레스티나 집에서 점심이나 먹자고 초대했어. 너도 좋다면 우리 모두 거기서 먹자.

셈프로니오 모두라니?

파르메노 너하고 아레우사. 노파와 엘리시아가 있으니 우리 가서 즐기자.

셈프로니오 거참 반가운 소식이군! 너 솔직하구나. 네게는 끝까지 신의를 지킬게. 너를 남자로 보고, 하느님이 네게 선을 행하실 거라 믿으니 너의 지난 말들 때문에 화났던 게 모두 사랑으로 변했어. 이제 네가 우리와 동맹을 맺었다는 걸 의심하지 않아. 너를 안아 보고 싶은데. 형제처럼 지내자. 지난 일은 산 후안의 문제로 하자.* 그러면 1년 내내 평화롭게 지낼 거야. 사실 친구 간의 불화는 사랑으로 복구되곤 하지. 우리 주인 양반이 우리 모두를 위해 금식을 하시니 우리는 먹고 즐기자고.

파르메노 절망에 찌든 사람은 어떻게 지내?

셈프로니오 어젯밤 네가 그분을 놔뒀던 침대 옆 단상에 누워 있어. 잠도 안 자고 그렇다고 깨어 있지도 않아. 내가 들어가면 코를 골고, 나오면 흥얼대거나 뭐라고 중얼거려. 앓는 건지 쉬는 건지 모르겠어.

파르메노 무슨 말이야? 나를 부르거나, 나를 기억하지도 않는단 말이야?

셈프로니오 자기 자신도 기억 못하는데, 너를 기억할까?

파르메노 사실 이런 것까지도 나는 운이 좋아. 주인님이 그런 상태니 깨어 있는 동안 식사 준비하게 음식을 보내야겠어.

셈프로니오 어떤 음식을 보낼 생각인데? 그 여자들이 너를 성실하고 솔직하며 가정 교육을 제대로 받은 사람으로 봐야 할 거잖아.

파르메노 집에 먹을 게 많으면 식사 준비가 빠른 법. 선반에 있는 것 중에서 보내면 충분해. 흰 빵, 몬비에드로 포도주, 햄, 그리고 저번 날 소작인들이 가져온 닭 열두 마리도. 만일 그것들을 찾으시면 주인님이 다 먹어 치우셨다고 믿게 하면 돼. 오늘 먹겠다고 보관하라고 한 멧비둘기는 냄새가 났다고 말하면 되고. 네가 증인이 돼서 주인님이 드시면 몸에 탈이 날까 봐 버렸다고 하면 되고. 그러면 우리의 식탁은 멋지게 차려지는 거지. 우리는 거기서 주인님이 입을 피해와 이 사랑으로 노파와 함께 우리가 얻을 이익에 대해 시간을 갖고 이야기해 보자고.

셈프로니오 사랑이라기보다 고통이라는 편이 나을걸! 죽든 미치든 이번에는 피할 방법이 없는 게 분명해. 그러니 빨리 주인님이 뭘 하고 계신지 보러 올라가자.

제4장

칼리스토 내가 큰 위험에 처했어,
내 죽음에는 연착이란 없는데,
희망이 내게 거절하는 바를
욕망이 내게 바라고 있다.

파르메노 (들어 봐, 셈프로니오, 나으리가 시를 읊고 계셔.)

셈프로니오 (오, 빌어먹을 시인이라니! 그리스 시인 안티파트로스 시도니오스나 위대한 로마 시인 오비디우스는 시 구절이 입에서 술술 나오는데! 그들이니까 그렇지, 그렇고말고! 이 주인은 악마가 시를 짓는구먼! 비몽사몽간에 정신 나간 소리를 해대고 있어!)

칼리스토 네 가슴은 네가 고통스럽고
슬프게 살라고 말하고 있어.
멜리베아에 대한 사랑으로 그렇게
빨리 굴복해 버렸으니 말이다.

파르메노 (주인님이 시를 짓는다는 내 말 맞지?)

칼리스토 홀에 누가 있느냐? 애들아!

파르메노 나으리.

칼리스토 밤이 깊었느냐? 잠자리에 들 시간이냐?

파르메노 아닙니다, 나으리. 일어나기에 늦은 시간입니다요.

칼리스토 무슨 말이냐? 미친놈아. 그새 밤이 지났단 말이냐?

파르메노 훤한 대낮입죠.

칼리스토 셈프로니오야, 말해 봐. 그 정신 나간 놈이 내가 대낮인 줄 믿게 하려고 거짓말을 하는 거지?

셈프로니오 나으리, 멜리베아 님은 잠깐 잊으시고 환한 낮을 보시와요. 멜리베아 님만을 너무 생각하시니까 그릇에 든 메추리처럼* 눈이 부셔서 못 보시는 겁니다요.

칼리스토 이제야 알겠구나. 미사 종소리가 들리는구나. 옷을 내놓아라. 막달레나 성모*에게 가야겠다. 하느님께 셀레스티나를 고무시켜 멜리베아의 마음에 나를 치유할 방법을 가지게 하든가, 아니면 내 이 슬픈 인생에 빠른 종말을 주든가 해 달라고 간구할 것이다.

셈프로니오 너무 애쓰지 마세요. 한 시간 드리는 미사에서 어떻게 그 모든 것을 구하시겠어요. 슬프게 끝날 수 있는 일을 그렇게 힘들여 원하는 것은 신중한 자들의 짓이 아닙죠. 1년이 걸려도 안 될 일이 단 하루 만에 끝나기를 원하는 것은 나으리의 생명이 짧고 하찮은 것임을 증거하는 겁니다요.

칼리스토 너는 내가 갈리시아 하급 귀족의 하인 같다고 말하려는 거냐?*

셈프로니오 아이고, 주인님은 저의 나으리신데 무슨 말씀을 그렇게 하세요. 이거 말고도 나으리께서는 저의 좋은 충고에 상을 주시듯 나쁜 말에는 저를 질책하실 것을 잘 알고 있는뎁죠. 봉사나 충고에 대한 칭찬과 잘못과 실언에 대한 징벌과 고통은 같을 수가 없다고 말들은 합니다만 말입니다요.

칼리스토 셈프로니오, 누가 네게 그토록 많은 철학을 가르쳐 주었는지 모르겠구나.

셈프로니오 나으리, 검은 것과 닮지 않았다고 해서 모두가 흰 것은 아니며, 노랗게 빛난다고 모두가 황금은 아닙니다요. 나으리의 그 물불 안 가리는 급한 욕망이 제 충고를 분명하게 드러내 보입니다요. 어저께만 해도 돈만 주면 쉽게 물건을 살 수 있는 시장 바닥에 아무런 물건이나 사러 보내듯이 멜리베아 님을 그분의 허리끈으로 묶어 첫 만남에 나으리께 데려오시기를 원하시더니만. 마음을 편히 가지세요, 주인님. 짧은 시간 안에 큰 축복은 이루어지지 않습니다요. 단 한 번 쳤다고 느티나무가 쓰러지진 않습니다요. 인내를 가지시고 준비하십시오. 신중함은 늘 찬양할 만한 것이고 준비는 격렬한 전투를 견뎌 냅니다요.

칼리스토 내 병의 성질이 그런 것이라면 네 말이 맞다.

셈프로니오 나으리, 마음이 이성을 박탈한다면 머리는 왜 있겠어요?

칼리스토 오, 미친놈, 미친놈! 건강한 사람은 환자에게 '건강하라' 고 말하지. 나를 태우고 있는 불길을 더 부채질하는 네 충고는 더 듣고 싶지 않구나. 나 혼자 미사에 가는데, 셀레스티나가 길보를 가져와 '주인님, 기뻐하십시오' 하며 너희들이 나를 부를 때까지 집에 돌아오지 않을 것이다. 그때까지 먹지도 않겠다. 비록 늘 그렇듯 하루 일을 끝내고 그 푸른 목초지에서 풀을 뜯고 있는 포이보스의 말들이 우선이라 할지라도 말이다.*

셈프로니오 나으리, 보통 사람들은 알아듣지 못하는 넋두리나 시나부랭이는 집어치우세요. 누구나 알아듣고 이해할 수 있는 말을 하세요. 이렇게요. '비록 해가 진다 할지라도' 라고요. 이래야 다른 사람들이 알아듣잖아요. 그리고 뭘 좀 드셔야지요. 그래야 지탱할 수 있으세요.

칼리스토 셈프로니오, 나의 충실한 하인, 나의 훌륭한 조언자, 나의 충성된 봉사자인 네 말대로 해야 할 텐데. 네가 그렇게 나를 섬기는 걸 보니 네가 내 목숨을 네 목숨만큼이나 원한다는 확신이 드는구나.

셈프로니오 (파르메노야, 너도 그렇게 생각해? 너는 결코 그렇다고 맹세하지 않으리란 걸 알아. 그러나 너를 잘 보전하려면 우리를 앞서 가는 사람들이 가는 방향으로 가야 해. 이해가 빠른 사람한테로 말이야. 그래야 별 탈 없어.)

칼리스토 셈프로니오, 뭐라고 했느냐?

셈프로니오 파르메노에게 설탕물 입힌 레몬을 한 쪽 가져오라고 했습니다요.

파르메노 여기 있습니다요, 주인님.

칼리스토 이리 다오.

셈프로니오 (악마가 무엇을 통째로 삼키게 하는지 보게 될 것이다. 서두르는 바람에 그것을 통째로 삼키려고 하네.)

칼리스토 정신이 드는군. 잘 있어라. 너희들은 그 노파를 기다렸다가 좋은 소식을 가지고 오너라.

파르메노 (넌 악마와 불행한 세월과 함께 거기로 가 버려라! 이 시간에 그 신 것을 먹다니, 아풀레이우스가 독약을 먹어 당나귀로 변했던 꼴이 될 거다!*)

제9막

셈프로니오와 파르메노가 이야기를 나누면서 셀레스티나의 집으로 간다. 도착해 엘리시아와 아레우사를 만난다. 식사를 하게 되고 식사 중에 엘리시아와 셈프로니오가 다툰다. 엘리시아가 식탁에서 일어나자 모두 그녀를 진정시키려 한다. 그들이 이야기를 나누고 있는 중에 멜리베아의 하녀 루크레시아가 와서 멜리베아가 셀레스티나를 보고자 한다고 전한다.

셈프로니오, 파르메노, 셀레스티나, 아레우사, 엘리시아, 루크레시아.

제1장

셈프로니오 점심 먹으러 갈 땐 망토와 검을 내려놔, 파르메노.

파르메노 빨리 가자. 늦었다고 야단이겠다. 이 길 말고, 다른 길로 가자. 교회에 들러 셀레스티나가 기도를 마쳤으면 가는 길에 같이 가자.

셈프로니오 이 좋은 시간에 기도하고 있다 이거지.

파르메노 언제나 할 수 있는 일을 시간까지 정해 놓고 할 필요는 없잖아.

셈프로니오 그렇긴 해. 하지만 그건 셀레스티나를 잘 모르고 하는 소리야. 그 노파가 무엇을 해야겠다고 할 때는, 하느님이고 성자고 없어. 집에 먹을 게 있을 때는 성자들이 편하게 있고, 묵주를 들고 교회에 갈 때면 집에 먹을 게 많지 않아서야. 그 여자가 너를 키웠다고 하지만, 그 여자 재산에 대해서는 너보다 내가 더 잘 알고 있어. 그녀가 묵주를 세며 기도하는 것은 자기가 담당한 처녀가 몇 명이나 되고, 마을에 얼마나 되는 사람들이 사랑에 빠져 있는지, 어느 식품 업자들이 자기에게 식량을 공급하며, 어느 게 더 낫고 그들 이름이 무엇인지들이야. 이름을 알아 둬야 만날 때 아는 척할 수 있기 때문이지. 그리고 어떤 사제가 더 젊고 솔직한지를 알기 위해서야. 입을 열었다 하면 돈을 뜯어내기 위해 거짓말을 하려는 것이나 조심스럽게 일을 꾸미기 위해서야. '여길 내가 공격하면 이런 식으로 내게 반응하겠지. 그러면 난 이렇게 대답해야겠다' 하는 식이야. 우리가 엄청 예우하는 이 노파가 사는 방법이 이래.

파르메노 나는 그 이상으로 잘 알고 있어. 하지만 저번 날 네가 화를 냈기 때문에, 말하고 싶지 않아. 내가 칼리스토에게 그런 사실을 말했을 때 말이야.

셈프로니오 우리의 이익을 위해서 그것을 알고 있을 뿐, 광고하고 다니며 손해 볼 필요는 없잖아. 주인님이 아시면 그녀를 내쫓을 것이고 그러면 어떻게든 다른 여자가 올 것이고, 그렇게 되면 우리가 셀레스티나로부터 기대할 수 있는 몫을 받을 수가 없지. 셀레스티나는 자기에게 주어진 것의 일부를 우리에게 흔쾌히든 억지로든 줄 거잖아.

파르메노 맞아. 쉿, 문이 열려 있어. 집에 있다. 들어가기 전에 꼭 노크해. 혹시 엉망으로 있을 수도 있으니. 그런 모습을 보이는 걸 원치 않을 거야.

셈프로니오 들어가. 걱정 마, 우리 모두 한집 식구인데 뭐. 벌써 상을 차리네.

제2장

셀레스티나 오, 나의 연인들이여, 나의 황금 진주들이여! 너희들이 오는 것처럼 새해가 왔으면 좋으련만!

파르메노 (야, 이 양반 말 좀 들어 봐! 이 거짓 알랑방귀 말이야!)

셈프로니오 내버려 둬, 그렇게 해서 먹고사는데 뭐. 도대체 어떤 악마가 저런 야비함을 가르쳤을까.

파르메노 (필요와 가난, 배고픔이지. 세상에는 이것들보다 더 좋은 선생이 없고 기지와 수완을 발휘하게 하는 것도 없어. 이것들 말고 무엇이 까치와 앵무새들에게 찢어지는 자기들의 언어로 인간의 언어와 구강과 목소리를 모방하도록 가르쳤겠어?)

셀레스티나 얘들아! 얘들아! 바보들아, 빨리 여기 아래층으로 와! 여기 나를 털어 가려는 두 젊은이가 있어!

엘리시아 여긴 절대 오지 말라고! 제 사촌이 여기 와 있은 지 세 시간이 되었는데, 그렇게 사람을 기다리게 하다니! 늦게 온 이유가 게으름뱅이 셈프로니오가 나를 보고 싶지 않아서야.

셈프로니오 그게 아니야, 내 주인이자 나의 생명이며 나의 사랑! 다른 사람을 섬기는 자는 자유롭지 못해. 매인 몸이니 내 죄가 용서되는 거지. 자, 다들 화내지 말고 앉아 식사합시다.

엘리시아 그래, 먹는 데는 아주 부지런하군. 상은 차려져 있겠다, 손은 씻었겠다, 염치는 없겠다.

셈프로니오 싸움은 나중에 하고 지금은 먹자고. 셀레스티나 어머니, 먼저 앉으세요.

셀레스티나 너희들도 앉아라, 내 자식들. 감사하게도 모두 앉을 자리가 충분해. 우리가 천당에 가서도 이처럼 자리가 넉넉했으면 좋겠구나. 자, 각자 자기 순서에 맞춰 자리에 앉도록. 나는 혼자이니 내 벗이 되어 주는 이 술 항아리와 술잔으로 짝을 하지. 내가 늙고 난 뒤부터는 식탁에서 술 마시는 것 말고 더 좋은 일은 없더라. 꿀을 다루는 자는 늘 꿀이 묻어 있게 마련이기 때문이야. 겨울밤 침대를 따뜻하게 해 주는 건 술 말고는 없어. 잠자리에 들 때 이 같은 항아리로 두 병을 마시고 나면 밤새 추운 걸 모른단다. 크리스마스가 오면 술이 내 옷 여러 벌을 대신하지. 술을 마시면 피가 뜨거워진단 말이야. 나를 계속 살아가게 지탱해 주고 늘 즐겁게 돌아다니도록 해 주고, 나를 싱싱하게 해 준다고. 집에 술이 충분히 있으면 세월이 두렵지 않고 쥐가 뜯다 버린 빵 한 조각으로도 사흘을 지낼 수 있어. 이것은 내 마음의 슬픔을 없애 주어 황금이나 산호보다도 더 귀하지. 젊은이에게는 노력을, 늙은이에게는 힘을 주고, 창백한 얼굴에 혈색을 가져다주고, 비겁자에게 용기를 주고 게으른 자에게 부지런함을 주고, 머리를 쉬게 하고, 위에서 냉기를 끄집어내고, 구취를 제거해 주고, 추워하는 사람들을 강하게 만들어 주고, 일의 고됨을 견디게 해 주고, 지친 농부들에게 몸의 나쁜 수분을 땀으로 흘려 버리게 하고, 감기와 치통을 고치고, 배에 싣고 가도 상하지 않아. 물은 안 그렇잖아. 좋은 점들을 다 말하자니 너희들 머리카락 수보다도 많겠다. 사실 술 생각을 해서 즐겁지 않을 사람이 어디 있겠나. 흠이라곤 딱 하나 있지. 괜찮은 흠은 비싸다는 것이고 나쁜 흠은 몸을 해친다는 점이야. 그래서 간을 치료하느라 주머니를 병들게 한다는 거지. 그러나 아직도 나는 가장 좋은 술을 열심히 찾지. 대신 조금 마실 수밖에. 식사 때마다 열두 잔만 마신단다. 그 이상은 절대 안 마시지만 지금처럼 내가 초대받은 경우는 예외야.

파르메노 술에 대해 적어 놓은 것을 보면 모두가 세 번 마시는 것이 적당하고 좋다고 하던데요.

셀레스티나 잘못 썼을 거다. 열셋을 셋으로 말이다.

셈프로니오 셀레스티나 아주머니, 다 좋은데요, 이렇게 먹고 이야기를 나누다가는 정신 나간 우리 주인어른과 우아하고 기품 있으신 멜리베아 아가씨의 사랑에 대해 이야기할 시간이 없겠는데요.

엘리시아 저리 꺼져 버려, 재수 없고 불쾌한 놈 같으니! 먹은 것이 체해서 죽어 버려라! 체해 죽을 음식을 내게 줬다고! 그 여자가 기품 있다는 말을 들으니 구역질이 나서 먹은 것이 있는 대로 다 나오려 한다고! 기품이 있다니, 누가? 세상에, 기가 막혀. 그런 말을 뻔뻔스럽게 하는 너를 보니 역겹고 화가 머리까지 치미네! 누구를 우아하다고 하는 거야? 하느님, 그 여자가 그렇다면, 아니 조금만이라도 그렇다면 저를 저주하세요. 눈곱만 즐거워할 눈밖에 없는데. 너의 미련함과 무식함에 기겁하겠다. 누가 네 말에 장단 맞춰 그 여자의 아름다움과 우아함을 논하려 할까! 멜리베아가 기품이 있다고? 십계명이 오계명이 되면 그렇겠네. 그따위 아름다움은 구멍가게에서 동전 한 닢으로 살 수 있는 거야. 멜리베아가 사는 거리에 하느님이 멜리베아보다 더 큰 은총을 주신 네 명의 처자가 살고 있는 걸 난 알고 있다고. 만일 멜리베아한테 아름다운 구석이 있다면 그건 순전히 치장 때문이야. 막대기에 그런 치장을 해도 너희들은 기품 있다고 할걸. 내가 잘났다고 이 말을 하는 게 아니라 너희들이 말하는 그 멜리베아만큼 나도 아름답다고 생각하기 때문이야.

아레우사 넌 나만큼 그 여자를 자세히 보지 못했을 거야. 식사 전에 그 여자를 보면 그날은 구역질이 나서 식사도 못할걸. 1년 내내 더러움으로 떡칠한 채 방구석에 처박혀 살아. 어쩌다 사람들이 그 여자를 볼 수 있는 곳으로 나가게 되면 쓸개와 꿀과 튀

긴 포도와 말린 무화과와 지금 우리가 식사 중이라 말하지 말아야 할 다른 것들로 얼굴을 처바르지. 돈이 여자들을 아름답고 찬양받게 만들지. 그 여자 자체의 아름다움이 아니야. 그 여자는 처녀로 보기에는 어울리지 않는 커다란 호박 같은 젖꼭지를 갖고 있는데 세 번이나 애 낳은 여자 같다니까. 배는 보지를 못했지만, 다른 것으로 미루어 보건대, 마치 쉰 살 먹은 할망구 배처럼 축 늘어져 있을 거라고. 칼리스토는 그 여자한테 도대체 뭘 보았기에 더 쉽게 가질 수 있고 더 즐길 수 있는 여자들을 마다한다지. 사실 미각을 다치면 쓴 것조차 달게 느끼기도 하지.

셈프로니오 아레우사, 여기가 마치 행상인들이 각자 자기 바늘을 자랑하는 곳인 것 같다. 동네에서는 그 반대말을 하는데 말이야.

아레우사 사람들이 떠들어 대는 소문만큼 믿지 못할 게 없어. 다른 사람들의 뜻에 지배되어 산다면 결코 즐겁게 살지 못할 거야. 내가 말한 것이 확실한 정보이고 다른 사람이 생각하는 것은 공허한 것이며, 그들이 한 말은 거짓이야. 책하는 것은 선의이지만 인정하는 것은 악의야. 사람들은 이 악의를 더 확실하게 이용하는 버릇이 있지. 그러니 선의를 심판하지 말고, 멜리베아의 아름다움이 네가 말한 대로라고 생각하지 마.

셈프로니오 하인들은 자기 주인들의 흠을 용서하지 않아. 그래서 말인데, 만일 멜리베아가 어떤 흠이 있다면 우리들보다 그녀를 더 많이 아는 그들이 벌써 불고 다녔을 거야. 네 말을 인정한다 할지라도 칼리스토는 신사이고, 멜리베아는 시골 귀족 집안의 자제이니 서로가 좋은 가문 출신을 찾기 마련이니까 칼리스토가 다른 여자가 아닌 멜리베아를 찾는 건 놀랄 일이 아니야.

아레우사 웃기고 있네. 행실이 가문을 만들어. 우리는 모두 아담과 이브의 자식이잖아. 사람들은 각자의 노력으로 훌륭해지려고 노력해야지, 자기 조상이 귀족이니까 자기가 귀족이란 생각은 버려야 해.

셀레스티나 얘들아, 제발 화들 내지 마라. 그리고 너 엘리시아, 빨리 식탁에 돌아와 앉아. 그리고 화 풀어.

엘리시아 식사 중에 성질을 건드리면서 제게 식사 맛없게 하세요, 하는 작자가 있으니 그렇죠. 내 면전에서 멜리베아가 저보다 더 품위 있느니 하는 저 썩어 빠질 놈하고 어떻게 식사를 하겠어요?

셈프로니오 그만해 둬, 네가 그 여자와 비교했잖아. 비교는 어떤 것이든 증오스러운 법이야. 네 잘못이지 내 잘못이 아니야.

아레우사 이리 와서 먹어. 이 무례하기 짝이 없는 미친놈들을 즐겁게 해 주지 말고. 아니면 나도 일어난다.

엘리시아 너 때문에 이 화상과 앉아 먹고 모두를 위해 덕을 베풀어야겠네.

셈프로니오 헤헤헤.

엘리시아 뭐 땜에 웃어? 그놈의 빌어먹을 입, 염병에 걸려 뒈져라!

셀레스티나 대꾸하지 마라. 그러다가는 끝이 없겠다. 자, 우리 일에 대해서 의논하자꾸나. 칼리스토는 어때? 어떤 상태로 놔두고 왔나? 어떻게 그에게서 둘 다 도망쳐 나올 수 있었지?

파르메노 불평하면서 불을 내뿜고, 절망에 찌든 채 반미치광이가 되어 막달레나 교회에 갔어요. 어머니께 좀 더 열심히 주선할 마음이 생기게 해 주시고 이 닭 뼈를 잘 갉아 먹을 수 있게 해 주십사 하느님께 기도하려고요. 어머니 치마폭에 멜리베아를 담아 오신다는 소식을 듣기 전까지는 집에 돌아오지 않을 거라고 공언하면서요. 어머니 스커트와 망토, 제 망토까지 확실히 준비되어 있어요. 하지만 언제 그것들을 줄지는 모르겠어요.

셀레스티나 때가 될 때. 예상했던 것보다 더 걸릴지라도 결국은 이루어질 테니까. 적은 노력으로 얻는 것은 무엇이든 즐겁다. 특히 그렇게 해를 조금 끼친 것에서 나오는 것이면 말이다. 집에서 나오는 쓰레기만 가져도 내가 가난에서 벗어날 수 있는, 그렇게 부자인 사람으로부터 나오는 것이라면 말이다. 그런 사람들에게 그 정도는 아무런 피해도 아니고, 더구나 주는 이유에 따라 피해라고 할 수가 없지. 사랑에 빠지면 아까운 게 없어. 아프지도, 보지도, 듣지도 못해. 내가 칼리스토보다 덜 사랑의 열병에 걸린 사람들의 경우들을 봐서 아는데, 그들은 먹지도, 마시지도, 웃지도, 울지도, 자지도, 깨지도, 말하지도, 그렇다고 입 다물지도, 괴로워하지도, 휴식을 취하지도, 불만도, 만족도 하지 않는단 말이야. 심장에 난 상처가 달콤하다가도 힘들고 하니 그 당혹감에 따라서 말이다. 자연적인 욕구에 따라 자연이 요구하는 대로 이러한 것 중 무엇인가를 하려고 하면 딴 데 정신이 팔려 있어서 식사를 해도 입으로 음식을 가져가는 손마저 잊어버릴 정도지. 그들과 이야기를 할라치면, 제대로 된 대답은 결코 돌아오지 않아. 몸은 그곳에 있지만, 마음과 육감은 자기 애인들한테 가 있거든. 사랑의 힘은 대단해. 힘에 따라 육지뿐 아니라 바다도 횡단할 수 있어. 어떤 종류의 인간에게든 같은 지배력을 가지지. 모든 역경을 타개하는 힘을 가졌어. 사랑은 열망하는 것이며 두려운 것이자 집착하는 것이야. 너희들이 그랬으니 내 말이 틀리지 않음을 알 것이다.

셈프로니오 어머니 말씀에 전적으로 동의해요. 여기 앉아 있는 이 분이 얼마 동안 나를 지금의 칼리스토로 만들어 방황하게 한 적이 있었죠. 분별력을 잃고, 기력은 쇠하고, 멍한 머리에, 낮에는 비몽사몽, 밤에는 잠 못 든 날들이 부지기수, 꼭두새벽에 잠자리에서 일어나 가장무도회를 벌이고 담을 넘고, 매일매일 죽을 생각도 하면서, 투우를 기다리고 말을 달리고 철봉을 던지고 창을 던지고, 친구를 들들 볶고, 칼을 부수고 사다리를 만들어 보기도 하고, 갑옷을 입는 등, 수천 가지 다른 사랑 연극들을 하면서 말입니다. 노래도 부르고 시도 짓고, 창작을 하면서 말입니다요. 결국 그 대가로 저 보물을 얻었죠.

엘리시아 나를 얻었다고 자신한단 말이지! 너보다 더 재미있고, 너보다 내가 더 좋아하는, 무엇보다 나를 화나게 할 꼬투리를 잡으려고 하지 않는 다른 남자가 우리 집에 와 있던 걸 넌 모를 거다. 나를 보러 온 게 1년이나 되니 이젠 너 신물이 난다.

셀레스티나 애야, 지금 저 애가 헛소리를 하고 있으니 지껄이게 내버려 둬라. 이보다 더한 이야기를 듣더라도 너에 대한 사랑이 그만큼 깊어서 그런 줄 알아라. 모두가 여기서 멜리베아를 찬양했기 때문이잖아. 저 애는 그 일에 대해 단지 너희들에게 대가를 치르게 하고 싶었고 그게 저런 식으로 표현된 거야. 나는 식사 시간인 줄 알고 있는데 아닌가 봐. 내가 쟤의 또 다른 사촌 애를 알고 있잖아. 너희들은 너희들의 싱싱한 젊음을 즐겨. 시간 있을 때 그러겠다고, 더 좋은 때가 오면 하겠다고 하다가는 후회할 시간만 온단다. 나처럼 말이야. 내가 젊었을 때 많은 남자가 나를 좋아하고 따라다녔지만 난 그때를 이용할 줄 몰랐지. 그래서 지금 이 모양이잖아. 이렇게 늙고 나니, 아무도 나를 좋아하지 않아. 하느님은 내 착한 소원을 아셔. 자, 너희들은 포옹하고 입 맞추라고. 내게 유일하게 남은 건 그런 너희들을 보고 즐기는 거야. 식탁에 앉아 있는 동안, 허리 윗부분은 모두 용서된다. 너희들끼리 따로 있을 때는 아무런 통제가 없어. 왕도 통제하지 않는데 무슨 통제가 있겠냐. 계집애들 때문에 내가 안 건데, 쓰잘 데 없는 일로 절대 책잡히지 말란 말이다. 이 늙은 셀레스티나는 이가 없어 식탁보에 있는 빵가루나 잇몸으로 부러워하며 씹을 테니.* 자, 호색한들아, 미친것들아, 장난꾸러기들아, 하느님이 너희들이 웃고 즐기는 것을 축복하시기 바란다! 이런 일에 너희들의 그 싸움질이 당키나 하겠냐? 상을 뒤엎지 않도록 조심해!

엘리시아 어머니, 누가 왔는데요. 한창 즐거울 때 하필.

셀레스티나 누군지 봐라. 혹시 이 흥을 더 돋우고 키울 사람일 수도 있잖은가.

엘리시아 목소리로 봐서 제 사촌 루크레시아인데요.

셀레스티나 문 열어 줘. 들어오게 하고 잘 모셔. 루크레시아가 우리가 여기서 말했던 것들을 조금 이해할지도 몰라. 비록 집에 오랫동안 갇혀 지내 자기의 젊음을 즐기진 못하지만 말이다.

아레우사 그럼요. 부인들을 섬기는 하녀들은 사랑의 즐거움을 즐기지도 못하고 사랑의 감미로운 맛도 몰라요. 서로 터놓고 말할 수 있는 친척도 못 만나고 동년배 친구들도 없어요. "저녁으로 뭘 먹었어? 임신했니? 닭을 몇 마리나 키우니? 네 집에 간식 먹으러 가자. 네 애인 좀 보여 주라. 내가 너를 못 본 지 얼마나 됐지? 그 사람하고는 어떻게 되어 가? 네 이웃들은 어떤 사람들이니?" 등과 이런 종류의 다른 말들을 주고받을 상대가 없어요. 아주머니, '마님' 이란 소리를 늘 입에 달고 살아야 하니 그 얼마나 고통이 심할까요! 그래서 전 제가 저 자신을 안 이후부터 독립적으로 살기로 했어요. 제 이름이 아니라 요즘 이런 마님들이 대부분 사용하는 호칭으로 저를 부르지 않도록 말이에요. 가장 좋은 때를 그 마님들과 보내야 하고 그녀들이 버린 찢어진 옷으로 10년 봉사한 것에 대한 대가를 받죠. 항상 잔소리와 푸대접을 받으며 전적으로 굴종해야지, 그 여자들 앞에서는 대답할 엄두도 못 내요. 나이가 차서 시집보내야 할 때가 되어 오면, 별의별 거짓 소문으로 그녀들을 죄인으로 몬답니다. 남자가 있다느니, 자기 아들과 놀아났다느니, 남편에게 눈길을 주었다느니, 아니면 집으로 남자를 끌어들였다느니, 찻잔을 훔쳤다느니, 반지가 없어졌다느니 하면서 말입니다. 그렇게 해서는 백 대의 태형을 가하고는 머리에 치마를 뒤집어씌워 쫓아낸답니다. "꺼져 버려. 도둑년, 갈보야, 내 집과 명예를 더럽히지 마" 하면서 말입니다.

보상을 바라다가 명예 훼손을 당하고, 결혼해서 집을 나가려다 형편없이 쫓겨나고, 혼례복과 보석을 기대했다가 발가벗기고 모욕만 당하고 쫓겨난답니다. 이것들이 그녀들이 받는 보상이고, 혜택이고, 대가랍니다. 신랑감을 구해 줘야 하는데, 입은 옷까지 벗기는 형편이죠. 하녀로 살면서 가장 훌륭한 명예란 주인마님의 메시지를 들고 이 마님 저 마님 찾아 거리로 나가 다니는 거죠. 그 마님들 입에서 자신의 이름을 들어 보는 적이 없죠. 그저 '창녀야' 이리 와, '창녀야' 저리 가, 이게 다랍니다. "이 병충아, 어딜 가냐? 이 능구렁아, 뭘 했니? 왜 이걸 먹었니, 식충아? 프라이팬은 잘 닦아 놨냐, 돼지야? 망토는 왜 안 빨았니, 추접아? 어쩌자고 이런 소릴 하고 다녀, 이 바보야? 접시는 누가 깬 거니, 이 칠칠아? 수건이 왜 없지, 이 도둑년아? 네 놈팡이에게 줬을 거야. 이리 와, 나쁜 년아. 여러 가지 색의 털을 가진 암탉은 어디로 갔냐? 빨리 찾아와. 안 그러면, 네 첫 급료에서 제할 거다." 이러고는 부인용 슬리퍼로 수도 없이 때리고, 꼬집고, 몽둥이질에 채찍질이 따르죠. 어떻게 해야 그런 마나님들을 만족시킬 수 있는지, 그녀들의 행패를 견뎌 낼 수 있는지 아는 사람이 없어요. 마나님들의 기쁨은 고함치는 일이고, 그녀들의 영광은 싸우는 거예요. 일을 잘해 놓으면 놓을수록, 그 마나님들의 불만은 더 크답니다. 이래서 아주머니, 저는 마나님들의 저택에서 포로로 지배당하고 사는 것보다 제 작은 집에서 주인이 되어 제 뜻대로 살기를 더 원했던 겁니다.

셀레스티나 현명했구나. 너는 네가 무엇을 하는지를 잘 알고 있다. 그래서 현자들이 그러잖아. 마음 편히 먹는 빵 한 부스러기가 원한 있는 집에서 진수성찬을 먹는 것보다 낫다고 말이다. 자, 이제 그만하고, 루크레시아더러 들어오라고 해라.

제3장

루크레시아 많이들 드십시오, 아주머니, 그리고 여러분들. 이렇게 겸허한 사람들에게 하느님의 축복이 충만하시길 바랍니다.

셀레스티나 아이고, 이게 누구야? 한창일 때의 나를 몰랐던 것 같은데, 오늘로 20년이 됐네. 가슴이 고통으로 찢어지지 않고서야 어떻게 지금 이 내 꼴을 볼 수 있을까! 얘야, 지금 여기 이 식탁에 네 사촌들이 앉아 있지만, 네 또래의 아홉 처녀들이 앉아 있었단다. 제일 연장자가 열여덟 살을 넘지 않았고, 열네 살 이하는 없었어. 세상은 돌고, 세상 바퀴는 구르고 세상의 두레박은 들어 올려지고 있지. 물이 가득 찰 때도 있지만 빌 때도 있어. 운명의 법칙은 어떤 것도 오래 지속되지 않는다는 것이야. 운명의 법칙은 변화야. 내가 누렸던 명예를 눈물 없이는 말할 수가 없구나. 비록 내 죄와 불행 때문에 조금조금 망해 왔지만 말이다. 내 시절이 이미 다하면서 내 재산도 줄었지. 세상일이란 흥하는 날이 있으면 망할 날이 있고 망하는 날이 있으면 흥할 날도 있다지만, 그 말은 이미 옛말이다. 인간의 일에는 모두 한계가 있고 정도가 있으며 그것도 사람에 따라 다르단다. 나도 한때는 정상에 올랐으나, 세월의 가차 없음으로 이렇게 몰락했어. 내 끝 날이 가까이 왔지. 살날이 얼마 남지 않았어. 이 마당에 내가 알게 된 것은 나는 내려오려고 올라갔고, 말라비틀어지려고 꽃같이 피었고, 슬프기 위해 즐거웠으며, 살려고 태어났고, 성장하려고 살았고, 늙으려고 성장했고, 죽으려고 늙었다는 것이야. 지금까지 이렇게 살아왔지만, 앞으로는 의식적으로 내 불행을 되도록 적게 느끼며 살려고 그래. 물론 인간은 감각적인 동물이니까 감정적으로야 어떻게 할 수는 없겠지만.

루크레시아 그렇게 많은 애들을 돌보시자니 얼마나 일이 많았겠어요. 관리하시기도 무척 힘드셨을 것 같은데.

셀레스티나 힘들었다고? 오히려 나의 안식이었고 위안이었다. 모두들 내 말이면 껌뻑 죽었고 나를 명예롭게 해 줬으며 나를 존경했지. 다들 조심해서 내 눈 밖에 난 애가 없었어. 내가 말하는 것은 뭐든 좋아했지. 나는 각자에게 맞는 대가를 지불했고 걔들은 내가 명령하는 것 이상으로 취하려고도 하지 않았어. 절름발이나 애꾸눈이나 외팔이나 관계없이 말이다. 절름발이는 신체 멀쩡한 사람으로 걔들이 취급해서 내게 돈을 더 지불했지. 나는 이익만 보고 수고는 걔네들이 했어. 사람들 중에 걔네들이 필요하지 않은 사람이 어디 있겠니? 기사나, 늙은이나, 젊은이나, 권위를 한 몸에 안은 수도원장이나, 주교에서부터 성당 말단 사제까지 모든 계층이 고객이었단다. 성당에 들어서면 내가 마치 공작 부인이나 되듯 인사를 했단다. 나와 거래가 별로 없는 사람들이나 추접스럽게 굴었단다. 먼발치에서 나를 본 사람들은 만사 제쳐 두고 나를 보러 왔지. 한 명씩, 두 명씩, 내가 혹시 부탁할 일이라도 있을까 봐, 아니면 자기 여자 안부를 물으려고 오곤 했지. 내가 성당에 들어오는 것을 보자마자 마음이 들떠 제대로 미사를 보지 못한 사람들도 많았어. 어떤 사람들은 나를 '부인'이라 불렀고, '이모' 또는 '애인' 또는 '명예로운 노파'라고 부르는 사람들도 있었단다. 그 자리에서 우리 집을 방문할 일이나 내가 방문할 계약이 체결되었고, 그곳에서 돈이나 약속이나 그 밖의 선물들을 내게 주었지. 내 망토 아래 자락에 입을 맞추면서 말이다. 어떤 이들은 나를 더 만족시키려고 얼굴에도 했단다. 이제는 이런 일들이 모두 다 일장춘몽 같구나. "이렇게 겸허한 사람들에게 낡은 신발이나 주옵소서!"라는 너의 소리나 듣게 말이다.

셈프로니오 성직자나 신도들의 그런 이야기를 들으니 놀라운데요. 물론 다 그런 것은 아니겠지만!

셀레스티나 아니다, 얘야. 하느님도 내가 그런 말을 꾸며 내도록 하지 않으셔. 신앙심 돈독한 노인네들하고는 별 재미가 없었어. 물론 그 사람들은 나를 볼 수도 없었지만. 하지만 내게 말을 했던 다른 사람들에 대한 질투심으로 나를 아는 척했다고 본다. 승직이 많다 보니 별의별 사람이 다 있었지. 아주 깨끗한 사람도 있었고, 내 애들을 먹여 살린 사람들도 있었다. 아직도 있어. 이들은 자신의 시종이나 하인들을 보내 나를 모셔 오라고 해. 내가 집에 돌아오는 순간 집 문 안으로 병아리, 닭, 오리, 새끼 오리, 메추리, 산비둘기, 돼지 넓적다리, 밀병, 새끼 돼지 등이 들어오곤 했단다. 고객마다 마치 십일조를 교회에 바치듯이 나와 자기 애인들이 먹고살도록 보내는 식량이었다. 포도주는 차고 넘쳤어. 나는 이 마을에서 제일 좋은 포도주를 마시는 사람들 중 한 명이었단다. 몬비에드로산, 루케산, 토로산, 마드리갈산, 산마르틴산, 그리고 다른 유명 산지들로부터 수많은 포도주가 쏟아져 들어왔지. 그 맛의 차이를 두루 즐겼지만 산지에 대한 기억은 없구나. 나 같은 노인네가 술 냄새를 맡고 산지가 어디인지를 말하는 것은 좀 성가시지. 특별 삽입이 없는 사제는 교회에 봉헌된 빵을 못 받은 날은 신부의 영대에 입을 맞추기 무섭게 잽싸게 우리 집에 오곤 했지. 젊은 녀석들은 널빤지에 던진 돌처럼* 먹을 것을 짊어지고 대문으로 들어오곤 했단다. 내가 그런 삶을 살다가 어떻게 지금의 이런 삶을 견디는지 모르겠구나.

아레우사 아주머니, 제발. 즐기려고 여기 왔는데 우시면 어떡해요? 너무 낙심 마세요, 하느님께서 모든 걸 돌봐 주실 거예요.

셀레스티나 옛날의 좋았던 시절을 회상하며 눈물짓는 것도 이젠 지쳤다. 얼마나 많은 사람들로부터 존경을 받았던지. 세상 남자들이 나를 무척 위해 주었는데. 다른 사람들은 그런 과일이 있는지도 모르는 새로운 과일을 난 늘 가장 먼저 맛보았었어. 임신부를 보려면 우리 집에 오면 됐고 말이다.

셈프로니오 어머니, 돌아올 수 없는 일을 생각해서 뭣 합니까? 서글프기만 할 뿐. 우리의 즐거움을 망쳐 놓은 지금의 당신처럼 말입니다. 상을 치우세요. 우리는 즐기러 갈 테니까요. 어머니는 여기 심부름 온 아가씨의 용무를 살피세요.

제4장

셀레스티나 루크레시아야, 내 말은 이것으로 끝내고, 네가 무슨 일로 왔는지 알고 싶구나.

루크레시아 정말. 아주머니의 그 좋았던 시절 이야기에 넋을 놓느라 제가 온 목적을 까맣게 잊고 있었답니다. 이렇게 아주머니 이야기를 들으면 먹지도 않고 그 좋았던 시절을 그려 보면서 1년은 보낼 수 있을 것 같네요. 제가 온 이유는 아주머니도 짐작하시겠지만, 저의 아씨가 허리끈을 되찾고 싶답니다. 그것보다 아주머니께서 꼭 방문해 주시기를 원해요. 요즘 마음고생이 심하신 것 같아요.

셀레스티나 얘야, 그런 고통은 호두들이 내는 소리보다 더하단다. 그렇게 젊은 처자가 가슴이 아프다니 놀랄 노 자로구나.

루크레시아 (배신자 노파야, 지옥에나 끌려가라! 네가 무슨 일인지 모른다고? 거짓부렁이 노파가 주문을 걸고 가 놓고선. 그다음에 병 고치러 와서, 약 주고 병 주고 할 거면서.)

셀레스티나 뭐라고 중얼거리니, 얘야?

루크레시아 아주머니, 빨리 갑시다. 그리고 허리끈은 제게 주세요.

셀레스티나 가자, 끈은 내가 가져가마.

제10막

셀레스티나와 루크레시아가 오고 있는 동안, 멜리베아는 혼자 이야기를 하고 있다. 집에 도착하자 루크레시아가 먼저 들어가 셀레스티나를 들어오게 한다. 멜리베아는 셀레스티나에게 온갖 사연을 늘어놓은 뒤에 칼리스토를 사랑하고 있음을 고백한다. 멜리베아의 어머니 알리사가 오는 것을 알고 셀레스티나와 헤어진다. 알리사는 멜리베아에게 셀레스티나와의 일을 묻고 그 여자와 말을 많이 하지 못하게 한다.

셀레스티나, 루크레시아, 멜리베아, 알리사.

제1장

멜리베아 아, 불쌍한 나여! 오, 준비되어 있지 못한 아가씨여! 셀레스티나가 어제 칼리스토의 부탁으로 내게 간청했을 때 그 요구를 받아 주었더라면 얼마나 좋았을까! 나를 바라보던 그의 눈길이 나를 포로로 해 버렸네. 진작 답을 주고 나를 치료했더라면 고마워하지도 않을 때에, 이미 나로부터 좋은 대답은 기다리지도 않고 다른 여자에게 그 눈길을 주었을지도 모르는 이때에 나의 상처를 털어놓기 위해 억지로 오라고 할 필요도 없었을 텐데! 내게 부탁했을 때 무언가를 약속했더라면 지금 이러지 않아도 될 것을! 오, 나의 충직한 루크레시아는 현명하게 나에 대해 전달했을까? 네게는 결코 밝히고 싶지 않았던 것을 내가 털어놓는 것을 본다면 내 머리가 어떻게 된 줄 알겠지? 늘 갇혀 지내는 데 길들여진 내가 수줍음과 정절을 던져 버리는 것을 본다면 얼마나 놀랄까? 내 고통이 어디서 유래하는지 네가 알기나 할는지 모르겠다. 오, 그 중매쟁이 셀레스티나와 함께 와 준다면! 오, 전지전능한 하느님이시여! 슬픔에 빠진 자들은 모두 당신을 찾고, 사랑에 빠진 자들은 당신께 처방을 요구하고, 상처 입은 자들은 당신께 약을 구하고 있습니다. 하늘과 바다와 땅이 지옥 같은 가슴을 품고 당신에게 복종합니다. 세상 만물을 인간에게 굴종하도록 만드신 당신에게 겸허히 비나이다. 저의 이 무시무시한 열정을 감출 수 있도록 제 상처 입은 마음에 감내할 수 있는 인내를 주소서! 저의 이 순수한 감정인 사랑의 열망이 불순한 것으로 소문나 지금 저를 괴롭히는 이 고통이 아닌, 명예를 더럽히는 다른 고통이 되지 않게 하소서. 하지만 그 신사분이 제게 던졌던 그 눈길이 이토록 잔인하게 독약이 되어 나를 괴롭히니 이 일을 어찌하오리까? 오, 연약하고 소심한 여성이여! 어째서 여성에게는 남성처럼 자신의 애타고 뜨거운 사랑을 털어놓을 수 있게 하지 않았을까? 그랬다면 칼리스토는 불평하지 않을 것이고, 나는 고통스러워하지 않을 텐데.

제2장

루크레시아 아주머니, 잠깐만 문 옆에 서 계세요. 아씨께서 누구와 이야기를 하고 계시는지 볼게요. 들어오세요. 혼자 말씀하신 거예요. 들어오세요.

멜리베아 루크레시아, 커튼을 거둬라. 오, 현명하시고 존경받으시는 노파여, 참 잘 오셨습니다! 제 허리끈 덕분에 당신이 병을 고치신 그 젊은 신사 분을 위해 당신이 제게 요구했던 그 은혜를 이다지도 빨리 제게 갚도록 저의 행복과 운명이 제게 당신의 지식을 필요로 하게 한 것에 대해 어떻게 생각하십니까?

셀레스티나 아가씨, 무슨 병이시기에 그처럼 얼굴에 고통의 기색이 역력하신지요?

멜리베아 아주머니, 제 몸 안에서 뱀들이 제 가슴을 먹고 있어요.

셀레스티나 (잘됐다. 내가 바라던 바다. 이제는 네가 내게 갚을 차례다. 정신 나간 이 아가씨야. 지난번엔 너무 지나치게 화내더라.)

멜리베아 뭐라고 그러셨죠? 제 병의 원인을 제 모습에서 알아채셨나요?

셀레스티나 어떻게 아픈지를 아직 말씀 안 하셨는데요, 아가씨. 제가 그 원인을 추측해 보기를 원하시나요? 제가 이렇게 말씀드린 것은 아가씨의 아름다운 모습에 슬픔이 깃든 것을 보니 제가 괴로워서 그랬습니다.

멜리베아 존경받을 노파여, 당신이 저의 모습을 기쁘게 해 주세요. 당신은 당신의 풍부한 지식으로 제게 대단한 깨달음을 주셨습니다.

셀레스티나 아가씨, 하느님만이 전지(全知)하십니다. 하지만 하느님께서도 건강을 위한 지식과 병 치료를 위한 은사를 사람들에게 나눠 주셔서 처방을 구하게 하셨는데, 그 처방들 중 일부분을 경험으로나 의술로나 본능적인 처방 능력으로 보나 부족함이 없는 이 불쌍한 노파에게도 내려 주셨기에 지금 아가씨에게도 써먹을 수 있게 될 겁니다.

멜리베아 오, 그 말을 들으니 얼마나 기쁜지 모르겠어요! 문병객의 기쁜 얼굴은 환자에게 약이 된답니다. 제 심장이 당신의 손안에서 조각조각 난 것 같습니다. 부서진 저의 심장은 당신의 덕스러운 말로 조금만 힘써 주신다면 다 붙을 것입니다. 마케도니아의 위대한 알렉산드로스 왕이 꿈에서 독사에게 물린 자기 하인 프톨레마이오스를 용이 물고 있던 뿌리로 구해 낸 것과 같은 방법으로 말입니다. 제발 제 병을 빨리 진단하셔서 처방을 내려 주세요.

셀레스티나 건강의 지름길은 건강을 원하는 것입니다. 그처럼 빨리 낫기를 원하시는 걸 보면 아가씨의 병은 위험한 게 아니에요. 하지만 제가 가장 알맞은 약을 하느님께 구하여 드리려면 먼저 세 가지를 알아야 합니다. 첫째, 아픈 부위가 어디인지입니다. 두 번째는 이 병을 예전부터 앓아 오셨는가 하는 겁니다. 병은 만성보다 초기에 더 빨리 고쳐지니까요. 짐승도 가죽이 두꺼워졌을 때보다 어릴 때 더 길들이기가 쉽지요. 식물도 열매를 맺어 이미 변하기 시작한 것들보다 여리고 새로 심은 것들을 모종하면 더 잘 자랍니다. 죄도 처음 저지른 것은 쉽게 고칠 수 있지만 고질화돼서 매일 저지르는 죄는 고치기가 어렵거든요. 셋째는 그 통증이 가슴에 자리 잡은 어떤 잔인한 생각에서 유래한 것인지입니다. 이것들을 알고 나면 제 치료 효과를 알게 되실 겁니다. 신부와 의사에게는 숨기는 것이 없어야 하니 솔직하게 말씀해 보세요.

멜리베아 현명하시고도 노련하신 셀레스티나 아주머니. 제 병을 진단할 수 있는 길을 활짝 열어 주셨습니다. 이런 병을 치료하시는 전문가로서 제게 요구하시는군요. 가슴이 아파요. 왼쪽 젖꼭지가 진원지인데, 거기서 통증이 광선처럼 온몸으로 퍼져 나가요. 두 번째 질문에 대한 답은, 이런 증상은 생전 처음입니다. 고통이 이처럼 머리를 돌게 만들 거라곤 생각지도 못했어요. 제 얼굴색이 변하고 식욕이 떨어지고, 잠도 잘 수 없고, 웃음도 사라졌어요. 제 병이 어떤 생각에서 유래되었는지, 원인에 대한 마지막 질문에 대해서는 어떻게 대답해야 좋을지 모르겠어요. 친척이 죽은 것도 아니고, 재물을 잃은 것도 아니고, 크게 놀랄 만한 장면을 본 것도 아닌, 어떤 다른 일이 없었거든요. 다만 저에게 치통에 필요한 기도문을 요구하셨을 때, 그 칼리스토 양반의 심부름으로 온 건 아닌가 하고 저를 의심하게 만들었던 그 요청이 제 마음을 산란시킨 것만 빼면요.

셀레스티나 뭐라고요, 아가씨? 그 사람이 그렇게 나쁜 사람입니까? 단지 그 사람 이름만 부른 게 그토록 화를 가져올 수가 있나요? 그게 아가씨 병의 원인이라고 생각지 말아요. 제가 보기엔 다른 거예요. 그것보다 저는 이것 때문이라고 생각하는데, 아가씨께서 허락하신다면 제 입으로 말씀드리죠.

멜리베아 아주머니, 그 '허락하신다면'이란 게 도대체 뭡니까? 저에게 건강을 주는 일에 제 허락이 필요하다니요? 어떤 의사가 환자를 치료하면서 그런 요구를 한답디까? 말씀하세요, 말씀해 주세요. 그런 허락은 늘 가지고 계시니 말입니다. 단지 당신의 말로 제 명예를 손상시키지 않는 범위에서요.

셀레스티나 제가 보건대, 아가씨는 한쪽으로는 고통을 호소하시면서, 다른 한편으로는 처방을 두려워하십니다요. 아가씨의 두려움이 저를 주저하게 만듭니다. 두려움은 침묵을 요구하고 침묵은 아가씨의 상처와 저의 처방 사이의 휴전을 의미합니다. 그러면 아가씨의 고통은 계속되고 저의 방문은 쓸데없는 것이 되지요.

멜리베아 치료를 늦추시면 늦추실수록 저의 고통과 열정을 더욱 부채질하십니다. 아주머니의 처방이 환자가 느끼는 고통보다 더 잔인한 고통으로 조제된 불명예의 가루이고 부정의 시럽이든, 아니면 당신이 아무것도 몰라 엉터리 처방을 주시는 것이든, 어떤 처방이든 당신의 마음에 걸리지 않는다면 아무런 주저 없이 주실 거잖아요. 그러니 제 명예는 개의치 마시고 처방을 주시기를 부탁드립니다.

셀레스티나 아가씨, 상처받은 자를 더 고통 받게 하고 상처를 건드려 열정을 부채질할 더 강한 새로운 소식으로 생각지 마세요. 아가씨가 건강을 되찾도록 제가 주저하지 않고 저의 날카로운 처방을 아가씨께 드리기를 원하신다면 손과 발은 편안히 두시고, 아가씨 눈에는 동정의 덮개를 씌우시고 아가씨의 입에는 침묵의 족쇄를 걸어 두시고 아가씨의 귀는 고통과 인내의 솜으로 막으시면 이 늙은 도사가 그 상처들을 감쪽같이 고쳐 놓는 것을 보게 될 겁니다.

멜리베아 오, 이렇게도 질질 끄시다니 죽을 지경이에요! 제발, 하고 싶은 대로 하시고, 아시는 대로 하세요. 그래도 당신의 처방이 제 고통과 격정에 견줄 만큼 가혹하지는 않을 거예요. 제 명예를 건드리시든, 제 평판에 흠이 가게 하시든, 저의 이 아픈 가슴을 꺼내기 위해 몸을 찢을 정도로 제 몸을 상하게 하시든, 당신에게는 아무 일도 일어나지 않을 것을 보장합니다. 제가 완쾌되면 큰 보상을 받으실 겁니다.

루크레시아 (아이구, 아씨 머리가 돌았구나. 이 마녀가 아씨를 홀렸으니 큰일 났네.)

셀레스티나 (여기나 저기나 악마란 놈은 늘 나를 쫓아다니는구나. 하느님이 파르메노에게서 도망치게 하시더니 이젠 루크레시아와 만나게 하셨네.)

멜리베아 아주머니, 무슨 말씀을? 재가 아주머니께 뭐라고 했나요?

셀레스티나 아니요, 아무 말도 못 들었는데요. 하지만 지껄이고 싶은 대로 지껄이라지요. 용감한 외과 의사가 엄청난 치료를 하는 데는 심약한 마음보다 더한 방해물이 없답니다. 심약한 마음은 의사의 불평과 끙끙대는 소리와 환자도 느낄 수 있는 부화뇌동으로 환자를 두려움에 떨게 하지요. 환자가 의사를 못 믿게 함으로써 의사에게 화를 내고 의사를 당황하게 만들죠. 의사가 당황하면 손이 떨려 제대로 꿰매지를 못하지요. 이것으로 확실히 알 수 있는 것은 아가씨의 건강을 위해서는 다른 사람이 여기 있으면 절대 안 된다는 겁니다. 너 말이야, 루크레시아, 미안하지만 좀 나가 주라.

멜리베아 얼른 나가라!

루크레시아 (그래요, 그래요. 이제 몽땅 망했네!) 저 나가요, 아씨.

제3장

셀레스티나 저를 의심하신 것 때문에 이전의 처방은 약간 효험을 잃었지만 아가씨의 고통이 워낙 크시니 무모하더라도 아가씨의 병을 고쳐 드리고 싶습니다요. 하지만 아직도 칼리스토의 집에서 좀 더 확실한 약과 휴식을 가져올 필요가 있습니다.

멜리베아 제발, 그런 말은 마세요. 그 집에서 제게 도움이 될 어떤 것도 가져오지 마시고, 이 자리에서 그 사람 이름도 부르지 마세요.

셀레스티나 아가씨, 인내심을 갖고 들으세요. 인내심이야말로 치료의 첫 단계이자 가장 중요한 것입니다. 인내심을 잃으시면 우리 일은 모두 허사가 됩니다. 아가씨의 상처는 너무 커서 조금 센 치료가 필요해요. 센 것은 센 것으로 치료해야 더 효과적이랍니다. 환자가 아플까 봐 살살 수술하는 의사는 더 큰 상처를 남긴다고 현자들은 말하죠. 그래서 위험에는 모험이 따라야 합니다. 인내심을 가지세요. 괴로움 없이 치료되는 병은 별로 없습니다. 못은 못으로 빼고 고통은 다른 고통으로 치료된다고요. 칼리스토처럼 덕스러운 사람에 대해 나쁘게 말하지 마시고 증오나 미움도 갖지 마세요. 그분을 제대로 아신다면…….

멜리베아 오, 제발. 저를 죽이시려고 그러네요! 그 남자에 대해 칭찬도 마시고, 좋은 뜻에서든 나쁜 뜻에서든 제 앞에서 그 사람 이름도 부르지 말라고 하지 않았던가요?

셀레스티나 아가씨, 이건 다른 이야기이고 두 번째로 중요한 점인데, 만일 아가씨께서 건강 회복에 관심이 없으시다면 제가 여기 올 필요가 없었죠. 그러나 이미 약속하신 것처럼 조금만 참으시면, 아가씨는 돈 한 푼 안 들이고 병 고침을 받으실 것이며, 칼리스토는 불평 없이 제값을 받은 게 되지요. 먼저 저는 아가씨에게 제 치료와 보이지 않는 바늘에 대해 말씀드렸습니다. 이 바늘은 아가씨의 살에 닿지도 않고, 단지 입에 올리는 것만으로 유감이시군요.

멜리베아 당신의 그 신사 분 이름을 얼마든지 부르세요. 당신의 말을 참고 듣겠다고 한 저의 말과 약속이 모자랄 정도로요. 그 남자가 뭣 때문에 제값을 받아야 되죠? 제가 그 사람한테 빚진 게 뭔가요? 제가 그 남자에게 뭘 주문했나요? 그 남자가 저 때문에 한 일이 뭐가 있습니까? 제 병을 운운하는 이 자리에 그 남자가 무슨 필요가 있는 거죠? 차라리 제 살을 찢고 심장을 꺼내는 편이 낫겠네요. 여기서 그 사람에 대해 운운하시는 것보다 말입니다.

셀레스티나 옷을 찢지도 않고 아가씨의 가슴에 사랑이 파고든 겁니다. 제가 고친다고 해서 아가씨의 살을 가르지는 않을 겁니다.

멜리베아 제 몸 가장 중요한 부분에서 이렇듯 군림하고 있는 이 병을 뭐라고 한다고요?

셀레스티나 감미로운 사랑이라고 하지요.

멜리베아 무엇인지 모르겠지만 단지 듣는 것만으로도 즐겁네요.

셀레스티나 그것은 숨겨진 불이자 즐거운 상처에 달콤한 독약이자 감미로운 비통함이며, 유쾌한 고통이자 상처에 즐거운 격정이고 달콤하면서도 끔찍한 상처이며 부드러운 죽음이지요.

멜리베아 아, 이럴 수가! 당신의 말이 사실이라면, 제가 회복되기는 글렀군요. 사랑이 그렇게도 상반된 이름으로 되어 있으니 좋다가도 고통으로 괴로워하겠군요.

셀레스티나 아가씨, 당신의 고귀한 젊음을 믿으세요. 하느님은 상처를 주시면서도 약을 주신답니다. 아가씨의 이 모든 고통을 끝낼, 이 세상에 태어난 한 송이 꽃을 저는 잘 알고 있습죠.

멜리베아 그게 뭡니까?

셀레스티나 감히 말 못하겠습니다.

멜리베아 두려워 말고 말해 봐요.

셀레스티나 칼리스토. 오, 제발 멜리베아 아가씨! 이렇게 기운이 없으셔서야, 이렇게 혼절하시면 난 어떡하라고! 아, 불쌍한 나여, 오, 불행한 노파여, 여기서 내 운이 다한단 말인가! 아가씨가 죽으면 나를 죽이겠지. 비록 살아난다 해도 나는 죽일 년으로 남을 게야. 아가씨가 자신의 병과 내 치료를 공공연하게 알리지 않고서는 견디지 못할 거야. 나의 천사 멜리베아 아가씨, 왜 그러세요? 당신의 고운 말은 어디로 갔단 말입니까? 당신의 화사한 얼굴은요? 눈 좀 떠 보세요. 루크레시아, 루크레시아, 여기 빨리 들어와 봐. 아가씨가 내 팔에 기절해 계셔! 항아리에 물 좀 담아 갖고 와!

멜리베아 됐어요, 됐어요. 제가 기운을 차릴게요. 집을 소란하게 하지 마세요.

셀레스티나 아이구, 얼마나 놀랐는지! 우울해하지 마시고 늘 하시듯이 말해 봐요.

멜리베아 훨씬 더 잘 말이죠. 조용히 하세요. 저를 힘들게 하지 마세요.

셀레스티나 그럼 제가 뭘 했으면 좋겠어요, 귀한 진주여. 어떤 충격을 받으셨기에 이렇게 기절까지 하셨나요? 제가 지적한 것들이 다 무너져 내리는 것 같습니다요.

멜리베아 제 순결이 무너졌고, 제 수줍음이 무너졌고 저의 지나친 수치심이 느슨해졌습니다. 너무나 자연스럽게 제게 있던 것들이라 저의 얼굴에서 그렇게 가볍게 떠나갈 수가 없을 텐데 말입니다. 제 자제력과 제 말과 제 느낌의 상당 부분을 그 짧은 시간에 수치심과 함께 그렇게도 쉽게 앗아 가다니요. 오! 나의 훌륭한 스승이시여, 나의 충실한 비서시여, 당신이 그렇게 잘 아시는 것을 제가 당신께 숨긴다는 게 얼마나 헛된 일일까요! 그 귀한 신사 분이 사랑에 대해 제게 운운하신 이후로 참 많은 날이 흘러갔습니다. 그때는 그분의 말이 그렇게도 화가 났었는데, 시간이 지나 아주머니께서 그분 이름을 들먹였을 때 얼마나 기뻤는지 모릅니다. 아주머니의 처방책이 저의 상처를 아물게 했습니다. 제 허리끈에 저의 자유를 담아 그분에게 가져가셨습니다. 그분의 치통은 저의 가장 큰 고통이었으며 그분의 괴로움은 저의 최대 괴로움이었습니다. 아주머니의 인내와 사려 깊은 모험심과 진보적인 일과 충실한 실천과 유쾌한 언술과 해박한 지식과 면밀한 배려와 끝장을 보고 마는 뚝심을 찬양하고 또 찬양합니다. 그분은 아주머니에게 큰 빚을 지고 있군요. 저는 말할 것도 없고요. 저의 심한 질책도 당신의 수완을 믿는 당신의 노력과 끈기를 어찌할 수 없었습니다. 그전에 충실한 봉사자로서 욕을 당하면 당할수록 더 부지런하셨죠. 사정이 여의치 않을수록 더욱 힘쓰셨고, 대답이 고약할수록 얼굴을 더 좋게 하셨으며, 제가 화를 내면 낼수록 더욱 겸손해지셨습니다. 모든 두려움을 제쳐 두고 제가 당신뿐만 아니라 어느 누구에게도 밝힐 생각이 없었던 것을 제 가슴속에서 끄집어내셨습니다.

셀레스티나 아가씨, 너무 치켜세우지 마세요. 오늘과 같은 이러한 결과가 아가씨처럼 갇혀 지내는 처자들의 험악한 의심들을 견뎌 내게 하는 대담성을 준답니다. 사실 이런 결과가 나오기 전까지는 저도 집에서나 길에서나 아가씨께 제 요구를 밝혀야 할지 말지 무척 고심했답니다. 아가씨 아버님의 권세 때문에 겁이 났지요. 하지만 칼리스토의 수려함을 보면서 용기를 냈지요. 하지만 아가씨의 신중함을 보면 망설여졌지요. 하지만 아가씨의 덕과 인간성을 보고는 다시 용기를 냈습니다. 한편으로는 두렵고 한편으로는 안심이 되곤 했습니다. 자, 아가씨, 저희에게 그토록 큰 은사를 밝히시기를 원하셨으니 마음을 드러내 보이시고, 모든 비밀을 저에게 말씀해 주시고, 이번 일은 제 손에 맡겨 주세요. 그렇게 하시면 제가 아가씨의 소망과 칼리스토의 소망이 빠른 시일 내에 이루어지도록 하겠습니다.

멜리베아 오, 나의 칼리스토, 나의 주인이시여! 나의 감미롭고 부드러운 기쁨이여! 당신의 가슴이 지금 제가 느끼는 이 오묘한 감정을 느끼신다면, 비록 서로 떨어져 있어도 함께 있는 것처럼 느낀답니다. 오, 나의 어머니이자 나의 아주머니, 제가 살기를 원하신다면, 그를 곧 볼 수 있게 해 주세요.

셀레스티나 보기도 하고 말도 해야죠.

멜리베아 말을 해요? 불가능해요.

셀레스티나 하고자 하는 사람에게 불가능이란 없습니다.

멜리베아 방법을 말해 주세요.

셀레스티나 생각을 해 두었는데, 말씀드리지요. 아가씨 집 문 사이로요.

멜리베아 언제요?

셀레스티나 오늘 밤에요.

멜리베아 그렇게 일을 처리하신다면, 저로서는 영광이죠. 몇 시에요?

셀레스티나 밤 12시에.

멜리베아 저의 충직한 친구이자 아주머니, 그럼 가셔서 그분과 말씀을 나누시고, 아무도 모르게 가라 하시고 그곳에서 당신이 말씀하신 그 시간에, 그분의 뜻대로 만나자고 하세요.

셀레스티나 여기로 어머님이 오시는군요. 전 갑니다. 안녕히 계세요.

제4장

멜리베아 내 충실한 하녀이자 비서인 루크레시아야, 이제 더 이상 내 손에 달린 게 아니라는 걸 알았지? 그분 사랑이 나를 사로잡았단다. 내가 이 달콤한 사랑을 즐길 수 있게 제발 비밀을 지켜 줘. 그럼 내가 너의 충실한 봉사에 합당한 선물을 줄게.

루크레시아 아씨, 훨씬 전부터 아씨의 상처를 알았지만 아씨의 욕망에 대해 입 다물어 왔습니다요. 아씨의 그런 변화에 저는 무척 아팠습니다요. 아씨께서 아씨를 태우는 불을 감추려 하면 할수록, 그 화염은 아씨의 얼굴에서나, 불안정한 마음으로나 몸짓으로나 먹지도 않으시고 주무시지도 않으시려는 것으로 나타났습지요. 이러한 번민의 모습들이 손 사이에서 떨어지듯 쉽게 끊임없이 나타났었지요. 그러나 의지나 잠시 빌릴 수도 없는 욕망이 주인님들을 지배할 때는 명령에 복종해야 하는 하인들인 저로서는 몸으로 열심히 섬겨야 할 뿐, 마음에 없는 충고를 드릴 수 없어 속을 끓이면서도 두려움으로 침묵을 지켰고, 충실하게 비밀을 지켰습니다. 듣기 좋은 아첨보다 뼈아픈 충고가 더 좋을 텐데도 말입니다. 이제는 별도리가 없습니다. 죽느냐 사랑하느냐, 정하신 대로 더 낫다고 생각하시는 것을 선택할 뿐입니다.

제5장

알리사 무슨 일로 매일 여기를 다니나요?

셀레스티나 마님, 어제 실을 드리는데 양이 좀 모자라서 그걸 채워 드리고 나오는 길입니다. 약속을 했으니 지켜야죠. 가져다 드렸으니 저는 갑니다. 안녕히 계세요.

알리사 잘 가시우. 멜리베아야, 노파가 뭘 원하던?

멜리베아 제게 승감을 좀 팔러 왔었어요.

알리사 저, 망할 노파가 한 말보다 네 말을 더 믿겠다. 피해를 볼 거라고 생각했는지 내게는 거짓말을 하더라. 애야, 저 노파는 못 믿을 사람이니 조심해라. 교활한 도둑은 늘 부잣집을 맴돌아. 또 이 여자는 거짓말과 가짜 물건으로 순수한 의도를 왜곡할 줄 알아. 명예도 훼손시키고 말이다. 그 노파가 한 집에 세

번 드나들면 의심을 낳지.

루크레시아 (마님이 너무 늦게 아셨네.)

알리사 얘야, 내가 집에 없을 때 그 노파가 오면 맞아들이지 말고 즐겁게 받아들이지도 마라. 네가 정결하고 네 말에서 근신함을 보면 다시는 오지 않을 것이다. 진정한 덕은 칼보다 더 무서운 법이다.

멜리베아 그런 여자라면 다시는 안 만날게요! 어머니. 누구를 조심해야 될지 알았으니 고마워요.

제11막

멜리베아와 작별한 셀레스티나는 혼잣말을 하며 길을 가다 막달레나 교회로 주인을 데리러 가는 셈프로니오와 파르메노를 본다. 셈프로니오가 칼리스토와 말을 하고 있을 때 셀레스티나가 나타난다. 그러고는 함께 칼리스토의 집으로 간다. 칼리스토에게 멜리베아와 있었던 일과 전갈을 전한다. 셀레스티나와 칼리스토가 이 문제로 이야기하고 있는 동안, 파르메노와 셈프로니오가 이야기를 나눈다. 셀레스티나가 칼리스토와 작별하고 집으로 가 문을 두드린다. 엘리시아가 문을 열어 주러 나온다. 함께 저녁을 먹고 잠자러 간다.

셀레스티나, 셈프로니오, 칼리스토, 파르메노, 엘리시아.

제1장

셀레스티나 아이고 하느님, 이렇게도 큰 기쁨을 갖고 집으로 가다니! 파르메노와 셈프로니오가 막달레나 교회엘 가는구나. 뒤따라가야지. 그곳에 칼리스토가 있으면 그의 집으로 가서 큰 기쁨의 대가를 요구해야지.

제2장

셈프로니오 나으리, 이곳에 오래 계시면 사람들에게 이야깃거리를 주는 겁니다요. 아주 신앙심이 돈독한 사람을 위선자라고 하니 그런 소문이 나지 않도록 하세요, 제발. 성자들을 귀찮게 괴롭히고 다닌다고 말하지 않겠어요? 그렇게 괴로우시면 집에서 썩히세요. 땅이 주인님의 고통을 모르게 하세요. 아무것도 모르는 사람들에게 주인님의 고통을 알릴 필요가 없잖아요. 탬버린이 그것을 연주할 줄 아는 사람의 손에 있잖아요.

칼리스토 누구의 손에 있는데?

셈프로니오 셀레스티나 손에요.

셀레스티나 셀레스티나는 왜 들먹이는 거예요? 이 칼리스토의 노예에 대해서 뭐라고 하시나요? 당신들을 따라잡으려고 당신들 뒤를 아르세디아노 길 내내 뒤쫓아 왔는데, 이놈의 치마가 길어서 그렇게 못했네요.

칼리스토 오, 세상의 보배여, 내 고통의 구원자여, 내 눈의 거울이시여! 당신의 어진 모습과 고귀한 늙음을 보니 제 마음이 즐겁습니다. 무슨 일로, 무슨 소식을 갖고 오시는지 말씀해 주세요. 무척 즐거워 보이시는데, 저는 제 목숨이 어디에 놓여 있는지 알 수가 없을 정도랍니다.

셀레스티나 제 혀에 놓여 있어요.

칼리스토 오, 나의 영광이자 나의 안식이시여, 무슨 말씀을? 좀 더 자세히 말씀해 주세요.

셀레스티나 교회에서 나갑시다. 집으로 가는 길에 정말 기뻐하실 소식을 전해 드리겠어요.

파르메노 (노파의 기분이 좋은데. 형제, 보상받을 일이 생긴 것 같은데.)

셈프로니오 (들어 봐.)

셀레스티나 저는 요사이 만사를 제쳐 놓고 나으리의 일만 했습니다. 나으리 한 사람을 만족시키느라 많은 사람들의 불만이 크답니다. 큰돈을 놓친 셈이지요. 하지만 모든 게 때가 있다고, 아주 좋은 소식을 가져왔습니다. 전 말이 짧아 아주 간단히 말씀드릴 테니, 잘 들으세요. 멜리베아를 나으리의 처분에 맡깁니다.

칼리스토 지금 제가 무슨 말을 듣고 있죠?

셀레스티나 멜리베아는 지금 자기 자신보다 오히려 나으리의 것입니다. 자기 아버지 플레베리오의 것도 아니고 나으리의 사람이란 말이에요.

칼리스토 말조심하세요, 어머니. 애들이 당신을 미쳤다고 할 거예요. 멜리베아는 저의 주인이자 저의 하느님이시며, 저의 목숨입니다. 저는 그녀의 노예, 그녀의 하인이랍니다.

셈프로니오 주인님, 주인님은 셀레스티나 아주머니의 말씀을 막는 그런 자기 불신, 자기 비하, 자기 멸시의 말씀을 하고 계세요. 이상한 소리를 하셔서 사람들을 모두 어리둥절하게 하십니다요. 성호는 왜 그으세요? 셀레스티나 아주머니가 하신 일에 대한 보상을 하셔야죠. 그게 잘하시는 거예요. 아주머니 말씀을 들어 보니 그걸 원하시는 것 같은데요.

칼리스토 네 말이 맞다. 어머니, 제가 드리는 선물이 당신이 하신 일에 비하면 아무것도 아니라는 걸 잘 압니다. 망토와 스커트 외에, 재봉사와 상관없이, 이 목걸이를 가지세요. 목에 걸어요. 그리고 제 기쁨과 당신의 말씀을 계속해 봐요.

파르메노 (목걸이라고? 셈프로니오, 들었지? 얼마가 들건 비용은 상관치 않는다는군. 저 노파, 내 몫으로 금 반 마르크를 줄 리가 없지. 그것도 제대로 나눈 게 아니지만 말이야.)

셈프로니오 (주인님이 네 말 듣겠다. 우선 주인님부터 길들이고 난 뒤, 그렇게 중얼대다가는 곤장을 맞을 테니 너를 치료해야겠다. 이거 봐, 동생, 제발 듣기만 하고 입 다물어. 그렇게 하라고 하느님이 혀는 하나를, 귀는 두 개를 주신 거야.)

파르메노 (주인이 듣긴 뭘 들어, 악마나 듣지! 주인님은 귀머거리에 벙어리에 장님에 소리 없는 사람이 되어 저 노파의 입만 바라보고 있는데. 우리가 주인님을 엿 먹여도 주인님은 우리가 하느님께 자기 사랑에 좋은 결과를 맺게 해 달라고 기도하고 있는 줄 알 텐데 뭐.)

셈프로니오 (조용히 하고 셀레스티나가 무슨 말을 하는지 잘 들어 봐. 나는 셀레스티나가 보상을 받아야 마땅하고, 더 받아야 한다고 생각해. 말이 많은데.)

셀레스티나 칼리스토 나으리, 저같이 연약한 노파에게 너무나 관대하셨습니다. 하지만 모든 사례는 그것을 주는 사람에 따라 많다 적다로 평가되는 것이니 질에서나 양에서 넘치는 멜리베아 아가씨를 두고 보면 이 보상은 적은 것이지만 왈가왈부하고 싶지는 않습니다. 하지만 나으리의 출중함으로 판단될 텐데, 나으리에게 그건 아무것도 아닙죠. 이 보상에 대한 대가로 저는 잃어가고 있던 나으리의 건강과 텅 비었던 마음과 정신 나간 머리를 되찾아 드립니다. 멜리베아 아가씨는 나으리 때문에 나으리보다 더 심한 고통을 당하고 있어요. 아가씨는 나으리를 사랑하고 있으며 만나고 싶어 합니다. 멜리베아가 나으리를 생각하는 시간이 더 많아요. 심지어 자기는 나으리의 것이라고 말하고 있어요. 이것은 그녀가 나으리의 종이라는 것으로, 그렇게 하면서 그녀는 나으리보다 더, 자신을 태우는 불길을 삭이고 있어요.

칼리스토 얘들아, 내가 지금 여기에 있는 거냐? 얘들아, 내가 이 말을 듣고 있는 거니? 얘들아, 내가 잠이 깨어 있는지 확인해 봐라. 지금이 낮이냐 밤이냐? 오, 하느님! 하늘에 계신 아버지, 이것이 꿈이 아니기를 기도합니다. 그러고 보니 내가 깨어 있구나! 아주머니, 제게 위로하기 위하여 없는 말로 저를 달래시려는 것이라면 걱정 마시고, 사실을 말씀해 주세요. 제게 받으신 것에 비해 당신의 수고는 더 많은 보상이 마땅하니까요.

셀레스티나 열망에 찌든 가슴은 결코 좋은 소식을 좋은 소식으로, 나쁜 소식을 나쁜 소식으로 받아들이지 않는 법이죠. 그러나 제가 한 말이 헛소린지 아닌지는 가 보면 알게 될 겁니다. 오늘 밤 자정에 멜리베아 집 대문을 사이에 두고 만나기로 그녀와 약속이 되어 있습니다. 제가 힘쓴 것과 그녀의 욕망과 당신에 대한 사랑과 그 사랑을 누가 부채질했는지를 그녀의 입을 통해 더 자세히 알게 될 거예요.

칼리스토 아니, 아니, 제게 그런 일이 가능할까요? 그런 일이 제게 있을 수 있는 일인가요? 여기서 거기로 가는 동안 저는 죽을 겁니다. 전 그런 영광을 누릴 능력이 없어요. 그렇게 큰 축복은 당치 않아요. 그런 마음과 기쁨을 가진 아가씨와 말을 나눌 자격이 없어요.

셀레스티나 항상 듣는 말인데, 역경을 견디기보다 행운을 감당하기가 더 힘든 법이죠. 행운은 마음의 안정을 앗아 가지만 불행은 사람들로부터 위로를 받죠. 어떻다고요, 칼리스토? 당신이 누군지 생각이 없어요? 그동안 쏟아 부은 시간은 생각 안 해요? 중간에 누구를 넣었는지 생각이 없어요? 지금까지 멜리베아를 얻지 못할까 봐 전전긍긍하면서 그토록 괴로워하시더니, 당신께 고통의 종말을 확인시켜 드리는 지금, 목숨을 끊으시겠다? 이거 봐요, 당신에게 사랑에 빠진 남자가 갖추어야 할 것들이 많이 부족하다 할지라도 여기 셀레스티나가 당신 편이니 당신은 세상에서 가장 완벽한 애인이 될 것입니다. 제가 걸으시도록 바위를 깎아 평지를 만들어 드릴 것이며, 물이 불어 아무리 건너기 힘든 강도 옷 하나 적시지 않고 건너게 해 드리겠습니다. 당신이 돈 준 사람을 아직 잘 모르시는군요.

칼리스토 무슨 말씀을 하시는지 잘 생각해 보세요, 아주머니. 기꺼이 나올까요?

셀레스티나 무릎을 꿇고라도 나오겠답니다.

셈프로니오 우리를 함정에 빠뜨릴 거짓말이 아니기를 바랍니다. 독약은 이렇게 빵에 싸서 주잖아요. 독 맛을 느끼지 못하게 말이죠, 어머니.

파르메노 (들던 중 제일 잘한 말이다. 그런 규수가 그토록 빨리 넘어와 셀레스티나가 하자는 대로 그렇게 한다는 게 믿기지가 않아. 이 여자가 달콤한 말로 우리를 속이는 게 아닌지 몰라. 우리 손금을 읽을 때 이집트 집시들이 하는 것처럼 생각지도 않은 데서 사취하려고 말이야.) 어머니, 달콤한 말로 당한 모욕을 설욕하고 있는지도 몰라요. 메추리를 잡으려고 소머리로 변장한 사람이 메추리를 그물로 몰고 오는 것처럼 말이에요. 인어의 노랫소리가 순박한 어부들을 속이는 것처럼 이 여자도 순종과 빠른 양보로 아무 위험 없이 우리를 잡으려고 하는지도 몰라요. 칼리스토 나으리의 명예와 우리의 죽음으로 자신의 무죄를 밝히려 하는지도 모르죠. 자기 어미 젖도 빨고 다른 어미 젖도 빨면서 자기 안전을 굳히는 양 새끼처럼, 주인님에게 우리 모두의 복수를 하려는 건지 몰라요. 그 여자는 집에 하인이 많으니 주인님과 주인님의 종인 저희들을 그들의 제물이 되게 할 거예요.

어머니는 어머니 집에서 종을 친 자는 아무 탈 없다, 라고 하시면서 몸이나 긁고 계시겠죠.

칼리스토 입 닥쳐! 미친놈아, 돼지 같은 놈아, 의심쟁이들아! 천사들이 나쁜 일을 꾸민다고 설득시킬 작정이구나! 멜리베아는 우리들 사이에 사는 인간의 모습을 한 천사다.

셈프로니오 (아직도 이교도 사상을 못 버린 거야? 파르메노, 주인님 말 좀 들어 봐. 너 쓸데없이 힘들어 하지 마. 그녀가 속이는 거라면 주인님이 당하실 거야. 우리는 줄행랑을 치면 돼.)

셀레스티나 나으리, 확실한 겁니다. 너희 녀석들은 헛된 의심이나 하는구나. 전 제가 맡은 일은 모두 했습니다. 나으리를 즐겁게 해 놓았습니다. 하느님이 나으리를 모든 고통에서 구해 내시고 인도해 주시기 바랍니다. 저는 큰 만족을 안고 갑니다. 이쪽 일이 됐든 저쪽 일이 됐든 필요하실 때 부르십시오. 항상 대기하고 있겠습니다.

파르메노 (히히히.)

셈프로니오 (뭣 때문에 웃니?)

파르메노 (서둘러 떠나는 꼴이 우습네. 집으로 빨리 금 목걸이를 가져갈 생각밖에 없는 거지. 자기가 그것을 가질 수 있다는 게 믿을 수 없는 거야. 정말 손에 쥐었는지 못 믿는 거지. 본인 자신도 그런 선물이 가당치 않다고 보거든. 칼리스토가 멜리베아에게 가당치 않은 것처럼 말이야.)

셈프로니오 (우리는 입 다무는 것을 알고 이해하고 있고, 동전 두 닢에 일곱 명의 처녀를 만들어 내는 늙은 뚜쟁이 노파가 할 일을 하고 난 뒤 황금을 손에 넣고 다시 돌려 달랄까 봐 두려워 가능한 한 빨리 무사히 집으로 가는 일 말고 할 일이 뭐가 더 있겠니? 악마로부터 잘 지키시기를. 분배하는 문제로 그 여자를 죽이지 않기를 바랍니다!)

칼리스토 어머니, 안녕히 가세요. 저는 지금까지 못 잔 잠을 보충하고 올 일을 수행하기 위해 잠 좀 청하며 쉬려고 합니다.

제3장

셀레스티나 똑똑똑.

엘리시아 누구시죠?

셀레스티나 엘리시아, 문 열어.

엘리시아 이렇게 늦게 오세요? 나이도 많으신데 이러시면 안 돼요. 부딪쳐서 넘어지시면 돌아가시게 돼요.

셀레스티나 밤에 돌아오는 길을 낮에 잘 봐 두니까 그럴 염려는 없다. 벽에 붙어 있는 벤치로도 오르지 않고 돌을 깔아 놓은 길로도 다니지 않고 길 중앙으로 다니니 부딪칠 일도 없단다. 벽을 따라 뛰는 자는 확실한 발걸음을 내디딜 수 없다고들 하지. 안심하고 걷는 사람은 평지로 가는 사람이라고도 말이다. 내 신발이 진흙으로 더럽혀지는 편이 옷을 피투성이로 만드는 일보다 낫다. 그런데, 안 아프냐?

엘리시아 뭐가 아파요?

셀레스티나 함께 있던 사나이는 너를 남겨 두고 가 버렸고 너는 혼자 있으니 말이다.

엘리시아 간 지 벌써 네 시간이나 되었는데도 그걸 기억해야 하나요?

셀레스티나 사람들이 너를 일찍 떠나면 떠날수록 그만큼 너는 아파했어. 자, 그 사람이 일찍 갔거나, 내가 늦게 왔거나 하는 문제는 놔두고 저녁이나 먹고 잠이나 자자.

제12막

자정이 되자 칼리스토, 셈프로니오, 파르메노는 무장을 하고 멜리베아 집으로 간다. 루크레시아와 멜리베아가 문 가까이에서 칼리스토를 기다리고 있다. 칼리스토가 오고 루크레시아가 가서 먼저 말을 건넨다. 그다음 멜리베아를 부르고 루크레시아는 빠진다. 멜리베아와 칼리스토가 문을 사이에 두고 대화를 한다. 파르메노와 셈프로니오도 자기 자리로 간다. 길에서 사람들 소리를 듣자 도망갈 생각을 한다. 다음 날 밤 다시 만나기로 하고 칼리스토는 멜리베아와 헤어진다. 길에서 들리는 소음 때문에 플레베리오가 잠에서 깨어나 처 알리사를 부른다. 둘은 멜리베아에게 침실에서 난 발소리가 누군지를 묻는다. 멜리베아는 목이 말랐다고 아버지를 속인다. 칼리스토는 자기의 두 하인들과 말하면서 집으로 간다. 칼리스토는 잠자리에 든다. 파르메노와 셈프로니오는 셀레스티나 집으로 가서 보상금을 나누어 줄 것을 요구한다. 셀레스티나는 모른 척한다. 그들 사이에 싸움이 벌어지고 셀레스티나가 죽는

다. 엘리시아가 고함을 치자 경찰이 와서 그 둘을 붙잡는다.

칼리스토, 루크레시아, 멜리베아, 셈프로니오, 파르메노, 플레베리오, 알리사, 셀레스티나, 엘리시아.

제1장

칼리스토 애들아, 지금 몇 시나 되었느냐?

셈프로니오 10십니다.

칼리스토 오, 애들의 건망증 때문에 얼마나 화가 나는지! 나는 이 밤을 애타게 기다리는데 네놈들은 게을러 빠져 다 잊고 있으니, 이 둘을 평균 내면 알맞겠구나. 생각 없는 인간 같으니라고. 내가 얼마나 속을 태우면서 10시인지 11시인지 기다리는 걸 알면서 그렇게 입 밖에 튀어나오는 대로 지껄여 대는 게냐? 아, 불쌍한 나여! 내가 잠이라도 들어 시간을 묻는 말에 셈프로니오가 11시를 10시라 하고 12시를 11시라고 해서, 멜리베아 님이 내가 오지 않는 줄 알고 돌아가신다면 내 고통은 끝이 없고 내 소원은 이루어 보지도 못하겠지. 다른 사람 문제는 상관할 바 아니다, 라는 말이 헛말은 아니구나.

셈프로니오 나으리, 알면서도 묻는 것은 모르면서 대답하는 것과 같은 잘못이라고 봅니다요. 나으리, 남은 시간을 트집 잡는 데 사용하시는 것보다 무기를 점검하시는 데 쓰시는 게 더 좋을 듯

싶습니다요.

칼리스토 이 바보가 말은 잘하는구나. 화를 받아 주느라 시간을 사용하고 싶지 않다. 일어날 수 있는 일을 생각하는 것보다 있었던 일을 생각하고, 태만으로 인해 벌어질 수 있는 폐해보다 내가 열심을 다해 얻을 수 있는 이익을 생각하고 싶다. 화를 삭이고 싶다. 내게서 사라지든지 누그러지든지 간에 말이다. 파르메노야, 내 흉갑을 꺼내라. 그리고 너희들은 무장을 해라. 그렇게 만반의 준비를 하고 가자꾸나. 미리 준비한 자는 전투의 반을 이겼다, 라는 말이 있지 않은가.

파르메노 여기 가져왔습니다.

칼리스토 여기서 입게 도와 다오. 너, 셈프로니오야, 길에 사람이 보이느냐?

셈프로니오 아무도 안 다닙니다요, 주인님. 설령 사람이 다닌다 해도 너무 어두워서 우리를 알아보지 못할 겁니다요.

제2장

칼리스토 이 길로 가자, 좀 돌아가는 길이기는 하지만 남의 눈에 띄지 않고 갈 수가 있거든. 벌써 12시 종이 울리는구나. 좋은 시간이야.

파르메노 다 왔습니다.

칼리스토 제시간에 맞추어 왔구나. 파르메노야, 문에 나와 계신지 가 보아라.

파르메노 제가요, 주인님? 제가 약속하지 않은 일을 잡치는 것보다는 나으리께서 가 보시는 게 첫 만남을 장식하시는 것이라 더 좋을 듯싶은뎁죠. 저를 본다면 그렇게 몰래 숨겨서 해야 할 일을 많은 사람이 알게 되었다고 불안해할 수도 있고, 무서워할 수도, 아니면 나으리께서 자기를 우롱했다고 생각하실 수도 있으니까 말입니다요.

칼리스토 네 말이 참으로 옳구나! 정확한 지적으로 내 목숨을 건져 주었구나. 나의 부주의로 그녀가 들어가 버리느니 내가 죽어서 집으로 돌아가는 편이 나을 것이다. 그럼 내가 갈 테니 너희들은 그 자리에 있어라.

제3장

파르메노 셈프로니오야, 우리 바보 같은 주인이 위험한 첫 만남에서 어떻게 나를 방패로 삼을 생각을 했는지, 넌 그걸 어떻게 생각하니? 그 닫힌 문 뒤로 누가 있을지 내가 알기나 하겠어? 어떤 배반이 매복해 있을지도 모르는 거 아니야? 멜리베아가 우리 주인의 무모함을 이런 식으로 갚으려 하는지 누가 알겠니? 그리고 아직도 우리는 그 노파가 한 말이 사실인지도 모르잖아. 파르메노야, 너 차라리 입을 다물고 말을 마라. 사람들이 쥐도 새도 모르게 네 영혼을 꺼내 버릴지도 몰라. 네 주인이 원하는 대로 아첨하는 하인이 되지도 말고. 그러면 다른 사람의 초상에 울 필요도 없지. 셀레스티나의 충고를 따를 필요도 없고, 세상에 알려질 필요도 없이 살아. 네 조언과 충실한 교훈을 따르라고. 아니면 사람들이 네게 몽둥이질을 할 거야. 네가 변하든지, 아니면 무슨 일을 하는지 알 바 없이 지내는 거야. 오늘 내가 태어난 셈 칠래. 난 그런 위험에서 피했어.

셈프로니오 조용, 조용히 해, 좋다고 날뛰지도 말고 호들갑도 떨지 마. 그러다 작살난다.

파르메노 입 닥쳐, 나 좋아서 그러는 거 아니다. 내가 가지 않으려고 어떤 식으로 주인님이 가시도록 했는지 알아? 내 안전 때문이었어! 누가 나처럼 자기 이익 때문에 둘러댈 줄 알까? 앞으로 나를 유심히 지켜보면 내가 얼마나 많은 일을 하는지 알게 될 거야. 모든 사람들이 다 아는 게 아니고 주인님의 이 사업에 간여한 사람들만 말이야. 이런 이야기를 하는 이유는 멜리베아가 물고기 낚는 미끼나 콘도르를 잡기 위한 미끼로 사용될 거라는 걸 난 확신하거든. 멜리베아를 잡아먹으러 오는 사람들은 자기 몫을 지불하지.

셈프로니오 그런 일이 실제로 일어난다 해도, 지금 없는 일로 걱정할 필요 없잖아. 준비하고 있다가, 소리가 나면 줄행랑을 놓으면 되는 거야. 파르메노, 내 마음을 잘 읽는군. 우린 한마음이야. 누구보다도 달아나기 좋은 신발과 네가 말한 가벼운 양말까지 신고 왔지. 네게 창피해서 못한 말을 알려 줘서 고마워. 나으리는 일단 사태가 벌어지면 플레베리오의 사람들한테서 능히 도망칠 수 있다고 생각해. 나중에 우리가 먼저 도망간 걸 야단치시겠지만 말이야.

셈프로니오 오, 파르메노, 친구여! 동료 간에 의견의 일치를 본다는 것이 얼마나 기쁘고 유익한지! 비록 셀레스티나가 우리한테 어느 면에서 좋은 사람은 아니지만 아주 유익한 건 사실이야.

파르메노 아무도 그 사실을 부정 못하지. 서로서로 부끄러워하면서도 겁쟁이라고 지탄받을까 봐 여기서 주인님과 함께 죽음을 기다리는 것은 잘못이야. 멜리베아를 만나는 건 주인님뿐인데 말이야.

셈프로니오 멜리베아가 나와 있는 게 틀림없어. 들어 봐. 말하고 있어.

파르메노 그 여자가 아니고 그 여자 목소리를 흉내 내는 다른 여자일 수도 있잖아!

셈프로니오 하느님이 우리를 배반자들로부터 보호해 주시기를! 그들이 우리가 도망갈 길목을 지키고 있지 않았으면. 그 외에는 두려울 게 전혀 없는데.

제4장

칼리스토 말소리를 들어 보면 한 사람 이상인 것 같은데. 누구든 간에 말을 걸어 봐야겠다. 이봐요, 아가씨!

루크레시아 칼리스토 님의 목소리예요. 다가가 살펴봐야겠어요.

누구세요? 밖에 누가 있나요?

칼리스토 당신의 명령을 수행하러 온 사람입니다.

루크레시아 아씨, 왜 안 오세요? 두려워 말고 이리 나오세요. 그분이에요.

멜리베아 얘야, 조용히 말해. 그분인지 잘 살펴보아라.

루크레시아 이리 와요, 아씨, 그분 맞아요, 목소리로 알아요.

칼리스토 우롱당한 게 틀림없어. 말한 사람은 멜리베아가 아니야. 웅성거리는 소리가 들리는군. 나는 이제 끝장이다! 하지만 죽든 살든 여기서 안 갈 거야.

멜리베아 루크레시아야, 눈 좀 붙이러 가거라. 여봐요! 당신 이름이 뭐죠? 누가 당신을 이리로 오라 했나요?

칼리스토 세상을 다스릴 수 있는 분이오. 저 같은 사람은 섬기기에 부족한 그 사람이오. 당신 아름다움의 포로인 저에게 자태를 드러내시기를 두려워하지 마소서. 당신의 그 달콤한 목소리가 제 귀에서 결코 떠나지를 않습니다. 저의 멜리베아 님임을 당신이 증명합니다. 저는 당신의 하인 칼리스토입니다.

멜리베아 당신의 담대한 메시지가 나로 하여금 당신과 대화하도록 강요했어요, 칼리스토. 지난번 말씀하신 것에 대해 회답을 해 드렸는데, 그때 제가 보여 드렸던 것 이상으로 제 사랑에서 무엇을 더 원하시는지 모르겠습니다. 당신의 그 미친 쓸데없는 생각을 그만두세요. 제 명예와 인격이 훼손되지 않기를 바라거든요. 제가 나온 것은 이 말씀을 드리기 위해서였습니다. 당신에게 작별을 드리고 저의 안식을 찾기 위해서예요. 제 이름이 험담하는 사람들의 입에 오르내리지 않도록 해 주세요.

칼리스토 어떤 역경이든 그 역경에 맞설 준비가 단단히 되어 있는 사람의 바람벽을 처음부터 끝까지 뚫을 것은 아무것도 없습니다. 그러나 무방비 상태로, 속임수와 매복을 미처 알지 못한 채 당신의 안전망인 이 문 사이로 끼어들어 가려다가 곤경에 처한 자는 슬프답니다. 이 슬픈 자는 역경이 어떠한 것인들 달콤한 자가 있었던 모든 창고들을 부수느라 고통 받고 결국 통과하는 것*이 당연하겠지요. 오, 불행한 칼리스토여! 네 하인들의 놀림감이 되었구나! 오, 거짓말쟁이 여자 셀레스티나여! 나를 죽게 내버려 두고 다시는 나를 태웠던 정염을 더 태우기 위해 내 희망을 살려 내지 마라! 왜 내 임의 말을 위조했니? 왜 그 세 치도 안 되는 혓바닥을 놀려 나를 다시 깊은 절망으로 몰아넣었니? 뭣 때문에 나를 이곳으로 가게 했니? 내 몰락과 영광의 열쇠를 쥐고 있는 이분의 입을 통해서 직접 멸시와 책망과 불신과 증오를 듣게 하기 위해서란 말이냐? 오, 적이여! 내 임이 나를 사랑한다고 나한테 말하지 않았더냐? 다시 자기 면전에서 나를 유배시키기 위해서가 아니라 나에게 호의와 호감을 표하기 위해서 그녀의 포로로 이곳까지 오게 한 것이라고 넌 내게 말하지 않았던가? 이제 유배와 이전에 내린 명령을 거두기 위해서라고 하지 않았니? 이제 누구를 믿으란 말인가? 어디를 가야 거짓이 없을까? 속이지 않는 사람은 누구란 말인가? 거짓말쟁이가 없는 곳은 어디란 말인가? 누가 적이고, 누가 진실한 친구일까? 배신이 없는 곳은 어디일까? 누가 감히 나에게 이런 몰락을 가져다주었을까?

멜리베아 그만하세요. 내 마음도 내 눈도 더 이상 당신이 괴로워하는 것을 보면 견딜 수가 없습니다. 저를 잔인하다고 생각하시며 슬퍼 울부짖지만, 저는 당신이 그처럼 저에게 진실하신 것을 보고 기뻐서 웁니다. 오, 나의 주인이시며 나의 모든 행복이여! 당신의 목소리를 듣는 것보다 얼굴을 볼 수 있다면 얼마나 좋을까요! 지금은 이 이상의 것을 하기가 불가능하지만, 전령 셀레스티나의 입을 통해 전달한 제 메시지를 확신하세요. 당신께 전해 드린 그 노파의 말은 모두가 사실입니다. 눈물을 거두시고 저를 당신 뜻대로 하세요.

칼리스토 오, 내 임이시여, 나의 영광과 안식과 번뇌에서 벗어나게 하는 희망이자 내 마음의 기쁨이여! 이 순간, 이렇게 고뇌에 찌들어 있는 저처럼 보잘것없고 약해 빠진 남자가 당신의 그지없이 부드러운 사랑을 즐길 수 있게 하시니, 그 넘치고 비할 데 없는 은혜에 무슨 말로 감사드려야 할지요? 당신을 향한 저의 열망은 끝이 없지만, 당신의 위대함과 당신의 지위와 당신의 완벽함을 다시 보면서 그리고 당신의 우아함을 보고 저의 초라함과 당신의 높은 공덕과 당신의 극진한 은혜와 당신에 대한 칭송들과 덕을 보면서 제가 당신의 그러한 사랑을 받을 만한 자격이 없다고 생각했습니다. 오, 하느님! 당신은 그렇게 당신만의 방법으로 기적 같은 놀라운 일을 행하시니 제가 어찌 감사를 드리지 않을 수 있겠습니까? 오늘이 있기 전 얼마나 많은 시간 동안 마음속으로 그런 생각을 가졌는지 모를 겁니다! 그 일은 불가능하다고 머릿속에서 지우면서 말입니다. 하지만 이제 그대의 결단성 있는 태도에서 나온 눈부신 광선이 제 눈에 빛을 주었고, 제 가슴에 뜨거운 불을 지펴 주었으며, 제 혀를 잠 깨웠고 저의 가치를 넓혔고, 제 비겁함을 없애고 저의 은둔을 끝냈으며 제 힘을 배가시켰고 제 손과 발에 활력을 주었습니다. 그리고 마침내 당신의 부드러운 목소리를 즐거이 들으면서 이 지고한 상태로 거침없이 저를 데리고 온 그런 무모함을 주었습니다. 당신의 부드러운 목소리를 알지 못하고 당신의 향기를 알지 못한다면 당신의 말씀이 진실이라는 것을 믿지 못할 것입니다! 당신의 순수 혈통과 행실을 너무 잘 알고 있는 저이기에 저 자신이 정말 칼리스토인지를 고쳐 보게 된답니다. 그처럼 고매하신 분이 이처럼 초라한 저에게 이렇듯 잘해 주실 수 있을까 하고 말입니다.

멜리베아 칼리스토, 그대의 무한한 가치와 고매한 인품과 좋은 가문이 당신의 이야기를 듣고 난 후 한시도 제 마음에서 당신을 떠나지 않도록 했답니다. 비록 제 마음을 감추려고 여러 날 애썼지만 헛수고였습니다. 그 여자 분이 당신의 달콤한 이름을 제 기억에 살려 놓은 즉시 저의 소망을 밝히지 않을 수 없었고 이곳, 이 시간에 올 수밖에 없었습니다. 이 자리에서 당신께 간청컨대, 당신이 원하시는 대로 저를 취하소서. 문이 우리의 기쁨을 가로막고 있군요. 저는 이런 문을 저주합니다. 제 연약한 힘과 억센 자물통만 아니라면 저는 불만스럽지 않고 당신은 불평하고 계시지 않을 텐데요.

칼리스토 아가씨, 어떻게요? 나무 막대기로 만든 대문이 우리의 기쁨을 방해하도록 그냥 내버려 두신다는 겁니까? 당신의 뜻 이외에는 아무것도 우리 사이를 막을 수 없다고 생각합니다. 오, 괴로움과 원망의 문아! 제 마음을 태우는 불길이 문짝을 태워 버리기를 하느님께 간청합니다! 이 불로 3분의 1은 태울 수 있을 겁니다! 아가씨, 제 하인들을 불러 문을 부수도록 허락해 주시오.

파르메노 셈프로니오, 들었지? 곤경에 빠뜨리려고 우리를 찾아올 모양이야. 오늘 밤 여기 온 것이 아무래도 안 좋아. 좋지 않은 시간에 이놈의 사랑이 시작된 것 같아. 난 여기서 더 기다리지 않을래.

셈프로니오 입 다물고 잘 들어 봐. 우리가 거기로 가는 걸 멜리베아가 동의하지 않고 있어.

멜리베아 오, 내 사랑, 저를 망치고 저의 평판도 망치기를 원하세요? 마음대로 고삐를 풀지 마세요. 서로 간절히 원하나 시간이 없습니다. 당신이 원하는 것이라면 꼭 실현됩니다. 당신은 당신 한 사람만의 괴로움을 느끼지만 저는 당신 것과 제 것을 같이 느낀답니다. 그러니 내일 밤 이 시간에 제 집 과수원 담 아래 오는 것으로 만족하세요. 지금 이 잔인한 문을 부수면 지금은 괜찮을지 모르지만, 아침이 되면 아버지께서 저의 실수를 엄청 의심하시게 될 것입니다. 실수한 자가 거물일수록 실수는 커지는 법이랍니다. 그러면 동네방네 다 알려지겠지요.

셈프로니오 우리 오늘 밤 잘못 왔다. 주인이 저렇게 여유를 부리니 우리 아마도 여기서 밤을 새워야 할 모양이다. 아무리 운이 좋다 해도 이렇게 오래 있으면 그 여자 집 사람들이나 이웃들이 알게 될 텐데.

파르메노 벌써 두 시간이나 지났는데, 우리 그만 가자. 핑계는 충분하잖아.

칼리스토 오, 나의 여인이자 나의 모든 것이여! 하느님의 성자들이 제게 허락해 준 일을 왜 실수라고 하시는지요? 오늘 막달레나 교회 제단 앞에서 기도하고 있을 때 그 여자 분이 당신의 행복한 메시지를 갖고 왔거든요.

파르메노 칼리스토가 헛소리를 하고 있어, 미친 게 분명해! 분명 그 사람, 기독교인이 아니야. 그 뚜쟁이 노파가 고약한 마술로 수작을 부려서 한 일을 마치 하느님의 성자들이 자기한테 해 준 것처럼 말하고 있잖아. 그런 믿음으로 문을 부술 작정인데, 첫 번째 충격을 주기도 전에 가까이에서 자고 있는 하인들이 알게 되면 어떡해.

셈프로니오 겁낼 게 뭐 더 있어, 파르메노. 이것만으로도 우린 충분히 미친 짓을 하고 있거든. 요란한 소리가 나면 그냥 달리면 돼. 뒷일은 주인님이 해결하게 둬.

파르메노 말 잘했다, 나도 같은 생각이야. 그렇게 하자. 우리는 젊었으니 죽음을 피하자. 죽이고 싶지 않거나 죽고 싶지 않은 것은 비겁함이 아니라 자연의 이치야. 플레베리오의 방패 치기 하인들은 미친놈들이라고. 먹거나 잠자는 데 관심이 없고 시끄러운 것도 문제도 싫대. 그러니까 끝날 줄 모르는 전쟁이나 싸움에서처럼 승리도 패배도 원하지 않는 적과 싸울 채비를 한다는 게 더 미친 짓인 게지. 내가 어떻게 하고 있는지 본다면 너 재미있을 텐데! 몸은 반을 돌리고 양다리를 벌려 놓고, 왼발은 도망갈 자세로 앞에 내놓고, 도망가는 데 거추장스럽지 않도록 겉옷 자락은 걷어 올려 허리춤에 찔러 놓고, 가죽 방패는 접어서 겨드랑이에 끼고 있어. 여기 있는 게 무서워서 노루처럼 도망갈 거 같다.

셈프로니오 나는 더 잘 준비하고 있다. 투구와 칼은 아예 허리띠에 묶어 놓았어. 달릴 때 떨어지지 말라고. 투구는 두건에 싸 놓았지.

파르메노 두건에 싸 가지고 왔던 돌멩이들은?

셈프로니오 가볍게 가려고 모두 버렸어. 내가 입은 이 갑옷으로도 충분히 무거워서 돌은 일찌감치 버렸지. 도망가기에 너무 무거울 거 같았거든. 들어 봐, 들어 봐. 들리지, 파르메노? 일이 잘못되어 가는 것 같은데! 우린 이제 죽었다! 빨리 도망가! 셀레스티나 집으로 뛰어, 우리 집으로 가면 잡혀!

파르메노 빨리 도망가. 조금밖에 못 뛰네! 오, 죄 많은 나여, 우리를 잡으면 어쩌지! 투구고 뭐고 다 버려!

셈프로니오 주인님은 죽었을까?

파르메노 몰라, 아무 말도 하지 마! 입 닥치고 그저 뛰기만 해! 그건 내가 상관할 바 아니야!

셈프로니오 파르메노야, 서 봐! 조용히 돌아봐. 야경꾼이야. 큰 소리를 내면서 다른 길로 가고 있었던 거야.*

파르메노 자세히 봐, 눈을 너무 믿지 말고. 곧잘 헛것을 보기도 하거든. 내 몸에 피 한 방울 남겨 놓지 않았거든. 죽은 몸이 된 줄 알았어. 내 등을 두들겨 패면서 간 것 같아. 남의집살이를 지겹도록 하고 여러 곳에서 고생도 죽도록 했건만 이런 두려움은 처음이야. 이런 곤경에 처해 본 것도 처음이고. 9년 동안 과달루페 사제들을 섬기면서 그들과 수없이 주먹질도 했지만 오늘처럼 죽을까 봐 무서워한 적은 없었어.

셈프로니오 나는 산미겔 신부와 광장 여관 주인과 과수원지기 모예하르를 섬겨 보지 않았겠냐? 밭에 있던 큰 느릅나무에 앉은 새들을 돌로 던져 잡던 놈들과도 문제가 많았지. 채소들을 망쳐 놓았거든. 하지만 무장을 하고 나면 정말 무서워. '무장을 하면 두려움도 그만큼'이란 말이 헛말은 아니야. 돌아와, 돌아와. 야경꾼이 확실해.

제5장

멜리베아 칼리스토, 길에서 나는 소리가 뭐지요? 도망가는 사람들 소리 같아요! 저런, 당신이 위험해요!

칼리스토 아가씨, 걱정 말아요. 저는 아주 안전하게 준비하고 왔어요. 내 하인들인 듯싶은데, 미친놈들이죠. 지나가는 사람들에게 무기를 뺏는 모양인데, 그중 누군가가 도망가는 거겠죠.

멜리베아 많이 데리고 왔나요?

칼리스토 아니요. 단 두 명이오. 하지만 상대가 여섯이라 해도 어떻게 노력하느냐에 따라 그들의 무기를 뺏고 달아나게 하는 데 별로 힘이 안 들 겁니다. 뽑아서 데리고 온 애들입니다. 칼로 공격할 생각까지 하면서 왔어요. 단단히 준비하지 않고 올 제가 아니죠. 당신의 명예가 걸린 문제가 아니라면 이 문을 박살 냈을 텐데. 그래서 우리의 만남이 발각되면, 당신 부친의 하인들로부터 걔들이 우리를 구해 낼 것입니다.

멜리베아 오, 제발, 그런 일은 없어야 해요! 하여간 그렇게 충실한 하인들을 데리고 다니시니 제 마음이 얼마나 좋은지 모르겠어요. 그렇게 열심히 주인을 섬기는 하인들이 먹는 빵은 아깝지 않죠. 자연이 그들에게 그런 은사를 내렸으니 잘 대우해 주고 상도 주세요. 당신의 모든 비밀도 지켜 주도록 말이에요. 그리고 그들의 무례함을 다스리실 때는 처벌과 호의를 섞어 사용하세요. 왜냐하면 벌만 주었다간 마음이 위축되어 용감해야 할 때 움츠러들거나 무력해지기 쉽거든요.

파르메노 주인님, 빨리 그 자리를 피하세요. 사람들이 도끼를 들고 옵니다. 주인님을 알아보면 숨을 곳이 없어요.

칼리스토 오, 불행한 나여, 당신으로부터 떠날 수밖에 없다니! 죽음이 두려워서가 아니라 당신의 명예에 금이 갈까 두려워서입니다. 천사들이 당신과 함께하시길 바랍니다. 그럼, 지시하신 대로 내일 밤에 과수원으로 가겠습니다.

멜리베아 그러세요. 안녕히 가세요.

제6장

플레베리오 부인, 잠들었소?

알리사 아니요.

플레베리오 딸 방에서 무슨 소리가 들리지 않소?

알리사 들리는데요. 멜리베아! 멜리베아!

플레베리오 당신 소리를 못 듣는가 보오, 내가 더 크게 불러 보리다. 얘야, 멜리베아야!

멜리베아 네, 아버지 부르셨어요?

플레베리오 누가 네 방에서 발소리를 내며 시끄럽게 하느냐?

멜리베아 아버지, 루크레시아예요. 제가 목이 말라서 물그릇 가지러 나갔어요.

플레베리오 난 또 무슨 일인가 했다. 빨리 자라.

루크레시아 작은 소리에 잠을 깨시고는 몹시 놀라 하시는군요.

멜리베아 아무리 순한 짐승이라도 새끼에 대한 사랑이나 염려 때문에 흥분하지 않을 짐승은 없는 법이다. 그러니 내가 밤에 외간 남자와 만났다는 것을 아신다면 무슨 일이 벌어지겠니?

제7장

칼리스토 그 문을 닫아라, 얘들아. 그리고 너 파르메노는 촛불을 들고 올라오너라.

셈프로니오 나으리, 날이 밝을 때까지 쉬시고 좀 주무세요.

칼리스토 그래, 내가 필요한 것이지. 그런데 파르메노야, 네가 늘 헐뜯던 그 뚜쟁이 노파를 어떻게 생각하니? 그 노파가 무슨 일을 했는지 알겠지? 그 여자가 없었다면 일이 어떻게 됐을까?

파르메노 저는 나으리의 고통이 얼마나 심각한지 몰랐고 멜리베아 아가씨가 그렇게 우아하시고 훌륭하신 줄도 몰랐으니 저야 잘못이 없죠. 전 다만 셀레스티나와 그녀의 간계를 알았기에 하인으로서 주인님에게 경고해 드렸을 뿐입니다요. 그런데 이제 보니 딴 여자 같아요. 많은 것이 변했더군요.

칼리스토 변했다니?

파르메노 이전의 셀레스티나를 모르시니 제 말을 믿지 않으실 것입니다요. 차라리 이렇게 모르시는 게 더 낫습니다요.

칼리스토 너희들, 내가 멜리베아 아가씨와 나눈 대화를 들었느냐? 그동안 무엇을 하고 있었느냐? 무서웠느냐?

셈프로니오 저희가 무서웠냐고요? 세상에 저희들을 무섭게 할 사람은 아무도 없습니다요. 소심한 인간들을 보신 모양이죠? 저희는 단단히 무장하고 손에 무기를 들고 그곳에서 주인님을 기다리고 있었습니다요!

칼리스토 존 적은 없었더냐?

셈프로니오 졸다니요? 젊은 애들이나 잠꾸러기들입죠. 저는 앉지도 두 발을 모으지도 않고 사방팔방 주시하면서 제 힘이 닿는 한 모든 것을 하고 잽싸게 공격할 수 있는 자세로 있었습니다요. 파르메노는 지금까지 주인님을 잘 보필하지 못한 것 같지만 도끼 든 놈들을 봤을 때 목축 떼를 본 늑대처럼 그 도끼를 뺏을 생각까지 했답니다요. 사람들이 많았는데도 말입니다요.

칼리스토 놀랄 일이 아니다. 걔 천성이 원래 그렇게 무모하여 나를 위한 게 아니었더라도 그렇게 했을 것이다. 여우가 털을 갈아도 여우인 게야. 나도 나의 멜리베아 아가씨에게 너희들이 어떻게 하고 있을 건지 확실히 말해 주었지. 너희들의 도움과 방어로 내가 얼마나 안전한지를 말이다. 얘들아, 내가 너희들에게 많은 짐을 안겼구나. 하느님께 건강하게 해 달라고 빌어라. 나도 너희들의 이 훌륭한 봉사에 대한 합당한 보상을 하마. 조심해서 쉬러들 가거라.

제8장

파르메노 셈프로니오야, 우리 어디로 갈까? 침실로 가서 잘까, 아니면 부엌으로 가서 식사나 할까?

셈프로니오 너 원하는 데로 가렴. 나는 날이 밝기 전에 셀레스티나 집에 가서 그 금 목걸이에서 내 몫을 챙겨야겠다. 그 노파가 늙은 뚜쟁이라 혼자 다 먹어 치우려고 수작 부릴 시간을 주면 안 되거든.

파르메노 그래 맞다. 나는 잊고 있었어. 같이 가자. 정말로 수작을 부리면 혼을 내 주자. 돈에는 우정이란 게 없는 법이야.

제9장

셈프로니오 이봐, 이봐, 조용히 해! 이 창문 옆에서 자거든. 어머니, 문 좀 열어 주세요.

셀레스티나 누구요?

셈프로니오 문 열어 주세요. 당신 아들들입니다.

셀레스티나 이런 시간에 나를 찾아올 아들들이 없는데.

셈프로니오 파르메노와 셈프로니오예요. 문을 여세요. 함께 식사하려고 왔어요.

셀레스티나 아이고, 이 미친놈들이라니! 들어와, 들어와! 어떻게 이 이른 시간에 왔어? 이제 해가 뜨는데, 무슨 짓을 한 거야? 무슨 일이 있었냐? 칼리스토의 희망이 깨진 거니, 아니면 아직도 그 여자와 함께 있는 거니? 어떻게 된 거야?

셈프로니오 어떻게 된 거냐고요, 어머니? 우리가 아니었다면 그 사람 이미 영원한 안식처를 찾아 영혼이 구천을 헤매고 있을 거예요. 우리가 봉사한 것을 갚으려면 그 사람 재산을 다 팔아도 모자랄 겁니다. 하지만 어머니 말씀대로 어떤 재물보다 더 귀하고 가치 있는 것은 목숨과 사람이지요.

셀레스티나 아이구! 무슨 일이 그렇게 많았냐? 어서 말해 봐라!

셈프로니오 너무나 많은 일이 있어서 다시 생각하자니 몸속의 피가 끓어오릅니다요.

셀레스티나 진정하고 말해 봐!

파르메노 지금까지 겪은 일이 너무 많아서 일일이 말하기가 너무

기네요. 우선 우리에게 식사를 준비해 주시는 것이 좋겠어요. 혹시 흥분이 좀 가라앉을지 모르니까요. 분명히 말씀드리는 것은, 이제 더 이상 사람과 만나기 싫어요. 평화롭고 싶어요. 이내 영광은 혼비백산 도망가느라 우리를 분노케 했던 사람들에게는 풀 수 없으니 그 분노를 대신 풀 누군가를 지금 찾아내는 데 있어요.

셀레스티나 이토록 화나 있는 너를 보고도 내가 놀라지 않으면 가래톳으로 죽지! 너, 날 놀리려고 그러는 거 다 알아. 셈프로니오, 이제 네가 말해 봐. 무슨 일이 있었던 거야?

셈프로니오 저는 절망에 찌들어 정신없이 왔어요. 어머니한테는 다른 사람들에게와는 달리 좋은 얼굴을 보여 드리고 화를 내서는 안 된다고 하면서도 말입니다. 전 한 번도 힘없는 사람에게 완력을 사용한 적이 없거든요. 그런데 어머니, 여기 완전히 망가진 무기에 테가 날아간 방패에 톱처럼 이가 빠진 칼과 찌그러진 투구 등을 보세요. 이러니 주인님이 제 도움을 필요로 할 때, 들고 나갈 무기가 없어요. 오늘 밤 주인이 멜리베아 과수원으로 가게 되어 있거든요. 무기를 새로 사야겠는데, 죽었다 깨도 땡전 한 푼 없어요.

셀레스티나 얘야, 네 주인에게 달라고 해라. 주인 때문에 깨지고 빠지고 찌그러졌잖니. 네 주인이 그걸 해 줘야 할 사람인 걸 알잖아. '살기는 나와 살고, 먹여 살릴 사람은 따로 찾아봐라' 하는 그런 사람이 아니지. 그 사람은 관대해서 그것뿐만 아니라 더 큰 것을 줄 것이다.

셈프로니오 맞다! 파르메노 무기도 다 망가졌어요. 이러다간 주인님 재산이 전부 무기로 다 날아가 버리겠어요. 이런 경황에 어떻게 그분이 기꺼이 내주시는 것 말고 그 이상을 달라고 할 수 있겠어요. 이미 내주신 걸로 충분하지 않나요? 한 뼘을 주시는데, 네 뼘을 요구하는 건 좀 그렇잖아요. 저희에게 백 냥을 주셨고 그러고 나서 또 금 목걸이도 주셨어요. 세 번째로 주시다간 알거지가 되실 거예요. 이번 사업은 주인님께 비싸게 치이는 것 같아요. 그러니 우리, 적당히 만족합시다. 상식 이상으로 얻으려다 모든 것을 잃는 일은 없도록 해요. 두 마리 토끼를 잡으려다 한 마리도 못 잡지 말고요.

셀레스티나 당나귀가 웃기고 있구먼! 우리가 먹고 있다면 우리 모두 충분히 마셨기 때문이라고 할 건가 본데. 셈프로니오, 너 지금 제정신이냐? 네 보상과 내 수입이 무슨 상관이 있으며, 내 보상과 네 봉급이 무슨 상관이 있냐? 내가 너희들 무기를 용접해 주거나 너희에게 필요한 것을 내가 메워 줘야 할 의무라도 있단 말이냐? 언젠가 길로 오면서 내가 한 말을 믿지 않는 거구먼. 내가 갖고 있는 것은 다 네 것이고 내가 얼마간의 노력으로 할 수 있는 일로 너는 결코 부족할 게 없을 거라는 걸 말이다. 그리고 하느님이 네 주인과의 일로 내게 행운을 주신다면 말이지, 넌 잃을 게 하나도 없을 테니까. 셈프로니오, 너도 이미 알다시피 좋은 관계에서 오간 이 말들은 아무런 강제성도 없는 거야. 번쩍인다고 다 금이 아니야. 그나마 번쩍이지도 않는다면 아무 가치도 없는 것이지. 내가 네 맘을 다 읽어 버렸나, 셈프로니오? 비록 내가 늙었지만, 네가 생각하는 것은 손바닥 보듯이 다 알 수 있어. 화가 나서 내 영혼이 내게서 빠져나가는 것보다 더 마음이 아파. 네 주인집에서 목걸이를 가져와 엘리시아와 함께 즐기려고 걔한테 줬는데 걔가 어디에 놔뒀는지 기억을 못한단다. 그래서 지난밤 내내 둘 다 마음이 아파서 잠 한숨 못 잤다. 그 목걸이 가격이 얼마 안 되어서 그런 게 아니라 걔가 그것을 어디에 놔뒀는지 모르는 데다 내 운이 거기까지밖에 안 된 것 때문에 말이다. 때마침 내 친척들이 집에 왔었는데, 그들이 집어 가지 않았는지 모르겠어. "훔치는 나를 봤으면 그건 장난으로 한 거야. 하지만 나를 못 봤으면 난 아무 말 안 해"* 하면서 말이다. 그러니까 얘들아, 우리 얘기 좀 해 보자. 만일 너희들 주인이 나에게 무언가를 주었다면 그것은 이 노파의 것임을 알아야 돼. 난 네 비단 조끼의 일부분을 달라고 한 적이 없고 원하지도 않아. 우리 다 함께 섬기면 업적에 따라 모두에게 보상이 있을 거야. 네 주인이 나에게 무언가를 주었다면 그건 내가 네 주인 때문에 목숨을 두 번이나 도마에 올려놓았기 때문이야. 네 주인의 일을 도모하느라 너희들보다 내 연장이 더 망가졌고 더 많은 물질을 소모했다. 그러니 얘들아, 내가 하는 일에는 내 지식뿐만 아니라 돈도 필요하다는 것을 알아야 돼. 나도 그거 놀면서 얻은 거 아니다. 이 일에 대해선 하늘나라에 계신 파르메노의 어머니가 훌륭한 증인이 되어 주실 거야. 이건 내가 일을 해서 얻은 것이고, 너희들에겐 이게 아닌 다른 몫이 있어. 난 직업으로 이 일을 하지만 너희들은 오락과 쾌락으로 하잖는가. 그러니 내가 힘들여 하는 일과 너희들이 즐기기 위해 하는 일에 보상이 똑같을 수는 없지. 내가 이런 말을 했다고 나를 버리고 가지는 마라. 목걸이를 찾게 되면, 젊은이들에게 잘 어울리는 암홍색 바지를 하나씩 사 줄게. 그렇지 않고 날 버리고 가면, 그때는 내 뜻만 받아. 나는 잃어버린 목걸이에 대해 함구하고 있을 거니까. 그래도 내가 너희들을 사랑해서 이렇게 제의하는 것이니 싫다면 스스로 손해를 자초하는 일일 게다.

셈프로니오 늙으면 욕심이 끝이 없다는 말을 내가 이번에 처음으로 하는 것이 아니야. 가난하면 관대하고 부자가 되면 구두쇠가 되지. 돈이 생기면 생길수록 욕심이 커지고, 욕심이 커질수록 가난이 자라지. 구두쇠를 가난하게 만드는 것은 다름 아닌 재물이야. 오, 주여, 어떻게 많이 가지면 가질수록 필요한 게 더 많아진단 말입니까! 지금 생긴 재물이 많지 않으니 혼자 다 먹어 치우겠다고 말하는 이 노파의 말을 들으셨나요? 이제 돈이 좀 생기니까, 한 푼도 안 주려고 하네요. "조금 있을 때는 조금 주다가, 많이 생기니까 아무것도 없더라"라는 어린애들 속담이 맞네요.

파르메노 이 여자가 약속한 몫을 받든가 아니면 다 뺏어 버리든가 하자. 내가 이 노파가 어떤 사람이었는지를 지겹게 말했는데, 너는 나를 믿으려 하지 않았어.

셀레스티나 너희들, 너희들 스스로 화가 났거나 주인 나리 때문에 화가 났거나 망가진 무기들 때문에 화가 많이 난 모양인데, 나한테 화풀이할 생각은 마라. 난 너희들의 분노가 어디서 생긴 것이며, 어느 다리로 저는지 잘 알고 있다. 내게 필요하다고 요구했던 것 때문도 아니고, 본래 너희들이 갖고 있는 욕심 때문도 아니야. 너희들의 불만은 내가 너희 둘을 엘리시아와 아레우사에게 묶어 포로로 해 놓고, 다른 새 여자들을 소개해 주지 않을 것이라고 생각해서, 엉뚱하게 돈을 달라는 협박을 하고, 돈을 나누자고 내 앞에서 공포를 조장하고 있는 거야. 입 다물어! 이런 여자를 너희들에게 가져다준 사람은 다른 열 명도 가져다줄 수 있어. 이제는 너희들이 예전보다 더 많은 지식을 가지게 되었고 더 사리 분별이 생기고, 그만한 자격이 있으니까 말이다. 내가 이런 약속을 수행할 줄 아는지 모르는지, 파르메노야 말해 봐. 아레우사가 자궁이 아프다고 했을 때 내가 어떻게 했는지 부끄러워하지 말고 말해 봐!

셈프로니오 우리 말을 자기 마음대로 해석하시네. 그런 일은 죽어도 아니거든요. 우리 요구를 장난으로 넘어가려 하지 말아요. 핑계 대지 말아요. 늙은 개한테는 오라고 하는 게 아니에요.* 그따위 개로 토끼는 더 못 잡아요. 칼리스토에게 받은 것 중에서 우리 두 사람 몫을 빨리 내놔요. 당신이 어떤 사람인지 밝혀지기 싫으면 말이죠. 그따위 잔재주는 다른 사람들에게나 써먹어, 이 노파야.

셀레스티나 내가 어떤 사람인 줄 몰라? 셈프로니오? 네가 내 직업을 몰라? 입 닥쳐. 나에 대한 존경심을 지켜. 난 노인이야. 하느님이 나를 그렇게 만드셨지. 다른 노파들처럼 말이야. 각자 자기 일로 살아가듯이 나도 내 일로 깨끗하게 살아가고 있어. 나를 찾지 않는 사람에게는 난 안 가. 사람들이 나를 부르러 내 집으로 오고, 또 우리 집에서 간청하지. 내가 착하게 사는지 악하게 사는지는 하느님이 내 양심의 증인이시다. 너, 화난다고 나에게 함부로 하려고 들지 마라. 법은 만인을 위해 있고 누구에게나 다 똑같이 적용돼. 내 비록 여자지만 너희들처럼 잘 차려입은 남자들 말만 듣는 건 아니니다. 나를 내 재산과 함께 내 집에 가만히 내버려 둬. 그리고 너 파르메노, 네가 네 불행한 어미와 나에게 일어났던 일들과 내 과거사와 내 비밀들을 안다고 해서 내가 네 노예라고 생각하면 큰 오산이다. 네 어미가 한때 나를 그렇게 취급했다 하더라도 말이다.

파르메노 그따위 옛날 얘기로 내가 감동할 거라고는 꿈도 꾸지 말아요! 그랬다간 새로운 이야깃거리와 함께 당신을 엄마한테 보내 버릴 테니까요. 그곳에 가면 더 불평할 수 있겠네요.

셀레스티나 엘리시아! 엘리시아! 침대에서 일어나 빨리 내 망토를 가져오너라. 미친 듯이 경찰을 부르러 가야겠다. 이게 무슨 짓이냐? 우리 집에서 무슨 그따위 협박 공갈들이야? 순한 양 한 마리를 두고 무슨 혈기냐? 암탉 한 마리를 붙들어 매 놓고? 육십 된 노파를 놓고 무슨 행패냐? 저기 가서 네놈들 같은 남자들하고나 놀아! 칼 찬 인간들에게나 너희들의 분노를 보이라고. 나같이 연약한 실패 같은 노파에게 덤비지 말고! 힘없는 사람이나 미성년자들에게 덤벼드는 짓은 비겁함의 극치야. 더러운 쇠파리들은 마르고 약한 소를 쪼고, 짖는 개는 불쌍한 순례자들을 아주 고통스럽게 하지. 저기 저 침대에 있는 저 애가 나를 믿었다면, 이 집에 남자 없이 지내는 밤이 없었을 것이고 곧바로 잠들지도 못했을 것이야. 그러나 너를 기다리느라, 너에게 충실하자니, 이런 고독을 우리는 감수하고 있는 것이야. 너희들이 보다시피 우리는 여자들인데, 우리한테 너무 말이 많고 요구하는 것도 너무 많구나. 우리 집에 남자가 있었다면 감히 부리지도 못할 일이지. "강한 상대를 만나면 분노가 가라앉는다"라는 말처럼 말이다.

셈프로니오 오, 늙은 욕심쟁이! 돈에 목말라 뒈질 년! 우리가 번 것 중에서 3분의 1로 만족 못하시겠다 이거지?

셀레스티나 3분의 1은 무슨 3분의 1? 내 집에서 당장 꺼져! 큰 소리 내지 마. 이웃 사람들이 몰려올지도 모르니까. 나를 미치게 하지 마. 칼리스토의 일과 너희들 일이 다 알려지는 걸 원치는 않겠지.

셈프로니오 소리쳐, 고함질러. 넌 약속한 것을 내놓아, 아니면 오늘이 네 장삿날인 줄 알아.

엘리시아 칼을 칼집에 꽂아, 제발! 파르메노, 셈프로니오를 붙잡아, 붙잡아. 저 정신 나간 놈이 어머니를 죽이지 못하게.

셀레스티나 경찰을 불러, 경찰을 불러! 동네 사람들아, 이보소? 이놈들이 내 집에서 나를 죽이네!

셈프로니오 뭐? 놈들이라고? 마녀 씨, 내가 추천서를 줘서 지옥에 보내 줄 테니 기다려!

셀레스티나 아이고, 나 죽네! 고해를 해야 하는데! 고해를 해야 하는데!

파르메노 찔러, 더 찔러. 네가 시작을 했으니 끝을 내야지! 이러다가 동네 사람들이 듣겠어! 죽어라! 죽어! 적들 중에서 너보다 더 미운 자는 없어!

셀레스티나 고해를!

엘리시아 오, 잔인한 적들아! 어떤 나쁜 기운에 빠져들었기에 그 손을 그렇게 사용한단 말인가! 내 어머니와 나의 모든 행운이 죽어 버렸도다!

셈프로니오 달아나, 도망쳐 파르메노! 사람들이 몰려온다! 피해! 경찰이 온다, 피해!

파르메노 아아, 죄 많은 이 몸이여, 문을 막았으니 우리가 갈 길이 없구나!

셈프로니오 이 창문으로 뛰어내리자! 경찰에 잡혀 죽지 말자!

파르메노 뛰어내려! 네 뒤를 따를게.

제13막

칼리스토가 잠에서 깨어 혼잣말을 한다. 잠시 후 트리스탄과 다른 하인들을 부르고, 칼리스토는 다시 자러 간다. 트리스탄이 문 앞에 선다. 소시아가 울며 온다. 트리스탄의 질문에 소시아가 셈프로니오와 파르메노의 죽음을 전한다. 그러고는 칼리스토에게 소식을 전하러 가고, 사실을 안 칼리스토는 크게 한탄한다.

칼리스토, 트리스탄, 소시아.

제1장

칼리스토 그렇게 달콤한 순간을 가졌고 천사 같은 이야기를 듣고 나니 기뻐서 단잠을 잤구나! 정말 충분히 쉬었다. 마음의 평안함과 안식이 나의 즐거움에서 오는 것일까? 아니면 내 육체적 피로가 깊은 잠을 가져다준 것일까? 아니면 내 심적 환희와 영광이 깊은 잠을 가져다준 것일까? 육체와 정신이 함께 내 눈을 잠가 버렸음에 틀림없어. 지난밤에 난 내 육체와 내 인격으로 작업을 걸었고 정신과 감각으로 즐겼으니 말이야. 확실히 슬프면 생각이 많아지고 생각이 많아지면 잠이 안 와. 요 며칠 동안 내가 소유하고 있는 이 최고의 영광을 가질 수 있을지 말지 몰라 노심초사하느라 겪어 봐서 알지. 오, 나의 사랑, 멜리베아! 지금은 무엇을 생각하고 있을까? 잠들어 있을까, 깨어 있을까? 나를 생각하고 있을까, 딴 남자를 생각하고 있을까? 누워 있을까, 앉아 있을까? 오, 행운아 칼리스토여! 지난밤의 일이 꿈은 아니었는지! 내가 꿈꾼 것일까? 사실일까? 환상이었을까? 아니면 실제 일어난 일이었던가? 나 혼자 있었던 것이 아니고 내 하인들과 함께 있었으니. 두 명이었어. 만일 하인들이 어젯밤 일이 사실이라고 한다면, 믿을 수밖에! 내 환희를 확신하기 위해서 그 애들을 불러야겠다. 트리스탄! 애들아! 트리스탄, 일어나라!

트리스탄 나으리, 저 일어나 있습니다요.

칼리스토 어서 가서, 셈프로니오와 파르메노를 불러오너라!

트리스탄 네, 곧 다녀오겠어요.

칼리스토 지금부터 자라, 쉬어라,

고통 받은 이여,

이제는 네 임이 너를 기꺼이 사랑하니까.

기쁨은 근심을 이기니,

근심하지 마라, 멜리베아가

너를 자신의 임으로 삼았으니.

트리스탄 나으리, 집에 두 사람 모두 없는데요.

칼리스토 그럼, 저 창문을 열어라. 몇 시쯤 되었지?

트리스탄 나으리, 날이 훤합니다.

칼리스토 창문을 다시 닫아라. 식사 시간까지 좀 더 자야겠다.

제2장

트리스탄 문에 내려가 있으면서 누가 오더라도 주인님이 아무런 방해를 받지 않고 주무시도록 집 안으로 들이지를 말아야겠다. 시장 바닥이 왜 이렇게 요란하담! 무슨 소리지? 무슨 형 집행이라도 있나, 아니면 새벽부터 투우가 벌어지는 건가. 너무 커서 무슨 소리인지 통 모르겠네. 저기 말 돌보는 소시아가 오는군. 무슨 일인지 말해 주겠지. 저놈이 머리를 산발하고 오네. 어느 주막에서 밤새 술을 퍼마신 게야. 주인님이 시장에서 그를 우연히 만나기라도 하면 곤장 2백 대를 때리라고 하실 거야. 좀 모자라긴 하지만, 맞고 나면 제정신이 들 거야. 그런데 울면서 오네. 무슨 일이야, 소시아? 왜 울어? 어디서 오는 길이야?

소시아 오, 불행한 나여! 오, 이런 큰 실추가! 오, 나으리 집안의 불명예는 어떻게 하나! 오, 오늘 시작이 왜 이렇게 나쁜 거지! 오, 불쌍한 젊은이들이라니!

트리스탄 무슨 일이야? 무슨 일을 본 거야? 왜 그리 자학하고 있는 거야? 오늘 시작이 왜 나쁘다는 건데?

소시아 셈프로니오와 파르메노가!

트리스탄 셈프로니오와 파르메노가 왜? 그 애들이 왜? 미친놈아, 나까지 미친놈 만들지 말고 빨리 말해 봐!

소시아 우리의 동료, 우리의 형제들이!

트리스탄 너 취한 거니, 아니면 머리가 돈 거니? 아니면 무슨 끔찍한 소식이라도 가져온 거야? 그 두 사람한테 무슨 일이 있는지 빨리 말 안 할래?

소시아 광장에서 참수형을 당했어.

트리스탄 뭐라고! 그게 사실이라면, 우리 운명이 왜 이리도 기구하담! 네가 걔들을 봤어? 아니면 말만 들었어?

소시아 이미 아무 느낌도 없었어. 하지만 한 사람이 너무나 힘들게 울면서 바라보는 나를 느꼈는지 하느님께 감사라도 하듯 양손을 하늘로 올린 채 내게 눈을 꽂더니 자기의 죽음을 느끼는지를 묻는 것 같았어. 슬픈 작별을 표하듯 눈물을 흘리며 머리를 떨구더라. 최후의 심판 날까지 더 이상 나를 못 볼 거라는 것을 이해시키려는 듯이 말이야.

트리스탄 네가 잘못 느꼈는지도 몰라. 주인님이 그 자리에 계신지 너에게 물었을지도 모르잖아. 어쨌건 이 잔인한 불상사를 나으리에게 빨리 알려야겠다.

제3장

소시아 나으리, 나으리!

칼리스토 무슨 일이냐, 정신 나간 놈들 같으니라고! 나를 깨우지 말라고 하지 않았더냐?

소시아 정신 차리시고 일어나 보세요. 나으리께서 나으리의 종들을 지키지 않으시면 저희들은 수치스러운 존재로 남을 겁니다. 셈프로니오와 파르메노가 광장에서 참수형을 당했어요. 공공의 적으로 그들의 죄상이 낱낱이 공개됐고요.

칼리스토 세상에, 그게 무슨 말이냐? 그런 말도 안 되는 참담한 소식을 꾸며 낸 건 아니냐? 네 눈으로 직접 걔들을 봤느냐?

소시아 봤어요.

칼리스토 아니, 어젯밤에 나와 함께 있었는데, 그게 될 법한 소리냐?

소시아 죽으려고 새벽에 일어난 게죠.

칼리스토 오, 내 충실한 하인들, 오, 내 훌륭한 종들, 오, 내 충직한 비서들이자 조언자들이여! 어떻게 너희들에게 그런 일이 생길 수 있단 말인가? 오, 쇠약해진 칼리스토여! 네 인생은 불명예로 끝나는구나! 그런 하인이 둘이나 죽었으니, 넌 어떻게 될까? 소시아야, 말해 다오. 이유가 뭐라더냐? 죄목이 뭐더냐? 어디서 잡혔고, 무슨 재판을 그렇게 했다더냐?

소시아 나으리, 잔인한 사형 집행관이 사형 이유를 소리쳐 말하기를 "난폭한 살인자들을 사형에 처한다"라고 했습니다.

칼리스토 살인자라니, 누굴 죽였단 말이냐?

소시아 셀레스티나라는 여자라고 합니다, 주인님.

칼리스토 뭐라고?

소시아 방금 들으신 대로입니다.

칼리스토 그게 사실이라면, 얘, 소시아, 내가 용서해 줄 테니 네가 나를 좀 죽여 주려무나. 칼에 찔려 죽은 여자가 셀레스티나라면, 네가 본 적도 없고 생각할 수도 없는 불행이니 말이다.

소시아 칼에 서른 군데 이상 찔려 자기 집에 쓰러져 있는 것을 제 눈으로 봤습니다. 옆에는 그 집 젊은 처자가 울고 있었어요.

칼리스토 오, 불쌍한 놈들! 어떻게 하고 있더냐? 너를 봤더냐? 네게 말을 하더냐?

소시아 오, 나으리! 그들을 보셨다면, 가슴이 찢어질 듯 아프셨을 겁니다. 하나는 뇌가 몽땅 머리 밖으로 나와 의식이 없었습니다. 다른 애는 양팔이 부러지고 얼굴은 온통 피멍이 들어 있었습니다. 경찰로부터 도망가다 아주 높은 창문에서 뛰어내려 둘 다 피범벅이 되어 있었습니다. 그러니 거의 죽은 자의 목을 벤 것과 다름없었을 겁니다요. 그들은 이미 아무것도 느끼지 못했을 테니까요.

칼리스토 내 명예가 염려된다. 그들 대신 차라리 내가 죽어 명예를 잃지 않고, 지금 막 시작된 내 목적을 이룰 희망을 잃지 않기를 바랄 뿐이다. 이번 일로 지금 내가 제일 염려되는 것이 이 마지막이다. 오, 내 이름과 명예가 뭇사람 입에서 입으로 옮겨 다닐 것을 생각하니! 오, 비밀 중의 비밀이 광장과 시장 바닥으로 퍼져 나갈 것을 생각하니! 나 어떡하지? 나는 이제 어디로 가야 하나? 거기로 가자니 죽은 사람들을 내가 어떻게 할 수 없는 일이고, 여기 있자니 겁쟁이가 되는 건 아닌지. 어떤 충고를 들어야 하나? 소시아야, 그 여자를 죽인 이유가 무엇이라고 하더냐?

소시아 나으리, 그 집 처자가 그 여자 죽음을 통곡하면서 사람들에게 알린 바에 따르면요, 나으리께서 주신 금 목걸이를 셀레스티나가 걔들과 같이 나누려 하지 않았다고 합니다.

제4장

칼리스토 이런 고뇌의 날이라니, 이런 역경이! 내 재산이 이 손에서 저 손으로, 내 이름이 이 입에서 저 입으로! 내가 셀레스티나와 하인들과 나눈 이야기와 우리가 진행하고 있던 일 등, 나에 관해 아는 바가 모두 알려지겠으니 사람들 앞에 나서지도 못하겠구나. 오, 불쌍한 녀석들아, 어찌 그리 갑작스러운 재앙을 당했단 말인가! 오, 나의 기쁨이 어떻게 사그라지고 있는지! 높이 오르면 오를수록 떨어지는 폭이 크다는 옛말이 하나도 그른 게 없구나. 어젯밤에 많은 것을 얻었는데 오늘 많은 것을 잃었어. 바다에 풍랑 잘 날이 드물다더니. 만일 내 사랑의 행각이 풍파를 일으키지 않았다면, 나는 지금쯤 기쁨에 젖어 있을 텐데. 오, 운명아, 너는 어떤 방식으로든 나를 이리 공격하느냐! 하지만 난 네가 아무리 나의 집을 공격하고 나의 적이 된다 할지라도,

똑같은 힘으로 역경들을 견뎌 낼 것이다. 그 역경 속에서 심장이 강한지 약한지를 알게 된다. 사람의 덕성이나 노력을 알기 위해 이만한 것은 없지. 내게 그 어떤 악운과 피해가 오더라도 이번 모든 일의 원인이 된 그녀와의 약속을 어길 수는 없다. 오히려 죽은 애들을 생각하면 나는 그 애들이 못다한 이번 일을 성취해야만 돼. 그 애들은 충실했고 용감했어. 지금이 아니더라도 저승에서라도 꼭 보상을 받을 거야. 그 노파가 나빴고 거짓부렁이였어. 그 애들과 거래한 것을 보면 그래. 그래서 그 애들이 정당한 요구를 하다가 싸움이 난 거지. 그 노파의 주선이나, 노파가 원인이 되어 저질러진 많은 간통에 대한 죗값이 이렇게 끝난 건 신의 뜻이야. 소시아와 트리스탄에게 서둘러 채비를 차리도록 해야겠다. 얘들이 오늘 그렇게 기다리던 만남에 나와 함께 갈 거다. 담이 아주 높으니 사다리를 가져가야 할 것이야. 내일은 마을 밖에서 오는 것처럼 해야지. 내가 죽은 사람들의 복수를 할 수 있다면, 모든 방법을 찾아봐야지. 만일 복수할 수 없다면, 알리바이를 들어 나의 결백함을 증명하든가, 아니면 내 사랑을, 이 달콤한 기쁨을 더 잘 즐기기 위해서 미친 척하는 거야. 마치 위대한 수장 오디세우스가 트로이 전쟁을 피하고 자기 처 페넬로페와 즐기려고 했던 것처럼 말이야.

제14막

멜리베아는 칼리스토가 늦어지자 무척 심란해하며 루크레시아와 말을 나눈다. 칼리스토는 그날 밤 그녀를 보러 가겠다고 한 약속을 지키기 위해 소시아, 트리스탄과 함께 간다. 그리고 자신의 욕망을 채운 뒤 집으로 돌아간다. 칼리스토는 자신의 방에 틀어박혀 멜리베아와 함께한 시간이 너무 짧았음을 탄식하다 태양의 신 포이보스에게 자신의 욕망을 다시 채우기 위하여 햇빛을 닫아줄 것을 부탁한다.

멜리베아, 루크레시아, 소시아, 트리스탄, 칼리스토.

제1장

멜리베아 우리가 기다리고 있는 그분이 많이 늦으시는구나. 루크레시아야, 네가 보기에 오실 것 같니?

루크레시아 아씨, 늦으시는 이유가 분명 있을 거예요. 더 빨리 오실 수 없는 불가피한 이유가요.

멜리베아 천사들이 그이를 지켜 주시어 신변에 아무런 위험이 없기를! 늦게 오시는 게 변고가 있어 그렇지 않기를 바라면서 그이가 집에서 여기까지 오시는 동안 발생할 수 있는 만 가지 일을 생각하느라 걱정이 그치질 않는단다. 밤 순찰을 도는 야경꾼들이 약속 장소로 오시는 그분을 야밤에 돌아다니는 그렇고 그런 젊은 애들로 보고 덤벼들면 어떡하니? 그분이 누군지 모르고 공격하면, 그분은 자신을 방어하고자 그들을 공격할 것이고 아니면 그들로부터 공격을 받을 수도 있지 않겠니? 아니면 사람을 전혀 구분 못하는 사나운 개들이 문다면? 아니면 웅덩이에 빠져 해를 입으실 수도 있잖겠니? 이런 몹쓸 나여! 사랑을 앞에 두고 이런 비통한 생각들을 하다니, 이런 망측한 경우는 또 뭐란 말이냐? 하느님, 그분에게 이런 일이 절대 생기지 않기를 빕니다. 저를 보지 않는 한이 있더라도 그분을 기쁘게 할 일만 있기를 바랍니다. 들어 봐, 들어 봐! 길에서 발소리가 나는데. 과수원 뒤편에서 말소리를 들은 것 같아.

제2장

소시아 트리스탄, 좀 높지만, 여기가 사다리 놓기에는 제일 좋은 곳이야.

트리스탄 나으리, 올라가시죠. 저도 따라서 올라가겠습니다. 담 너머에 누가 있을지 모르니까요. 말소리가 들립니다.

칼리스토 너희들은 여기 있어라! 나 혼자 들어갈 테니. 내 임의 목소리를 들었다.

제3장

멜리베아 여기 당신의 하녀, 당신의 노예, 당신보다도 더 당신을 사랑하는 사람이 있어요. 오, 내 임이여, 그 높은 곳에서 뛰어내리지 말아요. 그런 당신을 보면 다칠까 제가 죽을 것 같습니다. 사다리로 살살 내려오세요! 너무 급히 내려오지 마세요!

칼리스토 오, 천사의 모습이여, 오, 진주처럼 귀한 그대 앞에서 세상은 추하기만 하구려! 오 내 임, 나의 영광이여! 내 품에 그대를 안고 있으면서도 믿어지지가 않는구려! 기쁨으로 너무 황망하여 나 자신이 소유하고 있는 기쁨을 제대로 느끼지 못하고 있습니다.

멜리베아 내 임이시여, 당신의 뜻에 따르도록 했으니 저를 당신의 손에 맡깁니다. 당신의 뜻이 시큰둥하거나 자비가 없다 할지라도 인정은 있어 저를 가엾게 보사, 너무 간단한 즐거움을 위해 짧은 시간에 저의 정조를 망치는 일은 원하지 마소서. 나쁜 일은 일단 저지르고 나면 고치기보다 책망이 더 빨리 오는 법.

당신이 저를 보러 들르셨다 돌아가시는 것을 보면서 제가 즐거워하는 것을 즐기소서. 일단 취하시사 당신 손으로 되돌릴 수 없는 일은 요구도 하지 마소서. 이 세상 모든 금은보화를 갖고도 회복될 수 없는 것을 흉내는 일은 하지 마소서.

칼리스토 아가씨, 나는 이 은사를 얻기 위하여 나의 전 생애를 바쳤소. 그런데 이 은사를 받으려는 순간, 이 은사를 포기하라시면 어떻게 되는 겁니까? 아가씨, 당신이 내게 요구하지 않으시면 나도 나를 설득시킬 수가 없습니다. 나를 그런 겁쟁이가 되게 하지 마시오. 나처럼 사랑에 빠져 허우적대다가 그런 일은 아무것도 할 수 없게 되는 남자가 있을까요. 당신에 대한 욕망의 불길 속을 헤엄쳐 와 드디어 항구에 다다랐는데 어찌 이 고단했던 지난 일에서 쉬지도 못하게 한단 말이오?

멜리베아 제발, 입으로는 얼마든지 원하시는 것을 말씀하소서. 그러나 손만은 할 수 있는 것을 모두 하게끔 하지 마소서. 제발, 가만히 계세요! 이미 저는 당신 것이오니 겉만 즐기는 것으로 만족하소서. 사랑하는 연인들의 것인 애무만을. 자연이 제게 주신 최고의 선물은 훔치려 하지 마소서. 훌륭한 목동들은 양의 털을 깎지, 양을 죽이지는 않습니다.

칼리스토 멜리베아, 뭣 때문에 내가 그래야 하오? 왜 나의 정염을 눌러야 한단 말이오? 다시 또 고통 받기 위해서요? 당신이 나를 사랑하지 않는다고 믿게 했던 지난밤의 그 우롱으로 다시 돌아가기 위해서요? 멜리베아, 나의 이 뻔뻔스러운 손들을 용서하기 바라오. 한 번도 당신의 옷을 함부로 만질 생각은 하지 않았던 손들이오. 그런데 지금은 당신의 고운 몸매와 여리고 고운 살결을 즐기려 하고 있소.

멜리베아 루크레시아, 저쪽으로 가 있어.

칼리스토 왜 그러는 거요, 멜리베아? 내 이 영광의 순간을 지켜볼 증인이 있으면 좋겠소.

멜리베아 저는 제 실수를 목격한 증인들을 원하지 않아요. 당신이 저를 너무 지나치게 다룬다는 생각이 들면 저는 당신의 그 잔인한 대화에 대해 믿지 않을 것입니다.

제4장

소시아 트리스탄, 안에서 벌어지는 일 잘 듣고 있지? 일이 어느 정도 진행되고 있어?

트리스탄 이 세상에 태어난 사람 중에서 우리 주인이 가장 행운아로 보일 만큼 잘 듣고 있어. 아직 내가 살아온 연륜이 짧긴 하지만 주인님처럼 나도 그런 멋진 말솜씨를 가져 봤으면 좋겠다.

소시아 저런 보석을 눈앞에 놓고 손이 가만히 있을 사람은 없지. 하지만 그 빵을 먹으려고 얼마나 값비싼 대가를 치렀나. 이 사랑 놀음에 두 명의 젊은이가 소스로 들어갔잖아.

트리스탄 이미 그들을 잊으셨어. 하찮은 일에 봉사하다가 너희들은 죽어 버려라! 그가 보호막이 되어 줄 거라고 믿으면서 너희들은 미친 짓을 해라! 이런 꼴이었지. 하지만 우리 엄마는 내게 이르시기를, 백작과 함께 산다고 사람은 죽이지 마라,* 라고 하셨어. 자기들을 위해 수고한 하인들은 광장에서 목이 잘렸는데, 서로 껴안고 좋아 죽겠다 하고 있는 저들을 보라고.

멜리베아 오, 나의 생명이자 나의 주인이시여! 어찌 그리도 짧은 열락을 위해 저의 이름과 제 처녀의 왕관을 잃기를 원하셨나요? 오, 당신으로 인해 죄인이 되신 저의 어머니가 만일 이 사실을 아신다면 당신은 어찌 죽음을 달게 받을 것이며 어찌 제게 저의 죽음을 강요하실 것인지요! 어찌 당신 혈육의 잔인한 사형 집행관이 되실 것인지요! 저는 어찌 당신의 마지막을 한탄하란 말인가요! 오, 나의 명예로운 아버지여, 어찌 제가 당신의 명성에 먹칠을 했으며 당신의 집을 부술 장소와 원인을 제공했단 말입니까! 오, 배신자인 나여! 당신이 이 과수원으로 들어온 뒤에 일어날 이 큰 실수를 어찌 나는 먼저 살피지 못했니?

소시아 이제 와서 아무 소용 없는 그런 넋두리를 나는 미리 듣고 싶었다. 여자들은 일이 벌어지고 난 뒤에나 그런 한탄들을 해 댄다는 것을 여성 여러분들은* 잘 알 것입니다. 바보 칼리스토나 그 말을 듣겠군!

제5장

칼리스토 벌써 날이 밝으려 하는군. 이렇게 빨리? 여기 있은 지 한 시간도 안 된 것 같은데 3시를 알리고 있군요.

멜리베아 이제 모든 게 당신 것입니다. 당신은 저의 주인이십니다. 이제 저의 사랑을 부정하실 수도 당신의 눈길을 제게 거두시지도 못하십니다. 당신이 원하시는 밤이면 이 비밀의 장소로 오시와요. 같은 시간에. 늘 지금의 이 기쁨을 기억하며 당신을 기다릴 테니까요. 지금은 그만 가세요. 아직 많이 어두우니 남의 눈에 띄지 않을 것이고, 저의 집에서도 눈치채지 못할 거예요. 아직 해가 안 떴어요.

칼리스토 애들아, 사다리를 놔라.

소시아 나으리, 여깁니다. 이리로 내려오세요.

제6장

멜리베아 루크레시아야, 나 혼자 있으니 이리로 오렴. 그이는 떠나셨다. 나한테 마음을 남겨 놓으시고 내 것은 그이가 가져가셨다. 우리 대화를 다 들었느냐?

루크레시아 아니요, 아씨, 잠들어 있었어요.

제7장

소시아 트리스탄, 아주 조용히 가야 해. 이렇듯 이른 시간에는 부자들이나 무상한 재산에 눈먼 욕심쟁이들이나 사원이나 수도원이나 교회로 가는 신도들이나 우리 주인 나으리처럼 사랑에 빠진 사람들이나 들에서 일하는 노동자나 농부들이나 이 시간에 양들을 우리에 가두고 젖을 짤 목동들이 일어나거든. 혹시 우리가 한 말을 들었다면 주인님과 멜리베아의 명예가 사방팔방에서 큰 상처를 입을 거야.

트리스탄 오, 이 바보 같은 말 시종아! 조용히 하자고 말하고선 그 여자의 이름을 입 밖에 내다니! 네놈은 무어인들 땅에서 야간에 사람들을 다스리는 데에나 맞아! 하지 말라고 금하면서 허락하고, 덮어 주는 척하면서 공개하고, 안심시키는가 했더니 모욕하고, 침묵하는가 했더니 고함질러 사방에 알리고, 질문하면서 대답하니 말이야. 그렇게 신중하고 영민하니 8월의 성모 마리아가 몇 월인지 말해 줄 수 있어? 우리 집에 네가 금년에 먹을 짚이 충분한지 알아야 하니까.*

칼리스토 내가 조심하는 것과 너희들이 조심하는 것은 다르다. 아무도 모르게 조용히 집으로 들어가라. 문을 닫고 쉬러 가자. 나 혼자 내 방으로 가고 싶다. 난 무장을 풀 테니 너희들도 가서 쉬어라.

제8장

칼리스토 오, 혐오스러운 나여! 불안과 침묵과 어둠이 내 본능을 얼마나 즐겁게 해 주었던가! 그런데 왜 이런 기분이 드는지 모르겠다. 내가 그토록 사랑하는 사람을 버리고 떠나온 게 배반으로 여겨져서인가? 날이 밝을 때까지 함께 있을 것을 그랬나? 아니면 나의 불명예에 대한 고통 때문인가? 아아, 이럴 수가. 내 상처가 지금 이렇게 싸늘해져 있다니. 어저께만 하더라도 끓어올랐던 내 피가, 지금은 차갑게 식어 있다니! 이제야 우리 집 가운이 기울고 있는 게 보이는구나. 하인들이 없고, 재산을 잃고, 하인들의 사형으로 인해 내 명예에 덮칠 추문이 나를 어지럽게 만드는구나. 내가 무엇을 했단 말인가? 지금 어떤 처지에 놓여 있는 것일까? 모욕받은 자로서 복수하기 위해 당장 나서지 못했던 것을 내가 어떻게 참아 낼 수 있었지? 오, 이 짧은 목숨의 불쌍한 연약함이여! 조상들의 훌륭한 명예를 훼손하면서 불명예스러운 목숨을 연장하고 모욕받은 삶을 즐기자마자 더 살기를 원하는 너만큼 그렇게 욕심 있는 자가 있을까? 확실하다거나 제한되었다거나 단 한순간이라는 시간은 없어. 우리는 시간에 구속됨 없이 빚진 사람들이라 당장이라도 계속 빚을 갚아 나가야 해. 왜 나는 내 하인 녀석들의 죽음에 항의하거나 진상 규명을 위해 나서지 못했을까? 오, 너무나 짧은 세상의 쾌락이여, 어찌 그리 쾌락은 짧고 그에 대한 대가는 이다지도 크단 말인가! 후회는 이렇게 비싸게 사는 것이 아니야. 아, 서글픈 내 신세여! 언제쯤이면 이 큰 상실이 회복될 수 있을까? 내가 무엇을 해야 하지? 무슨 충고를 들어야 하지? 누구에게 내 문제를 털어놓을 수 있을까? 나는 왜, 이 문제를 나의 다른 하인들과 부모님께 숨기려 할까? 세상에 다 알려져 세상 사람들이 다 아는 일인데 우리 집에서만 몰라. 나가고 싶지만, 내가 나가서 내가 현장에 있었다고 말하기에는 너무 늦었어. 내가 없었다고 하기에는 때가 일러. 복수를 위해서 친구와 친척과 옛날 하인들을 모으고 무기와 다른 도구들을 준비하려면 시간이 필요해. 오, 잔인한 판사야! 내 아버지에게서 얻어먹은 빵에 대한 대가를 고작 이것으로 보답하다니! 난 너를 위해 처벌에 대한 아무 두려움 없이 천 명이라도 해치울 수 있다고 생각했는데. 사악한 사기꾼에, 진실을 추적하는 놈에, 천박한 놈아, 사람들이 너를 두고 훌륭한 사람이 없는 촌장으로 만들었다고 할 거다. 네가 죽인 우리 집 하인 녀석들과 너는 한때 우리 집안사람들과 나를 섬겼으므로 너희들은 동료와 마찬가지였어. 하지만 천한 놈이 배가 부르면 친척도 친구도 없게 되는 법이지. 네가 나를 망치리라고 누가 생각했겠느냐? 생각지도 않은 적보다 더 큰 해가 되는 것은 없다. 왜 너는 사람들이 산에서 산불의 씨가 나오고, 내 눈알을 뽑으라고 내가 까마귀를 키웠다고 말하기를 원하느냐?* 너는 공공연한 범죄자로서 사적인 일에 관계된 사람들을 죽였다. 사적인 범죄*는 공적인 범죄보다 죄가 약하다. 아테네 법전에 의하면, 범죄라는 말도 적용될 수 없어. 이 법전은 복수를 위한 것이 아니야. 무고한 사람들을 처벌하는 것보다 악당을 처형하지 않는 것이 덜 실수하는 것이라고 명시되어 있다. 정의롭지 못한 판관 앞에서 정당한 사유를 주장하는 것이 얼마나 위험한 일인가! 내 하인들에게 내린 과도한 판결에는 분명 문제가 있어. 만일 네가 잘못한 거라면 하늘과 땅의 심판을 받을 것이다.

너는 하느님과 왕의 죄수가 될 것이고 내게는 최대의 원수가 될 것이다. 한 녀석이 저지른 죄가 다른 녀석에게 무슨 죄가 되며, 단지 동료라는 이유로 그 둘을 다 죽이다니 말이 되느냐? 하지만 이 말이 무슨 소용 있으리오? 내가 누구에게 넋두리를 하고 있는 것이지? 내가 제정신인가? 이게 대체 뭐야, 칼리스토? 너 자고 있니, 아니면 눈 뜨고 있니? 서 있니, 아니면 누워 있니? 넌 네 방에 있어! 네게 그렇게 욕보인 자는 여기 없다는 거 몰라? 누구한테 지껄이고 있는 거니? 정신 차려! 현장에 없었던 사람이 하는 말을 옳다고 하는 거 봤어? 판사는 형을 언도하기 위해 양쪽 말을 듣는다고. 그러니 정의를 실현하려면 우정도 경제적 이익도 성장 배경도 고려해서는 안 되는 걸 몰라? 법은 만인에게 평등해야 되는 거 몰라? 로마 제국을 창건한 로물루스가 친동생을 죽인 건 법을 어겼기 때문이잖아. 로마의 토르쿠아투스가 친아들을 죽인 것도 호민관의 명령을 따르지 않았기 때문이야. 다른 많은 사람들이 그런 일들을 저질렀지. 네가 지금 규탄하고 있는 판관이 이 자리에 있다면 그는 범행을 저지른 사람이나 그것에 동의한 사람이나 같은 벌을 받아야 한다고 대답할 거라는 것을 고려해 봐. 비록 한 사람이 저지른 죄로 둘을 죽였고 사형을 서둘러 집행한 감은 있지만 살인 현장에서 체포되어 많은 정황 검증이 필요하지 않은 확실한 범죄였고 한 사람은 뛰어내리다가 거의 다 죽은 상태였으니 말이야. 그리고 셀레스티나가 집에 데리고 있던 그 젊은 처자가 울고불고 하면서 사실을 목격한 그대로 고했으니 그 판관은 더 시끄럽게 하지 않으려고, 그리고 나를 보호하고 사람들이 내게 미칠 수 있는 엄청난 불명예에 대해 포고하는 내용을 듣지 않도록 하기 위하여 그렇게 아침 일찍 처단하라고 명령을 내렸을 수도 있거든. 그래서 형 집행을 위해 포고자*가 아닌 집행관이 죄를 알려야 했고 그것으로 내게 진 빚을 갚고 싶었던 거야. 정말 지금 내가 생각하고 있는 것처럼 일이 된 거라면 나는 오히려 그에게 빚을 진 거고 난 살아생전 내 아버지의 하인으로서가 아니라 진정한 형제로 그를 돌봐야 할 의무가 생기는 거야. 만일 이런 게 아니라면, 나를 위해 좋은 일이 아니라면 지난 큰 기쁨을 기억해, 칼리스토. 너의 주인과 너의 모든 행복을 생각해. 이제 너의 삶은 그녀를 섬기는 일밖에 없어. 다른 사람들의 죽음은 생각하지 마. 어떤 고통도 네가 받은 기쁨과는 견줄 수 없을 거야. 오, 나의 여인이자 나의 생명이여! 나는 결코 당신이 없는 곳에서 당신을 욕되게 하고 싶지 않았소. 내게 베푼 은사를 가벼이 여기는 것 같아서 말입니다. 화날 일도 생각하지 않고 슬픔을 친구로 삼고 싶지도 않습니다. 오, 나의 비할 데 없는 행복이여, 오, 싫증을 모르는 내 기쁨이여! 나의 선행에 대한 상으로 하느님께 언제 더 요구할 수 있을까? 이생에서 주시는 상은 이미 다 받았으니. 그런데 왜 나는 만족하지 못하는 거지? 나에게 이 많은 행운을 주신 분에게 배은망덕한 것은 옳지 않아. 더 욕심내지 않고 그대로 받아들이고 싶어. 화가 나서 내 이성을 잃고 싶지 않아. 정신이 나가 그분을 놓치면 어떡해. 나는 더 이상의 명예와 영광과, 또 다른 재물과 다른 부모님과 다른 친척들을 바라지 않는

다. 낮에는 내 침대에 있다가 밤이면 그 달콤한 낙원, 그 쾌락의 과수원, 그 부드럽고 신선한 나무와 녹음 사이에서 멜리베아를 만나야지. 오, 나의 안식의 밤이여, 빨리 오라! 태양의 신 포이보스여, 밤이 오도록 너의 길을 빨리 재촉하라! 오, 달콤한 별들아, 일상보다 빨리 네 모습들을 드러내 다오! 오, 늦장꾸러기 시계여, 사랑의 화염에 휩싸인 너를 내가 봤으면 좋겠구나! 너는 너를 만든 시계공의 장치에 지배받지 않고 12시에 먼저 다다르기 위하여 너의 줄을 풀어 버릴 것이다. 그리고 너희들, 겨울의 달들아, 지금은 숨어 있지만 이 기나긴 대낮을 너희 긴 밤으로 채우기 위해 빨리 오너라! 벌써 그 부드러운 안식, 내 노동의 달콤한 위안을 맛보지 못한 게 1년이 된 것 같다. 그런데 지금 내가 요구하는 게 뭐지? 정신 나간 놈처럼 진득하게 기다리지도 못하고 뭘 요구하고 있는 거야? 결코 일어날 수 없는 일이 일어날 수는 없는 법이지. 자연의 순환이 무질서하게 일어나지 말기를. 모두에게 동일한 운행이 있고 모두에게 동일한 삶과 죽음의 시간이 있고 유성과 북극성과 달이 차고 지는 것과 같은 높은 하늘에서의 비밀스러운 운항이 그대로 이루어지기를. 세상 만물이 똑같은 제어와 똑같은 박차로 지배되는 법인데, 하늘의 시간이 12시가 안 됐는데 시계가 12시를 친들 내게 무슨 이득이 되겠는가? 아무리 일찍 일어나도 해는 빨리 뜨지 않는 법. 하지만 너, 달콤한 상상이여, 너는 할 수 있어. 그 빛나는 이미지의 천사 같은 모습과 나의 귓가에 그녀의 달콤한 말소리와 새침데기 짓과 그녀의 붉은 입술로 한 "저리로 가세요. 제게 오지 마세요", "무례하게 굴지 마세요" 같은 말들과, 때때로 내뱉는 "저를 망치지 마세요"라는 말들과, 말과 말 사이에 있던 우리들의 그 사랑스러운 포옹들과 나를 풀었다 안았다 하는 것과 도망갔다 다시 돌아오는 짓과 달콤한 입맞춤들. 나와 헤어질 때의 그 마지막 인사라니. 얼마나 많은 고통이 그녀의 입 밖으로 나왔던가. 기지개를 펴는 듯한 모습은 또 어떻고. 진주 같은 눈물이 하염없이 자신도 모르게 그녀의 빛나고 맑은 눈에서 떨어졌었지.

제9장

소시아 트리스탄, 주인님은 어때 보여? 눈 좀 붙였을까? 벌써 오후 4시인데 아직 우리를 부르지도 않았고 식사도 하지 않으셨어.

트리스탄 조용히 해. 잠자는 건 급하지 않아. 그보다 죽은 하인들 때문에 괴로워하시다가도 멜리베아와 함께했던 일들로 아주 즐거워하셔. 나약한 인간에게는 이처럼 극과 극이 자리 잡게 되어 있으니 그냥 그렇게 내버려 둬.

소시아 너는 나으리가 정말로 죽은 하인들 때문에 크게 괴로워하신다고 생각하니? 이 창문으로 보이는 저 길로 가는 저 여자가 더 괴롭지 않다면 저런 색의 옷을 입지 않았을 거야.

트리스탄 누구?

소시아 이리 와서 모퉁이를 돌기 전에 잘 봐. 저기 눈물을 닦으며 가는 검은 상복의 여자 말이야. 셀레스티나의 집에 살던 처자이고 셈프로니오의 여자 친구 엘리시아야. 아주 예쁜 앤데 지금은 어머니로 여겼던 셀레스티나와 친구 중에 가장 가까이 지냈던 셈프로니오를 잃어 얼굴이 못쓰게 됐네. 저 여자가 들어가는 그 집에 아름답고 우아하고 신선한 반매춘부가 살고 있어. 아우레사라고 하는데, 큰돈 들이지 않고 이 여자를 친구로 하는 자는 엄청 행운아야. 그 여자에 대해 내가 아는 바로는, 불쌍한 파르메노가 3일 밤 이상을 그 여자 때문에 힘들게 지냈다는 거고, 그래서 그가 죽었다는 소식에 그 여자가 가슴 아파할지도 모를 거라는 거야.

제15막

아레우사가 건달 센투리오에게 막말을 하는 가운데, 엘리시아가 오자 센투리오는 작별을 하고 떠난다. 엘리시아는 아레우사에게 칼리스토와 멜리베아의 사랑 때문에 사람들이 죽었다면서 세 사람의 죽음에 대한 복수를 이 두 연인에게 한다. 엘리시아는 자기 집에 있었던 좋은 시절을 잃지 않으려고 아레우사의 부탁을 받아들이지 않고 아레우사와 헤어진다.

아레우사, 센투리오, 엘리시아.

제1장

엘리시아 내가 전하는 슬픈 소식을 접하면 내 사촌은 어떤 반응을 보일까? 난 그 일로 울지 않을 거야. 걔는 울라지, 실컷 울라지. 세상 어디를 봐도 그런 남자는 없을 테니. 걔가 그렇게 슬퍼하는 게 난 좋아. 내가 슬픔을 못 이기고 그랬던 것처럼 걔도 머리카락을 쥐어뜯어야지. 죽음보다 좋은 삶을 잃는다는 게 더 힘들다는 것을 알아야 해. 걔의 비통한 모습 때문에 내가 얼마나 더 좋아하는지 걔는 모를 거야!

제2장

아레우사 내 집에서 꺼져 버려! 건달, 능구렁이, 거짓부렁이, 난봉꾼아! 헛된 약속과 알랑방귀로 나를 속이다니. 내가 바보지. 내가 갖고 있던 걸 다 훔쳐 갔잖아! 난 네게 겉옷과 망토며 칼이며 방패에 온갖 장식이 달린 셔츠에, 무기와 말까지 줘 가며 언감생심 너를 나으리처럼 해 놓았었지. 그런데 지금 날 위해 한 가지 해 달라고 부탁하니 천 가지 핑계를 댄단 말이지.

센투리오 너를 위해 열 사람을 죽이라고 하면 죽일 수 있어. 하지만 3마일씩이나 걸어가라는 건 못해.

아레우사 미친 도박꾼에 능구렁이야! 왜 말을 잡히고 도박을 했어? 내가 아니었다면 너는 벌써 교수형을 당했을 거야! 내가 너를 세 번이나 감방에서 구해 주었고, 네 번이나 네 노름빚을 갚아 주었잖아. 내가 왜 그 짓을 하지? 내가 미쳤나? 이 겁쟁이한테 뭐 믿을 게 있다고? 이놈의 거짓말을 내가 왜 믿지? 내 집으로 들어오게 한 이유가 뭘까? 좋은 점이 뭐가 있어? 곱슬머리에 얼굴에는 칼자국이 나 있고 두 번씩이나 태형을 받은 등짝과 칼에 팔이 잘려 나간 외팔이에, 30명의 여자를 팔아먹은 포주인데 말이야. 여기서 당장 나가! 다시는 널 보고 싶지 않아. 내게 말 걸지도 말고 나를 안다고도 하지 마! 안 그러면 나를 만드신 아버지와 나를 낳으신 어머니의 유골을 두고 맹세하는데, 너의 그 널찍한 등판에다 태형 천 대를 가하게 할 거야. 내가 그럴 수 있는 사람과 알고 지낸다는 건 너도 이미 알고 있잖아. 그렇게도 했고 말이야!

센트리오 바보가 헛소리하고 있네! 내가 화내면, 누가 우는데 그래. 하지만 내가 참고 간다. 누가 오는데. 우리 말 안 듣게 해.

제3장

엘리시아 들어갈게. 협박과 고발이 있는 곳에는 좋은 소리가 나질 않지.

아레우사 아, 불쌍한 내 신세야! 엘리시아, 대체 이게 무슨 일이니? 믿을 수가 없구나. 왜 상복을 입었어? 이 슬픔의 망토는 뭐야? 나를 놀라게 하는 이 일은 대체 뭐야? 빨리 말해 봐. 감조차 잡을 수가 없네. 네가 내 몸에 있는 피를 다 말라 버리게 하는 것 같다.

엘리시아 너무나 아프고 너무나 큰 손실이란다! 내가 슬퍼하고, 이런 복장을 한 것으로는 부족해! 내 마음은 이 망토보다 더 검고 내 내장은 이 치마보다 더 검어. 차마 입 밖에 낼 수가 없네! 목이 메어 말이 안 나온다.

아레우사 나를 계속 이렇게 내버려 둘 거야? 네 머리카락 쥐어뜯지 말고 너를 할퀴지도 말고 너를 학대하지도 말고 말 좀 해 줘. 우리 둘한테 안 좋은 일이야? 내 일이야?

엘리시아 아, 내 사촌이자 내 사랑아! 셈프로니오와 파르메노는 이제 이 세상 사람이 아니야. 죽었단 말이야. 그들의 영혼은 지금 연옥에서 이승의 죄를 씻고 있어. 슬픈 이승에서 해방되었어.

아레우사 그게 무슨 소리야? 거짓말! 제발, 가만있어. 나 기절할 거 같아.

엘리시아 나쁜 소식은 더 있어. 네가 더 한탄할 슬픈 이야기를 들어 봐. 너도 잘 알았던 분으로, 내가 어머니로 모시고 있었고 그분으로 인해 내가 동료들 사이에서 명예로웠고 그분으로 인해 내가 온 동네 안팎으로 알려졌던, 이렇게 말하니 셀레스티나 어머니가 살아생전 무슨 일을 하셨는지 벌써 알게 해 주고 계시네. 그분이 내 눈앞에서 수천 군데 칼에 찔려 죽으셨어. 내 무릎에서.

아레우사 이런 재앙이! 오, 죽도록 울어야 할 고통스러운 소식이라니! 너무나 급작스러운 재난이라니! 되돌릴 수 없는 손실이구나! 운명이 자신의 바퀴를 어찌 이리도 빨리 돌렸단 말인가? 누가 그들을 죽였니? 어떻게들 죽은 거야? 있을 수 없는 일이라서 도무지 감을 잡을 수가 없다. 살아 있는 그들을 본 게 일주일도 안 됐는데 하느님이 그들을 용서해 주시라는 말을 해야 하는 거야? 어떻게 그런 끔찍한 일이 벌어졌는지 말 좀 해 봐.

엘리시아 그래. 너 칼리스토와 멜리베아 미친 연놈의 사랑 놀음 들었지? 그 일에 셀레스티나 어머니가 셈프로니오의 주선으로 중개인 역할을 했거든. 어머니가 그 일을 너무나 열심히, 성실하게 하신 덕분에 두 번째 방문 만에 일을 성사시키셨지. 칼리스토는 생각지도 못했던 일이 그렇게 좋은 방향으로 너무도 빨리 성사되자 금 목걸이를 불쌍한 내 어머니에게 선물했어. 그런데 그 금이라는 게 가지면 가질수록 더 갖고 싶은 갈증을 생기게 만들잖아. 어머니는 금 목걸이를 받자 눈이 뒤집히고 욕심이 더 생겨 셈프로니오와 파르메노에게 주기로 한 몫을 거부했던 거야. 칼리스토가 주는 것은 자기들끼리 나누기로 했었거든. 셈프로니오와 파르메노가 자기 주인을 따라 멜리베아의 집에 갔다가 밤을 새우고 오던 날 새벽에 아주 화가 나 있었는데, 그들 사이에 무슨 일이 있었는지는 모르겠고, 여하튼 걔들이 우리 집에 와서 자기들도 보상을 받아야 하니까 자기네 몫을 달라고 했지. 하지만 어머니가 그들과의 계약과 약속을 거부한 거야. 그러면서 번 것은 모두 자기 것이라고 하며 다른 비밀들을 폭로했는데⋯⋯ 그런 속담이 있잖아, 뚜쟁이들이 싸우면 진실이 드러난다고. 이미 피곤하고 화가 나 있던 걔들한테 어머니가 앞으로 즐길 수 있는 사랑을 모두 박탈하겠다고 해서 머리를 돌게 만든 거지. 걔들은 잔뜩 기대하고 있었는데 믿음이 깨졌으니 어떻게 해야 할지를 몰랐던 거야. 오랜 시간 고성이 오가더니, 마침내 어머니가 자기 혼자 독식하겠다고 너무 욕심을 부리니까 칼로 마구 찔러 버린 거야.

아레우사 저런 불행한 여자가 있을까! 그분의 늙음이 이렇게 끝나려고 했던 건가? 그런데 걔들은? 어떻게 된 거야?

엘리시아 이미 죄를 저지른 터라 마침 그곳을 지나던 경찰한테서 도망가려고 창문으로 뛰어내렸지. 거의 죽은 상태로 된 걔들을 붙잡아 지체하지 않고 즉각 목을 잘라 버렸어.

아레우사 오, 나의 파르메노, 내 사랑, 그의 죽음이 나에게 이처럼 무거운 슬픔을 가져다줄 줄이야! 내가 더 계속할 수가 없어서 짧은 시간 그와 함께했지만 큰 사랑이었는데. 그러나 이제 불행한 일은 일어났고, 지나간 일이야. 또 운다고 죽은 사람들이 살아 돌아올 것도 아니니, 너무 힘들어 하지 마. 울다가 눈이 멀어 버리겠다. 네가 나보다 더 마음 아프겠지만 내가 얼마만한 참을성으로 이 일을 견뎌 내는지 너는 보게 될 거야.

엘리시아 화가 나! 머리가 빠개지는 것 같아! 나만큼 아파하는 사람이 없어! 내가 잃은 것만큼 잃을 사람이 없어! 다른 사람의 불행을 나만큼 진심으로 슬퍼하는 사람도 없을 거야! 이제, 나는 어디로 가지? 어머니도, 망토도 걸칠 것도 잃고 남편보다도 완전해서 아쉬운 것이 없던 친구를 잃었으니? 오, 현명하고, 존경받고 권위 있던 사람 좋던 어머니! 내가 저지른 수많은 실수를 얼마나 현명한 가르침으로 덮어 주셨던가요! 당신은 열심히 일하실 때 저는 놀았고, 당신이 외출하실 때 저는 집 안에 박혀 있었으며, 당신은 헐벗을 때 저는 옷을 입고 있었습니다. 당신이 벌집을 드나드는 벌처럼 분주하게 집을 드나드실 때 저는 다른 것을 할 줄 몰라 일을 망가뜨리기만 했지요. 오, 세상의 재물과 기쁨이여, 사람들이 너를 소유했을 때는 고마운 줄 모르다가 잃고 나서야 아쉬움을 느끼는구나! 오, 칼리스토와 멜리베아, 이 숱한 죽음의 원흉들아! 너희들의 사랑이 불행하게 끝나기를. 너희들의 달콤한 쾌락이 쓴맛으로 변하기를. 너희들의 영광이 통곡으로 변하고, 너희들의 안식이 고통으로, 너희들이 몰래 나누는 기쁨의 장소에 있는 채소들이 뱀으로 변하고 연가가 통곡으로 변하고 과수원의 무성한 나무들이 너희들이 바라봄으로 인해 말라 버리고 과수원의 향기로운 꽃들이 검은색으로 변해 버리기를 바란다!

아레우사 그만해! 제발, 불평은 이제 그만해. 눈물을 닦고, 현실로 돌아와야 해. 하나의 문이 닫히면, 운명은 다른 문을 열어 주기도 해. 이번 불행이 너무나 큰 상처이기는 하지만, 곧 아물 거야. 그리고 치유가 불가능하다면 보복할 수 있는 일은 많아. 이번 일의 치유는 의심되지만 보복은 우리 손에 있어.

엘리시아 이 원한을 누구에게 푼단 말이야? 죽음과 죽인 자들이 나를 이렇게 슬프게 하는데? 저지른 실수보다 범죄자들에 대한 처벌이 나를 괴롭히는데! 내가 뭘 하면 좋겠어? 왜 나한테 모든 짐을 지우는 거지? 그 사람들과 함께 죽었으면, 이렇게 혼자 남아 그들을 위해 통곡하고 있지는 않을 텐데. 더 가슴 아픈 것은 일이 그렇게 됐는데도 그 매정한 놈이 매일 밤 멜리베아의 똥을 극진히 대접하느라 그 여자 보러 가는 걸 그만두지 않고 있다는 거야. 그리고 그년은 자기 때문에 뿌려진 피를 보면서 아주 우쫄대고 있어.

아레우사 그게 사실이라면 누구에게 복수를 해야 가장 좋을까? 빚진 놈이 갚아야 하는 거니까. 내가 그 연놈들에게 쓰디쓴 사랑의 맛을 보게 할 테니 내게 맡겨. 그 연놈들이 언제, 어떻게 만나고 어디로 해서 몇 시에 가는지 알아볼 거야. 너, 나를 옛날의 네가 알았던 빵집 딸로 보지 마. 이 일을 네가 들어오다가 봤던, 나와 함께 싸우던 그놈한테 맡기자. 셀레스티나의 사형수가 셈프로니오였듯이 칼리스토의 사형수는 그놈이 되도록 말이야. 그놈은 내가 내 일로 심부름을 시키면 얼마나 좋아하는지 몰라. 내가 그놈을 박대해서 크게 낙심해 갔는데 내가 다시 말을 걸고 일을 시키면 하늘이 다시 열리는 것 같을 거야. 그러니까 너는 일이 어떻게 되어 가는지, 누구한테 정보를 얻을 수 있는지 말해 줘. 지금은 멜리베아가 좋아 죽겠다고 하지만 그 모든 것을 통곡하게 만들 올가미를 준비할 테니까.

엘리시아 내가 파르메노의 다른 동료로, 칼리스토의 말을 돌보는 소시아라는 애를 알아. 걔가 매일 밤 주인을 모시고 가거든. 걔한테서 모든 비밀을 캐낼게. 비밀을 알면 네 일에 많은 도움이 될 거야.

아레우사 그 기쁨을 내가 누리게 해 줘. 걔를 이리 보내 줘. 내가 걔한테 온갖 감언이설과 선물 공세를 펴서 이제까지 했던 일과 앞으로 할 일 등 모든 비밀을 게워 내게 할 거야. 그러고 나서 걔 주인 칼리스토로 하여금 그동안 먹은 즐거움을 토해 내게 할 거야. 엘리시아, 너는 아파하지 말고, 옷가지와 네 장신구들을 챙겨 우리 집으로 와. 혼자 있으면 외로울 테니 나랑 같이 지내. 고독하면 슬퍼져. 새로운 사랑으로 옛사랑을 잊어. 아들 하나를 얻으면 죽은 아들 셋을 잊게 돼. 새로운 계승자로 지난 잃어버린 기쁨과 즐거웠던 추억들은 회복돼. 내가 빵 하나를 가지면 넌 그 반을 가지게 될 거야. 너를 힘들게 한 사람들보다 네가 힘들어 하는 게 난 더 가슴 아프다. 불확실한 것에 대한 희망이 주는 기쁨보다 확실한 것을 잃었을 때의 상심이 더 큰 법. 그러나 이미 일어난 일은 어쩔 수 없고, 죽은 사람들은 다시 살아날 수가 없어. 그래서 '죽은 사람은 죽고, 산 사람은 살아야 한다' 라는 말이 있잖아. 산 사람들은 나에게 맡겨 둬. 내가 너를 대신해서 그 연놈들이 네게 줬던 것과 똑같은 쓰디쓴 약을 그 연놈들이 마시도록 할 테니까. 아이고, 아직 나는 젊은데 아무리 화가 나도 그렇지, 어떻게 이런 악한 짓을 꾸미고 있을까? 하느님은 내게 다른 것을 복수하게 하시고 센투리오가 나 대신 칼리스토에게 복수를 할 거야.

엘리시아 네가 시킨 사람을 내가 불러낸다 해도 네가 바라는 것만큼의 효과는 없을 수도 있다는 걸 염두에 둬. 비밀을 누설하려다가 죽은 사람들의 고통이 산 사람에게 비밀을 지키도록 할 테니까 말이야. 나더러 짐 싸 들고 와서 같이 살자고 한 것에 대해선 고맙게 생각해. 하느님이 너를 보호하시고 네게 부족함이 없도록 해 주시기를……. 너의 사랑과 애정이 헛되지 않을 거야. 무엇보다 역경을 이겨 내는 데 도움이 된다. 나도 이리 와서 너랑 같이 지내면 좋겠는데 무슨 화가 나에게 미칠지 몰라 그렇게는 못할 거 같아. 나를 잘 아니까 이유야 따로 말할 필요가 없겠지. 내가 사는 곳에서는 내가 알려져 있잖아. 나는 그곳 사람이고, 하느님이 계시는 한 그 집은 절대로 셀레스티나의 이름을 잃지 않을 거야. 그 집에는 셀레스티나가 키워 반친척이나 마찬가지인 젊은 여자들이 늘 들락거려. 거기서 모임을 가지니까 내가 얻는 것도 있지. 그리고 얼마 남지 않은 내 남자 친구들은 다른 집을 몰라. 너도 이미 알다시피 습관을 버리기란 너무 힘들어서, 늘 해 오던 생활을 바꾼다는 것은 일종의 죽음이나 마찬가지야. 그래서 구르는 돌에는 이끼가 끼지 않는다는 속담이 있잖아.* 더구나 집세가 금년 말까지 지불되어 있으니까 돈이 아까워서라도 그곳에 있을 생각이야. 개별적으로 하면 충분하지 못할 일도 모여서 하면 큰 도움이 돼. 이제 집에 가야 할 시간이네. 소시아더러 너를 보러 가라고 해야겠다. 잘 있어. 나 간다.

제16막

플레베리오와 알리사는 자신의 딸 멜리베아가 사실과 달리 처녀인 줄 알고 딸의 혼사에 대한 이야기를 나누고 있다. 멜리베아는 부모님으로부터 들은 말에 큰 충격을 받고 그런 말을 하지 않도록 루크레시아를 보낸다.

플레베리오, 알리사, 루크레시아, 멜리베아.

제1장

플레베리오 여보, 사람들이 말하듯이 시간이 우리 손가락 사이로 빠져나가는 듯하구려. 마치 세월이 강물처럼 흘러가는구려. 삶만큼 도망가기에 가벼운 물건은 없는 것 같소. 자연의 법칙에 따라 죽음이 우리를 항상 뒤쫓고 우리를 에워싸고 있어서, 우리는 죽음을 이웃하고 그쪽으로 기우나 봅니다. 주위에 있는 우리 나이 또래 사람들이나 형제나 친척들을 보면 이런 사실을 확실히 알게 되지요. 땅이 벌써 그들을 모두 먹었잖소. 모두가 자신들의 영원한 거주지에 있지 않소. 우리는 언제 죽음이 우리를 부를지 모르기 때문에, 확실한 신호를 보면 그 길을 갈 채비를 단단히 해야 한다오. 준비되어 있지 않은 우리를 데려가지 말도록 말이오. 죽음의 잔인한 목소리가 갑자기 우리에게 오지 않도록 말이오. 그러니 우리 시간을 갖고 우리의 영혼과 마음의 준비를 해 둡시다. 습격당하는 것보다는 준비하고 기다리는 것이 낫지요. 우리의 재산을 우리의 달콤한 자손에게 물려줍시다. 우리의 외동딸을 우리와 신분이 맞는 남편감과 결혼시킵시다. 그래야 우리가 마음 놓고 고통 없이 이 세상을 하직할 수 있기 때문이오. 그 일은 지금부터 빨리 서둘러서 실행에 옮겨야 해요. 그동안 여러 번 말만 꺼냈는데, 이번에는 꼭 실천합시다. 우리가 게을러서 우리 딸이 후견인* 손에 맡겨져서는 안 돼요. 우리 집에 있는 것보다 결혼해서 가정을 꾸리고 자기 집에 있는 게 더 좋아 보일 게요. 우리 애가 사람들 입에 오르내리면 절대 안 돼요. 아무리 완벽한 덕이라도 비난이나 험담은 있지요. 그러니 깨끗한 평판을 가지려면 일찍 결혼시키는 것 외엔 다른 방법이 없소. 이 마을에서 우리와 연을 맺기를 거부할 사람이 누가 있겠소? 어느 누가 우리 딸과 같은 보배를 배우자로 삼아 행복해하지 않을 사람이 있겠소? 어떤 규수가 결혼에 요구되는 네 가지 필수 조건을 우리 딸만큼 갖췄겠소? 굳이 말하자면, 조신함과 정직함과 처녀성이 먼저요, 다음은 아름다움이요, 그다음은 훌륭한 가문과 친척들이고 마지막으로 재산인데 말요, 우리 딸은 이 모든 것을 다 갖추고 있잖소. 그리고 사람들이 우리에게 요구하는 건 뭐든 다 얻을 게요.

알리사 하느님의 가호가 우리 딸애에게 있기를 진심으로 바라야지요. 여보, 우리가 살아 있을 때 이 소원들이 이루어지는 것을 본다면 얼마나 좋을까요. 그런데 그전에 당신의 덕이나 가문의 귀족 혈통으로 보아 우리 딸애의 짝이 될 만한 적격자가 많을 것 같지가 않아요. 그러나 이런 문제는 아버지들이 정할 일이고 아낙네들과는 관계없으니 저는 그저 당신이 정하시는 대로 따를 것이고 우리 애도 순종할 것입니다. 우리 딸이 지금까지 깨끗하고 정직하게 살아온 것과 겸손한 태도를 보면 말예요.

제2장

루크레시아 (아씨가 들으면 기절하시겠네! 벌써, 제일 중요한 것을 잃으셨는데! 당신들 늙음에 불행한 세월이 준비되어 있구려! 칼리스토가 제일 중요한 것을 가져갔는데. 셀레스티나가 죽었으니 처녀성 복구 수술을 할 사람도 없고. 늦게 결심하셨어! 좀 더 일찍 불을 끄셨어야죠!) 아씨! 아씨! 이 말 좀 들어보세요!

멜리베아 거기 숨어서 뭘 하니?

루크레시아 이리 와서 부모님께서 나누시는 말씀 좀 들어 보세요. 아씨 결혼을 서두르고 계세요.

멜리베아 조용히 해! 제발! 부모님께서 들으실라. 말씀하시게 놔둬. 빈말하시도록 그냥 둬. 한 달 전부터 다른 일은 안 하시고 다른 말씀도 안 하셔. 칼리스토를 향한 나의 엄청난 사랑과 그분과 함께한 그 모든 것을 예감하신 것처럼 말이야. 그분과 함께한 지 한 달이 되었구나. 내 사랑을 눈치채셨는지 모르겠다! 이전에는 안 그러시더니 요즘 들어 부쩍 왜 이러시는지 모르겠네! 내가 부모님께 헛수고를 하시게 하는 거지 뭐. 물레방앗간에서 물레방아지기가 귀머거리면 아무리 노닥거려도 소용이 없어.* 어느 누가 내 영광을 앗아 가고, 내 기쁨을 내게서 떼어 낼 수 있겠니? 칼리스토는 나의 영혼이며 나의 생명이자 나의 주인이시고, 그분 안에 내 모든 소망이 있어. 나는 그분이 진심으로 나를 사랑하시기에 그분의 사랑은 거짓이 아님을 알아. 그러니 내가 어떤 것으로 그분께 보답할 수 있겠니? 세상에 있는 빚은 모두 다양한 방식으로 보상되고 있어. 하지만 사랑은 사랑으로밖에는 보답이 안 돼. 그분을 생각하는 것이 즐겁고, 그분을 보면 행복하고, 그분의 말소리를 들으면 영광스러워져. 나를 그분 뜻대로 하기를 바란단다. 그분이 바다를 건너자면 나도 따라 건널 것이고, 세계를 일주하자면 나도 함께 일주를 할 거다. 나를 적지에 팔아 버린대도, 나는 달게 팔려 가겠어. 부모님이 나를 딸로 두고 보시겠다면, 나를 그분과 함께하도록 내버려 두시면 돼. 결혼시키시겠다는 계획이나 그 밖의 허황된 생각들은 다 쓸데없는 짓이야. 잘못 결혼한 여자보다 좋은 친구가 되는 게 더 가치 있어. 부모님이 지친 노년을 즐기시려면 나로 하여금 젊은 시절을 즐기도록 내버려 두셔야 할 거야. 그렇지 않으면 곧 나를 잃게 되시고 세상을 떠나시게 될 거야. 내가 나를 알고 나서 가장 애석하게 생각하는 것은 그분을 알지 못하고 보낸 시간, 그분을 즐기지 못하고 보내 버린 시간이다. 나는 남편을 원하지 않고 결혼의 신성함을 더럽히고 싶지도 않고, 다른 사람이 걸었던 결혼 생활을 다시 밟고 싶지 않아. 옛날 책에서 읽은 숱한 여성들이 한 것처럼 말이다. 아니면 나보다 더 신중하고 더 높은 가문과 신분의 여성들이 했던 그런 결혼 생활을 원하지 않아. 그녀들 중 몇몇은 아이네이아스와 큐피드의 어머니인 비너스처럼 신격화되기도 했는데, 결혼한 몸으로 결혼의 믿음을 깼지.* 더 강한 열정에 극악무도한 짓과 근친상간을 저지른 여자들도 있어. 키프로스 섬의 왕녀 미라와 자기 아버지와의 관계* 나 바빌로니아의 세미라미스와 자기 아들 니노와의 관계,* 카나케와 자기 오빠 마카르와의 관계,* 다윗 왕의 딸 다말과 오빠 암논과의 관계* 등이 있어. 이보다 더 잔인하게 자연의 법칙을 어긴 여자들도 많아. 미노스의 왕후 파시파에가 황소와 교접한 사실 말이야. 이처럼 신분 높은 여자들이 저지른 죄에 비하면 내가 한 것은 욕먹지 않고 지나칠 만한 거야. 내 사랑은 정당한 이유가 있었어. 지금과 같이 완전한 관계가 이루어지기 전에 그이가 얼마나 간청했고 나 때문에 고통을 당했으며, 아주 위험한 방문을 한 셀레스티나와 같은 빈틈없는 전문가의 희생적 노고와 도움이 있었기에 나는 그분에게 합당한 노예가 되었던 거지. 그러고 나서 너도 알다시피 한 달이 지났어. 그동안 단 하룻밤도 높은 성루처럼 우리 과수원에 사다리가 놓이지 않은 적이 없었으며, 오셨다가 헛되이 돌아가신 밤도 많았지. 그래서 난 우리의 사랑을 아파하거나 힘들어 하지 않아. 나 때문에 그분의 하인들이 죽었고, 재산을 잃으셨으며, 이 마을에 없는 것처럼 누구와도 만나지 않고 매일 밤 나를 만나는 희망으로 두문불출하고 계셔. 이토록 진실한 칼리스토에게는 배은망덕이나 아첨이나 속임수는 있을 수 없어! 난 남편도 싫고, 부모도 싫고, 친척도 원하지 않아! 칼리스토가 없으면 내 목숨도 없어. 목숨은 그이가 나로 인하여 즐겁고, 내가 그이로 인하여 행복할 때 존재하는 거야.

루크레시아 조용히 하세요, 아씨. 아직 부모님이 주무시지 않고 계세요.

제3장

플레베리오 여보, 그러니 우리가 딸에게 결혼 이야기를 꺼내야 하지 않겠소? 청혼이 들어오는 대로 알려 자기 마음에 드는 사람을 선택하게 해야겠지요? 비록 자식들은 아버지 권한 아래 있지만, 당사자들이 서로 마음에 드는지 안 드는지를 말할 자유는 법으로 되어 있지요.

알리사 무슨 말씀을 하시는 거예요? 시간을 어디에 낭비하실 생각이세요? 누가 그 애를 놀라게 하지 않고 그런 큰 소식을 전하겠어요? 어떻게 하신다고요? 그 애가 남자가 무언지, 결혼한다는 것이, 아니 결혼이라는 것이 뭔지 알고 있다고 생각하세요? 남녀가 교접해야 아기가 태어난다는 것을 걔가 알기나 할 것 같아요? 숫처녀인 걔가 아무것도 모르고 전혀 이해도 못하는 것에다 터무니없는 욕망을 일으킬 것이라고 생각하세요? 걔가 생각으로라도 그럴 수 있다고 생각하세요? 여보, 그런 생각 말아요. 남자의 지위가 높건 낮건, 잘생겼건 못생겼건 우리가 정해서 시집을 보내면 그것으로 만족할 거예요. 제가 지키며 기른 딸이니 제가 잘 알아요.

제4장

멜리베아 루크레시아, 루크레시아야! 빨리 쪽문으로 뛰어가서 거실로 들어가, 그분들의 말을 막아라. 무슨 구실이든 붙여서 나에 대한 찬사를 중단시켜라. 내가 미친년처럼 소리 지르며 가는 걸 원치 않는다면 말이다. 내가 아무것도 모르는 순진한 애라고 하시는 말씀에 화가 나는구나.

루크레시아 곧 가요, 아씨!

제17막

페넬로페의 정조가 없는 엘리시아는 아레우사의 충고를 찬양하면서 죽은 사람들 때문에 입었던 상복을 벗고 슬픔도 잊으려 한다. 엘리시아는 아레우사의 집에 가고, 그곳으로 소시아가 온다. 아레우사는 소시아로부터 칼리스토와 멜리베아 사이의 모든 비밀을 캐낸다.

엘리시아, 아레우사, 소시아.

제1장

엘리시아 상복을 입고 있으니 일이 안 돼. 내 집을 찾는 사람도 많이 줄고 이 길로 다니는 사람도 줄어들었어. 아침에 들리던 음악도 더 이상 없어. 남자 친구들의 노랫소리도 더 이상 없고 나 때문에 일어난 칼싸움 소리나 밤의 소음도 들리지 않아. 제일 나쁜 건 내 집 문으로 돈이 들어오는 게 안 보인다는 점이야. 이 모든 게 내 잘못이야. 나를 이 지경으로 몰고 간 그 슬픈 일에 대한 소식을 듣고 아레우사를 찾아갔던 그날, 나의 진정한 자매이자 나를 진실로 사랑하는 개의 충고를 받아들였더라면 지금 이 두 벽 사이에서 혼자 지내고 있진 않을 텐데. 나를 찾는 사람이 지겹도록 없네. 악마가 내게 고통을 갖게 하는데, 누구 때문인지 모르겠네. 내가 죽으면 누군가도 그러기를! 아레우사가 한 말이 옳아. "엘리시아, 다른 사람의 불행이나 죽음 때문에 너무 아파하지 마. 그 사람이 네가 죽어도 그럴까를 생각해 봐." 내가 죽었다면, 셈프로니오는 좋아했을 거야. 그렇다면 내가 왜 그 목 잘린 놈 때문에 아파해야 돼? 내가 어머니처럼 모시던 셀레스티나를 죽일 만큼 급한 성격에 미친놈인데 나를 죽일지 어떻게 알아? 나보다 세상에 대해 더 많이 아는 아레우사의 충고를 무조건 받아들이고, 자주 개를 찾아가 세상 살아가는 방법을 배워야겠다. 오, 그렇게도 부드럽고 즐겁고 달콤한 대화라니! 지혜로운 사람의 단 하루 생활이 우매한 자의 전 생애보다 낫다는 말이 헛말은 아니야. 이제는 상복도 벗어 버리고, 슬픔도 잊고, 툭 하면 나올 준비가 되어 있던 눈물과도 안녕을 고해야겠어. 하지만 우리가 세상에 태어나면서 제일 먼저 하는 일이 우는 것이니 우는 일보다 쉬운 게 없고 그만두기에는 힘든 일이라는 게 신기할 것도 없네. 하지만 이래서 좋은 머리가 있는 거야. 퉁퉁 부은 눈을 보거나 치장이 아름답지 않은 여자도 아름답게 만들고 늙은 처자를 더 싱싱한 처자로 만드는 것을 보면 말이야. 사내들이 걸려들어 빠져나오지 못하게 하는 끈끈이*는 다름 아닌 연지와 분이야. 그런데 내 거울과 알코올이 어디 있지. 내 눈이 엉망이네. 내 흰 가운과 수놓인 내 옷깃과 내가 즐길 때 입던 옷들은. 벌써 색이 빠져 버린 내 머리카락은 잿물로 다시 금발로 만들어야지. 이걸 한 다음 목욕을 하고 잠자리를 정리할 거야. 깨끗하면 마음까지 상쾌해지거든. 그다음 문간을 청소하고 앞길에 물을 뿌리면 지나가던 사람들이 이 집에 상이 끝난 줄 알 거야. 하지만 먼저 아레우사를 만나 소시아가 거기 왔는지와 일이 어떻게 되었는질 물어봐야겠다. 아레우사가 소시아를 보고 싶어 한다고 말한 뒤로 걔를 못 보았으니. 제발 아레우사 혼자 있었으면 좋겠다. 술주정뱅이들로 가득한 술집처럼 걔가 사내놈들과 함께 있지 않은 걸 한 번도 본 적이 없으니. 문이 닫혀 있네. 안에 사내가 없어야 하는데. 불러야지. 똑똑똑

제2장

아레우사 누구세요?

엘리시아 문 열어, 나야, 엘리시아.

아레우사 들어와. 아이고, 상복을 벗어 던져 버리고 오는 걸 보니 내가 너무 기쁘다. 이제부터는 우리 같이 즐기자. 이제는 나도 네 집을 방문할게. 내 집에서도 보고 네 집에서도 보고. 이렇게

보면 셀레스티나가 죽은 게 우리 둘한테는 잘된 거네. 난 벌써 지금이 그때보다 너 나은 것 같아. 그래서 옛말에 죽은 사람들이 산 사람들의 눈을 뜨게 한다고 하는 건가 봐. 어떤 사람들에게는 재산에 눈을 뜨게 하고, 또 어떤 사람들에게는 너처럼 자유에 눈을 뜨게 하나 봐.

엘리시아 문에 누가 왔어. 우리끼리 이야기할 시간을 주지 않는군. 사실은 소시아가 여기 왔다 갔는지 알고 싶어서 왔어.

아레우사 안 왔어. 나중에 이야기하자. 문 부서지겠다! 열러 가야겠다. 그렇게 급하게 문을 두드리는 사람은 미친놈이 아니면 측근이지.

소시아 문 열어요, 소시아예요. 칼리스토의 하인 소시아요.

아레우사 저런, 호랑이도 제 말 하면 온다더니.* 엘리시아. 저 장식 뒤에 숨어서 지켜봐. 내가 이놈한테 헛바람을 잔뜩 불어넣어서 여기서 떠날 때면 그놈이 얼마나 우쭐해져 가는지 말이야. 이놈이 말빗으로 말의 먼지를 털어 내듯* 내가 사탕발림 말로 이놈한테서 이놈과 다른 놈의 비밀을 모두 털어 내고 말 거야.

제3장

아레우사 나의 소시아야? 나의 은밀한 친구이자 내가 얼마나 사랑하고 있는지도 모르는 사람? 너무나 평판이 좋아 내가 그렇게도 알고 싶었고, 자기 주인에게 충성하는 사람이며 동료들의 가장 훌륭한 친구인 소시아? 오, 내 사랑, 너를 껴안고 싶어. 지금 너를 보니 사람들이 내게 말하던 것보다 더 많은 덕을 지니고 있는 것 같아. 이리로 와. 들어가서 같이 앉자. 너를 보는 게 난 즐거워. 불쌍한 파르메노의 모습이 역력하군. 오늘은 날이 아주 쾌청해서 나를 보러 온 거구나. 나를 전에 알았었어?

소시아 아가씨, 당신의 아름다움과 우아함과 지혜에 대한 소문은 이 도시에서 너무나 잘 알려져 있기 때문에 알려진 것보다 더 알려지려고 할 필요 없어요. 누구나 아름다움을 말할 때에는 다른 많은 여자들을 놔두고 먼저 아가씨를 기억하더군요.

엘리시아 (오, 찢어지게 가난한 후레자식, 우아한 척은! 가운을 입고 다리는 밖으로 내놓은 채 안장 없이 물로 뛰어가는 꼴이구나! 그런데 지금은 신발과 망토를 차려입고 문자까지 쓰려 드는데!)

아레우사 그렇게 말하면 내가 부끄럽잖아. 누가 들으면 어떻게 해? 하지만 다른 모든 남자들처럼 너도 그렇게 표현하는데, 그런 거짓부렁이 찬사는 너무 흔한 데다 여자들한테는 판에 박은 소리라서 나는 그런 말에 황홀해하지 않아. 그런데 너에게 하고 싶은 말은, 소시아, 너는 그럴 필요가 없다는 거야. 나를 치켜세우지 않아도 나는 너를 사랑해. 나를 새로 얻으려 하지 않아도 너는 이미 나를 갖고 있어. 너를 보자고 한 데는 두 가지 이유가 있어. 지금껏 내게 한 아첨이나 거짓말을 내게 더 할 거면 더 이상 너와는 말 안 할 거야. 그 두 가지가 비록 네게 이익이 되더라도 말이야.

소시아 아가씨, 내가 아가씨를 속일 거라는 건 하느님도 원하지 않으세요. 나는 아가씨가 내게 베풀고자 하는 큰 은혜를 확신하고 왔어요. 나는 아가씨의 신발을 벗길 자격도 없는 놈입니다. 아가씨, 내 혀를 이끌어 주시고 나 대신 아가씨께서 당신의 말씀에 답하세요. 나는 모든 것을 허가할 것입니다.

아레우사 아이구, 내 사랑, 내가 파르메노를 얼마나 사랑했는지 잘 알 거야. 사람들이 그러지, 벨트란을 끔찍이 사랑하면 그의 모든 것을 사랑한다고 말이야.* 파르메노의 친구라면 난 모두 반가워. 자기 자신에게 하듯 주인을 섬겼던 그 충성심이 보기 좋았어. 주인 칼리스토에게 해가 되는 일을 보면 그 일을 막았었지. 일이 이처럼 되기를 바라면서 네게 두 가지를 말하려고 했던 거야. 한 가지는 내가 너를 사랑한다는 걸 네가 알아 달라는 거야. 너와 함께라면 뭐든 즐겁고 우리 집에 오면 넌 늘 환영이야. 이런 경우 네가 잃을 것은 하나도 없잖아. 오히려 네게 이익이 되면 됐지. 두 번째는, 내가 항상 너를 주시하고 내 사랑을 네게 보내고 있기 때문에 네가 위험에 처하지 않도록 조심하고 어느 누구에게도 너의 비밀을 털어놓지 말라는 것을 경고하기 위해서야. 너도 봤잖아. 셀레스티나가 알고 있던 비밀을 아는 바람에 파르메노와 셈프로니오가 얼마나 큰 피해를 입었는지 말이야. 네 동료처럼 네가 개죽음 당하는 거 보고 싶지 않아서 그래. 한 사람 때문에 운 것으로 난 족하거든. 이 말을 네게 하는 이유는 어떤 사람이 내게 와서 네가 자기에게 칼리스토와 멜리베아 사이의 사랑 놀음을 까발렸다는 거야. 그뿐인가. 어떻게 그 여자를 손에 넣었고 매일 밤 네가 네 주인을 모시고 간다는 것과 그 밖에도 내가 옮기기에 곤란한 많은 것들을 얘기해 줬어. 비밀을 지키지 않는 건 여자들의 일이라는 걸 알아 둬. 물론 모든 여자들이 그런 건 아니고 천한 여자나 애 엄마들이 그렇지. 큰 피해를 보지 않도록 조심해. 그래서 하느님은 두 개의 귀와 두 개의 눈을 주시면서 한 개의 혀만 주셨지. 가급적 말하지 말고 보고 듣는 일은 두 배로 하라고 말이야. 네 친구에게라도 네가 알고 있는 비밀은 말하지 마. 그 친구가 네 비밀을 지킬지 어떻게 알아. 그리고 주인을 따라서 멜리베아 집에 가거든 절대로 야단법석 떨지 마라. 땅도 모르게 하란 말이야. 사람들이 그러는데, 네가 매일 밤 좋아 죽겠다고 미친놈처럼 고함을 질러대며 간다고 하더라.

소시아 그런 이야기를 아가씨께 가지고 온 사람들은 도대체 어떤 사람이란 말인가! 어쩜 그렇게 신중하지 못하고 제멋대로 된 사람들이라니! 내 입에서 그런 말을 들었다는 거 다 거짓말예요. 내가 달밤에 말에게 물 먹이러 가면서 흥얼거리고, 일이나 화를 잊으려고 노래 부르며 가는 것을 본 사람들이 뭔가를 의심하고는 불확실한 것을 사실로 만들어 버린 거죠. 이 일도 밤 10시 전에 하는 건데. 그래요. 칼리스토가 미치지 않은 이상 사람들이 첫 단잠에 빠져들 때를 기다리지 않고 그 시간에 그 불명예스러운 일을 하러 간다는 것은 있을 수 없는 일이죠. 게다가 그런 일은 매일 할 수 없어서 매일 밤 가지도 않아요. 절름발이보다 거짓말쟁이를 먼저 잡으라는 말이 있듯이 아가씨, 그 사람들의 말이 거짓이라는 걸 더 확실하게 알기를 원한다면 한 달에 여덟 번도 안 갔어요. 거짓말로 음모를 도모하는 사람들은 매일 밤이라고 하지만 말입니다.

아레우사 그러면 내 사랑, 내가 그놈들을 벌하고 거짓 증거의 올가미에 잡아넣을 테니까 너희들이 가기로 한 날들을 말해 줘. 그놈들이 틀린 것이라면 네 비밀은 내가 확실하게 지키고, 그놈들은 분명히 중상모략한 것으로 밝혀지겠지. 그놈들의 말이 사실이 아니기 때문에 넌 위험에 처하게 되고, 나는 네 안전을 생각하느라 한시도 마음 놓을 수가 없거든. 나는 너와 오랫동안 즐기고 싶어.

소시아 아가씨, 여러 말 맙시다. 오늘 밤 12시 종이 울릴 때, 멜리베아의 과수원에서 만나기로 되어 있어요. 그러니 내일 그 사람들한테 내가 떠들었느냐고 물어보세요. 그렇다고 하면 내 머리를 쥐가 뜯어 먹은 것처럼 깎아 버리세요.*

아레우사 과수원 어디서? 그들을 공박하려면 자세히 알아야지. 그놈들이 장소를 잘못 알고 우물쭈물대며 서성거리다 너를 못 만날 수도 있잖아?

소시아 그 집 뒤쪽, 뚱보 주지가 사는 길로 해서 그 집 뒤쪽이오.

엘리시아 (잘도 걸려드는구먼!, 거렁뱅이 씨. 더 이상 필요 없겠어! 저런 노새몰이꾼의 손에 의지하다니, 빌어먹을 짓이야! 술술 잘도 부는군!)

아레우사 형제와 다름없는 소시아여, 네 말을 들어 보니 네가 정직하고 네 적들이 헛소문을 퍼뜨린 것 같다. 자, 그럼 이제 가

봐. 내가 다른 할 일이 있거든. 너와 말하느라 많이 지체됐어.

엘리시아 (오, 현명한 여인이여! 오, 보내는 방법 좀 봐! 저렇게 자기의 비밀을 가볍게 털어놓는 당나귀에겐 합당한 처사지!)

소시아 우아하고 부드러운 아가씨, 내가 늦장 부려 성가시게 한 걸 용서하세요. 아가씨가 저의 봉사로 즐기고 계실 동안 아가씨께 봉사하느라 자신의 목숨을 기꺼이 내놓은 사람은 저 말고 결코 없을 것입니다요. 그럼 안녕히 계세요.

아레우사 그럼 조심해서 가! 저기 노새몰이 나가신다! 네 목숨에 대한 대가로 아주 우쭐대며 가는군. 미안하지만 엿이나 먹어라!* 내가 누구에게 지껄이고 있는 거야? 어서 나와, 엘리시아. 그를 보내는 걸 보니 어때? 나는 이런 식으로 인간들을 다룰 줄 알아. 당나귀는 이 녀석처럼 내 손에서 몽둥이찜질이 되고, 미친놈들은 몰려 쫓겨나고, 신중한 사람들은 놀라고, 신자들은 불안하게 되고, 순결한 사람들은 불이 붙게 되지. 그러니까 배워. 셀레스티나가 사용하던 기술과 이것은 달라. 나는 이 방식으로 일을 하려고 했기 때문에 셀레스티나가 나를 바보 취급하기는 했지만 말이야. 어쨌든 우리가 알고자 했던 바를 다 알게 되었으니 교수형에 처해질 그놈 집으로 가야지. 지난 목요일에 네 앞에서 면박을 주고 내 집에서 내쫓았으니 네가 원하는 대로 해. 네가 우리를 친구로 삼기 원하고, 내가 그 사람 보러 가기를 원했으니 말이야.

제18막

엘리시아는 아레우사의 명령으로 센투리오와 우정을 맺기로 한다. 그리고 두 사람은 센투리오의 집으로 간다. 거기서 칼리스토와 멜리베아를 상대로 파르메노와 셈프로니오와 셀레스티나의 복수를 해 줄 것을 부탁한다. 센투리오는 그러기를 약속한다. 하지만 이런 부류의 사람들은 약속한 바를 잘 이행하지 않는 성향이 있어 자신에 대해 작품에서와 같이 변명한다.

센투리오, 엘리시아, 아레우사.

제1장

엘리시아 집에 누구 있나요?

센투리오 헤이, 꼬마, 뛰어가서 노크도 없이 감히 내 집으로 들어오려는 자가 누군지 좀 알아봐라. 아니야, 아니야, 돌아와. 내가 누군지 봤어. 아가씨, 망토로 가리실 필요 없어요. 엘리시아가 앞장서서 들어오는 것을 봤을 때 벌써 내게 기쁨을 선사할 좋은 동반자와 좋은 소식을 갖고 오는 줄 알았거든요. 그러니 가려 봤자 숨길 수 없어요.

아레우사 더 들어가지 말자. 저 능구렁이 녀석이 벌써 시건방을 떨고 있어. 내가 자기한테 빌러 온 줄 알고 말이야. 우리보다 지 같은 다른 여자들을 보는 게 더 즐거울 테니, 엘리시아, 제발 우리 돌아가자. 저런 개폼 잡는 거 보다간 내가 죽을 것 같다. 나를 예수 수난 장소에 데려올 일 있어? 그것도 9시 이후에 형편없는 삶을 사는 인간을 보러 우리가 들어가야 되는 거야?

엘리시아 이리 돌아와, 제발, 그냥 가지 마. 그러다가 네 망토 반쪽이 내 손에 남게 되겠다.

센투리오 꼭 붙들어요. 놓치지 말아요.

엘리시아 난 네가 현명한 줄 알고 있어. 세상에 여자가 방문하는 것을 싫어할 어느 정신 나간 미친 남자가 있겠니? 이리 와. 센투리오 씨, 나 대신 억지로라도 재가 당신을 안게 해요. 결산은 내가 할 테니.

아레우사 그놈을 안고 즐거움을 줄 바에는 차라리 재판에 걸려 그놈의 적들 손에 내가 죽는 게 더 낫겠다. 난 살아서 해 볼 거 다 해 봤으니 죽어도 관계없어. 내가 왜, 그 원수를 포옹해야 돼? 저번에 내가 왜 내 생명이 걸린 문제를 저놈한테 부탁했는지 모르겠어. 그런데 저 원수가 싫다고 했지.

센투리오 아레우사, 내가 할 줄 아는 것을 부탁해. 내 소관의 일을 말이야. 세 남자, 아니 그 이상이 와도 너를 위해 도망가지 않고 싸울 수 있어. 사람도 죽일 수 있고 다리나 팔 하나 자를 수도 있고, 너와 경쟁하는 여자의 얼굴을 할퀴어 버릴 수도 있어. 이런 일은 내게 부탁하지 않아도 그전에 해결될 일이야. 하지만 걸어 다니게 하는 일이나 내게 돈을 달라는 부탁은 하지 마. 넌 내가 돈하고는 오래 못 간다는 거 알잖아. 내 주머니에 사흘을 붙어 있지 못하는 게 돈인데. 어느 누구도 자기한테 없는 것을 줄 수는 없어. 보다시피 나는 절구통 손잡이가 뒹굴어도 걸릴 가구 하나 없는 이런 집에 살고 있잖아. 내가 갖고 있는 보물이라곤 집 현관에 있는 가구 하나와 이 빠진 물 항아리, 그리고 끝이 나간 쇠꼬챙이가 전부야. 내 침대는 매트리스 대신 방패 위에 찢어진 그물들을 쌓아서 만든 거고, 베개는 주사위 포대야. 먹을 걸 대접하고 싶어도 저당 잡힐 게 없어. 등에 지고 있는 이 찢어진 망토 말고는 말이야.

엘리시아 이 사람 말 들어 보니 놀라울 만큼 내 마음에 드는데. 마치 한 성자가 순종하듯 하고 천사가 너한테 말하는 것 같아서 하나도 거슬리지 않아. 이 사람한테 뭘 더 원해? 말하고 화 풀어. 기꺼이 자신을 내놓고 있잖아.

센투리오 자신을 내놓는다고요? 아가씨? 순교 당한 모든 성자들의 이름을 들어 당신께 맹세하는데요, 아레우사와 관계된 일을 하고 있으면 제 팔이 떨려요. 어떻게 하면 걔를 만족시킬지 계속 생각하는데, 한 번도 만족시킨 적이 없어서요. 지난밤 꿈에는 아레우사가 잘 아는, 네 명이나 되는 사내놈들과 개 때문에 결투를 벌였잖아요. 그중 한 놈을 제가 죽였죠. 도망간 놈들 중에서 그래도 제일 성한 놈은 내 발아래 자기 왼팔을 떨어뜨리고 갔어요. 그러니 제가 낮에 깨어 있으면 아레우사의 슬리퍼만 건드려도 어떤 놈이든 가만 안 둘 거예요.

아레우사 여기 내가 있으니, 때맞춰 잘됐네. 너를 용서하지. 단 한 가지 조건이 있어. 나와 내 사촌을 화나게 한 칼리스토라는 놈을 복수해 줘.

센투리오 오, 조건이라니! 그건 조건도 아니야. 그놈이 고해 성사나 했는지 말해 줘.

아레우사 네가 그놈의 영혼을 책임질 사제가 될 필요는 없잖아.

센투리오 그래? 그럼 고해도 못한 채 지옥으로 보내자.

아레우사 잘 들어, 내 말 끊지 말고. 오늘 밤 처리해.

센투리오 더 말할 필요 없어. 나는 준비되어 있으니까. 그 녀석의 연애 사건을 알고 있고, 그것 때문에 세 사람이 죽었고, 또 그 영향이 너희들에게까지 미친 것도 잘 알고 있어. 어디로 해서 가고 몇 시에 누구와 가는지도 알고 있어. 그런데 그놈과 함께 가는 놈이 몇 명이지?

아레우사 하인 녀석 둘이야.

센투리오 별거 아니군. 내 칼이 물 만한 미끼가 별로 없는데. 오늘 밤 약속된 다른 곳에서 내 칼은 더 잘 타오를 것 같은데.

아레우사 너 발뺌하려고 그러는 거구나. 그따위 뼈다귀는 다른 개한테나 줘!* 나에게는 그런 게 안 먹혀. 이 자리에서 네 말과 행실이 일치하는지 보고 싶어.

센투리오 내 칼이 자기가 하는 일을 말한다면 아마 말할 시간이 모자랄걸. 내 칼이 아니면 누가 묘지를 만원으로 채울까? 이 땅의 외과 의사들을 부자로 만드는 건 누굴까? 누가 무기 제조자에게 계속 일거리를 주는지 알아? 누가 아주 여린 망사를 찢을까? 누가 바르셀로나의 방패들을 갈기갈기 찢지? 칼루타유드의 투구를 내 칼이 아니면 누가 박살 내지? 알마센의 투구도 멜론으로 만든 것처럼 쪼개 버려. 내가 이 칼로 20년을 먹고살았지. 내 칼로 인해 나는 남자들에게는 두려움의 대상이 되었고 여자들로부터는 사랑의 대상이 되었지. 너만 빼고 말이야. 그 칼 때문에 사람들은 우리 할아버지에게 로마 백부장의 이름인 센투리오를 주었고 나의 아버지를 센투리오라 불렀고 나를 센투리오라고 부르지.

엘리시아 당신의 할아버지께서 칼로 무슨 일을 하셨기에 그 이름을 얻은 건가요? 혹시나 병사 백 명의 수장이었나요?

센투리오 아니요. 하지만 백 명의 여자를 둔 기둥서방이었지요.

아레우사 옛날 무용담이나 가문 이야기는 그만하자. 네가 그 일을 할 건지 말 건지 시간 끌지 말고 결정해. 우린 가야 하거든.

센투리오 네 복수가 이루어지는 것보다 너를 만족시키고자 오늘 밤이 더 기다려지는데. 모든 것이 네 뜻대로 되려고 하니까 어떻게 그놈을 죽이면 좋을지 말해 봐. 770가지 죽음의 종류들을 보여 줄 테니 하나만 골라 봐. 어떤 게 제일 마음에 드는지 보라고.

엘리시아 아레우사, 이번 일을 저렇게 사나운 사람의 손에 맡기지 마. 복수할 계획을 세워 두고 기다리는 편이 온 마을을 난장판으로 만드는 것보다 나아. 잘못했다가는 지난 피해보다 더 큰 화가 우리한테 미칠지 몰라.

아레우사 가만있어, 엘리시아. 센투리오, 너무 소란스럽지 않은 방법 하나 말해 봐.

센투리오 요즘 내가 가장 잘 다루는 것으로는 칼등으로 등을 쳐서 피 흘리지 않고 죽이는 방법이 있고, 칼 손잡이로 구타하는 거나 칼로 날렵하게 내려치는 것도 있어. 칼로 체에 난 구멍처럼 만들어 버리는 것도 있고, 길게 절단해 버리는 것도 있고, 무시무시하게 찔러 버리는 것도, 단칼에 죽여 버리는 방법도 있지. 언젠가 내가 막대기로 시범을 해 보이지.

엘리시아 더 하지 말아요, 제발. 몽둥이로 몇 대 때려 벌이나 주고 죽이지는 말아요.

센투리오 탄원의 기도 성신에 대고 맹세하건대, 태양이 하늘에서 운행을 멈추지 않는 한, 결코 내 오른손이 피를 보지 않고 겨우 몽둥이질이나 하지는 않을 겁니다.

아레우사 엘리시아, 우리 동정하지 말자. 하고 싶은 대로 하라고 내버려 둬. 마음 내키는 대로 죽이라고 해. 네가 울었듯이 멜리베아도 울게 해야 해. 모든 것을 그에게 맡겨 두자. 센투리오, 맡은 일이 무엇인지 잘 알아 둬. 어떻게 죽이든 우리는 일없어. 걔들이 저지른 잘못에 대한 어떤 종류의 벌도 받지 않고 빠져나가게는 하지 마.

센투리오 나한테서 비록 걸어서 못 나가더라도 신이시여, 그를 용서하소서. 아레우사, 내게 작은 일을 맡겼지만 나는 무척 기쁘고, 내가 너에 대한 사랑으로 이 일을 한다는 것을 알아주었으면 좋겠어.

아레우사 그럼 하느님이 너에게 행운을 주시기를 바라며 그놈을 네게 맡기고 우리는 이만 간다.

센투리오 잘 가고, 하느님이 네게 더 많은 인내심을 주시기를 바란다.

제2장

센투리오 이 지겹게 말 많은 창녀들은 가 버려라! 이제부터는 내가 약속한 것을 어떻게 피해 갈지 생각 좀 해야겠다. 걔들이 보기에 나는 내 약속을 열심히 지켰고, 나를 위험에 처하지 않게 하기 위해 태만하게 굴지 않았다고 생각할 쪽으로 말이야. 병난 척할까. 하지만 내가 나을 때면 다시 요구할 텐데, 이 방법은 아무런 도움이 안 되겠지? 내가 밀회 장소를 덮쳐서 그들을 도망가게 했다고 한다면 누구누구였는지, 몇 명이 갔는지, 어디서 그들을 덮쳤는지, 무슨 옷을 입고 있었는지를 대라고 할 거야. 내가 대지 못하면 망한 거지 뭐. 내가 안전하면서도 저 창녀들의 부탁을 들어줄 방법이 없을까? 절름발이 트라소와 걔 친구 두 명을 오라고 해야겠다. 오늘 밤에 내가 다른 일로 바쁘니까 걔네들보고 가서 내가 하려고 했던 대로 어린애들을 도망가게 할 정도로 방패를 두드려 소란을 피우라고 해야겠다. 내게 맡겨진 대로 말이야. 그러면 위험도 없고 그 사람들이 도망가서 잠자리에 들게 한 것밖에는 피해가 없잖아.

제19막

칼리스토가 소시아와 트리스탄을 데리고 멜리베아를 만나러 플레베리오의 과수원으로 갈 때 트리스탄은 소시아로부터 아레우사와 있었던 이야기를 듣는다. 멜리베아는 루크레시아와 함께 칼리스토를 기다리고 있다. 칼리스토가 과수원 안에서 멜리베아와 밀회를 갖는 동안 아레우사와 엘리시아에게 약속한 바를 지키기 위해 센투리오가 보낸 절름발이 트라소의 무리가 오고 이들을 말리려고 소시아가 나선다. 멜리베아와 함께 있던 칼리스토가 담 밖의 소란을 듣고는 밖으로 나가려고 담을 넘다 죽는다. 선물로 이 일을 당한 것이니 연인들은 사랑을 멈출 줄 알아야 한다.

소시아, 트리스탄, 칼리스토, 멜리베아, 루크레시아.

제1장

소시아 트리스탄, 아무도 우리를 알아차리지 못하게 아주 조용히 가자. 플래베리오 과수원으로 가는 길에 아레우사와 오늘 있었던 일을 얘기해 줄게. 내가 세상에서 제일 행복한 사나이다. 그 여자, 나한테 들은 좋은 소식 때문에 내 사랑의 포로가 되어 나더러 엘리시아를 방문하러 가라며 부탁하더라고. 다른 이야기는 그만두고 그 여자 얼마 동안 파르메노에게 주었던 모든 것을 나에게 보여 줬어. 나보고 늘 자기를 찾아오라고 간청했다. 오랫동안 나를 애인 삼아 즐길 생각인가 봐. 우리가 지금 가고 있는 길이 위험하기 짝이 없는 건 확실해. 그런데도 내가 즐거운 건 두세 번 아레우사를 만났을 때마다 그녀에게 말을 걸고 싶었던 기억 때문이지. 하지만 그토록 아름답게 몸단장을 한 그녀와 낡고 찢어진 망토를 걸친 나 자신을 볼 때 부끄러운 생각이 나를 괴롭혔었어. 그 여자에게서는 사향 냄새가 났어. 나는 신발 안에 들어간 퇴비 냄새가 났는데 말이야. 그 여자의 손은 눈같이 희었고, 가끔 장갑을 벗을 때면 집 안에 밀감 꽃이 가득한 것 같았어. 이러니 내가 그 여자하고 할 게 별로 없더라고. 그래서 그 여자한테 말이라도 걸어 보는 일은 훗날로 미루었지. 뭐든 처음은 다루기 어렵잖아. 하지만 만날수록 더 잘 이해되는 거잖아.

트리스탄 소시아, 이런 문제는 나보다 좀 더 경험이 많고 머리 좋은 사람의 충고가 필요할 것 같다. 그러나 내 비록 나이도 어리고, 경험도 없지만 그 문제에 대해 나 나름대로 충고를 할게. 네가 말한 것을 보면, 이 여자는 영락없는 매춘부야. 너와 그 여자의 일을 보면 분명 속임수가 있어. 그 여자가 너에게 약속한 것들을 보면 모두 거짓인데 무슨 목적으로 그랬는지 난 모르겠어. 왜냐하면 네가 하인이라서 사랑한다면, 쫓아 버린 그런 놈들이 얼마나 많겠니? 네가 부자라서 좋다고 한다면, 너는 말빗에 붙은 먼지 말고는 가진 게 없는 놈이라는 걸 그 여자가 잘 알고 있기 때문이지. 가문을 보고 그런다면, 이미 그것도 알고 있잖아. 네 이름이 소시아이고 네 아버지 이름도 소시아로, 쟁기로 흙덩이를 부수며 시골에서 나고 자랐다는 걸 말이야. 그러니 너도 땅이나 파먹고 살 신세지, 그 여자 애인으로 살 주제가 못 되거든. 그러니까 소시아, 잘 생각해 봐. 그 여자가 우리가 지금 가고 있는 이 길에 대한 비밀을 캐내려고 너를 만나려 했던 게 아닌지 말이야. 멜리베아가 즐거운 게 샘이 나서 칼리스토와 플레베리오에게 맞설 그 어떤 정보를 캐내려고 말이야. 시기심은 불치병이야. 하룻밤 재워 준 것에 대한 보수는 고사하고 오히려 피곤하게 만드는 손님이지. 언제나 남의 불행을 즐긴단다. 이게 모두 사실이라면, 오, 어떻게 감히 그 높은 가문에 복수하려고 그 악독한 창녀가 너를 이용하여 일을 꾸밀 수 있단 말이지! 자기의 욕망을 채우자고 독기 어린 악한 본성으로 자신의 영혼을 처형하고, 자신의 나쁜 의도를 충족시키고자 그 가문들을 휘저어 놓으려 했던 것이야. 오, 망할 년, 흰 빵 안에 독약을 넣어서 너를 잡으려 들었다니! 싸움을 조건으로 자기 몸을 팔려 했구나. 그러니까 내 말이 옳다고 생각이 들면 내가 일러 주는 대로 너는 이중 계약을 하는거야. 속인 자를 속이는 자는 백 일을 용서받는다, 라는 말이 있잖아. 이제 내 말 이해할 거다. 여우가 아무리 약다 해도 그 여우를 잡는 자는 더 약은 법이거든. 그 여자가 품은 나쁜 생각이 무엇인지 추측하고 그 여자가 완전히 안심하고 있을 때 그녀의 비열한 짓을 터뜨리는 거야. 그러고 나면 너는 "한 사람은 말을 생각하고 다른 사람은 말안장을 얻을 생각을 한다"라는 말이 있듯이, 네 마구간에서 노래 부르며 있게 될 거야.

소시아 오, 트리스탄, 너 아주 신중하구나! 네 나이에 비해 많은 충고를 나에게 해 주었구나! 너의 예리한 의심이 모두 맞는 것 같아. 하지만 이미 과수원에 다 왔고, 주인님이 이리 오고 계시는데 이 이야기는 너무 기니깐 다음에 하자.

칼리스토 애들아, 사다리를 놔라. 그리고 조용히 해. 담 안에 멜리베아가 말씀을 하시는 것 같구나. 담 위로 올라가서 내가 없는 데서도 나의 사랑에 대해 좋은 말씀을 하시는지 그 말씀에 귀를 기울여 봐야겠다.

제2장

멜리베아 루크레시아, 더 노래해라. 임이 오실 때까지 네 노래를 들으며 시간을 보내야겠다. 이 과수원 나무들 사이에서 아주 천천히 불러라. 지나가는 사람들이 듣지 않도록 말이다.

루크레시아 오, 너의 사랑이 떠날 때
매일 아침 그것을 멈추기 위해서
이 싱싱한 꽃들을 가꾸는
원예가는 누구일까!
붓꽃과 백합이
새로운 옷을 입고
내 임이 들어오실 때 선물로
싱그러운 향기를 흩뿌리기를.

멜리베아 오, 참 감미로운 노래구나! 그 노래를 듣노라니 내 몸이 기뻐 녹는 것 같구나. 제발, 계속 노래해 다오.

루크레시아 큰 갈증으로 바라보는 사람에게
맑은 샘도 즐겁지만
칼리스토가 멜리베아를 바라보는 얼굴은
훨씬 더 달콤하지.
칠흑 같은 밤이라 할지라도
그 임이 바라보는 것을 즐길 거야.
오, 임이 이 담을 넘으실 때
어떻게 그분을 품에 안을까!
늑대가 목축 떼를 봤을 때
기뻐 뛰듯이, 어린 염소가 어미 염소의 젖꼭지를 보고
기뻐 뛰듯이 멜리베아는
자기의 임을 보고 기뻐 한없이 뛰지.
어떤 연인이 그의 여인에게서

이 같은 사랑을 받아 봤으며
이 과수원보다 더 방문을 받은 과수원은 있으며
이보다 더 지치지 않는 밤이 있을 수 있을까.

멜리베아 루크레시아, 네 노래를 들으니 내 두 눈으로 그것들을 보고 있는 듯하구나. 목소리도 좋으니 계속해 보아라. 내가 도와주마.

루크레시아와 멜리베아 그늘진 달콤한 나무들이여
너희들이 그토록 갈망하는 그분의 지극한 눈길을 마주할 때면
공손히 고개를 숙여라.
밤하늘을 수놓는 별들이여,
북극성과 샛별이여,
왜 그분을 깨우지 않니?
나의 기쁨이 주무시고 계신다면 말이다.

멜리베아 나 혼자 할 테니 들어 보렴.
여명을 노래하는 잉꼬며 종달새들이여,
내가 여기 앉아 기다리고 있다고
나의 사랑하는 임에게 전해 주렴.
자정이 지났는데도 오시질 않는구나.
그분을 막는 다른 여인이
있는지 내게 알려 주려무나.

제3장

칼리스토 오, 당신의 부드러운 노래의 달콤함이 내 마음을 사로잡았소. 그대가 이토록 고통스럽게 나를 기다리고 있는 모습을 더 이상은 보고 있을 수가 없소. 오, 나의 주인이자 나의 모든 행복이여! 세상의 어느 여인이 당신을 따라갈 수 있겠소? 오, 놀라운 멜로디! 오, 이 행복한 순간! 오, 내 가슴이여! 당신의 즐거움을 방해함 없이, 그리고 두 사람의 욕망을 충족시키기 위하여 더 많은 시간을 견딜 수는 없었나요?

멜리베아 오, 감미로운 배반! 달콤한 기습이여! 제 영혼의 주인이신가요? 당신이세요? 믿을 수가 없군요. 찬란한 태양이여, 어디 계셨나요? 어디에 당신의 빛을 감추어 두셨나요? 엿듣고 계신지 오래되었나요? 왜 제가 백조의 거친 목소리로 분별 없는 말을 내뱉게 내버려 두셨나요? 이 과수원에 있는 모든 것이 당신의 방문을 환영하고 있어요. 저 달이 얼마나 환하게 우리를 비추고 있는지 보세요. 구름은 어떻게 도망가는지 보세요. 이 샘물 소리를 들어 보세요. 얼마나 부드럽게 싱싱한 풀 사이로 졸졸거리며 흘러가는지를 말입니다. 높다란 삼나무 가지들이 지나가는 부드러운 바람으로 자신들을 흔들며 얼마나 평화롭게 속삭이는지 들어 보세요. 그들의 말없는 그림자를 보세요. 우리의 즐거움을 숨겨 주기 위해 얼마나 어둡게 있는지 말예요. 루크레시아, 왜 그러니? 너도 너무 좋아서 정신을 놓은 거니? 내게 그분을 놔줘. 그분을 토막 내지 마. 네 굵직한 팔로 그분의 딸들을 괴롭히지 마. 내 것을 내가 즐기도록 해 주고 내 기쁨을 차지하려고 하지 마.

칼리스토 나의 주인이자 나의 영광이여, 내 목숨을 원하신다면 당신의 부드러운 노래를 멈추지 마시오. 내가 없어서 당신이 괴로운 것보다 여기 내가 있어서 당신의 즐거운 노래가 중단되는 것이 싫소.

멜리베아 제가 무슨 노래를 부르기를 원하시나요, 내 사랑? 당신을 향한 욕망이 저로 하여금 노래하게 하고 저의 소리를 지배하는데 어떻게 노래를 할 수가 있나요? 당신이 오시니 그 욕망이 사라지고 따라서 제 목소리도 사라졌어요. 당신은 예의범절의 본보기이시고 양반 집안의 자제이신데, 어떻게 저 혀에게는 말을 하라 하시고 당신의 손에게는 가만히 있으라고 하지 않으세요? 이런 일은 어찌 잊지도 않으시는 겁니까? 손보고 좀 가만히 있으라 하시고 그렇게 막 헤집고 다니는 것도 좀 하지 마라 하시고 편하게 대화 좀 해요. 나의 천사시여, 당신의 조용한 시선은 즐겁지만 당신의 거친 손길은 저를 화나게 해요. 당신의 솔직한 농담은 재미있지만, 솔직하지 못한 손길은 정도를 넘으면 저를 지치게 한답니다. 제 옷이 제자리에 있게 좀 놔두세요. 제 겉옷이 비단으로 된 것인지, 모직으로 된 것인지 궁금해하시면서, 왜 저의 속옷을 만지세요? 리넨으로 된 거예요. 제가 당신께 보여 드리는 다른 수천 가지 방법으로 우리 장난치고 놀아요. 하지만 저를 망가뜨리지는 마세요. 늘 하시듯 저를 함부로 다루지는 마세요. 제 옷을 망쳐 놔서 무슨 이득이 있겠어요?

칼리스토 아가씨, 새를 먹으려면 먼저 깃털을 제거해야 한다오.

루크레시아 (더 듣고 있으려니 내가 죽겠군! 이것이 인생이야? 나는 불쾌해서 이가 솟는 듯한 느낌이 드는데, 아씨는 사내가 달아오르도록 요리조리 피하고 있네! 이제 조용해졌네. 자기들을 떼어 놓을 사람을 필요로 하지 않은 게지. 하지만 칼리스토의 그 바보 같은 하인들이 이날 안으로 내게 그렇게 말한다면 나도 그렇게 하겠지만 그들은 내가 자기들을 찾으러 가기를 기다리고 있어.)

멜리베아 칼리스토, 루크레시아보고 간식거리를 가져오라고 할까요?

칼리스토 멜리베아, 나는 당신의 몸과 아름다움을 내 품에 안는 것 말고 다른 간식은 없소. 먹고 마시는 일은 돈만 있으면 어디서나, 또 언제나 가능하오. 그러나 돈으로 살 수 없는 것을, 지구 상 어디에서도 이 과수원에 있는 것과 같을 수가 없는 것을 어찌 한순간도 즐기지 않고 보내라는 거요?

루크레시아 (이제는 듣는 것만으로도 머리가 아프다. 그런데 저들은 말하고 만지고 입 맞추면서도 아프지 않나 봐. 자, 계속해, 다시 조용하네! 녹초가 된 것은 나야.)

칼리스토 멜리베아, 결코 해가 뜨지 않기를 바라오. 당신의 그토록 섬세한 육체와의 귀족적인 대화로 제가 편안함과 영광을 얻으니 말입니다.

멜리베아 칼리스토, 즐기는 사람은 저고 얻는 사람도 저예요. 당신은 이 방문을 통해서 저에게 비교할 수 없는 은혜를 베풀어 주시는 거예요.

소시아 야, 능구렁이, 건달들아, 우리를 겁주러 왔다 이거지? 우린 너희들이 하나도 안 무섭거든. 거기서 기다려, 너희들이 가야 할 곳으로 보내 주지!

칼리스토 멜리베아, 소리 지르는 놈이 내 하인 소시아요. 걔를 도와주러 가야겠소. 걔를 죽이지 않도록 말이오. 걔랑 어린 시종 한 명밖에 없다오. 빨리 내 망토를 주오. 깔고 있는 거 말이오.

멜리베아 오, 슬픈 내 운명이여! 갑옷도 없이 가지 마소서! 다시 무장을 하소서!

칼리스토 멜리베아, 칼과 망토와 용기가 하지 않는 일을 갑옷과 투구와 비겁함이 하지 않는다오.

소시아 도망가지 말고 기다려! 혹시나 혹 떼러 왔는데 혹 붙이고 가는 거냐?

칼리스토 제발, 나 좀 가게 해 줘요! 사다리가 놓였잖아요!

멜리베아 오, 불행한 나여! 아, 왜 그리 완강하고도 서둘러 무장도 하시지 않은 채 당신도 모르는 사람들에게 가시려 하나요? 루크레시아, 빨리 이리로 오너라. 칼리스토 님이 소란에 가신단다. 여기 그분의 갑옷을 담 밖으로 던져 드리자.

제4장

트리스탄 주인님, 됐어요. 내려오지 마세요. 갔어요. 절름발이 트라소하고 다른 몇 명의 불량배들이 떠들며 지나간 거였어요. 소시아도 돌아옵니다. 사다리를 잘 붙드세요. 잘 붙드세요.

칼리스토 오, 성모 마리아여! 나 죽네! 고해도 못하고!

트리스탄 빨리 와, 소시아. 주인 나으리께서 사다리에서 떨어지셨어! 말도 못하시고 신음 소리도 안 들려!

소시아 나으리, 나으리! 저 다른 문으로! 우리 할아버지가 돌아가셨을 때와 똑같아! 오, 이런 불행이!

제5장

루크레시아 들어 봐요, 들어 봐요, 아씨, 일이 뭔가 잘못됐어요.

멜리베아 이 무슨 소리란 말이냐? 이럴 수가!

트리스탄 오, 나으리께서 떨어져 돌아가시다니! 오, 고해도 못하시고 돌아가시다니! 소시아, 저 뇌를 주워 불쌍한 우리 나으리의 머리에 담아라! 오, 악행의 날이여! 요란스러운 종말이여!

멜리베아 오, 비통한 나여! 이게 무슨 일이냐? 어찌 이토록 가혹한 일이? 루크레시아, 담에 오르게 나 좀 도와줘. 내 임을 봐야겠다. 안 그러면 비명으로 내 아버지의 집을 가라앉게 할 것이다. 내 기쁨과 행복이 연기처럼 가 버렸구나! 내 즐거움이 사라지고 나의 영광이 다 없어졌구나!

루크레시아 트리스탄, 무슨 말 좀 해 봐? 왜 그렇게 슬피 우는 거야?

트리스탄 불행과 나의 엄청난 고통을. 주인님이 사다리에서 떨어지셔서 돌아가셨어. 나으리의 머리가 세 쪽이 나셨어. 고해도 못하시고 돌아가셨어. 이 슬픈 소식을 네 아가씨에게 전해. 더 이상 당신의 불쌍한 나으리를 기다리지 마시라고. 소시아, 그 두 발을 잡아. 비록 이곳에서 돌아가셨지만 주인님의 명예가 손상되지 않을 곳으로 어서 모시고 가자. 통곡하며 가자. 고독이 우리를 동반하고 절망이 우리를 따르고 슬픔이 우리의 옷이 되고, 상복과 고통의 넋두리가 우리를 덮는구나!

멜리베아 오, 슬픔 중의 슬픔이여! 기쁨의 순간은 이토록 짧고 고통은 그리도 빨리 온단 말인가!

루크레시아 아씨, 얼굴을 할퀴지 마시고 머리를 쥐어뜯지도 마세요. 금방 기뻤다 금방 슬픈 게 인생인걸요! 어떤 성좌가 이다지도 빨리 운행을 바꿀까요? 너무나 무심하지 않나요? 아씨, 이런 의심스러운 장소에 아씨가 계신 걸 아버님께 발각되지 않도록 제발 일어나세요. 들키시겠어요. 아씨, 아씨! 제 말 들려요? 제발, 정신 좀 차리세요! 기쁨을 즐기실 만큼 용감하셨으면, 이런 고통도 견디어 낼 만한 용기를 가지셔야죠.

멜리베아 저 하인들이 하는 말이 들리니? 그들의 슬픈 넋두리가 들리니? 명복을 비는 기도를 하며 나의 모든 행복을 모셔 가고 있구나! 죽은 내 즐거움도 갖고 가는구나! 내가 살 때가 아니야. 어찌 더 기쁨을 즐기지 못했단 말인가? 내 손에 갖고 있던 영광을 어찌 그리도 짧게 누렸단 말인가? 오, 따분한 인간들이여, 너희들은 결코 너희들의 행복을 알지 못한다. 그것을 잃을 때까지는 말이다!

루크레시아 아씨, 서두르세요! 그분과 함께 기쁨을 맛보았던 이곳에서 아씨를 발견하게 되면 아씨는 끝장입니다요. 그분이 돌아가셔서 아픈 것과는 비교가 되지 않지요. 방으로 들어가서 누워 계세요. 아버님께는 아씨가 아프시다고 할게요. 이번에야말로 감출 수 없는 병이에요.

제20막

루크레시아가 플레베리오의 방문을 두드린다. 플레베리오가 무슨 일인지 묻자, 루크레시아가 빨리 딸의 상태를 보러 가라고 한다. 플레베리오가 일어나 멜리베아의 방에 가서 그녀를 위로하며 어디가 아프냐고 묻는다. 멜리베아는 가슴이 아픈 척한다. 멜리베아는 아버지에게 악기를 갖다 달라고 부탁하며 보낸 뒤, 루크레시아와 함께 탑에 올라간다. 루크레시아에게 혼자 있게 해 달라고 하고 탑으로 들어오는 문을 잠근다. 그녀의 아버지가 탑 발치에 오자, 멜리베아는 아버지에게 모든 사실을 고하고 탑에서 뛰어내린다.

플레베리오, 루크레시아, 멜리베아.

제1장

플레베리오 루크레시아, 무슨 일이냐? 왜 그리 서두르느냐? 왜 그리 불안해하느냐? 내 딸에게 무슨 일이 있느냐? 옷 입을 겨를은 고사하고 자리에서 일어날 시간조차 주지 않을 정도로 그렇게 수선을 피우는 이유가 뭐냐?

루크레시아 나으리, 따님이 살아 계실 때 보시고자 하신다면, 빨리 서두르세요. 저는 도대체 무슨 병인지 알 수 없고, 아씨의 모습이 너무 이상해요.

플레베리오 빨리 가자, 네가 앞장서서 들어가거라. 커튼을 걷고 창문도 활짝 열어라. 밝아야 제대로 볼 수 있잖니.

제2장

플레베리오 얘야, 이게 무슨 짓이냐? 어디가 아프고 어디가 괴로운 게냐? 무슨 일이라도 있었느냐? 왜 이렇게 사람이 나약해! 나를 좀 쳐다보려무나, 네 아비가 여기 왔다. 제발 내게 말 좀 해 봐라. 네 고통의 이유가 무엇인지 말 좀 해 봐라. 바로 치료될 수 있을지 모르잖니. 아비의 말년을 슬픔으로 마감하기를 원하지는 않겠지. 내겐 너 말고는 다른 낙이 없다는 것을 넌 잘 알잖니. 네 그 아름다운 눈을 뜨고 나를 좀 보려무나.

멜리베아 아, 너무 아프다!

플레베리오 네 고통이 아무려면 내가 너 때문에 당하는 이 고통만큼 심하겠니? 네 어미도 네가 아프다니까 지금 정신이 없으시다. 정신이 혼란하여 너를 보러 올 수도 없을 지경이다. 용기를 내고 마음을 강하게 먹어라. 기운을 차려 네 어미를 보러 같이 가자. 어서 말해 주렴. 네 고통의 원인이 무엇인지를.

멜리베아 제 고통을 고칠 약이 사라졌어요.

플레베리오 이 늙은 아비가 사랑하고 또 사랑하는 딸아, 제발, 네 병의 잔인한 고통으로 절망하지 마라. 고통은 연약한 가슴을 헤집어 버린단다. 어디가 아픈지 말해 주면, 금방 고칠 수 있다. 너를 위한 약도 있고 의사도 있고 하인들도 있다. 약초든 돌이든 주문이든 아니면 짐승의 몸 일부든 없는 게 없다. 그러니 더 이상 나를 힘들게 하지 말고, 괴롭히지 말고, 미치게 하지 말고 어디가 아픈지 말해라.

멜리베아 심장 한가운데 난 치명적인 상처가 제게 말하는 것을 용납하지 않아요. 여느 병들과는 다른 거예요. 심장의 가장 은밀한 곳에 있어서 치료하려면 심장을 꺼내야 해요.

플레베리오 늙어서야 갖는 감정을 일찍 갖게 되었구나. 젊을 때는 모든 것이 즐겁고, 분노와는 거리가 멀어야 하는데. 자리에서 일어나라. 강가로 시원한 공기를 쐬러 가자. 엄마를 보면 즐거워지고 네 고통도 잦아들 거야. 즐거움을 피하는 것만큼 네 몸에 독이 되는 것은 없단다.

멜리베아 원하시는 대로 가요. 높은 옥상으로 올라가요. 거기에 서면 배들이 보이고 그 즐거운 광경에 제 고뇌도 사라질지 모르잖아요.

플레베리오 올라가자. 그리고 루크레시아도 우리와 함께 가자.

멜리베아 그런데 아버지, 아무 현악기나 하나 갖다주세요. 연주하거나 노래로 제 고통을 달래 볼까 해요. 사건의 충격이 너무 크지만 달콤한 멜로디와 즐거운 화음으로 아픔을 약화시킬 수 있을 거예요.

플레베리오 그래, 그거 좋은 생각이다. 내가 가서 얼른 가져오마.

제3장

멜리베아 루크레시아, 여기는 참 높구나. 아버지와 함께 있지 않으니 벌써 내 마음이 아프다. 네가 내려가 아버지께 이 탑 아래서 계시라고 말씀드려 줘. 내가 드릴 말씀이 있어서 그래. 내가 잊은 게 있어 그러는데, 이 말씀을 어머니에게도 전해 드리라고 해.

루크레시아 네, 곧 다녀오겠어요.

제4장

멜리베아 이제야 혼자가 되었다. 내가 죽을 방법이 준비되었다. 이렇게 빨리 나의 사랑하는 임, 칼리스토와 함께 있게 된 걸 생각하니 마음이 조금 가벼워지는구나. 아무도 내 죽음을 막지 못하고 내 출발을 방해하지 못하게 문을 잠가야겠다. 지난밤 나를 방문했던 자를 오늘 짧은 시간 안에 방문할 수 있는 길을 방해 못하도록 말이다. 모든 게 내 뜻대로 되었다. 내가 죽는 이유를 아버지에게 이야기할 시간은 충분할 거야. 나는 아버지의 흰머리에 세상에 둘도 없을 어처구니없는 불효를, 연로하신 아버지께 큰 모욕을, 내가 없음으로 인한 괴로움을 안겨 드리면서 큰 고독 속에 남으시게 하는구나. 내 죽음으로 연로하신 부모님의 생명이 단축되니 이보다 더 잔인한 일이 있겠는가? 비티니아의 왕 프루시아스의 아들인 니코메데스도 나처럼 아버지와는 전혀 상관없는 이유로 자기 부친을 살해했지. 이집트 왕 프톨레마이오스는 젊은 여자와 놀아나려고 자기 아버지와 어머니와 형제들과 부인까지 죽였지. 오레스테스는 자기 아버지 아가멤논의 죽음을 복수하기 위하여 자신의 모친 클리타임네스트라를 죽였지.* 잔인한 로마 황제 네로는 자기 모친 아그리피나를 심심풀이로 살해했다. 이것들은 진정 용서받지 못할 잘못으로 진정한 친족 살인이다. 하지만 난 내 고통과 내 죽음으로 내 잘못을 씻는 거다. 고통으로 얹힌 허물을 죽음으로 씻는 거야. 자기 자식과 형제들을 죽였던 다른 잔인한 경우도 많아. 이들의 잘못에 비하면 내 것은 크지 않아. 마케도니아의 왕 필리포스 2세는 자기 아들이 배신했다고 독살시켰고, 유다 왕 헤롯은 자기 자식들과 부인을 죽이라고 명했지. 로마 황제 콘스탄티누스는 자기의 아들 크리스포를 죽였고, 카파도키아 여왕 라오디케아는 자기 남편 안티오코스에게 버림받은 후 자기의 남편을 죽였고 이후 남편의 후처인 베레니케와 이 여자의 아들도 죽였어. 강신술사 메데이아는 이아손에게 버림받은 후 둘 사이에 난 자식들을 모두 죽였지. 이들은 모두 사랑하던 자식들과 사랑하던 사람들을 이유 없이 죽인 사람들이야. 자기들은 살고 말이야. 마지막으로, 해산하는 자들의 왕 프라테스의 극악무도함이 기억나네. 그는 자기를 계승할 사람을 없애려고 자기의 노쇠한 아버지 오로데스와 외아들과 30명이나 되는 자신의 형제들을 죽였지. 이들은 자기의 안전을 위하여 부모, 친척, 자손, 형제 들을 죽인, 처벌받아 마땅한 죄악 중의 죄악을 범한 사람들이야. 비록 이런 범죄가 있었다고 해도 나쁜 것이니 모방해서는 안 돼. 나는 그럴 수도 없어. 나의 주, 예수 그리스도여, 당신이 제가 한 말의 증인이십니다. 제 연약함을 아시고, 제게 얼마나 자유가 없는지도 아십니다. 저의 모든 것이 돌아가신 그분의 막강한 사랑의 포로가 되어 있는지도 아십니다. 그분이 제가 살아 계신 부모님께 갖고 있던 사랑을 빼앗았습니다.

제5장

플레베리오 애야, 딸아, 혼자 거기서 뭐 하니? 내게 무슨 말을 하고 싶은 게냐? 내가 그리로 올라갈까?

멜리베아 아버지, 올라오려고 애쓰지 마소서. 제가 있는 이곳으로 올라오려는 수고도 하지 마소서. 지금 제가 아버지께 드리려는 말씀에 방해가 될 것입니다. 아버지는 무남독녀의 죽음으로 곧 고통 받으실 겁니다. 제 종말이 왔습니다. 저의 안식과 아버지의 수난이 왔습니다. 저의 해방과 아버지의 고통이 왔습니다. 저에게는 임과 동행할 시간이, 아버지에게는 고독의 시간이 왔습니다. 존경하는 아버지, 제 고통을 달래기 위한 악기는 필요 없고 제 몸을 묻기 위한 종소리만 필요합니다. 울지 마시고 제 말에 귀 기울이신다면 저의 이 즐거운 출발의 절망적인 이유를 아시게 될 것입니다. 통곡이나 말씀으로 제 말을 막지 마소서. 그렇지 않으면 저의 죽은 모습 때문에 아파하시는 것보다 제 죽음의 이유를 모르시게 되어 더 원통해하실 것입니다. 어떠한 것도 묻지 마시고 제가 아버지께 말씀드리고자 하는 것 이상으로 대답도 하지 마소서. 마음이 고통으로 사로잡혀 있을 때에는 아무리 유익한 충고도 귀에 들어오지 않는답니다. 그래서 격정을 가라앉히기보다는 분노를 키우죠. 아버지, 제 마지막 말씀을 들어주세요. 제가 바라는 대로 제 말씀을 받아들이신다면 제 잘못을 탓하시진 않을 것입니다. 이 마을 전체가 느끼는 아픔과 슬픔을 이제 보시고 아시게 될 겁니다. 이 종소리가 잘 들리시죠? 사람들의 웅성거림, 개들이 짖어 대는 소리, 칼이 부딪치는 소리를 들으실 겁니다. 이 모든 소란의 원인이 바로 저입니다. 제가 오늘 이 마을을 온통 상중(喪中)으로 만들었습니다. 제가 하인들을 주인 없는 자들로 만들었습니다. 제가 가난한 자들과 구걸하는 자들에게 줄 동냥과 식량을 빼앗아 버렸습니다. 죽은 자들이 은혜롭게 태어난 자를 새로운 동반자로 맞이할 기회를 준 사람이 저였습니다. 제가 살아 있는 사람들에게서 가장 멋진 자의 본보기와, 품위 있는 생각의 본보기와, 치장과 자수의 본보기와, 언행과 예의와 덕의 본보기를 앗아 버렸습니다. 흙은 뜻하지 않게도 가장 고귀한 육신과 저희들 나이의 가장 싱싱한 젊음을 즐길 수 있게 되었는데, 그렇게 한 장본인이 저였습니다. 제가 저지른 말도 안 되는 죄악에 놀라실까 봐 좀 더 자세히 말씀드리겠습니다. 나의 아버지여, 아버지도 잘 아시는 칼리스토라는 자가 저에 대한 사랑 때문에 고통을 받은 지 여러 날이 되었습니다. 아버지는 그자의 부모님과 그 가문을 잘 아십니다. 그분들의 덕망이나 선함은 모두 알고 있습니다. 그자는 저에 대한 사랑이 너무나 절절했지만 저와 이야기를 나눌 장소도 없고 해서 셀레스티나라는 영악하고 교활한 여자에게 자신의 열정을 털어놓았습니다. 그 여자는 제게 와서 제 가슴속에 있던 사랑의 비밀을 꺼냈습니다. 나의 사랑하는 어머니에게는 감추었던 것을 그 노파에게는 드러냈던 겁니다. 그 노파는 제 사랑을 얻는 방법을 알고 있었어요. 그래서 그 사람의 희망과 제 희망이 이루어지도록 일을 꾸몄습니다. 그 사람이 저를 열렬히 사랑한 만큼 저도 그 사람에게 정절을 지켰습니다. 그는 자신의 의지를 달콤하고도 불행한 실천으로 옮겼습니다. 저는 그 사람의 사랑에 압도되어 아버지의 과수원으로 들어오게 했습니다. 사다리로 아버지의 과수원 담을 무너뜨렸고 제 본래의 선의의 의도도 깨뜨려 저는 처녀성을 잃었습니다. 그리하여 사랑의 달콤한 실수를 즐긴 지 한 달이 되었습니다. 늘 하던 대로 어젯밤에도 그 사람이 왔지만 변덕은 운명의 본성이고, 담은 높고 밤은 어두운 데다 사다리는 좁고 데리고 온 하인들은 그런 일에 서툴러, 그 사람이 거리에서 나는 자기 하인들의 소리를 듣고 황급히 사다리를 내려가다 발을 헛디디어 떨어졌습니다. 그 슬픈 추락으로 그 사람의 가장 깊숙이 숨어 있던 뇌들이 담과 돌 사이로 흩어져 버렸습니다. 운명이 자신들의 실을 끊어 버린 것입니다. 고해도 없이 그의 목숨을 잘라 버렸습니다. 저의 희망을 잘랐고 저의 영광도 잘랐고 저의 동반자도 잘라 버렸습니다. 아버지, 그 사람은 떨어져 죽었는데 저는 살아남아 고통의 삶을 살아야 한다면 이 얼마나 잔인하겠습니까? 그 사람의 죽음이 저의 죽음을 부르고 있습니다. 제게 지체하지 말고 오라며 재촉하고 있습니다. 모든 면에서 그 사람의 뒤를 따른다는 의미로 저도 여기서 떨어질 생각입니다. 저에게 죽거나 떠나고 나면 친구고, 애인이고 아무도 없다, 라는 말씀은 하지 마시기 바랍니다. 이렇게 살아서 제가 갖지 못한 시간을, 죽어서 그 사람을 행복하게 하겠습니다. 오, 내 사랑, 칼리스토여, 나를 기다려 줘요. 저 이제 갑니다. 저를 기다리신다면 멈춰 계세요! 노령의 제 아버지께 마지막 말씀을 드리느라 늦어진 걸 책하지 마세요! 아버지께는 더 많은 것을 빚지고 있답니다. 오, 사랑하는 나의 아버지, 이 고통스러운 지난 삶에서 저를 진심으로 사랑하셨다면 저희들을 합장해 주시고, 장례식도 함께해 주시기를 간청합니다. 제가 감미로운 최후를 마치기 전에 아버지께서 저의 머리를 깨치기 원하시어 제게 읽으라고 하셨던 고전에서 따온 말들로 위로의 말씀을 드리고 싶지만 지금 정신이 혼란하여 기억이 나지 않습니다. 더군다나 주름진 아버지 얼굴에 흘러내리는 아픈 눈물을 보고 있자니 더욱 그러합니다. 어머니에게 인사를 드려 주세요. 제가 죽는 이유를 자세히 알려 드리세요. 지금 이 자리에서 어머니의 모습을 뵈지 않으니 한결 마음이 가볍습니다. 연로하신 아버지! 만년의 선물을 받으세요. 긴 여생 동안 슬픔이 계속될 테니 말입니다. 자, 아버지 노년기의 보증금인 당신의 딸을 받으세요. 저는 아버지보다 더 큰 고통, 늙으신 어머니보다 훨씬 큰 고통을 안고 갑니다. 아버지와 어머니에게 하느님의 가호가 함께하시기를 빕니다. 하느님께 제 영혼을 부탁합니다. 아버지, 밑으로 떨어지는 제 시신을 안전한 곳에 놓아 주세요.

제21막

통곡을 하며 방으로 돌아가는 플레베리오에게 아내 알리사가 그렇게 갑자기 아파하는 이유를 묻는다. 플레베리오는 산산조각 난 딸의 시신을 아내에게 보이며 딸의 죽음을 알리고, 플레베리오의 탄식으로 작품은 끝난다.

알리사, 플레베리오.

제1장

알리사 여보, 무슨 일이에요? 왜 그렇게 비명을 지르시나요? 멜리베아가 아프다는 소리를 듣고 괴로워 잠깐 정신 줄을 놓고 있었는데. 지금 당신의 신음 소리와 생전 처음 듣는 당신의 외마디 비명과 불평과 통곡과 넋두리를 들으니 제 오장육부가 찢어지고 심장이 녹아내리는 듯하여 딸이 아프다는 말에 놓았던 정신이 번쩍 다시 살아나는 것 같습니다. 고통이 고통을 낳고 괴로움이 또 다른 괴로움을 낳은 게지요. 왜 그리 고통스러워하시는지 말씀해 주세요. 어찌하여 명예롭게 살아온 당신의 늙음을 저주하시는 건가요? 왜 죽음을 부르시는 겁니까? 어째서 당신의 백발을 쥐어뜯고 계십니까? 무슨 일로 당신의 존경스러운 얼굴에 상처를 내나요? 우리 애에게 무슨 나쁜 일이라도 생겼나요? 제발 말씀 좀 해 주세요. 그 애에게 무슨 일이 생겼다면 나는 살고 싶지 않아요.

플레베리오 아, 여보, 우리의 기쁨은 이제 끝이 났고 우리의 행복은 모두 사라졌다오! 더 살 생각은 맙시다! 생각지도 않았던 일이 한꺼번에 들이닥쳐 당신이 감당키 어려운 고통을 받아 너무 빨리 세상을 하직하게 될 것이고, 우리 두 사람의 가슴 아픈 상실을 나 혼자 울지 않도록 말이오. 여보, 내가 잉태했고 당신이 낳은 딸이 저기 저렇게 산산조각이 되어 버렸소. 그 애 입을 통해 죽음의 원인을 알았소. 더 자세히는 루크레시아를 통해 알았소. 우리 만년의 상처를 통곡합시다. 나의 고통을 보러 온 사람들이여, 오, 친구들이여, 나의 고통에 동참해 주오! 오, 나의 딸이자 나의 모든 행복아, 너는 죽고 내가 산다면 그 얼마나 잔인한 일이겠는가! 무덤은 네 나이 스물보다 내 나이 육십이 더 합당한 곳인데, 너를 괴롭힌 슬픔 때문에 죽는 순서가 바뀌었구나. 오, 나의 백발, 흙은 고통당하라고 나온 너희들을, 내 딸아이의 금발보다 더 잘 즐길 수 있을 텐데. 앞으로 살아가기에 힘든 날만 남았구나. 죽음이 늦게 오는 것을 불평하고 책하면서 살아갈 것이다. 너를 보내고 나 혼자 얼마나 더 살아야 하나. 네가 없는 이상, 빨리 저세상으로 갔으면 좋겠다. 오, 여보, 그만 그 애에게서 일어나요, 당신에게 얼마만한 생명이 남아 있다면, 나와 함께 한숨짓고, 통곡하고 신음하는 데 쓰시오. 그리고 만일 당신의 영혼이 그 애와 함께 안식을 취한다면, 벌써 이 고통스러운 세상을 버렸다면, 왜 나더러 모든 것을 당신에게 알리기를 원했소? 이런 면에서 여자는 남자보다 유리한 점이 있소. 세상일에서 벗어나면서 큰 고통을 느끼지 않거나 적어도 안식의 또 다른 일부인 기절을 하잖소. 오, 아버지의 냉혹한 가슴이여! 너를 이을 사랑하는 자가 이제 없는데 어찌 너는 고통으로 부서져 버리지를 않는단 말인가! 내가 누구를 위해 탑을 세웠던가? 누구를 위해 명예를 얻었던가? 누구를 위해 나무를 심었던가? 누구를 위해 배를 만들었던가? 오, 잔인한 땅아! 어찌 아직도 나를 지탱하고 있단 말인가? 나의 외로운 만년은 어디서 보호를 받으란 말인가? 오, 허무한 부귀영화의 집사이자 관리자인 변덕쟁이 운명아! 왜 넌, 너의 그 잔인한 분노를, 변덕스러운 파도를 너와 관계된 것에 터뜨리지 않았니? 왜 내 재산을 파괴하지 않았니? 왜 내 집을 불사르지 않았니? 왜 나의 많은 전답을 황폐하게 하지 않았니? 그 꽃에는 네 힘이 미치지 말아야 했고 나에게 남겨 놓아야 했잖아. 갈피를 못 잡는 운명아, 너는 슬픈 젊음을 행복한 늙음으로 갚을 줄 알았다. 이렇게 순서를 어길 줄 몰랐다. 네 속임수의 횡포를 연약한 말년보다 강한 젊었을 때 당했다면 더 잘 견딜 수 있을 텐데. 오, 번뇌로 가득 찬 삶이여! 오, 비참함으로 들끓는 인생이여!

오, 세상아, 세상아! 너에 대해 많은 사람들이 온갖 말을 했고 많은 사람들이 네가 어떤 것인지에 대해 쓰기도 했고, 들은 여러 가지 것들로 말도 많았지만 나는 너를 경험해 본 것으로 너에 대해 이야기하겠다. 속임수로 팔고사는 네 장사로 재미를 못 본 사람처럼, 그리고 지금까지 너의 분노를 증오로 타오르게 하지 않으려고 너의 거짓된 속성에 입 다물고 온 사람처럼 말이다. 이러는 이유는 네가 오늘 네 권한에서 추방한 이 꽃을 시간도 주지 않고 말려 버렸기 때문이다. 그러니 이제는 더 이상 잃을 것이 없는 사람으로서, 네가 함께 있어 주어 화가 나는 사람으로서, 잔인한 강도의 습격을 두려워하지 않고 큰 소리로 노래 부르며 길 떠나는 가난한 나그네처럼 두려움 없이 털어놓겠다. 내가 젊었을 때 너는 순리대로 되어 가는 줄 알았다. 그런데 지금 너를 보니, 넌 실수의 미로이고 경악할 만한 사막이고, 맹수들의 소굴이며, 몰려다니는 인간들의 도박이고 진흙으로 가득 찬 수렁에 가시밭길이며, 높은 산에 자갈밭이고 배들이 우글거리는 초원이자 꽃은 만발하나 결실이 없는 과수원에 근심의 샘이며, 눈물의 강이자 비참함이 넘실대는 바다에 이익 없는 노고에 달콤한 독이자 헛된 희망에 거짓 즐거움에 진정한 고통이다. 거짓부렁이 세상아! 너는 너의 기쁨의 진수성찬으로 우리를 들뜨게 하고서는 가장 맛있을 때 너의 미끼를 드러내니 이미 우리의 의지가 너의 포로가 되어 네게서 도망갈 수가 없다. 너는 많은 것을 약속하지만 지키는 건 하나도 없다. 우리가 너에게 약속한 것을 이행해 달라고 요구할 수 없도록 아무 때나 우리를 버린다. 네가 고삐 풀린 망아지처럼 제멋대로 악을 행하는 곳에서 우리는 살아가야 해. 우리에게 너의 함정을 보여 줄 때는 이미 돌아갈 곳이 없어. 많은 이들이 네게서 잔인하게 버려질까 봐 두려워 먼저 너를 버렸지. 사람들이 오랫동안 섬긴 대가로 네가 이 서글픈 늙은이에게 준 선물을 본다면 나를 어리석은 사람이라고 하겠지. 우리의 눈을 부수어 놓고 위로로 두개골을 바르겠다니.* 어떤 역경에서든 반드시 동반자가 있을 것이기에 나처럼 비참한 사람도 고통을 갖고 있는 사람을 만나면 위로가 된다고 말하면서 너는 모든 사람에게 악을 행하고 있다. 오, 위안할 길 없는 나의 노년이여, 정말 혼자이구나! 아무리 고금을 통해 내 지친 기억을 되살려 봐도 나처럼 고통스러운 자는 없었다. 마케도니아를 로마 제국 일부로 병합한 파울리우스 아이밀리우스가 자신은 일주일 만에 두 아들을 잃었다면서 인내를 갖고 준엄하게 나를 위로하러 온다 해도 나를 만족시킬 순 없을 것이다. 자신의 용기는 오히려 그 참사를 슬퍼하는 로마 시민들을 위로했고, 로마 시민들이 그를 위로하지 않았다고 하면서 말이야. 다행히 그는 양아들을 둘이나 얻었지. 아테네의 장군 페리클레스가 내 고통에 무슨 도움이 되겠으며, 힘이 장사인 크세노폰도 무슨 도움이 되겠느냐? 그들은 자식들을 자기네 땅에서, 자기들이 보는 앞에서 잃은 게 아니잖은가? 한 사람은 얼굴 표정을 바꾸지 않고 아주 차분하게 있었는데, 그건 힘든 일이 아니야. 다른 사람은 자식의 죽음에 대한 소식을 그에게 가져와 상심하지 마시라는 말을 한 사신에게 대꾸했는데, 그것도 그리 힘든 일은 아니야. 왜냐하면 그는 고통을 느끼지 않았으니까. 이들의 불행은 나와는 너무 달라. 그러니 악으로 가득 찬 세상아, 너는 페리클레스의 가정교사였고, 외아들을 상실한 아낙사고라스와 사랑하는 딸을 잃은 내가 비슷한 입장에 있고 똑같이 비참한 심경을 지니고 있음을 부인하지 못할 것이다. 아낙사고라스는, "나는 죽을 인간으로 내가 잉태시킨 아들도 죽을 것을 알았다"라고 말했지. 내 딸은 큰 사랑의 상실로 힘들어 하며 내 눈앞에서 스스로 목숨을 끊었고, 아낙사고라스의 아들은 치열한 전장에서 살해되었으니 말이다. 오, 비할 데 없는 상실이여, 오 불쌍한 노인이여, 위로할 거리를 찾으면 찾을수록 위로할 길이 없구나! 선지자인 다윗 왕이 자기 죗값으로 자식이 병들게 되니, 식음을 전폐하고 하느님께 울며 기도하다가 죽고 나니까 울음을 거두고 음식도 먹고 하자, 어찌 된 이유인가고 모두 의아해할 때 다윗은 다음과 같이 설명했지. 이미 죽은 애를 살릴 수 없는데도 운다는 것은 미친 짓이다, 하고 말이다. 하지만 그는 자기의 아픔이 낫도록 많은 사람들과 함께했지. 나는 내 딸이 죽어서 슬퍼우는 게 아니라, 그 죽음의 참담한 이유 때문에 우는 것이야. 이제는 매일 나를 공포에 떨게 했던 두려움과 근심을 나의 불쌍한 딸 너와 함께 놓아 버리려 한다. 오직 너의 죽음만이 나를 그런 근심으로부터 자유롭게 하는구나. 이제 네 방에 들어갔을 때 네가 없는 것을 보면 나 어떡하리? 너를 부를 때 너의 대답이 없으면 그 또한 어떡하리? 네가 남기고 간 빈자리를 누가 채워 줄 수 있단 말인가? 오늘 내가 잃은 것은 어느 무엇과도 비교가 안 된다. 비록 상처를 입은 아들을 자기 팔로 안아다 배에서 바다로 던져야 했던 아테네 사람들의 공작, 람바스 데 아우리아의 용기와 유사한 점이 있다 하겠지만, 아니야, 이들은 모두 죽음이라는 상실을 맛보았으나 명예를 위한 강요된 죽음이었다. 하지만 내 딸은 누가 죽게 했는가? 바로 사랑의 막강한 힘이었다. 아부하는 세상이여! 내 지친 말년에 어떤 처방을 주겠니? 우리의 나약한 의지를 낚는 너의 속임수와 너의 속박과 너의 쇠사슬과 그물을 알고 있는 나에게 어떻게 이 세상에 남아 있으라고 명할 수가 있니? 내 딸 대신 무엇으로 보상하겠다는 거냐? 동반자를 잃은 내 집은 누구와 살란 말이냐? 내 시들어 가는 말년을 거저 가져갈 사람이 없을까?

오, 사랑아! 사랑아! 네게 속한 것들을 죽일 능력과 힘이 있는지 몰랐구나! 나도 너의 뜨거운 불길 속을 지나갔기에 너로 인해 내 젊은 시절은 상처를 입었었다. 그런데 젊었을 때는 도망가게 풀어 주더니 그 대가를 늙어서 치르게 하고 있구나! 내 나이 마흔 살이 되었을 때 나는 네 올가미에서 벗어났다고 생각했다. 내가 나의 동반자로 만족하고 있었을 때고, 오늘 네가 내게서 앗아 간 그 결실을 보았을 때였다. 부모에 대한 보복을 칼로 치든, 불로 지지든 자식에게 할 줄은 몰랐다. 옷은 멀쩡하게 놔두고 가슴을 파괴하는가. 추한 자를 사랑하게 하고 아름답게 보이게 하는 그런 힘을 누가 네가 주었더냐? 너에게 걸맞지 않은 이름 '사랑'을 누가 너에게 지어 주었느냐? 진정 네가 사랑이라면, 너를 섬기는 자들을 사랑해야 하는 게 아니냐? 그리고 사랑한다면, 고통은 주지 말아야지. 그들이 행복하게 산다면, 내 딸이 한 것처럼 자살은 하지 않을 텐데 말이다. 너를 모시는 것들과 이 모시는 자들을 대신하는 것들의 종착역은 어디란 말인가? 거짓부렁이 뚜쟁이 셀레스티나는 독살스러운 너를 섬기려다 결코 얻지 못했던, 자기보다 더 충실한 하인들 손에 죽었고 하인들은 목이 잘려 죽었다. 칼리스토는 낙사했고 내 불쌍한 딸은 그의 뒤를 따르려고 같은 길을 택했다. 이 모든 죽음의 이유가 바로 너다. 감미로운 이름을 네게 주었건만 너는 쓰라린 일만 저지르는구나. 너는 너를 사랑한 만큼 그에 합당한 보상을 하지 않아. 공평하지 않은 법은 정의로운 게 아니야. 네 이름은 기쁨을 주지만 너를 다루다 보면 모두를 슬프게 해. 너를 몰랐거나, 너를 조심한 사람들은 복되도다. 많은 사람들이 너를 신이라 부르는데, 어디에서 그런 잘못된 의미를 가져왔는지 난 모르겠다. 신은 자신의 피조물을 없애지만, 너는 너를 섬기는 자들을 죽인다는 걸 알기나 하는지 모르겠다. 너는 이성의 적이라, 너를 덜 섬기는 자들에게 더 큰 선물을 주고, 나아가 네 고뇌의 춤에 그들을 끌어들이기까지 한다. 친구들의 적이자 적들의 친구인 너는 왜, 순리도 조화도 없이 자신을 다스리느냐? 사람들이 너를 불쌍한 젊은 장님으로 그리더구나. 손에 활을 들고 어름어름 되는대로 활을 쏘아 대려 하더구나. 네 대행자들은 더 눈이 어두워 네가 한 일로 얻은 언짢은 선물을 미안해하지도,

알지도 못하더구나. 네 불길은 어디에 닿을지 결코 가르쳐 주지 않는 불타는 번개의 불길이다. 네 불길이 태우는 땔감은 인간의 영혼과 목숨이다. 이 영혼과 목숨들이 워낙 많아 누구부터 시작해야 될지 거의 생각이 나지 않는구나. 기독교인뿐만 아니라 이교도인들과 유대인들이 모두 너를 잘 섬긴 대가로 받은 보상이다. 넌 우리 시대의 저 마시아스에 대해 뭐라고 말할 수 있지? 그자는 사랑하다가 죽었으니, 그의 슬픈 종말의 이유는 너였잖아? 파리스는 너 때문에 무슨 짓을 했지? 트로이의 헬레네는? 클리타임네스트라는? 아이기스토스는? 세상은 이들이 한 일을 알고 있다. 그리스의 여성 시인 사포는 파온을 사랑해 벼랑에서 몸을 던졌고, 크레타 섬의 미궁에서 테세우스를 구해낸 아리아드네는 배신을 당하자 역시 바다로 몸을 던져 자살했고, 레안드로스는 헤로에 대한 사랑 때문에 매일 밤 바다를 건너다 물에 빠져 죽었다. 이들에게 너는 무엇으로 보상했니? 다윗 왕과 솔로몬 왕까지 너는 괴롭혔지. 델릴라를 믿으라고 삼손에게 강요한 것도 너였고, 그 결과 델릴라가 삼손을 블레셋인들의 수중에 넘겨 버렸지. 그 외에도 더 많이 있지만 입을 다물어야겠다. 내 불행을 말하는 것만으로도 충분하니까 말이다. 나는 세상이 원망스럽다. 나를 세상에 태어나게 했으니. 내가 이 세상에 태어나지 않았더라면 멜리베아도 세상에 없었을 텐데. 멜리베아가 세상에 태어나지 않았더라면, 사랑도 하지 않았을 테고, 사랑을 하지 않았더라면 나의 말년이 이렇게 불평스럽고 위안할 길 없는 것은 아니었을 텐데. 오, 나의 훌륭한 동반자였던 딸아! 산산이 부서진 내 딸아! 왜 너의 죽음을 내가 막도록 내버려 두지 않았니? 어째서 사랑하는 네 어미를 가엾게 여기지 않았니? 어떻게 네 늙은 아비에게 그토록 잔인할 수 있었니? 어찌 나를 이렇게 가슴 아프게 내버려 두었단 말인가? 왜, 너는 나를 이 눈물의 계곡에 슬프게 혼자 남겨 놓았단 말이냐?

작가는 다음과 같이 작품의 의도를 말하고 있다*

자, 여러분 여기서 우리는 이 연인들이
얼마나 불행하게 죽어 갔는지를 보았으니 그 춤으로부터 달아납시다.
대신 가시관과 창과 채찍과 못이
피를 흘리게 한 그분을 사랑합시다.
거짓 유대인들은 그의 얼굴에 침을 뱉었고
그분의 음료는 쓸개가 든 식초였습니다.
그분의 양옆에 두 도둑도 함께 있었으나,
우리는 그 착한 도둑처럼 구원을 받기 원합니다.

독자여, 이 작품에서 보이는 재미있는 표현들에 대해서
부끄러워하거나 작가의 인품을 의심하지 마시오.
신중하게 그 뜻을 음미해 보면 얼마나 작가가
공들여 쓴 작품인지 알 것입니다.

독자여, 고양한 도덕으로 무장된 쓰디쓴 약이 당신에게 초래할 수 있는
기분 나쁜 감정을 기쁜 마음으로 즐기십시오.
여기 적힌 옛 격언과 속담과 우롱과 음란한 표현들은
뭇사람들에게 흥미를 주면서 작품을 완독케 합니다.

그러니 저를 경박한 작가로 판단하지 마시오.
오히려 명예롭게 살고자 노력하는 자로 봐주시오.
우리 주 예수 그리스도와 창조주 하느님을 사랑하고, 두려워하고, 섬기는 데
열중하는 사람으로 봐주시오.
그러므로 제 글이 산만하다 생각하신다면
혼탁하고 맑은 것을 의식적으로 섞으려고 한 것이니,
야유를 그치시오. 야유는 짚과 쭉정이일 뿐입니다.
이 글 속에서 알곡을 찾도록 하시오.

인쇄 교정원 알론소 데 프로아사가 독자에게*

오르페우스의 하프와 달콤한 노래는
돌에게 자신의 노래를 듣게 했고
지옥의 왕 플루톤의 궁정 문을 열게 했으며
흐르는 물까지 멈추게 했습니다.
새도 그의 음악을 듣기 위해 비행을 멈추었고
짐승도 풀을 뜯지 않고 그의 노래를 들었습니다.
그가 연주하는 달콤함에 따라
그녀는 트로이 성벽에
손에 힘도 없이 돌과 시멘트를 올려놓았습니다.*

독자여, 그대는 여기 내가 말하는 작품에 대해
많은 말을 할 수 있습니다.
이 작품을 잘 읽어 보면 당신은
무쇠보다 더 강한 심장을 녹일 수 있고
사랑하기를 원하는 사람을 사랑하지 않게 할 수도 있고
고통에 찌들어 슬픈 자를 슬프지 않게 할 수도 있으며
알지도 못한 채 많은 것을 깨닫게 됩니다.
돌을 움직이게 하는 것과는 비교가 안 됩니다.

계속하다

로마의 희극 작가이자 신중한 사내들인

네비우스와 플라우투스의 손도

거짓부렁이 하인들의 속임이나

악한 여성들에 대해 로마의 운율로 이렇게 잘 쓰지는 못했습니다.

그리스의 젊은 시인이자 작가들인 크라티노와 메난드로와 나이 많은 극작가인 마그네스는

이런 문제를 거의 알지도 못했고

우리의 시인이 스페인어로 쓴 것만큼

최고의 문체로 묘사할 줄도 몰랐습니다.

이 희비극을 어떻게 읽어야 되는지에 대해 말하다

이 작품을 읽으면서 청중들의
관심을 사로잡기를 원한다면
읽는 법을 알기 바랍니다.
가끔은 기쁨과 희망과 열정으로,
또 가끔은 분노와 엄청난 당혹감으로.
읽으면서 수천 가지 기술과 방법을 보여 주시오.
등장하는 모든 사람들의 입으로 질문하고 대답하시오.
상황에 맞게 울고 웃기도 하면서 말이오.

작가가 작품 초입에서 감추고자 했던 비밀을 밝히다

저의 글은 이 작품의 위대한 작가의 명성이
묻히기를 바라지 않고 그렇게 될 이유도 없습니다.
그가 마땅히 받아야 할 영광과 지금까지 밝혀지지 않은
그의 이름이 밝혀지기를 원합니다.
그래서 작품 초입에 작가가 쓴 열한 편의 시의
첫 행의 첫 글자를 나열해 보면
그가 얼마나 현명한 방법으로
자신의 이름과 고향과 조국을 밝혀 놓았는지를 알게 될 겁니다.

고통스러웠던 연인들은 그렇게 기막힌 일에서
결코 그리 좋다고 할 만한 승리를 얻어 내지 못했습니다.
다시 전해 주는 자의 이야기를 듣는 사람들에게는
그 연인들에게 일어났던 것과 같은 엄청난 고통이 일어나지는 않았습니다.
하지만 그들은 결코 이 반역의 세상에서의
기쁨을 확고히 믿지 않았습니다.
그러니 신중한 독자들이여,
모두가 비극적인 종말을 맞이했음을 슬퍼하십시오.

이 작품이 처음으로 인쇄된 때와 장소를 밝히다

포이보스*의 마차가
1천5백 번을 돈 뒤에
레다의 자식들은 포이보스를
그의 집에 들어앉혔다.
이때에, 아주 달콤하면서도 단순한 이 작품이
아주 면밀하게 읽히고 마침표까지 검토되는 등의
수정을 거친 뒤 살라망카에서 인쇄되었다.

주

10 "친구에게": 실제 자신의 친구에게 쓴 것이라기보다 그 당시 문학적 인 토픽으로 작품의 도덕적 목적을 알리기 위한 것으로 보인다.
"무기 공장": 그 당시 밀라노에 있는 무기 제조 공장이 유명했다. 그래서 이 책을 은유적으로 사랑의 폐해에 맞서 싸우는 무기로 표현했다.

14 "감내할 수 있다": 작가는 날개가 자라난 개미에 자신을 비교하고 있다. 개미는 날고자 하다가 새들의 먹이가 되어 버렸다. 작가 역시 아직 젊고 경험이 없으니 비난의 대상이 될 수밖에 없음을 개미의 운명에 비교하여 강조하고 있다. 작가는 자신의 이름을 작품 속에 숨겨서 밝혀 놓았다. 두 번째 8행시의 세 번째 행에서부터 세 번째 8행시의 각 행과 다음의 8행시 첫 행까지, 각각의 첫 글자를 페르난도 데 로하스(Fernando de Rojas)의 열다섯 개 알파벳으로 시작하고 있다.

16 "큐피드": 큐피드는 사랑의 신, 디아나는 순결의 상징, 아폴로는 예술의 신이다. 작품의 성격을 신화에 등장하는 인물로 설명하고 있는데, 이 가운데 어느 것에 더 비중을 실을지는 독자의 마음이지만 작품 목적은 제대로 알기를 바란다는 저자의 말이다.

18 "독초를 뿌렸다": 내용을 늘리고 많은 금언과 격언을 내용에 넣었다

는 뜻이다.

19 “다이달로스”: 그리스 신화에서 다이달로스는 훌륭한 예술가로 이름이 높았다.

22 “맞지 않도록”: 사랑의 신인 큐피드는 화살통을 등에 메고 다니다가 ‘장님의 신’ 이라는 별명에 어울리게 아무한테나 화살을 쏴 댔는데, 금칠한 화살촉에 맞으면 사랑에 빠지게 되고 은칠한 화살촉에 맞으면 사람을 증오하게 됐다고 한다.

23 “서언”: 이 서언은 ‘희비극’ 에만 등장한다. 인간의 삶과 우주를 지배하는 원리가 대립과 전투라는 사실을 알리고자 쓴 것이다. 여기서 우리는 작가의 세계관을 엿볼 수 있다.

24 “바실리스코”: 전설상의 괴물 뱀으로, 한 번 노려보는 것만으로 사람을 죽였다고 한다.

27 “불필요한 일이다”: 페르난도 데 로하스는 인쇄업자들이 막의 앞부분에 요약해 놓은 줄거리가 못마땅한 것 같다.

“원한다는 것”: 다시 덧붙인 다섯 개 막으로, 연인들의 이야기가 하룻밤에서 한 달로 이어지고 있다. 물론 이 두 주인공만의 이야기가 나오는 것은 아니다.

29 “목적도 있다”: 제1막의 작가는 미상이지만 이 미완의 원고를 보고 작품을 마무리한 페르난도 데 로하스가 개종한 유대인이었다는 점과, 그 당시 종교 재판으로 이교도를 색출하던 시대 상황과 작품의 전체 내용을 생각해 보면 작가가 왜, 굳이 이와 같은 내용을 서두에 썼는지 이해할 수 있을 것이다.

33 “드리지요”: 멜리베아는 조롱조로 이 말을 했지만 사랑에 눈먼 칼리스토는 제대로 이해하지 못하고 있다.

“매”: 명마에 빗대어 칼리스토가 사회적으로 고관대작임을 암시하고 있다.

34 “에라시스트라토스”: 에라시스트라토스는 고대 그리스의 의사로서 셀레우코스 왕의 아들이 계모를 사랑하다 병이 든 사실을 알았다.

셀레우코스 왕은 아들의 치유를 위해 자기 부인을 아들에게 양보했다. 이 사건을 두고 칼리스토는 '셀레우코스의 자비' 운운하면서 멜리베아의 아버지인 플레베리오에게 그 같은 처방을 요구하고 있는 것이다. 피라모스와 티스베는 고전 신화에 나오는 연인으로 사랑 때문에 자살했다.

36 "가지러 갈 거야": 주인의 불행이 자신의 불행을 야기한다는 의미의 속담이다. 밧줄은 목을 매달기 위해, 큰솥은 끓는 물에 넣기 위해서.

39 "여러분들은": 이 작품을 듣거나 읽고 있을 사람들에게 하는 말이다. 이런 표현이 뒷부분에도 나오는데, 때문에 이 작품의 장르를 역을 바꿔 가며 읽어 주는 소설 또는 읽어 주는 극작품으로 보고 있다.

40 "아셨죠": 관객이나 청중에게 하는 말이다.

"비웃는구나": 칼리스토를 곤란하게 만드는 셈프로니오의 농담은 칼리스토가 '여신'이 아니라 '신'이라고 한 자와 성관계를 가지려 한다는 데 있다. 앞서 소돔에서 일어난 일 운운한 것과 연관되어 있다.

41 "조부의 칼입지요": 셈프로니오의 망언을 듣고도 칼리스토가 큰 반응을 보이지 않는 게 놀랍다. 아마도 여기서의 '원숭이'는 흑인이나 유대인을 경멸조로 표현한 것 같다. '조부의 칼'에 대해서는 아직까지 아무런 해석이 없다.

43 "말입니다요": 반여성주의 문학에서 흔히 볼 수 있는 여성 혐오주의적 발언이 셈프로니오의 입을 통해 이루어지고 있다.

"솔로몬": 현자의 표본인 솔로몬 왕은 다신을 숭앙했는데 부인들의 영향을 받은 것이란다.

"다윗": 사랑하는 여자를 취하기 위해 자기 부하인 그녀의 남편을 전장에 내보냈다.

"아리스토텔레스": 중세 이야기에 따르면, 아리스토텔레스가 젊은 여자에게 희롱을 당했는데, 그녀가 아리스토텔레스의 등에 올라타서 네 발로 기게 했다고 한다.

"베르길리우스": 한 여인을 사랑하여 그녀 집의 창가로 바구니 안에 몸을 숨겨서 갔는데 이 젊은 여자가 그 바구니를 공중에 매달아 놓았다고 한다.

52 "봤지요": 말들이 마구와의 마찰로 생긴 상처를 언급하면서 성적인 의미를 암시하고 있다. 셀레스티나는 뚱보 사제와 성관계를 가질 때 여자들에게 생기는 상처를 언급하고 있는데, 셈프로니오는 말장난으로 그것을 받아 낸다. 많은 남성들과 성관계를 갖다 보면 여자들의 배가 쓸려 상처가 생기는 것이 아니라 못이 박인다는 농담이다.

56 "재봉사": 당시 재봉사라는 직업에 대한 평판이 아주 나빴다. 종종 창녀와 연관되곤 했다.

58 "두고 있었습니다요": 코에 난 상처를 악마의 표식이라고 했다. 당시 악마는 마녀와 동일시되었다. 또 당시 건달들과 함께 산 창녀의 표식으로 상처를 언급하곤 했다.

59 "했습지요": 여성의 질 안에 피를 넣은 물고기 부레를 넣거나 꿰매는 방법으로 처녀인 체했다.

"할 수 있겠네": 파르메노가 하는 이야기에 놀라기는커녕 즐기는 칼리스토의 모습을 보면 칼리스토의 사랑이 순수한 것이 아님을 알 수 있다. 멜리베아를 뚜쟁이 마녀의 손아귀에 놓을 생각을 하는 것을 보면 궁정의 사랑은 이미 저 멀리 가고 없다.

64 "거기서 멈추지": 짐승을 멈추게 할 때 쓰는 표현인데, 셀레스티나가 칼리스토에게 그렇게 말하고 있다. 인간을 짐승화한 것이다.

85 "뒤집어썼던": 당시 뚜쟁이들에게 가한 벌은 알몸에 꿀을 바른 뒤 털로 뒤집어씌우는 거였다.

87 "미워하다니": 원 속담은 "내 대모들이 내가 진실을 말한다고 나를 미워하다"이다.

89 "없다 이거지": 원 속담은 "지불된 돈에는 부서진 팔"이다.

94 "잡는 게지": "그런 놈에게 두 명의 배신자"로 직역되는 이 내용은 한 명의 배신자에게 두 명의 배신자가 붙는다는 스페인 속담에서 가져온 표현이다. 여기서 한 명의 배신자는 파르메노이고, 두 명은 셀

레스티나와 셈프로니오이다.

95 “원하지 않을걸”: 외설적인 표현이다.

97 “마세요”: “털을 가지러 갔다가 털이 깎이고 돌아온다”라는 스페인 속담을 가지고 말장난을 한 것이다. 뚜쟁이들을 벌할 때 옷을 벗긴 다음 온몸에 꿀을 바르고 닭털로 뒤집어씌웠다.

98 “그을 일이네”: 굉장히 놀랄 때 쓰는 표현이다.

99 “플루톤”: 셀레스티나는 이 지옥의 신을 사탄과 동일시하고 있다. 지금 셀레스티나는 악마에게 맹세하고 있는 것이다.

100 “출발합니다”: 셀레스티나는 마법의 힘을 빌려 멜리베아가 칼리스토를 사랑하게끔 하고 있다. 셀레스티나는 기독교를 포기하지 않으면서 그 당시 마녀들처럼 악마를 불러내는 마법을 행하고 있다.

102 “푸줏간이지”: 스페인 속담으로 계획했던 일을 계속해 나가는 것 말고는 별다른 도리가 없음을 의미한다.

“뾰족한 모자”: 범죄자에게 가하던 벌이다.

105 “넣지 않아요”: 적게 들여 많이 뽑으려 할 때 사용하는 속담이다.

“창피를 당했던”: 말뚝에 죄수들을 묶어 놓고 대중들에게 창피를 당하게 했던 벌이다.

107 “유지하고 있는데”: 셀레스티나의 짓궂은 변명이다. 두건은 그 당시 처녀와 그렇지 않은 여자를 구분하는 도구였는데, 이 실을 두건을 만들도록 판다는 것은 멜리베아가 처녀성을 상실하리라는 것을 은근히 빗대고 있는 것이다. 16세기 스페인 말라가 지방의 매춘법을 보면 그런 직종에 종사하는 여성들을 그렇지 않은 여성들과 구분하기 위해 두건을 씌우고 장갑을 끼웠다고 한다.

“기다려”: 셀레스티나가 자기가 갖고 온 실에 함께하고 있는 악마에게 말을 하고 있는 것이다.

109 “그렇습니다”: 원문에는 “목에 종기를 가진 암탉 만세”이다. 이 표현은 비록 병과 고통 속에 있어도 죽는 것보다 사는 것이 더 가치 있다는 뜻이다. 암탉 목에 생기는 작은 종기는 아주 치명적이고 아프

다고 한다.

114 “여자가 아프다”: “북(실패)은 턱수염이 위에 없을 때 아프다”라는 속담을 의역한 것이다.

119 “아폴로니아”: 치통을 앓는 자들의 수호 성녀다. 생니가 뽑히는 순교를 당했다. 그리고 스페인에서 치통은 전통적으로 사랑의 열병과 관련이 있다. 이 대목에서 셀레스티나의 간교가 보통이 아님을 알 수 있다.

“허리끈”: 허리띠가 아니라 허리끈으로 번역한 것은 당시 믿음이 좋은 여성들은 이렇게 성물에 닿은 끈을 허리에 하나씩 느슨하게 두르고 다녔다. 이 끈은 이 작품에서 상당히 중요한 소품으로 멜리베아의 처녀성을 상징한다.

122 “헥토르”: 트로이의 왕 프리아모스의 아들로, 그리스인들에 대항하여 도시를 지킨 영웅.

“성 게오르기우스”: 이 성자는 갑옷을 입고 용을 죽이는 모습으로 소개된다.

123 “아가씨”: 멜리베아는 칼리스토가 치통을 앓은 지 얼마나 되었는지를 물었지만 셀레스티나는 그러한 의도를 알면서도 모른 척 칼리스토의 나이를 말했다.

131 “들어간다는”: 어떠한 일을 도모하기 위한 계략이나 구실로 “우리 마님 여기서 봤어요?”라는 스페인 속담에서 가져온 표현이다.

137 “놓칠 리 없지”: 원 표현은 “양배추와 양배추 사이 상추”이다.

138 “옷을 건지듯이”: 원 속담은 “수도원장이 지껄이는 곳에서 먹는다”인데, 셈프로니오가 상황에 맞게 각색한 것이다.

147 “콩트레”: 화려하고 비싼 천으로 알려져 있다.

149 “알키비아데스”: 기원전 5세기경의 아테네 장군이다.

159 “만들어 놨잖은가”: 신이 인간을 창조하셨는데 그다음으로 셀레스티나가 그에게 성적 경험을 할 수 있게 한 뒤 사내로 만들었다는 의미이다.

163 “원 안에 들어가는 일”: 바닥에 원을 그리고 그 안에서 마녀들은 악마를 부르는 의식을 치렀다.

“부추기세요”: 반어적 표현이다. 파르메노는 자기 어머니에 대해 말하는 셀레스티나를 저주하고 있다.

164 “모르느냐”: 원 표현은 “페드로와 페드로 사이에도 많은 차이가 있다”이다.

165 “십자로”: 마녀가 오가는 장소로 알려져 있다.

167 “궁의 공격”: 장기의 공격에 빗대어 표현하고 있다.

169 “인어 같구나”: 아레우사의 상체가 시트 밖으로 나와 있고 하체는 시트 아래에 있는 모습을 셀레스티나가 인어로 형상화한 것이다.

“죽일 작정예요”: 아레우사는 자궁이 아프다. 그 당시에는 자궁이 온몸으로 돌아다닌다고 믿었다고 한다.

171 “루다”: ruda. 다년생 식물로 고약한 냄새가 강하게 나는 풀.

“있으니 말이다”: 셀레스티나는 자궁이 아플 때의 처방으로 성교를 말하고 있다.

174 “단 하나의 샘”: 외설적 표현이다.

175 “한 자루에 들어가지는 않지만”: 외설적인 표현이다. 여성의 한 몸에 두 남성이 동시에 들어갈 순 없는 법이다.

179 “데려갔던”: 수도승에게 처녀를 대 주어 성관계를 맺게 하는 것으로 부활절 일요일을 기념했다고 한다. 그런데 그 처자가 결혼해야 할 처지가 되자 그녀의 아버지가 셀레스티나를 찾아온 것이다.

“기억나는구나”: 셀레스티나가 모든 일을 물질과 연결시켜 생각한다는 증거다.

185 “놀린 것뿐이야”: 원 표현은 “너는 애인이 있으니 다른 정어리는 말부리는 시종한테 주기를 바란다”이다.

“사랑도”: 원문에는 ‘여관 간판’으로 되어 있다. 여관이 손님을 받는다는 사실을 알리기 위해 여관 입구에 걸었던 것으로, 이 내용에는 성적 내용이 함축되어 있다. 파르메노와 셈프로니오는 이미 여자 친구들이 있어서 문을 통과했다. 하지만 칼리스토는 파르메노의 잘못으로 문밖에 남아 있다.

188 "산 후안의 문제로 하자": 속담으로 우리의 불화는 잊어버리자라는 뜻이다. 오랜 다툼이나 불화가 있어도 산 후안 축제 날에는 그런 불화를 잊고 집 계약이나 하인들을 계약하는 일이 이루어졌다는 데에서 나온 말이다.

191 "그릇에 든 메추리처럼": 밤에 메추리를 잡을 때 그릇에 불을 밝히면 메추리가 눈이 부셔 앞을 못 본다고 한단다.

"막달레나 성모": 사랑하는 사람들의 수호신이다.

"말하려는 거냐": 갈리시아 하급 귀족의 하인은 1년 내내 맨발로 다니다가 단 하루 만에 구두 수선공을 죽이고자 했다는 속담이 있다.

192 "말이다": 칼리스토는 곧이어 셈프로니오가 설명하듯이 신화의 이미지를 빌려 '낙조'를 표현하고 있다.

193 "꼴이 될 거다": 아풀레이우스의 『황금 당나귀』를 보면 주인공이 연고를 바른 후 당나귀로 변했다.

204 "씹을 테니": 단지 빵가루만 먹으며 식탁 위에서 하는 성관계를 부러워하며 바라보기만 할 것이다. 왜냐하면 셀레스티나는 늙어서 이제 그런 짓을 할 수가 없다. 다시 말해 식탁의 빵을 성적으로 먹을 수가 없다.

210 "널빤지에 던진 돌처럼": 민속놀이로 살아 있는 닭을 넣은 항아리를 널빤지 위에 올려놓고 돌을 던져 그 항아리를 맞히면 그 닭을 상으로 받는다. 그러니 널빤지 위로 던진 돌이 얼마나 많았겠는가.

245 "결국 통과하는 것": "안전망인 문", "끼어들어 간다", "창고의 문을 부수느라"라는 표현에서 칼리스토의 멜리베아에 대한 마음을 읽을 수 있다. 모두 에로틱한 성질의 것이다.

250 "가고 있었던 거야": 밤에 자신들의 출두를 알리고 범죄자들을 쫓기 위해 큰 소리를 내며 마을을 돌아다니던 야경꾼의 밤 순찰은 스페인이 오랫동안 지켜 오던 하나의 풍습이다.

259 “아무 말 안 해”: 도둑들이 물건을 훔치다 들키면 장난인 것처럼 둘러대고 들키지 않으면 조용히 입 다물고 가지고 간다는 속담이다.

261 “하는 게 아니에요”: 경험이 있는 자는 아무도 못 속여요.

278 “죽이지 마라”: 권세 있는 누군가의 비호를 받는다고 안전까지 보장받지는 못한다는 속담이다.

“여성 여러분들은”: 이 작품의 장르가 청중에게 읽어 주는 소설이라는 이론을 뒷받침하는 대목이다. 이런 상황이 몇 번 반복된다.

280 “알아야 하니까”: 트리스탄이 소시아의 아둔함을 강조하기 위해 너무나 분명한, 답이 나와 있는 질문을 던지면서 소시아가 스페인에서 멍청이의 대명사인 당나귀가 먹는 짚을 먹는 자로 표현하고 있다.

282 “원하느냐”: 가까이 있는 사람에게서 배반당하기 쉽다, 라는 뜻이다.

“사적인 범죄”: 셈프로니오와 파르메노가 저지른 범죄에 증인으로 엘리시아 한 명밖에 없었기 때문에 그렇게 부르고 있다.

284 “포고자”: 당시 스페인에는 죄지은 사람을 수레에 싣거나 걷게 하여 동네방네 다니며 죄목을 알리는 포고자가 있었다.

297 “속담이 있잖아”: 우리가 알고 있는 속담을 반대 의미로 사용하고 있다. 집을 옮기지 말아야 할 이유가, 집을 옮기면 고객이 없어지기 때문이다.

299 “후견인”: 스페인에서는 부모가 없을 경우 나이가 차서 결혼을 할 때까지 여자의 명예가 손상되지 않도록 돌봐 주는 후견인 제도가 있었다.

301 “소용이 없어”: 멜리베아 부모님이 멜리베아를 결혼시키려는 의도가 헛된 것임을 강조하기 위해 사용된 속담이다.

302 “믿음을 깼지”: 비너스와 마르스의 간통을 말한다.

“아버지와의 관계”: 아버지의 여인들 중 한 명으로 속여 관계를 가진 후 할아버지에게 발각되자 아도니스를 잉태하고는 도망을 갔다. 나중에 신들이 미르라라는 나무로 변하게 했다.

“니노와의 관계”: 바빌로니아의 여왕 세미라미스는 자신의 아들 니노의 연인으로 알려져 있다.

"마카르와의 관계": 바람의 신인 아이올로스의 딸 카나케는 오빠의 아들을 낳았다.

"암논과의 관계": 성서에 의하면, 다말은 자기의 오빠 암논에게 강간당했다.

307 "끈끈이": 새를 잡을 때 사용하던 끈적끈적한 덩어리이다.

308 "온다더니": 스페인 속담은 호랑이 대신 "늑대도 제 말 하면 온다"이다.

"먼지를 털어 내듯": 소시아는 말을 돌보는 시종이다.

310 "사랑한다고 말이야": 원 속담은 "벨트란을 끔찍이 사랑하는 자는 그의 개를 사랑한다"인데, 아레우사가 빈정거리려는 의도로 말을 바꿨다.

312 "깎아 버리세요": 대중 앞에서 창피 당하는 벌을 암시하고 있다.

313 "엿이나 먹어라": 검지와 중지 사이에 엄지를 넣고 하는 욕으로, 이렇게 하면 스페인에서는 '눈병'이라고 통칭되는 원인이 분명치 않은 병을 내쫓는다고 믿고 있다. 그런데 이 작품에서는 이런 행위를 사람의 등에 대고 하기 때문에 아주 모욕적이다.

317 "개한테나 줘": '나는 못 속이지'라는 뜻이다.

339 "죽였지": 아가멤논은 클리타임네스트라와 그녀의 정부 아이기스토스에 의해 살해당했다.

349 "바르겠다니": 큰 피해를 주고 난 후 어떤 식으로든 그것을 보상하겠다고 하지만 진정성이 없는 사람에게 적용되는 속담이다.

355 "말하고 있다": 이 부분은 처음부터 있었던 게 아니라 작품의 제목을 희비극으로 바꾸면서 더해졌다.

357 "독자에게": 이 글은 작품의 첫 제목 '칼리스토와 멜리베아의 희극'에서부터 나온 것으로, 판본에 따라 조금씩 글이 다르다.

"올려놓았습니다": 오르페우스는 음악에 마술적인 능력이 있는 신화상의 인물이다. 그는 자신의 음악적 재능을 이용하여 죽은 아내

에우리디케를 이생으로 다시 데려오기 위해 지옥까지 내려갔었다.

363 작품이 인쇄된 때와 장소를 밝히기 위해 신화를 이용하고 있다. 포이보스는 태양의 신이다. 본 번역서는 여기서 밝히고 있는 때와 장소(1500년 4월과 5월 사이, 살라망카)에서 발간된 책이 이후 또 다른 검토와 수정이 가해지고 막마다 줄거리를 붙인, 발렌시아에서 후안 호프레가 1514년 2월 21일에 발간한 책을 사용했다.

해설

삶의 욕구 속에 잉태된 비극적 종말

안영옥(고려대학교 서어서문학과 교수)

1. 작품과 작가에 대하여

1499년, 스페인의 부르고스에서는 세계 문학사에 한 획을 그을 『칼리스토와 멜리베아 희극』이 발간되었다. 작가가 밝혀지지 않은 이 작품은 형식에서도 특이하게, 청중을 앞에 놓고 읽어 주는 '대화체 소설' 또는 '읽어 주는 극'으로 총 16막으로 되어 있었다. 그런데 스페인 중세 문학의 인기 있는 작품이라면 늘 겪어야 했던 일이 이 작품에서도 예외 없이 일어났다. 거의 같은 내용의 다른 판본들이 등장했다는 것이다. 1500년에 출판된 톨레도 판본과 1501년 세비야에서 출판된 판본이 그것이다. 이 판본들에는 앞선 판본과 달리 작가가 누구인지 밝혀져 있었다. 작가 자신이 살라망카 대학에서 법학을 공부한 페르난도 데 로하스라고 작품 서언에 적어 놓았다. 덧붙이기를, 자기는 제1막으로 된 원고를 우연히 발견하게 되었고, 그 제1막에 자신이 15막을 더해 16막으로 작품을 완성

시켰다고 했다. 그러면서 작가는 그 제1막의 작가는 후안 데 메나가 아니면 로드리고 코타일 것이라고 추측하는데, 비평가들은 이러한 고백을 그대로 받아들이고 있다. 이유인즉슨 페르난도 데 로하스가 개종한 유대인이라서 보여 주는 염세적인 세상관이 같은 운명인 제1막의 작가들 작품에서도 보이고 있다는 것이다. 그런데 더 복잡하고도 기묘한 일은 이후에 일어난다. 이 작품의 또 다른 새 판본들이 살라망카와 세비야와 톨레도에서 1502년에 출간되었다. 이 판본들은 『칼리스토와 멜리베아의 희비극』으로 제목을 달리하면서 내용도 16막에서 21막으로 되어 있었다. 작품 중간에 새로운 내용을 첨가하고 전반적으로 가벼운 수정과 생략이 이루어진 것으로, 비평가들은 이 다섯 개 막의 작가를 페르난도 데 로하스가 아니면 작가와 작가의 익명의 대학 친구로 보고 있다. 1519년 이후에는 등장인물에 대한 인식이 달라지면서 제목이 작품에 등장하는 뚜쟁이 노파의 이름인 '라 셀레스티나'[1]로 바뀌었고, 이 '셀레스티나'란 고유 명사가 현대 스페인어 사전에 '뚜쟁이'라는 보통 명사화가 되어 실려 있다.

작품에 가한 수정과 생략은 그 당시 시대적 요구에 따라 외설적이거나 반종교적인 분위기의 내용에 국한된 듯싶다. 스페인 국민을 모을 구심점으로 이단 심문소까지 설치하여 가톨릭을 강요하던 시대에 원하는 바를 모두 글로 옮길 만큼 용기 있는 자는 없었을 것이다. 세르반테스 역시 『돈키호테』를 읽은 외국 대사가 작품

1) '라 셀레스티나'에서 '라'는 스페인어에서 여성 단수 정관사로, 이름 앞에 이것이 붙으면 매춘에 종사하는 여성들을 의미했다.

이 참으로 재미있었다고 하자, "만일 우리나라에 이단 심문소가 없었더라면 더 재미있었을 것입니다"라고 답했다고 한다. 어떻든 우여곡절 끝에 탄생한 이 작품은 세계 문학사의 5대 원형 중 하나를 이루면서 후대 문화의 모든 분야에 걸쳐 많은 영감을 제공했다. 이런 작품을 두고 세르반테스는 "너무나 인간적인 작품이라 이 인간적인 것의 일부만 제한다면 불후의 명작이 되었을 것"이라 했고, 세계의 문인들은 "『돈키호테』가 없었다면 대신 그 영광을 누렸을 작품"이라고 한다.

이 작품은 스페인에서 신(神) 중심 사회였던 중세가 막을 내리고 인간 중심 사상이 기운을 토해 내기 시작한 문예 부흥기로 들어서는 시점에 작성되었다. 따라서 우리에게 세상과 인생과 사랑과 운명과 신과 인간 존재에 대해 다각적인 측면에서 생각할 거리를 던져 주고 있다. 이러한 것들을 기지에 찬 유머와 금언을 곁들이고 삶의 지혜인 속담들을 통하여 예리하고도 극적으로 그려 냄으로써 인간의 삶이나 세상에 대한 심오한 철학을 흥미진진하게 선사하고 있다.

1478년에 만들어진 스페인 이단 심문소는 조상들의 종교까지 추적하여 가톨릭 피의 순수성을 강조하였기 때문에 개종한 유대인들조차도 천 년 넘게 살아온 스페인 땅을 떠나든가, 아니면 숨소리조차 내지 못하고 살아야 했다. 고문을 통하여 이단자가 아닌데도 이단자로 낙인찍히면 부모의 뼈까지 무덤에서 파내어 화형에 처하던 광기의 시대였다. 인간 본위의 세상으로 넘어가는 시점에서조차 좀체 누그러들 줄 몰랐던 이 같은 중세적 피의 숙청 속에서 영민하나 사회에 발붙일 곳이 없었던 개종한 유대인 작가는 얼마나 많은 고독과 자기 분열과 소외로 점철된 삶을 살아야 했을까. 여기에 중세의 신과 봉건 체제라는 기존 가치 체계 붕괴로 인한 사회 조직원들의 사고 변화까지 더해져 이 작품에는 신과 여인, 정신과 물질, 개인 가치와 사회 제도, 주인과 하인, 인간 존재와 그 본질 사이의 투쟁과 갈등이 그 당시 스페인 하층 문화를 배경으로 화려하게 펼쳐지고 있다.

2. 줄거리

『라 셀레스티나』에서 행위는 우연한 사건으로 시작된다. 귀족 명문가의 미남 칼리스토가 어느 날 사냥을 하던 중에 달아나는 매를 쫓아 플레베리오의 과수원으로 들어갔다가 집안의 대를 이어가야 할 무남독녀 외동딸 멜리베아를 보는 순간 사랑에 빠진다. 이 순간부터 칼리스토는 멜리베아의 사랑을 성취하고자 하는 정복욕에 사로잡힌다. 이렇게 이 작품은 처음부터 사랑이 중심 테마로 등장하여 어떤 식으로든 셀레스티나 세계에 사는 모든 사람들의 행동을 구속하게 된다.

그러나 사랑이 순풍에 돛을 단 듯 순조롭게 진행되지 않는다는 데서 이야기는 꼬이기 시작한다. 장애물들이 등장한다. 첫 번째 장애물은 멜리베아의 완강한 거부이다. '불륜의 사랑'이기 때문인데, 그러한 사랑은 자기 가문의 명예를 잃게 할 수 있다고 본 것이다. 물론 자기 명예에도 커다란 손실이 올 것임을 안다. 기절에서 깨어난 후 한 말이, "내 명예는 깨졌단 말인가!"였다. 칼리스토와의 첫 만남에서도 "오, 사랑하는 내 임이여, 저를 잃고 저의 명예를 손상시키기를 원하십니까?"라고 묻고 있다. 장애물이 나타나면 행동은 여기서 멈출 수가 없다. 반드시 그 전개를 요구하게 된다.

집에서 고통의 시간을 보내던 칼리스토는 그런 열정으로 인해 자신의 운명을 결정하게 된다. 혼자 힘으로 멜리베아를 정복할 수 없었던 그는 고통의 이유를 교활한 자기 하인 셈프로니오에게 알림으로써 동맹자를 얻어 낸다. 이에 셈프로니오는 목적 달성을 위해 간교한 노파이자 마녀 뚜쟁이인 셀레스티나를 중매자로 청하기를 조언한다. 셀레스티나가 중매자 역을 기꺼이 수락한 데에는 다음의 세 가지 이유가 있다. 첫째는 그녀에게 사랑은 언제나 최고의 목표이기 때문에 어떠한 장애를 무릅쓰고라도 칼리스토와 멜리베아의 사랑을 성취하도록 함으로써 자신의 젊은 시절의 즐거움을 소생시켜 보려는 것이다. 둘째는 일을 성취한 뒤 얻게 될 물질적인 보상이고, 셋째는 사회에 대한 복수심이다.

이 일을 위해 셀레스티나는 칼리스토의 두 하인, 셈프로니오와 처음에는 주인에게 충직했으나 이 충직이 오히려 주인에게 미움받는 동기가 되자 마음을 바꾼 파르메노에게 자기가 거느리고 있는 창녀인 엘리시아와 아레우사를 대 주며 자기편으로 끌어들인다. 하인들은 근본적으로 인간성이 달랐지만 둘 다 셀레스티나의 계략에 빠져 쾌락과 물욕의 노예가 되어 셀레스티나와 동맹을 맺는다. 이 동맹으로 인하여 두 하인의 원초적 본능은 맹목적으로 고삐가 풀린다.

셀레스티나는 오랜 세월 쌓아 온 경험과 마법의 힘을 믿고 성공을 빌며 멜리베아를 만나러 간다. 칼리스토와 멜리베아의 우연한 첫 만남에서 멜리베아가 보여 준 확고부동한 태도는 사회 윤리에 대한 멜리베아의 의식과, 멜리베아가 갇혀 지내듯 보호만 받고 자란 처자였기 때문이다. 그래서 셀레스티나는 멜리베아가 담 밖 세상에 대해 커다란 호기심을 갖고 있으리라는 걸 안다. 호기심 많은 멜리베아는 셀레스티나에게 계속 질문하다 결국 자기와 같은 처자들이 들어서는 안 될 말을 듣게 되고 — 물론 알고는 싶었던 것이지만 — 그 때문에 더 완강한 거부 반응을 보인다. 그녀의 내부에서 꿈틀대며 일어나는 자기 의지와, 사회 이목 앞에서의 갈등이 그녀로 하여금 지나치리만큼 강한 거부 반응을 보이게 한다. 이러한 반응 앞에 셀레스티나는 포기하지 않고 다시 공격한다. 이번에는 그녀의 종교적 열의를 파고들면서.

멜리베아의 대답은 이미 셀레스티나가 원하는 것을 받아들일 수 있는 여지를 내보인다. 옆에서 듣고 있던 멜리베아의 하녀 루크레시아가 탄식하는 내용이다. "아이고, 아이고, 우리 아가씨 볼장 다 보게 생겼네. 셀레스티나더러 몰래 오라고 하는 걸 보면 뭔가 있어. 말씀하신 것보다 더한 것을 주려는 모양이야."

이 만남으로 멜리베아는 가슴속에 칼리스토에 대한 사랑을 조금씩 지피기 시작한다. 이렇게 될 수 있었던 것은 무엇보다 셀레스티나의 설득력이다. 시간이 흐를수록 지워져 가는 현재의 아름다움과 젊음의 무상함을 멜리베아가 느끼도록 한 것이다. 셀레스티나에게 있어 사랑은 삶의 생명수이다. 그리고 동정이란 허울 아래 가려진 아픈 자에 대한 관심과 병의 차도에 대한 호기심으로 늘 칼리스토를 생각하게 만들었다. 한편 셀레스티나는 칼리스토에 대한 소식을 멜리베아에게 전해 주는 것을 차일피일 미룸으로써 멜리베아의 애간장을 타게 하는 전략을 편다. 여기에 멜리베아의 어머니 알리사의 자기 가문과 딸에 대한 지나친 믿음과 자만이 플러스로 작용한다.

마음의 병을 얻은 멜리베아는 견디다 못해 하녀를 시켜 셀레스티나를 부르러 보낸다. 그사이 멜리베아는 집에서 자기의 순결과 욕망 사이의 갈등에 괴로워한다.

셀레스티나와 멜리베아의 두 번째 만남에서 멜리베아의 칼리스토에 대한 사랑이 드러난다. 멜리베아는 자신의 감정을 숨기려고 상징적으로 표현하지만 셀레스티나는 그것이 무엇인지 분명히 알고 있다. 순결과 명예를 두려워하는 멜리베아는 자신의 그런 감정을 직접 이야기하지 않으려 하지만 영리하고 교활한 셀레스티나는 멜리베아의 말을 따라가 주면서 멜리베아로 하여금 직접 고백하게 이끌어 낸다. 결국 멜리베아는 자신의 병에 대한 원인을 듣고 기절한다.

이 순간 이후 사건은 당연히 빨리 진행된다. 두 연인의 만남과 완전한 사랑. 그토록 갈망하던 첫 만남에서 멜리베아는 자신의 격정을 숨기려 하나 곧 자기의 사랑을 고백하고 만다.

이렇게 첫 장애물은 해결되었다. 그러나 무엇보다 이 작품에 등장하는 모든 인물들이 갖는 또 다른 장애물이 있다. 바로 죽음이다. 죽음이 셀레스티나의 세계에 살고 있는 사람들을 부지불식간에 데려가기 위해 호시탐탐 기회를 엿보며 웅크리고 기다리고 있다. 작품 전체를 채운 것이 사랑이라면, 그 사랑의 동반자로서 죽음이 그림자처럼 따라붙는다. 이 둘의 만남으로 인해 이 작품은 거대한 비극의 드라마를 연출하게 된다.

작품 첫 부분부터 등장인물들은 인간은 죽음으로 한계 짓는 존재라는 생각을 갖고 있다. 셀레스티나가 항상 입에 달고 다니며 만나는 사람들에게 하는 말은 인간이면 모두 죽기 위해 태어난 것이라는 절대 진리이다. 인간은 떨어지기 위해 올라가고, 메말라 시들기 위해 꽃같이 아름답게 피고, 슬프기 위해 즐겁고, 살기 위해 태어났다가 자라기 위해 살다가 늙기 위해 성장하며 결국 죽기 위해 늙는다. 멜리베아의 아버지 플레베리오 역시 죽음이 자신들을 기다린다는 사실을 한시라도 잊을 수가 없다. 세월이 강물처럼 흘러 시간이 자신들의 손가락 사이로 빠져나가는 것 같다. 죽음이 자신들을 쫓고 감싸고 있는 자신들의 이웃이라고 본다. 어머니 알리사는 죽음은 인간을 모두 동등하게 하며 인간은 영원히 살 수 없는 존재임을 상기시킨다. 이렇게 이 작품의 등장인물들은 모두 죽음이 저기 어딘가에 숨어서 기다리고 있다가 예고도 없이 찾아와 어떤 상황에 있든 개의치 않고 가차 없이 자신들을 데려갈 것을 알고 있다.

이렇게 지속적으로 나타나고 있는 위협 앞에 사람들은 각자 자기 삶을 살려고 버둥대고 있다. 주어진 삶을 알차게 살려고 기를 쓰고 있고, 셀레스티나는 그렇게 사는 방법을 쾌락과 기쁨에 두고 있다. 자기의 때가 있는데 그보다 더 나은 때를 기다리다 보면 후회의 시간만 오니 싱싱할 때 그 싱싱한 젊음을 즐기라는 것이다. 그녀가 데리고 있는 창녀 엘리시아도 연인 셈프로니오를 잃고 나서 더 나은 자기의 삶을 살라는 아레우사의 조언을 받아들인다.

이러한 죽음에 대한 자각으로 쾌락을 추구하려는 의도는 비극적인 인간의 삶을 잊기 위한 격렬한 몸부림으로 이어진다. 삶을 살려고 하는 의지는 죽음이 언제 그러한 쾌락을 앗아 갈지 모르는 두려움으로 사람들을 한시도 쉬지 않고 서둘러 살아가게 만든다. 셀레스티나는 피곤하면 했지 결코 죽음은 "노!"라고 외친다. 하인들은 금 목걸이를 나눠 갖는 일이 무엇보다 시급하다. 엘리시아는 셈프로니오를 기다리는 게 늘 초조하다. 아레우사는 자기 연인들의 복수로 급하다. 칼리스토 역시 셀레스티나에게 신중하지 못하게 서둘러 도움을 청한다. 그는 셀레스티나가 자기에게 멜리베아에 대한 소식을 전하는 데 늦장을 부리자, 칼로 자신을 죽이라고 한다. 멜리베아 역시 칼리스토의 사랑에 처음부터 응답하지 않은 것이 후회스럽다. 기회를 잃은 것을 원망한다. 급하고도 맹렬한 삶에 대한 욕구는 비극적 종말을 잉태하고 있다. 이것이 셀레스티나 세계의 법이다.

셀레스티나는 그 일에 대한 대가로 칼리스토에게 금 목걸이를 받는다. 칼리스토는 그날 밤 멜리베아의 집 문을 사이에 두고 둘은 만난다. 그러는 동안 인간을 서둘러 살게 하는 삶은 자기의 임무를 수행해야만 한다. 하인들로 하여금 자신들의 몫을 요구하러 셀레스티나에게 가게 한다. 그들은 자기네 몫을 요구하지만 거절당하자 엘리시아가 보는 앞에서 셀레스티나를 죽인다. 그들 역시 심판의 손에 죽음을 맞는다. 하인들의 죽음 소식을 들은 칼리스토는 자신의 사랑이 위험에 처하게 된 것을 알지만 개의치 않고 멜리베아와의 다음 만남을 생각한다. 둘은 다시 만나고 멜리베아는 칼리스토가 다시 오기를 애원한다.

멜리베아와 격정의 밤을 보낸 뒤, 칼리스토는 하인들의 죽음을 떠올리며 자기의 모험과 명성이 위험에 처했음을 걱정한다. 그러나 곧 그런 걱정을 하는 자신을 책망하며 지난밤의 일을 회상하고 멜리베아와 다시 만날 일을 생각한다. 한편 엘리시아는 아레우사에게 셀레스티나와 하인들의 죽음을 전하며 이들 죽음의 장본인이 칼리스토와 멜리베아라고 하면서 그들에게, 특히 멜리베아에게 복수할 것을 결심한다. 이 부분은 결말의 주요 동기로 작용하는데, 사랑이란 허울 아래 숨긴 그녀들의 사회에 대한 원한과 멜리베아에 대한 시기심이다. 둘은 칼리스토의 말을 돌보는 하인 소시아로부터 칼리스토와 멜리베아가 만나는 시간과 장소를 알아내고 복수의 수단으로 동네 건달 센투리오를 이용하려고 한다.

그러고 나서 한 달 뒤, 멜리베아의 부모는 딸의 혼사 이야기를 하지만 멜리베아는 칼리스토와의 사랑을 즐기려 하고, 즐기지 못하고 보낸 시간을 한탄하며 괴로워한다. 다시 두 연인의 만남이 이루어지고, 그러는 동안 밖에서 들려오는 하인들의 고함 소리에 걱정이 된 칼리스토가 급하게 사다리를 내려오다 실족하여 땅에 떨어져 죽고 만다. 창녀들이나 센투리오의 계획에 칼리스토를 죽이는 일은 없었다. 칼리스토의 하인들인 트리스탄과 소시아도 담에 사다리를 놓기 위해 가장 안전한 곳을 찾았다. 어느 누구도 칼리스토를 죽일 의도는 없었지만 칼리스토는 떨어져 죽는다. 이 어이없는 죽음 앞에 멜리베아는 절망하고 해가 뜨자 탑으로 올라가 아버지 플레베리오에게 그동안 일어난 일을 이야기한 뒤 탑 아래로 몸을 던진다. 여기에 플레베리오의 통곡과 대답 없는 질문으로 작품은 끝난다. 그 질문은 인간사의 또 다른 테마인 운명에 대한 것이다. 그는 운명의 예측할 수 없는 속성이 한탄스럽다. 칼리스토에게 있어서도 그의 미친 사랑이나 죽음은 다 운명의 장난이었다. 인간의 일은 모두 운명의 소관임을 보여 준다.

운명이 그 본성을 드러냈고, 죽음이 자기의 임무를 완수했다. 모두 거기서 도망가고 싶었지만 모두 다 운명의 불가항력적인 힘에 예속되고 말았다. 처음에는 사랑이 가장 위대한 승리자라고 생각했는데 죽음과 운명이 사랑보다 더 막강한 힘을 갖고 인간을 지배하고 있음을 볼 수 있다.

세계 문학사에서 여전히 찬란하게 이름을 빛내고 있는 작품들을 보면 사랑과 우정이 인간 구원의 수단으로 등장한다. 거짓과 배반과 위선과 불신이 있는 인간사에서 그나마 인간을 살게 해 주는 것이 그것들이기 때문이다. 그러나 이 작품에서는 이 두 가지조차 모두 부정되고 만다. 보통 인간은 적어도 궁극적인 순간에 가서는 결속과 이해를 구하게 된다. 하지만 그러한 우정의 가치를 이 작품에서는 너무 늦게 알게 된다. 바로 인간의 삶은 속임과 덫이 놓인 함정 같아서 그것을 발견하고 되돌아가려 할 때에는 이미 돌아갈 곳이 없는 것과 같다. 칼리스토의 두 하인이 죽음을 앞두고 심한 상처로 말도 할 수 없는 상태에서 힘겹게 자신의 눈을 소시아의 눈에 맞추며 찾고자 했던 것은 자신의 고통을 소시아가 느낄 수 있는지, 바로 교통하고자 하는 갈망이었다. 하지만 그것은 아무 소용 없는 일이었다. 사랑 또한 이기적이며, 물질 만능주의 앞에 무릎을 꿇고 말았다. 이렇게 될 수밖에 없는 이유를 이 작품의 작가는 이 세상, 어쩌면 우리가 살고 있는 지금의 이 세상이 존재하는 이유가 인간 개개인의 파괴에 있다고 보기 때문이다. 인간 개인의 존재를 조롱하고 인간관계의 수립을 불가능하게 하는 것을 세상의 이치로 보고 있기 때문이다. 따라서 인간은 출구 없는 '눈물의 계곡'에서 살고 있는 것이다. 이것이 『라 셀레스티나』의 진정한 비극이다.

모든 인간들이 미친 듯 명예와 물질과 쾌락을 좇아 그것들이 자신을 지배하는 불가항력적인 힘인 것처럼 쫓기듯 사는 이유는 그러한 것들 뒤에는 불행이 따르고 있음을 알기 때문이다.

판본 소개

본 역서는 1514년 후안 호프레(Juan Joffre)가 발렌시아에서 인쇄한 판본을 기본으로 사용한 산티아고 로페스 리오스(Santiago López-Ríos)의 *La Celestina*(Madrid: Marenostrum, 2005)를 번역한 것이다. 후안 호프레의 본이 가장 실수가 적고 현재는 분실되고 없는 초판본에 가장 근접해 있기 때문이다. 그리고 기존의 다른 판본이나 최근까지 출판된 판본에서 발견되는 오타나 잘못된 해석 등이 수정되어 있으며 책을 읽을 때 혼란을 야기할 수 있는 독백이나 방백 부분은 ( )로 표시해 놓았고 막을 장으로 구분하여 각 막의 이해를 체계적으로 도왔다. 그뿐만 아니라 다양한 의미로 혼란을 불러일으켰던 어휘는 기본적으로 스페인 한림원에서 발행한 『스페인어 사전』(2001)을 참고하여 해석하였고, 이외 피터 러셀(*Comedia o Tragicomedia de Calisto y Melibea*, ed. Peter Russell, Madrid, Castalia, 1991), 에우커너 라카라(*La Celestina*, ed. Eukene Lacarra, Barcelona, Ediciones B, 1990),

비엔베니도 모로스(*La Celestina*, ed. Bienvenido Morros, Barcelona, Vivens Vives, 1996)와 로베라(*La Celestina. Tagicomedia de Calisto y Melibea*, ed. Francisco J. Lobera, Guillermo Sereés, Paloma Díaz-Mas, Carlos Mota, Iñigo Ruiz Arzaálluz y Francisco Rico, Barcelona, Crítica, 2000) 등의 비평서를 참고했다.

페르난도 데 로하스 연보

1470(1473 또는 1475) 톨레도주의 라 프에블라 데 몬탈반에서 개종한 유대인 집안에서 태어남. 증조부 때 기독교로 개종한 것으로 되어 있으나, 당국의 눈을 피해 유대교의 식을 계속 행해 왔던 것으로 전해짐.

1488 살라망카로 이사한 후 살라망카 대학에서 라틴어와 철학과 법학을 공부함.

1496/1497 살라망카 대학에서 법학사 학위를 취득. 25세 무렵 작가의 유일한 작품인 『라 셀레스티나』를 집필한 것으로 추측.

1507 이웃과의 법적 분쟁으로 톨레도주의 탈라베라 데 라 레이나로 이사하여 그곳에서 역시 개종한 유대인 가문의 딸인 레오노르 알바레스 데 몬탈반과 결혼함. 그곳에서 일곱 명의 자식을 낳고 죽을 때까지 변호사 일을 함.

1525 종교 재판에 회부된 장인을 변호하려 했으나 페르난도

데 로하스 역시 개종한 유대인이라는 이유로 거부당함.

1538 탈라베라 데 라 레이나 시장을 지냄. 이전에도 한 것으로 추측됨.

1541 4월 3일과 8일 사이에 탈라베라 데 라 레이나에서 사망. 3일자로 작성된 그의 유서는 그를 연구하는 비평가들의 흥미로운 자료로 활용되고 있음. 유서에 의하면 역시 변호사 일을 했던 장남에게는 법전을 남기고, 아내에게는 이교도 문학 작품들만을 남긴다고 되어 있음. 페르난도 데 로하스가 죽을 무렵 『라 셀레스티나』는 32쇄를 거듭할 정도의 인기를 누리고 있었음. 그가 소장했던 책들을 정리한 목록에는 이 작품의 인기를 이용하여 익명의 작가들이 쓴 『라 셀레스티나 2부』나 『셀레스티나 희비극의 세 번째 부분』이란 책은 없었음.

새롭게 을유세계문학전집을 펴내며

을유문화사는 이미 지난 1959년부터 국내 최초로 세계문학전집을 출간한 바 있습니다. 이번에 을유세계문학전집을 완전히 새롭게 마련하게 된 것은 우리가 직면한 문화적 상황에 적극적으로 대응하기 위해서입니다. 새로운 을유세계문학전집은 세계문학의 역할이 그 어느 때보다 중요해졌다는 인식에서 출발했습니다. 오늘날 세계에서 타자에 대한 이해는 우리의 안전과 행복에 직결되고 있습니다. 세계문학은 지구상의 다양한 문화들이 평등하게 소통하고, 이질적인 구성원들이 평화롭게 공존할 수 있는 문화적인 힘을 길러 줍니다.

을유세계문학전집은 세계문학을 통해 우리가 이런 힘을 길러 나가야 한다는 믿음으로 만들어졌습니다. 지난 5년간 이를 준비하기 위해 많은 노력을 기울였습니다. 세계 각국의 다양한 삶의 방식과 문화적 성취가 살아 있는 작품들, 새로운 번역이 필요한 고전들과 새롭게 소개해야 할 우리 시대의 작품들을 선정했습니다. 우리나라 최고의 역자들이 이들 작품 속 한 문장 한 문장의 숨결을 생생히 전하기 위해 심혈을 기울였습니다. 또한 역자들은 단순히 번역만 한 것이 아니라 다른 작품의 번역을 꼼꼼히 검토해 주었습니다. 을유세계문학전집은 번역된 작품 하나하나가 정본(定本)으로 인정받고 대우받을 수 있도록 최선을 다 했습니다. 세계문학이 여러 경계를 넘어 우리 사회 안에서 주어진 소임을 하게 되기를 바라며 을유세계문학전집을 내놓습니다.

을유세계문학전집

1. 마의 산(상)　토마스 만 | 홍성광 옮김
2. 마의 산(하)　토마스 만 | 홍성광 옮김
3. 리어 왕 · 맥베스　윌리엄 셰익스피어 | 이미영 옮김
4. 골짜기의 백합　오노레 드 발자크 | 정예영 옮김
5. 로빈슨 크루소　대니얼 디포 | 윤혜준 옮김
6. 시인의 죽음　다이허우잉 | 임우경 옮김
7. 커플들, 행인들　보토 슈트라우스 | 정항균 옮김
8. 천사의 음부　마누엘 푸익 | 송병선 옮김
9. 어둠의 심연　조지프 콘래드 | 이석구 옮김
10. 도화선　공상임 | 이정재 옮김
11. 휘페리온　프리드리히 횔덜린 | 장영태 옮김
12. 루쉰 소설 전집　루쉰 | 김시준 옮김
13. 꿈　에밀 졸라 | 최애영 옮김
14. 라이겐　아르투어 슈니츨러 | 홍진호 옮김
15. 로르카 시 선집　페데리코 가르시아 로르카 | 민용태 옮김
16. 소송　프란츠 카프카 | 이재황 옮김
17. 아메리카의 나치 문학　로베르토 볼라뇨 | 김현균 옮김
18. 빌헬름 텔　프리드리히 폰 실러 | 이재영 옮김
19. 아우스터리츠　W. G. 제발트 | 안미현 옮김
20. 요양객　헤르만 헤세 | 김현진 옮김
21. 워싱턴 스퀘어　헨리 제임스 | 유명숙 옮김
22. 개인적인 체험　오에 겐자부로 | 서은혜 옮김
23. 사형장으로의 초대　블라디미르 나보코프 | 박혜경 옮김
24. 좁은 문 · 전원 교향곡　앙드레 지드 | 이동렬 옮김
25. 예브게니 오네긴　알렉산드르 푸슈킨 | 김진영 옮김
26. 그라알 이야기　크레티앵 드 트루아 | 최애리 옮김
27. 유림외사(상)　오경재 | 홍상훈 외 옮김
28. 유림외사(하)　오경재 | 홍상훈 외 옮김
29. 폴란드 기병(상)　안토니오 무뇨스 몰리나 | 권미선 옮김
30. 폴란드 기병(하)　안토니오 무뇨스 몰리나 | 권미선 옮김
31. 라 셀레스티나　페르난도 데 로하스 | 안영옥 옮김
32. 고리오 영감　오노레 드 발자크 | 이동렬 옮김
33. 키 재기 외　히구치 이치요 | 임경화 옮김

34. 돈 후안 외 티르소 데 몰리나 | 전기순 옮김
35. 젊은 베르터의 고통 요한 볼프강 폰 괴테 | 정현규 옮김
36. 모스크바발 페투슈키행 열차 베네딕트 예로페예프 | 박종소 옮김
37. 죽은 혼 니콜라이 고골 | 이경완 옮김
38. 워더링 하이츠 에밀리 브론테 | 유명숙 옮김
39. 이즈의 무희 · 천 마리 학 · 호수 가와바타 야스나리 | 신인섭 옮김
40. 주홍 글자 너새니얼 호손 | 양석원 옮김
41. 젊은 의사의 수기 · 모르핀 미하일 불가코프 | 이병훈 옮김
42. 오이디푸스 왕 외 소포클레스 | 김기영 옮김
43. 야쿠비얀 빌딩 알라 알아스와니 | 김능우 옮김
44. 식(蝕) 3부작 마오둔 | 심혜영 옮김
45. 엿보는 자 알랭 로브그리예 | 최애영 옮김
46. 무사시노 외 구니키다 돗포 | 김영식 옮김
47. 위대한 개츠비 프랜시스 스콧 피츠제럴드 | 김태우 옮김
48. 1984년 조지 오웰 | 권진아 옮김
49. 저주받은 안뜰 외 이보 안드리치 | 김지향 옮김
50. 대통령 각하 미겔 앙헬 아스투리아스 | 송상기 옮김
51. 신사 트리스트럼 섄디의 인생과 생각 이야기 로렌스 스턴 | 김정희 옮김
52. 베를린 알렉산더 광장 알프레트 되블린 | 권혁준 옮김
53. 체호프 희곡선 안톤 파블로비치 체호프 | 박현섭 옮김
54. 서푼짜리 오페라 · 남자는 남자다 베르톨트 브레히트 | 김길웅 옮김
55. 죄와 벌(상) 표도르 도스토예프스키 | 김희숙 옮김
56. 죄와 벌(하) 표도르 도스토예프스키 | 김희숙 옮김
57. 체벤구르 안드레이 플라토노프 | 윤영순 옮김
58. 이력서들 알렉산더 클루게 | 이호성 옮김
59. 플라테로와 나 후안 라몬 히메네스 | 박채연 옮김
60. 오만과 편견 제인 오스틴 | 조선정 옮김
61. 브루노 슐츠 작품집 브루노 슐츠 | 정보라 옮김
62. 송사삼백수 주조모 엮음 | 김지현 옮김
63. 팡세 블레즈 파스칼 | 현미애 옮김
64. 제인 에어 샬럿 브론테 | 조애리 옮김
65. 데미안 헤르만 헤세 | 이영임 옮김
66. 에다 이야기 스노리 스툴루손 | 이민용 옮김
67. 프랑켄슈타인 메리 셸리 | 한애경 옮김
68. 문명소사 이보가 | 백승도 옮김
69. 우리 짜르의 사람들 류드밀라 울리츠카야 | 박종소 옮김

70. 사랑에 빠진 여인들 데이비드 허버트 로렌스 | 손영주 옮김
71. 시카고 알라 알아스와니 | 김능우 옮김
72. 변신 · 선고 외 프란츠 카프카 | 김태환 옮김
73. 노생거 사원 제인 오스틴 | 조선정 옮김
74. 파우스트 요한 볼프강 폰 괴테 | 장희창 옮김
75. 러시아의 밤 블라지미르 오도예프스키 | 김희숙 옮김
76. 콜리마 이야기 바를람 샬라모프 | 이종진 옮김
77. 오레스테이아 3부작 아이스퀼로스 | 김기영 옮김
78. 원잡극선 관한경 외 | 김우석 · 홍영림 옮김
79. 안전 통행증 · 사람들과 상황 보리스 파스테르나크 | 임혜영 옮김
80. 쾌락 가브리엘레 단눈치오 | 이현경 옮김
81. 지킬 박사와 하이드 씨 · 존 니컬슨 로버트 루이스 스티븐슨 | 윤혜준 옮김
82. 로미오와 줄리엣 윌리엄 셰익스피어 | 서경희 옮김
83. 마쿠나이마 마리우 지 안드라지 | 임호준 옮김
84. 재능 블라디미르 나보코프 | 박소연 옮김
85. 인형(상) 볼레스와프 프루스 | 정병권 옮김
86. 인형(하) 볼레스와프 프루스 | 정병권 옮김
87. 첫 번째 주머니 속 이야기 카렐 차페크 | 김규진 옮김
88. 페테르부르크에서 모스크바로의 여행 알렉산드르 라디셰프 | 서광진 옮김
89. 노인 유리 트리포노프 | 서선정 옮김
90. 돈키호테 성찰 호세 오르테가 이 가세트 | 신정환 옮김
91. 조플로야 샬럿 대커 | 박재영 옮김
92. 이상한 물질 테레지아 모라 | 최윤영 옮김
93. 사촌 퐁스 오노레 드 발자크 | 정예영 옮김
94. 걸리버 여행기 조너선 스위프트 | 이혜수 옮김
95. 프랑스어의 실종 아시아 제바르 | 장진영 옮김
96. 현란한 세상 레이날도 아레나스 | 변선희 옮김
97. 작품 에밀 졸라 | 권유현 옮김
98. 전쟁과 평화(상) 레프 톨스토이 | 박종소 · 최종술 옮김
99. 전쟁과 평화(중) 레프 톨스토이 | 박종소 · 최종술 옮김
100. 전쟁과 평화(하) 레프 톨스토이 | 박종소 · 최종술 옮김

을유세계문학전집은 계속 출간됩니다.

을유세계문학전집 연표

BC 458 **오레스테이아 3부작**
아이스킬로스 | 김기영 옮김 | 77 |
수록 작품 : 아가멤논, 제주를 바치는 여인들, 자비로운 여신들
그리스어 원전 번역
서울대 선정 동서고전 200선
시카고 대학 선정 그레이트 북스

BC 434 /432 **오이디푸스 왕 외**
소포클레스 | 김기영 옮김 | 42 |
수록 작품 : 안티고네, 오이디푸스 왕, 콜로노스의 오이디푸스
그리스어 원전 번역
「동아일보」 선정 '세계를 움직인 100권의 책'
서울대 권장 도서 200선
고려대 선정 교양 명저 60선
시카고 대학 선정 그레이트 북스

1191 **그라알 이야기**
크레티앵 드 트루아 | 최애리 옮김 | 26 |
국내 초역

1225 **에다 이야기**
스노리 스툴루손 | 이민용 옮김 | 66 |

1241 **원잡극선**
관한경 외 | 김우석 · 홍영림 옮김 | 78 |

1496 **라 셀레스티나**
페르난도 데 로하스 | 안영옥 옮김 | 31 |

1595 **로미오와 줄리엣**
윌리엄 셰익스피어 | 서경희 옮김 | 82 |
미국대학위원회 선정 SAT 추천 도서

1608 **리어 왕 · 맥베스**
윌리엄 셰익스피어 | 이미영 옮김 | 3 |

1630 **돈 후안 외**
티르소 데 몰리나 | 전기순 옮김 | 34 |
국내 초역 「불신자로 징계받은 자」 수록

1670 **팡세**
블레즈 파스칼 | 현미애 옮김 | 63 |

1699 **도화선**
공상임 | 이정재 옮김 | 10 |
국내 초역

1719 **로빈슨 크루소**
대니얼 디포 | 윤혜준 옮김 | 5 |

1726 **걸리버 여행기**
조너선 스위프트 | 이혜수 옮김 | 94 |
미국대학위원회가 선정한 고교 추천 도서 101권
서울대학교 선정 동서양 고전 200선

1749 **유림외사**
오경재 | 홍상훈 외 옮김 | 27, 28 |

1759 **신사 트리스트럼 섄디의 인생과 생각 이야기**
로렌스 스턴 | 김정희 옮김 | 51 |
노벨연구소 선정 100대 세계 문학

1774 **젊은 베르터의 고통**
요한 볼프강 폰 괴테 | 정현규 옮김 | 35 |

1790 **페테르부르크에서 모스크바로의 여행**
A. N. 라디셰프 | 서광진 옮김 | 88 |

1799 **휘페리온**
프리드리히 횔덜린 | 장영태 옮김 | 11 |

1804 **빌헬름 텔**
프리드리히 폰 쉴러 | 이재영 옮김 | 18 |

1806 **조플로야**
샬럿 대커 | 박재영 옮김 | 91 |
국내 초역

1813 **오만과 편견**
제인 오스틴 | 조선정 옮김 | 60 |

1817 **노생거 사원**
제인 오스틴 | 조선정 옮김 | 73 |

1818 **프랑켄슈타인**
메리 셸리 | 한애경 옮김 | 67 |
뉴스위크 선정 세계 명저 10
옵서버 선정 최고의 소설 100
미국대학위원회 선정 SAT 추천 도서

1831 **예브게니 오네긴**
알렉산드르 푸슈킨 | 김진영 옮김 | 25 |

1831 **파우스트**
요한 볼프강 폰 괴테 | 장희창 옮김 | 74 |
서울대 권장 도서 100선
미국대학위원회 SAT 권장 도서

1835 **고리오 영감**
오노레 드 발자크 | 이동렬 옮김 | 32 |
서머싯 몸 선정 세계 10대 소설
연세 필독 도서 200선

1836 **골짜기의 백합**
오노레 드 발자크 | 정예영 옮김 | 4 |

1844 **러시아의 밤**
블라지미르 오도예프스키 | 김희숙 옮김 | 75 |

1847 **워더링 하이츠**
에밀리 브론테 | 유명숙 옮김 | 38 |
서머싯 몸 선정 세계 10대 소설
서울대 선정 동서 고전 200선
미국대학위원회 SAT 권장 도서

1847 **제인 에어**
샬럿 브론테 | 조애리 옮김 | 64 |
연세 필독 도서 200선
미국대학위원회 SAT 권장 도서
BBC 선정 영국인들이 가장 사랑하는 소설 100선
「가디언」 선정 가장 위대한 소설 100선

사촌 퐁스
오노레 드 발자크 | 정예영 옮김 | 93
국내 초역

1850 **주홍 글자**
너새니얼 호손 | 양석원 옮김 | 40 |

1855 **죽은 혼**
니콜라이 고골 | 이경완 옮김 | 37 |
국내 최초 원전 완역

1866 **죄와 벌**
표도르 도스토예프스키 | 김희숙 옮김 | 55, 56 |
미국대학위원회 SAT 권장 도서
하버드 대학교 권장 도서

1869 **전쟁과 평화**
레프 톨스토이 | 박종소 · 최종술 옮김 | 98, 99, 100 |
뉴스위크, 가디언, 노벨연구소 선정
세계 100대 도서

1880 **워싱턴 스퀘어**
헨리 제임스 | 유명숙 옮김 | 21 |

1886 **지킬 박사와 하이드 씨 · 존 니컬슨**
로버트 루이스 스티븐슨 | 윤혜준 옮김 | 81 |

작품
에밀 졸라 | 권유현 옮김 | 97 |

1888 **꿈**
에밀 졸라 | 최애영 옮김 | 13 |
국내 초역

1889 **쾌락**
가브리엘레 단눈치오 | 이현경 옮김 | 80 |
국내 초역

1890 **인형**
볼레스와프 프루스 | 정병권 옮김 | 85, 86 |
국내 초역

1896 **키 재기 외**
히구치 이치요 | 임경화 옮김 | 33 |
수록 작품: 섣달그믐, 키 재기, 탁류, 십삼야, 갈림길, 나 때문에

1896 **체호프 희곡선**
안톤 파블로비치 체호프 | 박현섭 옮김 | 53 |
수록 작품: 갈매기, 바냐 삼촌, 세 자매, 벚나무 동산

1899 **어둠의 심연**
조지프 콘래드 | 이석구 옮김 | 9 |
수록 작품: 어둠의 심연, 진보의 전초기지, 『청춘과 다른 두 이야기』 작가 노트, 『나르시서스호의 검둥이』 서문
미국대학위원회 SAT 권장 도서
연세 필독 도서 200선

1900 **라이겐**
아르투어 슈니츨러 | 홍진호 옮김 | 14 |
수록 작품: 라이겐, 아나톨, 구스틀 소위

1903 **문명소사**
이보가 | 백승도 옮김 | 68 |

1908 **무사시노 외**
구니키다 돗포 | 김영식 옮김 | 46 |
수록 작품: 겐 노인, 무사시노, 잊을 수 없는 사람들, 쇠고기와 감자, 소년의 비애, 그림의 슬픔, 가마쿠라 부인, 비범한 범인, 운명론자, 정직자, 여난, 봄 새, 궁사, 대나무 쪽문, 거짓 없는 기록
국내 초역 다수

1909 **좁은 문 · 전원 교향곡**
앙드레 지드 | 이동렬 옮김 | 24 |
1947년 노벨문학상 수상

1914 **플라테로와 나**
후안 라몬 히메네스 | 박채연 옮김 | 59 |
1956년 노벨문학상 수상

1914 **돈키호테 성찰**
호세 오르테가 이 가세트 | 신정환 옮김 | 90 |

1915 **변신 · 선고 외**
프란츠 카프카 | 김태환 옮김 | 72 |
수록 작품: 선고, 변신, 유형지에서, 신임 변호사, 시골 의사, 관람석에서, 낡은 책장, 법 앞에서, 자칼과 아랍인, 광산의 방문, 이웃 마을, 황제의 전갈, 가장의 근심, 열한 명의 아들, 형제 살해, 어떤 꿈, 학술원 보고, 최초의 고뇌, 단식술사 서울대 권장 도서 100선
연세 필독 도서 200선
미국대학위원회 SAT 권장 도서

1919 **데미안**
헤르만 헤세 | 이영임 옮김 | 65 |

1920 **사랑에 빠진 여인들**
데이비드 허버트 로렌스 | 손영주 옮김 | 70 |

1924 **마의 산**
토마스 만 | 홍성광 옮김 | 1, 2 |
1929년 노벨문학상 수상
서울대 권장 도서 100선
연세 필독 도서 200선
「뉴욕타임스」 선정 '20세기 최고의 책 100선'
미국대학위원회 SAT 권장 도서

송사삼백수
주조모 엮음 | 김지현 옮김 | 62 |

1925 **소송**
프란츠 카프카 | 이재황 옮김 | 16 |

요양객
헤르만 헤세 | 김현진 옮김 | 20 |
수록 작품: 방랑, 요양객, 뉘른베르크 여행
1946년 노벨문학상 수상
국내 초역 「뉘른베르크 여행」 수록

위대한 개츠비
프랜시스 스콧 피츠제럴드 | 김태우 옮김 | 47 |
미 대학생 선정 '20세기 100대 영문 소설' 1위
모던 라이브러리 선정 '20세기 100대 영문학' 중 2위
미국대학위원회 추천 '서양 고전 100
「르몽드」 선정 '20세기의 책 100선'
「타임」 선정 '20세기 100대 영문 소설'

1925 **서푼짜리 오페라 · 남자는 남자다**
베르톨트 브레히트 | 김길웅 옮김 | 54 |

1927 **젊은 의사의 수기 · 모르핀**
미하일 불가코프 | 이병훈 옮김 | 41 |
국내 초역

1928 **체벤구르**
안드레이 플라토노프 | 윤영순 옮김 | 57 |
국내 초역

마쿠나이마
마리우 지 안드라지 | 임호준 옮김 | 83 |
국내 초역

1929 **첫 번째 주머니 속 이야기**
카렐 차페크 | 김규진 옮김 | 87 |

베를린 알렉산더 광장
알프레트 되블린 | 권혁준 옮김 | 52 |

1930 **식(蝕) 3부작**
마오둔 | 심혜영 옮김 | 44 |
국내 초역

안전 통행증 · 사람들과 상황
보리스 파스테르나크 | 임혜영 옮김 | 79 |
원전 국내 초역

1934 **브루노 슐츠 작품집**
브루노 슐츠 | 정보라 옮김 | 61 |

1935 **루쉰 소설 전집**
루쉰 | 김시준 옮김 | 12 |
서울대 권장 도서 100선
연세 필독 도서 200선

1936 **로르카 시 선집**
페데리코 가르시아 로르카 | 민용태 옮김 | 15 |
국내 초역 시 다수 수록

1937 **재능**
블라디미르 나보코프 | 박소연 옮김 | 84 |
국내 초역

1938 **사형장으로의 초대**
블라디미르 나보코프 | 박혜경 옮김 | 23 |
국내 초역

1946 **대통령 각하**
미겔 앙헬 아스투리아스 | 송상기 옮김 | 50 |
1967년 노벨문학상 수상 작가

1949 **1984년**
조지 오웰 | 권진아 옮김 | 48 |
1999년 모던 라이브러리 선정 '20세기 100대 영문학'
2005년 「타임」 선정 '20세기 100대 영문 소설'
2009년 「뉴스위크」 선정 '역대 세계 최고의 명저' 2위

1954 **이즈의 무희 · 천 마리 학 · 호수**
가와바타 야스나리 | 신인섭 옮김 | 39 |
1952년 일본 예술원상 수상
1968년 노벨문학상 수상

1955 **엿보는 자**
알랭 로브그리예 | 최애영 옮김 | 45 |
1955년 비평가상 수상

1955 **저주받은 안뜰 외**
이보 안드리치 | 김지향 옮김 | 49 |
수록 작품: 저주받은 안뜰, 몸통, 술잔, 물방앗간에서, 올루야크 마을, 삼사라 여인숙에서 일어난 우스운 이야기
세르비아어 원전 번역
1961년 노벨문학상 수상 작가

1962 **이력서들**
알렉산더 클루게 | 이호성 옮김 | 58 |

1964 **개인적인 체험**
오에 겐자부로 | 서은혜 옮김 | 22 |
1994년 노벨문학상 수상

1967 **콜리마 이야기**
바를람 샬라모프 | 이종진 옮김 | 76 |
국내 초역

1968 **현란한 세상**
레이날도 아레나스 | 변선희 옮김 | 96 |
국내 초역

1970 **모스크바발 페투슈키행 열차**
베네딕트 예로페예프 | 박종소 옮김 | 36 |
국내 초역

1978 **노인**
유리 트리포노프 | 서선정 옮김 | 89 |
국내 초역

1979 **천사의 음부**
마누엘 푸익 | 송병선 옮김 | 8 |

1981 **커플들, 행인들**
보토 슈트라우스 | 정항균 옮김 | 7 |
국내 초역

1982 **시인의 죽음**
다이허우잉 | 임우경 옮김 | 6 |

1991 **폴란드 기병**
안토니오 무뇨스 몰리나 | 권미선 옮김 | 29, 30 |
국내 초역
1991년 플라네타상 수상
1992년 스페인 국민상 소설 부문 수상

1996 **아메리카의 나치 문학**
로베르토 볼라뇨 | 김현균 옮김 | 17 |
국내 초역

1999 **이상한 물질**
테라지아 모라 | 최윤영 옮김 | 92 |
국내 초역

2001 **아우스터리츠**
W. G. 제발트 | 안미현 옮김 | 19 |
국내 초역
전미 비평가 협회상 브레멘상
「인디펜던트」 외국 소설상 수상
「LA타임스」, 「뉴욕」, 「엔터테인먼트 위클리」 선정 2001년 최고의 책

2002 **야쿠비얀 빌딩**
알라 알아스와니 | 김능우 옮김 | 43 |
국내 초역
바쉬라힐 아랍 소설상
프랑스 툴롱 축전 소설 대상
이탈리아 토리노 그린차네 카부르 번역 문학상
그리스 카바피스상

2003 **프랑스어의 실종**
아시아 제바르 | 장진영 옮김 | 95 |
국내 초역

2005 **우리 짜르의 사람들**
류드밀라 울리츠카야 | 박종소 옮김 | 69 |
국내 초역

2007 **시카고**
알라 알아스와니 | 김능우 옮김 | 71 |
국내 초역